VOTO DE SANGUE

Universo dos Livros Editora Ltda.
Rua do Bosque, 1589 – Bloco 2 – Conj. 603/606
CEP 01136-001 – Barra Funda – São Paulo/SP
Telefone/Fax: (11) 3392-3336
www.universodoslivros.com.br
e-mail: editor@universodoslivros.com.br
Siga-nos no Twitter: @univdoslivros

J.R. WARD

VOTO DE SANGUE

São Paulo
2019

Grupo Editorial
UNIVERSO DOS LIVROS

Diretor editorial: **Luis Matos**

Gerente editorial: **Marcia Batista**

Assistentes editoriais: **Letícia Nakamura e Raquel F. Abranches**

Tradução: **Cristina Calderini Tognelli**

Preparação: **Tássia Carvalho**

Revisão: **Guilherme Summa, Nestor Turano Jr. e Cristina Lasaitis**

Arte: **Valdinei Gomes**

Capa e diagramação: **Rebecca Barboza**

Dados Internacionais de Catalogação na Publicação (CIP)
Angélica Ilacqua CRB-8/7057

W259v

    Ward, J. R.
       Voto de sangue / J. R. Ward ; tradução de Cristina Calderini Tognelli. —
       São Paulo : Universo dos Livros, 2019.
       448 p. (Legado da Irmandade da Adaga Negra ; 2)

       ISBN: 978-85-503-0414-4
       Título original: Blood vow
       1. Ficção norte-americanas 2. Ficção erótica 3. Vampiros I. Título II.
       Tognelli, Cristina Calderini III. Série

19-0475   CDD 813.6

DEDICADO A:
MEU TATSON, DEE.
COM TODO O MEU AMOR,
BEIJOS, MAMÃE.

Glossário de Termos e Nomes Próprios

Ahstrux nohtrum: Guarda particular com licença para matar, nomeado(a) pelo Rei.

Ahvenge: Cometer um ato de retribuição mortal, geralmente realizado por um macho amado.

As Escolhidas: Vampiras criadas para servirem à Virgem Escriba. São consideradas membros da aristocracia, embora sejam voltadas mais para assuntos espirituais que temporais. Têm pouca ou nenhuma interação com os machos, mas podem se acasalar com os Irmãos a fim de reproduzir sua espécie, segundo a orientação da Virgem Escriba. Algumas têm a capacidade de predizer o futuro. No passado, eram utilizadas para satisfazer a necessidade de sangue de membros solteiros da Irmandade, e tal costume foi recolocado em prática pelos Irmãos.

Chrih: Símbolo de morte honrosa no Antigo Idioma.

Cio: Período fértil das vampiras. Em geral, dura dois dias e é acompanhado por intenso desejo sexual. Ocorre pela primeira vez aproximadamente cinco anos após a transição da fêmea e, a partir daí, uma vez a cada dez anos. Todos os machos respondem em certa medida se estiverem perto de uma fêmea no cio. Pode ser uma época perigosa, com conflitos e lutas entre os machos, especialmente se a fêmea não tiver companheiro.

Conthendha: Conflito entre dois machos que competem pelo direito de ser o companheiro de uma fêmea.

Dhunhd: Inferno.

Doggen: Membro da classe servil no mundo dos vampiros. Os *doggens* seguem as antigas e conservadoras tradições de servir seus superiores, obedecendo a códigos formais no comportamento e no vestir. Podem sair durante o dia, mas envelhecem relativamente rápido. Sua expectativa de vida é de aproximadamente quinhentos anos.

Ehnclausuramento: *Status* conferido pelo Rei a uma fêmea da aristocracia em resposta a uma petição de seus familiares. Subjuga uma fêmea à autoridade de um responsável único, o *tuhtor*, geralmente o macho mais velho da casa. Seu *tuhtor*, então, tem o direito legal de determinar todos os aspectos de sua vida, restringindo, segundo sua vontade, toda e qualquer interação dela com o mundo.

Ehros: Uma Escolhida treinada em artes sexuais.

Escravo de sangue: Vampiro macho ou fêmea que foi subjugado para satisfazer a necessidade de sangue de outros vampiros. A prática de manter escravos de sangue recentemente foi proscrita.

Exhile dhoble: O gêmeo mau ou maldito, o segundo a nascer.

Fade: Reino atemporal onde os mortos reúnem-se com seus entes queridos e ali passam toda a eternidade.

Ghia: Equivalente a padrinho ou madrinha de um indivíduo.

Glymera: A nata da aristocracia, equivalente à corte no período de Regência na Inglaterra.

Hellren: Vampiro macho que tem uma companheira. Os machos podem ter mais de uma fêmea.

Hyslop: Termo que se refere a um lapso de julgamento, tipicamente resultando no comprometimento das operações mecânicas ou da posse legal de um veículo ou transporte motorizado de qualquer tipo. Por exemplo, deixar as chaves no contato de um carro estacionado do lado de fora da casa da família durante a noite.

Inthocada: Uma virgem.

Irmandade da Adaga Negra: Guerreiros vampiros altamente treinados para proteger sua espécie contra a Sociedade Redutora. Resultado de cruzamentos seletivos dentro da raça, os membros da Irmandade possuem imensa força física e mental, assim como a capacidade de recuperarem-se rapidamente de ferimentos. Não é constituída majoritariamente por irmãos de sangue. São iniciados na Irmandade por indicação de seus membros. Agressivos, autossuficientes e reservados por natureza, vivem apartados dos vampiros civis e têm pouco contato com membros das outras classes, a não ser quando precisam se alimentar. Tema para lendas, são reverenciados no mundo dos vampiros. Só podem ser mortos por ferimentos muito graves, como tiros ou uma punhalada no coração.

Leelan: Termo carinhoso que pode ser traduzido aproximadamente te por "muito amada".

Lhenihan: Fera mítica reconhecida por suas proezas sexuais. Atualmente, se refere a um macho de tamanho e vigor sexual sobrenaturais.

Lewlhen: Presente.

Lheage: Um termo respeitoso utilizado por uma submissa sexual para referir-se a seu dominante.

Libhertador: Salvador.

Lídher: Pessoa com poder e influência.

Lys: Instrumento de tortura usado para remover os olhos.

Mahmen: Mãe. Usado como um termo identificador e de afeto.

Mhis: O disfarce de um determinado ambiente físico; a criação de um campo de ilusão.

Nalla/nallum: Um termo carinhoso que significa "amada"/"amado".

Ômega: Figura mística e maligna que almeja a extinção dos vampiros devido a um ressentimento contra a Virgem Escriba. Existe em um reino atemporal e possui grandes poderes, dentre os quais, no entanto, não se encontra a capacidade de criar.

Perdição: Refere-se a uma fraqueza crítica em um indivíduo. Pode ser interna, como um vício, ou externa, como uma paixão.

Primeira Família: O Rei e a Rainha dos vampiros e sua descendência.

Princeps: O nível mais elevado da aristocracia dos vampiros, só suplantado pelos membros da Primeira Família ou pelas Escolhidas da Virgem Escriba. O título é hereditário e não pode ser outorgado.

Redutor: Membro da Sociedade Redutora, é um humano sem alma empenhado na exterminação dos vampiros. Os *redutores* só morrem se forem apunhalados no peito; do contrário, vivem eternamente, sem envelhecer. Não comem nem bebem e são impotentes. Com o tempo, seus cabelos, pele e íris perdem toda a pigmentação. Cheiram a talco de bebê. Depois de iniciados na Sociedade por Ômega, conservam uma urna de cerâmica na qual seu coração foi depositado após ter sido removido.

Ríhgido: Termo que se refere à potência do órgão sexual masculino. A tradução literal seria algo aproximado de "digno de penetrar uma fêmea".

Rytho: Forma ritual de lavar a honra, oferecida pelo ofensor ao ofendido. Se aceito, o ofendido escolhe uma arma e ataca o ofensor, que se apresenta desprotegido perante ele.

Shellan: Vampira que tem um companheiro. Em geral, as fêmeas não têm mais de um macho, devido à natureza fortemente territorial deles.

Sociedade Redutora: Ordem de assassinos constituída por Ômega com o propósito de erradicar a espécie dos vampiros.

Symphato: Espécie dentro da raça vampírica, caracterizada pela capacidade e desejo de manipular emoções nos outros (com o propósito de trocar energia), entre outras peculiaridades. Historicamente, foram discriminados e, em certas épocas, caçados pelos vampiros. Estão quase extintos.

Transição: Momento crítico na vida dos vampiros, quando ele ou ela transforma-se em adulto. A partir daí, precisam beber sangue do sexo oposto para sobreviver e não suportam a luz do dia. Geralmente ocorre por volta dos 25 anos. Alguns vampiros não sobrevivem à transição, sobretudo os machos. Antes da mudança, os vampiros são fisicamente frágeis, inaptos ou indiferentes ao sexo, e incapazes de se desmaterializar.

Trahyner: Termo usado entre machos em sinal de respeito e afeição. Pode ser traduzido como "querido amigo".

Tuhtor: Guardião de um indivíduo. Há vários graus de *tuhtors*, sendo o mais poderoso aquele responsável por uma fêmea *ehnclausurada*.

Tumba: Cripta sagrada da Irmandade da Adaga Negra. Usada como local de cerimônias e como depósito das urnas dos *redutores*. Entre as cerimônias ali realizadas estão iniciações, funerais e ações disciplinadoras contra os Irmãos. O acesso a ela é vedado, exceto aos membros da Irmandade, à Virgem Escriba ou aos candidatos à iniciação.

Vampiro: Membro de uma espécie à parte do *Homo sapiens*. Os vampiros precisam beber sangue do sexo oposto para sobreviverem. O sangue humano os mantêm vivos, mas sua força não dura muito tempo. Após sua transição, que geralmente ocorre aos 25 anos, são incapazes de sair à luz do dia e devem alimentar-se na veia regularmente. Os vampiros não podem "converter" os humanos por meio de uma mordida ou transferência de sangue, embora, ainda que raramente, sejam capazes de procriar com a outra espécie. Podem se desmaterializar por meio da vontade, mas precisam estar calmos e concentrados para consegui-lo, e não podem levar consigo nada pesado.

São capazes de apagar as lembranças das pessoas, desde que recentes. Alguns vampiros são capazes de ler a mente. Sua expectativa de vida ultrapassa os mil anos, sendo que, em certos casos, vai além disso.

Viajante: Um indivíduo que morreu e voltou vivo do Fade. Inspiram grande respeito e são reverenciados por suas façanhas.

Virgem Escriba: Força mística conselheira do Rei. Também é guardiã dos registros vampíricos e distribui privilégios. Existe em um reino atemporal e possui grandes poderes. Capaz de um único ato de criação, que usou para trazer os vampiros à existência.

Capítulo I

Keys, Caldwell, Nova York

Havia um lugar para máscaras na vida de Axe. Quer literais, escondendo-lhe o rosto, quer figurativas, protegendo-lhe a alma, ele se sentia extremamente à vontade com a camuflagem. O conhecimento, afinal, representa poder apenas se lhe dá um vislumbre do seu inimigo. Mas e se o vislumbre fosse aplicado a você?

Axe preferirira uma faca atravessando-lhe a garganta.

E todos eram inimigos dele.

Em meio à multidão de mais de cem humanos sexualmente excitados, ele estava pronto para saciar seu lado sombrio, sabe como é, lançar carne fresca por cima da cerca de arame do seu desejo sexual e aguardar enquanto a refeição era consumida, a avidez corrosiva satisfeita por um momento.

Tal situação nunca durava. Esse, porém, era o motivo de ter se associado àquele clube.

O Keys era um lugar privado, acessível apenas aos sócios, e só existiam duas regras: proibição de menores e consentimento obrigatório.

Com as duas condições atendidas, era possível satisfazer as necessidades pecaminosas que bem quisesse: *glory holes*, sexo grupal, mulheres com mulheres com homens. Havia quartos para fetiches, covis para foder e todo tipo de amarração, correntes penduradas, tudo de que pudesse precisar.

Ainda mais ali, na Catedral.

Dentre todos os espaços da construção imensa e cheia de anexos, a Catedral era o maior e mais alto. Tomada por colunas de fumaça branca, atravessada por fachos de laser roxos e azuis, desprovida de mobília e de acessórios – exceto pelo altar –, somente os mais durões dos durões tinham permissão para entrar ali.

E sempre se usavam máscaras, mesmo nas noites em que o restante do clube não as exigia.

Através dos buracos para olhos da chapa que lhe moldava o crânio, Axe ergueu a visão, bem para cima, até o altar.

Era como uma cena de *O silêncio dos inocentes*: um corpo humano suspenso do chão, os braços estendidos, a cabeça pendendo para um lado, faixas de tecidos partindo do tronco como asas. No entanto, as semelhanças com Hannibal terminavam por ali. Não era um homem, mas uma mulher. Não estava vestida, mas nua. Nenhum sangue de verdade sobre a pele, apenas uma substância viscosa que caía do teto como chuva, batia nos seios, escorria pelo abdômen e deslizava pelas coxas, de modo a fazer a mulher brilhar sob as luzes ocasionais.

Não estava morta, e, sim, muito viva.

– Quer isso? – perguntaram a Axe por trás.

Axe sorriu sem se dar ao trabalho de esconder as presas.

Ninguém ali sabia que ele era um vampiro de verdade. E não no sentido de aspirante a Drácula neovitoriano com caninos alongados por procedimentos cosméticos, botas de salto alto e tinta preta nos cabelos já negros.

A coisa real. DNA diferente. Tradições e idioma diferentes. Necessidades biológicas distintas e imperativas que, de fato, incluíam o consumo de sangue de um vampiro do sexo oposto.

Desejos sexuais distintos.

– Sim, eu pego ela primeiro – respondeu.

Quando o funcionário assobiou alto e levantou a mão para mandar abaixar o andaime deslizante, um burburinho se alastrou pela multidão e a excitação para o primeiro espetáculo foi crescente. E, por uma fração de segundo, Axe cogitou se materializar até ali no alto só para assustar a todos, só porque podia fazer isso, só porque gostava de criar o caos.

No entanto, escalou a parte frontal da estrutura metálica com a facilidade de uma aranha em sua teia.

Quando ficou no mesmo nível da mulher, o corpo dela reagiu num arco faminto, a cabeça pendendo para trás, a boca aberta, os olhos suplicantes. Não estava drogada. Estava muito consciente; o cheiro do sexo florescia, as carnes clamavam por alívio.

Ela o desejara. Em meio a todos lá embaixo, ela o desejara especificamente.

– Me pega – disse. – Vem...

Axe estendeu a mão enluvada e fechou-lhe a boca com as pontas dos dedos. Curvando-se sobre ela, expôs os caninos e seguiu na direção da garganta. Mas não a mordeu, percorreu a ponta de uma presa pela jugular.

Com um repuxão nas correntes para as quais se oferecera voluntariamente, a mulher teve um orgasmo bem ali, naquele instante; a alquimia da demonstração pública, do perigo que Axe representava, do tipo de sexo de que ela precisava, tudo se unindo à liberação do prazer que lhe enrubesceu o rosto e a fez gemer enquanto se debatia.

Abaixo, o prazer dela se propagou pelos corpos fervilhantes.

E Axe estava excitado, sim. Mas não como os outros. Não como ela. Nunca como um deles.

No entanto, a voz que gritava dentro de sua cabeça, dizendo-lhe que ele era apenas um merda, foi acalmada pelo sexo. O fogo da ira contra si havia sido minimizado pela distração. Por um instante, o monte de recriminações agrupadas sob seu verdadeiro crânio deslocou-se dali ainda que por um instante.

Portanto, sim, a prática funcionava para todos.

Erguendo a mão para a própria garganta, soltou o cordão da capa e tirou o peso dos ombros. Não havia nada além das calças de couro, as tatuagens e os piercings sobre seu corpo.

As mãos de Axe se aproximaram do corpo da mulher e viajaram, junto à boca, por todas as partes do corpo dela.

A tormenta que ele estava criando de propósito revolveu a paisagem devastada da sua alma, ofuscando a desgraça escabrosa e desolada que ele era.

A mulher recebia aquilo de que precisava; ele também.

Que bom. Axe teria de retornar ao centro de treinamento da Irmandade da Adaga Negra em cerca de uma hora, em forma para continuar seus estudos. Ser um soldado na luta contra a Sociedade Redutora? Andar no limite entre a vida e a morte?

Assim ele enfim conseguiria o que tanto almejava.

Paz interior por meio de atos de guerra: porque ele precisava acreditar que, se devia enfrentar um morto-vivo, por certo estaria ocupado demais em permanecer vivo para se preocupar com qualquer outra questão.

Perfeito pra cacete.

Universidade Estadual de Nova York, Campus de Caldwell

Elise, filha do *Princeps* Felixe, o Jovem, sorriu para o macho humano à sua frente, do outro lado da mesa na biblioteca.

– Claro que posso ficar até mais tarde. Não vou deixar você cuidando de tudo isto sozinho.

"Tudo isto" era o campo de destroços dos trabalhos de fim de semestre, cujo número era suficiente para cobrir cada centímetro quadrado da superfície em questão, com exceção do meio metro diante de si e de outro meio metro diante do professor Troy Becke. Ainda que os trabalhos da disciplina Psicologia 342 tivessem sido arquivados eletronicamente, Troy preferia imprimi-los quando os avaliava, e, depois de ter vivido a experiência das provas de meio de semestre ao lado dele, Elise tinha de concordar. Havia algo de único em segurar o trabalho nas mãos e anotar observações. Concluiu que só podia ser pela ausência de velocidade.

Era fácil demais apenas passar os olhos ao fazer as tarefas eletronicamente, e ela digitava tão rápido que escrever à mão lhe dava tempo para refletir sobre as minúcias.

Troy se recostou e se espreguiçou.

– Bem, considerando-se que são mais de dez horas e faltam poucos dias para o Natal, isto mais se parece com o dever de um devoto.

Enquanto ele lhe sorria, Elise o avaliava. Era alto para um humano, os olhos azul-claros e um tipo de rosto tão franco e amigável que a fazia se esquecer de que era uma estranha num mundo estranho, como uma estrangeira que viera de visita e acabara ficando cativada pela liberdade apreciada em meio aos nativos.

– Este foi o meu último. – Deixou a folha impressa em cima de uma pilha de avaliações já corrigidas e, quando girou na cadeira para estalar a coluna, um pequeno alívio se formou na cintura. – Sabe, esta foi uma turma boa de alunos. Eles entenderam de fato...

– Desculpe – ele a interrompeu.

Elise franziu o cenho.

– Por quê? Sou sua assistente. Este é o meu trabalho. Além disso, estou aprendendo ainda mais agora…

A fêmea foi parando de falar porque tinha bastante certeza de que Troy não ouvira nada do que ela acabara de dizer. Ele fitava com olhos meio perdidos ao redor das pilhas de papéis que os cercavam naquela pequena alcova.

Como vampira entre humanos, Elise sempre se sentia um tanto agitada. Acabou embarcando no trem da observação e olhando de relance ao redor para o caso de Troy ter percebido algo que lhe passara despercebido.

Ainda que a impressão estivesse obsoleta, substituída por anotações feitas em laptops, e o giz também já não existisse mais nas salas de aula, a biblioteca Foster Newmann era um lugar onde os alunos iam para estudar. Com quatro andares e marcada por corredores de estantes interrompidos por áreas de estudo, Elise sempre se sentiu segura lá, defronte de nada além dos estudos e de sua ambição.

Era quando estava em casa, na mansão do pai, que se sentia caçada. Perseguida. Ameaçada.

Embora fosse apenas uma alegoria.

Sem nada perceber, esfregou os olhos, e a realidade de ter de voltar àquele casarão antigo fez sua cabeça latejar.

Após sete anos de estudo, Elise começava a se aproximar do seu objetivo. Graças à graduação em psicologia, ela recebera permissão de participar do programa de doutorado em psicologia clínica sem um mestrado. Pretendia abrir uma clínica particular para a raça quando, por fim, tivesse terminado a especialização em transtorno de estresse pós-traumático.

Depois dos ataques dois anos antes, havia muitos vampiros sofrendo alguma perda traumática, e pouquíssimos meios para que procurassem assistentes sociais e tratamento.

Os ataques, sem dúvida, também a retardaram, pois o pai insistira que interrompesse os estudos e fosse com a tia, o tio e uma prima para um abrigo seguro, longe de Caldwell. No entanto, assim que retornaram, Elise retomara o caminho certo… mesmo que a tragédia tivesse se instaurado de novo, tornando tudo ainda mais difícil para ela.

A fêmea odiava mentir para o pai todas as noites. Odiava o subterfúgio sobre aonde ia e com quem estava. Mas que escolha tinha? A pequena janela de liberdade lhe fora fechada na cara.

Ainda mais depois que a prima de primeiro grau morrera após ter sido brutalmente espancada, quatro semanas antes.

Elise ainda não conseguia acreditar que Allishon se fora, e o pai, o tio e a tia também se encontravam em estado de choque renovado, ou pelo menos é o que ela presumia. Embora ninguém dialogasse sobre a perda, a tristeza e a raiva, eles reagiam, é claro que reagiam: o pai de Elise estava tão tenso e sério que era como se fosse surtar a qualquer momento. A tia permanecera trancada no quarto o mês inteiro. E o tio se assemelhava a um fantasma que vagava pela casa sem lançar sombras e sem emitir ruído com seus passos.

Nesse meio-tempo, Elise saía sorrateira da mansão rumo à universidade. Convenhamos, porém, que se esforçara durante anos e anos para chegar até ali, e, se servia de alguma coisa, o modo como a família lidava com a perda de Allishon representava com exatidão o motivo pelo qual a raça precisava de psicólogos bons e bem treinados.

Empurrar os problemas para baixo do tapete proverbial era uma receita para desastres interpessoais.

– Só estou cansado – Troy enunciou.

Forçando-se a sair de sua introspecção, Elise fitou o homem. Seu primeiro pensamento foi o de que ele estava escondendo algo. O segundo foi o de que ela precisava saber o que era.

– Posso te ajudar em alguma coisa?

Troy balançou a cabeça.

– Não, o problema é só meu.

Quando ele tentou sorrir, Elise captou o cheiro de alguma coisa no ar. Alguma coisa...

– Acho melhor você ir agora. – Troy se inclinou em direção à mochila de lona na qual trouxera as provas e começou a enfiar pilhas de papel dentro dela. – As estradas estarão ruins por causa da neve.

– Troy. Pode, por favor, falar comigo?

Ele se levantou, enfiando dentro das calças cáqui a camisa que se soltara.

– Está tudo bem. Acho que a gente só se vê depois do Ano-Novo.

Elise ficou confusa.

– Pensei que quisesse minha ajuda no planejamento das aulas de Psicologia 401, 228 e no seminário sobre Bipolaridade Tipo II, não? Tenho a noite livre amanhã...

– Não acho uma boa ideia, Elise.

Mas que diabos era aquele cheiro?

Ah. Uau.

Corando, a garota percebeu do que se tratava. Principalmente depois que o olhar dele desviou do dela: Troy estava excitado. E por causa dela.

Muito, mas muito excitado mesmo. E não se sentia nada feliz com isso.

– Troy.

O professor ergueu uma mão.

– Olha só, não é nada que tenha feito. Não é você, de verdade.

Quando Troy cessou o assunto, Elise percebeu desejar que o professor apenas o dissesse de uma vez. Não por estar necessariamente atraída por ele, mas por detestar qualquer informação escondida. Já vivera tal tipo de situação o bastante com a própria família, que lidava com os inevitáveis fatos aborrecedores da vida sempre de sorriso forçado.

Além do mais, não é que não se sentisse atraída por ele. Troy era interessante de uma maneira não ameaçadora. Inteligente, engraçado, com certeza a paixão das alunas. Deus bem sabia que ela vira inúmeras humanas para quem o professor lecionava encarando-o como se fosse uma divindade.

E talvez tivesse pensado em como seria estar com ele. O toque. O beijo. As... outras coisas.

Elise não tinha macho algum em vista, e isso não iria mudar num futuro próximo. Ainda mais pelo fato de ela ter cometido uma infração aos olhos da *glymera*.

Não que alguém soubesse do fato, pois o macho com quem se deitara fora assassinado durante os ataques.

– Sou maior de idade – ouviu-se dizer.

Os olhos dele dispararam para os dela.

– O que disse?

– Não sou criança. Quero dizer, não sou muito nova. Para o que você está pensando.

O olhar de Troy se acendeu como se tais palavras fossem o último comentário que esperava ouvi-la dizer. Em seguida, mirou os lábios de Elise.

Sim, ela pensou. Esse humano era seguro. Ele jamais a machucaria, nem pressionaria – esse tipo de agressão nem sequer estava na natureza dele, e, mesmo que estivesse, Elise conseguiria subjugá-lo com facilidade. Além disso, ela nunca se vincularia a alguém, nunca teria uma vida completa longe do controle do pai, nunca vivenciaria experiências além das histórias de vida destiladas dos livros didáticos.

– Elise. – Ele esfregou a mão no rosto. – Ai, meu Deus...

– O que foi? E não, não vou fingir que não sei do que estamos falando aqui.

– Existem regras. Entre professores e alunos.

– Você não é professor em nenhuma das minhas aulas.

– Você é minha assistente.

– Tomo minhas próprias decisões; ninguém faz isso por mim.

Na fatia de vida que tinha no mundo humano, pelo menos isso era verdade. E ao diabo se fosse impedida de fazer o que desejava por regras de uma sociedade que nem era a sua. Ela já vivia demais isso na própria espécie.

Troy soltou uma risada rouca.

– Não consigo acreditar que estejamos tendo esta conversa. Quero dizer, já a tive com você na minha cabeça mil vezes. Só que nunca pensei que fosse acontecer de verdade.

– Bem, não me importo com o que as pessoas pensam. – E era verdade. No que se referia aos humanos. – E não tenho medo.

– Não posso dizer o mesmo. Quero dizer, nunca aconteceu antes. Sei que é um clichê esse papo todo de professor/aluno. Mas nunca ultrapassei esse limite. Pensei que eu fosse... Sei lá, que fosse mais forte do que isso. Mas você é diferente, e, por ser assim... está me levando a agir de maneira diferente.

Havia um desamparo curioso em Troy enquanto a fitava, como se tivesse lutado e perdido uma batalha.

Foi a vez de Elise avaliar os lábios do professor.

E, enquanto o fazia, o cheiro da excitação de Troy se propagou de novo, e ela viu o peito dele subir...

– Professor Becke? Olá!

A humana que surgiu ao lado dele era pequenina, cheia de curvas e muito perfumada. Maquiada e de cabelos escovados, cujo comprimento ondulado ia até os ombros, ela parecia pertencer a um pôster publicitário que visava divulgar como a universidade era um lugar divertido e atraente de frequentar.

– Estou na sua aula de pesquisa, ou estava, e a minha colega de quarto... ela também está aqui. Ei! Amber! Olha só quem está aqui! Bem, retomando o assunto, sou aquela que teve de voltar pra casa porque os pais estavam se divorciando, e você me deixou fazer a prova numa outra data. Então, eu...

Todo tipo de verbos e substantivos continuaram saindo daquela garota e, em seguida, Amber, a colega de quarto, veio saltitante como um filhotinho de cachorro. Nesse ínterim, Troy parecia abalado, sugerindo que a intimidade acesa antes da interrupção fosse um lugar do qual devesse voltar.

Elise pegou o casaco e a mochila, afastou a cadeira da mesa e levantou a mão em sinal de despedida. Quando ele assentiu na direção dela, passava-lhe pelos olhos um ar de certo desespero, como se um presente muito esperado lhe escapasse pelas mãos para despencar numa ravina.

A vampira fez um gesto para que Troy lhe telefonasse mais tarde e se dirigiu à recepção do prédio, onde o senhor responsável pelo turno da noite se encontrava atrás da mesa. Ele estava curvado sobre o computador, possivelmente em vias de desligá-lo, com a parca azul e a malha sobre a bancada ao lado da garrafa térmica, que ela deduziu estar vazia.

– Boa noite – saudou ao se aproximar das portas de vidro.

O homem grunhiu, e foi a melhor reação já esboçada por ele.

Do lado de fora, o vento forte e frio parecia um tapa na cara, e Elise apoiou a mochila num ombro para subir o zíper do casaco. Os postes de energia elétrica iluminavam a calçada e, conforme esperado, flocos delicados de neve flutuavam sob a luz como se, embora tímidos, quisessem dançar uns com os outros.

Por um momento, Elise perscrutou ao redor e pensou que Allishon jamais apreciaria a quietude da noite outra vez, nunca mais caminharia em meio aos flocos errantes, sentindo calor dentro do casaco e frio na face. Desejou ter passado mais tempo com a fêmea. As duas foram tão diferentes uma da outra, tão opostas, a rata de biblioteca e a criança selvagem, mas, ainda assim, talvez tivesse existido alguma oportunidade de alterar o resultado. Mudar o destino. Girar de volta a chave daquilo que tirara Allishon da segurança.

No entanto, não seria possível.

Elise pisou na grama queimada e se afastou da claridade, do estacionamento, do prédio de salas de aula próximo, que ficava do lado oposto.

Quando as sombras por fim a envolveram... ela se desmaterializou, viajando em moléculas dispersas até a enorme mansão georgiana do pai, localizada a quilômetros de distância do campus. Troy continuava na mente dela, talvez uma distração ou uma curiosidade legítima. É provável que fossem ambos. Ainda assim, o trajeto não levou mais do que um piscar de olhos e um pestanejar de vontade.

Ao retomar a forma sobre o gramado do pai, a morte de Allishon se misturou às lembranças de Troy encarando-a do outro lado da mesa repleta de papéis, os olhos ardentes, o corpo emanando o cheiro do tesão. A vida podia mudar num instante, e isso não significava que deveria aproveitar seja lá quantas noites e dias tivesse ao seu dispor?

O tempo não era tão relativo quanto uma ilusão. Caso tivesse sabido antecipadamente da morte da prima, ela própria teria feito escolhas diferentes. Segundo essa teoria, se soubesse que viveria apenas mais uma semana, ou um mês, não deveria ver o que aconteceria com um macho, mesmo humano?

Troy tinha o número de Elise. E ela, o dele. Como isso funcionava? Trocavam mensagens de texto às vezes, mas apenas para marcar encontros a trabalho.

Um "encontro", porém, deveria ser marcado, não?

Cruzando a porta da frente, começou a ensaiar uma conversa em sua mente, maneiras de começá-la e como prosseguir...

– Onde você esteve?!

Elise congelou. E, ao ver o relógio de pêndulo e o lance de escadas saído diretamente do Palácio de Buckingham, percebeu que fizera uma besteira colossal: entrara pela porta social... e passara bem diante da porta aberta do escritório do pai.

De casaco, flocos de neve nos cabelos e mochila no ombro.

– Elise!

O pai se levantou detrás da mesa entalhada, com choque e horror tais que seriam mais apropriados se alguém tivesse abalroado a mansão com um suv.

E, na verdade, o rosto pálido, os olhos arregalados e o terno amarrotado poderiam até parecer engraçados. Em outras circunstâncias.

Com uma súplica, Elise abaixou as pálpebras e se preparou para o massacre.

Capítulo 2

Mansão da Irmandade da Adaga Negra

– E isso, o que é?

Enquanto a filha falava, Rhage congelou durante o movimento de levar a arma até o coldre sob o braço. Por uma fração de segundo, resolveu fingir que não a ouvia, mas agir assim não o levaria a parte alguma. Naqueles quase dois meses em que ele e Mary estavam com Bitty, ambos descobriram que a garota, além de esperta, era tenaz como papel mata-moscas.

Em geral, Rhage se divertia com tais características, que tanto a definiam. No entanto, quando a questão era descrever os aspectos técnicos de um instrumento letal calibre .40 para sua menina de treze anos? Nada feito. Desejou que a filha fosse cabeça-oca e sofresse de déficit de atenção.

– Ah…

Olhou de relance para o espelho sobre a cômoda, desejando acima de tudo que ela mudasse o foco para qualquer outro assunto. Nada disso. Bitty estava sentada na cama nova dele e de Mary, aquela na suíte do terceiro andar, do qual Trez graciosamente se mudara para que os três tivessem quartos conjugados. A menina pendia mais para o tipo *mignon*, os braços e as pernas esqueléticos, atributo que fazia Rhage querer se mudar para os trópicos em vez de viverem no Norte-Frio-Pra-Cacete. Inferno, mesmo sob o peso do agasalho de lã, ela parecia frágil.

Mas, atenção, a delicadeza terminava ali. Os olhos castanhos eram diretos como os de um adulto, antigos como uma cadeia de montanhas, aguçados como os de uma águia. Os cabelos escuros, grossos e brilhantes, passavam dos ombros, e eram quase da mesma cor dos de Mary. E a aura dela... a sabe-se lá o quê, força vital, espírito, alma... era tão tangível quanto sua forma física parecia quase transitória.

Orgulhava-se de que, quanto mais Bitty ficava com eles, mais emergia. E não como uma flor.

Como a porra de um carvalho.

Maaaaaas, isso não significava que ele queria entrar em detalhes com a menina acerca de seu trabalho de matar *redutores*.

E não. Não estava nada interessado no assunto da origem dos bebês. Haveria pelo menos uns doze anos mais até se prepararem para tal situação.

– Pai? – ela o incitou.

Rhage fechou os olhos. Ok, toda vez que ela o chamava assim, o coração dele ficava grande demais para o tamanho do peito, e a sensação de ter ganhado na loteria iluminava tudo à sua volta. Transportava-se no tempo para o momento em que ele e Mary se vincularam e ele pôde chamá-la de sua *shellan* pela primeira vez.

Um sentimento pura e completamente impressionante.

– O que é isso? – Bitty insistiu.

A bolha luminescente cor-de-rosa de alegria diminuiu quando ele ajustou a arma e fechou a tira sobre o cabo.

– É uma arma.

– Sim. Sei que é uma arma. Mas qual?

– Uma Smith & Wesson .40.

– Quantas balas cabem nela?

– O bastante. – Apanhou a jaqueta de couro e sorriu. – Ei, pronta pra noite de filmes quando eu voltar pra casa?

– Por que não quer me falar sobre a arma?

Porque, se você é o público, não vou conseguir separar o que faço com ela de uma discussão sobre os detalhes pertinentes.

– Não é tão interessante assim.

– Mas é o que te mantém vivo, não? – Os olhos da menina se cravavam nas adagas negras ajustadas nas bainhas diante do peito, com os cabos para baixo. – Assim como as facas.

– E também outras coisas.

– Então o assunto é interessante. Pelo menos pra mim.

– Olha só, que tal se a gente falar sobre isso quando a sua mãe e eu estivermos juntos? Tipo hoje mesmo, mais tarde.

– Mas como vou saber que você vai chegar em casa em segurança? Rhage piscou.

– Nunca vou deixar de voltar pra você e pra Mary.

– Mas e se você morrer?

Seu primeiro pensamento foi:

Maaaaaaaaaaaaaaaaaaaaaary!

Sua Mary, como terapeuta treinada – que tratara de Z., com todos os demônios dele, pelo amor de Deus –, poderia manejar a explicação muito melhor do que um guerreiro cabeça-dura que nem ele faria. Mas sua *shellan* estava no Lugar Seguro, trabalhando, e ele não se sentia bem em ligar para ela e interrompê-la com um assunto que não fosse uma artéria hemorrágica ou um incêndio doméstico. Apocalipse zumbi. Uma bomba H plantada atrás do complexo.

Tudo bem, quem sabe também se tivesse acabado o cheesecake da casa.

Só que precisava criar coragem. O que ocorria naquele instante? Era Assunto Paterno, e não só se prontificara para esse tipo de conversa barra-pesada quando ele e Mary deram início ao processo de adoção, como tampouco queria admitir, tão cedo assim, que não daria conta do recado.

Ok, nota pessoal: encontrar um curso on-line sobre como ser pai. Sem dúvida deveria existir uma disciplina para esse tipo de trabalho.

– Só estou preocupada – ela comentou. – É meio assustador pra mim, sabe?

Jesus, isso o assustava também. Havia muito mais a perder com a filha na vida dele.

Rhage se aproximou da filha e se ajoelhou. Bitty deixou os braços junto ao corpo e seu olhar firme indicava que não aceitaria um monte de asneira como resposta.

Ele abriu a boca e...

Fechou-a. E ficou se perguntando o que seria preciso para fazer o cérebro funcionar. Talvez batê-lo na parede?

– Sabe o meu carro? – ouviu-se dizer.

Enquanto Bitty assentia, veio-lhe a imagem mental de Puskar Nepal chutando-se até desmaiar de tanto bater o pé na testa: de todas as imagens em seu subconsciente, ou o que quer que estivesse no comando da programação mental, por que acabou mencionando o GTO?

– Bem, sabe quando eu estava te ensinando a dirigir?

Isso mesmo, Bits, pouco antes de aqueles garotos atacarem Mary e você descobrir que eu tenho um dragão como alter ego? Pois é, bons tempos, bons tempos…

Deus, como queria vomitar.

Quando ela assentiu de novo, ele disse:

– Você se lembra de quando estava tentando mudar as marchas enquanto mexia no volante e freava? Indo pra frente e pra trás, uma vez e de novo, até conseguir fazer direito?

– Lembro.

– E sabe como eu dirijo aquele carro?

– Ah, sei, sim. – Dessa vez ela sorriu. – Rápido. Muito rápido e muito divertido. Como um foguete.

– Então, um dia você vai dirigir o GTO tão bem quanto eu. Vai saber o ponto certo de mudar as marchas, e vai apertar a embreagem e o acelerador sem nem pensar a respeito. E, se alguém aparecer na sua frente, vai reagir tão rápido e com tanta precisão que nem vai perceber que pensou. Se alguém frear, vai mudar de pista instintivamente. Vai sentir os pneus planando sobre a água quando estiver dirigindo na chuva e vai saber que é preciso desacelerar, mas sem pisar no freio. E tudo acontecerá porque vai praticar, praticar e praticar num carro em ótimo estado.

– Vou praticar. E então vou dirigir melhor.

– Certo. E, mesmo que as pessoas ao seu redor dirijam de um jeito perigoso, você estará alerta e concentrada, e apta a lidar com o que aparecer na sua frente. – O macho pousou a palma sobre as adagas, acima do coração. – Tenho saído para lutar há um século, Bitty. E tudo o que levo comigo para o campo de batalha, as armas, os equipamentos, o apoio na forma dos meus irmãos, tudo foi projetado para que eu fique seguro. Se é um sistema perfeito? Não. Mas é o melhor do que dispomos, isso te prometo.

Os braços de Bitty se desenroscaram e ela baixou o olhar. A pulseira rosa e verde no braço da garota era feita de contas multifacetadas que brilhavam como verdadeiras pedras preciosas. Girando as contas, ela inspirou fundo.

– Você é… é bom nisso? Quero dizer, em lutar?

Deus, como desejou ser contabilista. De verdade. Pois, se fosse um triturador de números que protegia bolsos alheios, não precisaria contar a uma inocente que era excelente em matar.

– É? – ela insistiu.

– Sou muito bom em manter a mim e aos meus irmãos a salvo. Sou tão bom que estão me fazendo ensinar jovens como fazer isso.

Ela assentiu de novo.

– Era sobre isso que estavam falando. Na Última Refeição da outra noite. Ouvi comentarem sobre você e os outros Irmãos ensinando um pessoal.

– É pra lá que estou indo agora. Enquanto você fica com Bella e Nalla, vou me encontrar com a turma de trainees em Caldwell pra mostrar a eles como permanecerem a salvo.

Bitty inclinou a cabeça, os cabelos castanhos derramando-se sobre o ombro. E ele deixou que ela o encarasse pelo tempo necessário. Se isso o atrasasse um pouco para o trabalho, paciência.

– Você deve ser muito bom, pois é professor.

– Sou bom. Juro pra você, Bitty. Sou eficiente e não me arrisco mais do que o absolutamente necessário pra realizar o meu trabalho.

– E a besta vai te proteger, não vai?

Rhage assentiu.

– Pode acreditar. Você a viu. Sabe como ela é.

A menininha sorriu, a luz do sol substituindo a preocupação.

– Ela gosta de mim.

– Na verdade, ela te ama. Mas não gosta das pessoas que ficam agressivas comigo.

– Isso faz com que me sinta melhor.

– Que bom. – O macho levantou as palmas, Bitty bateu as dela, e ele disse: – Você nunca vai ficar sozinha. Prometo.

Naquele momento, enquanto tentava aplacar toda e qualquer ansiedade dela – e a sua, para falar a verdade –, quase deixou escapar a única informação que Bitty desconhecia sobre os pais adotivos. Pois é, o novo velhote dela tinha um dragão vivendo sob a pele, mas a nova mãe guardava um segredo ainda mais peculiar.

Mary era uma espécie singular de imortal. Graças à Virgem Escriba – e isso continuava valendo apesar de a *mahmen* de V. não estar mais no comando –, Mary não envelhecia, e poderia escolher quando ir para o Fade. Essa era uma dádiva inigualável, e protegia a família de um modo como a de ninguém mais seria protegida.

Só que Rhage ficou calado. Mesmo que saber a verdade talvez ajudasse Bitty naquela hora, ele sentia que cabia a Mary partilhar essa informação com a filha, e não a ele.

– Você nunca vai ficar sozinha, Bitty – repetiu. – Juro.

Enquanto se sentava atrás da escrivaninha no Lugar Seguro, Mary abaixou a bolsa e se desvencilhou da parca. Esticando o braço, puxou a manga da blusa de gola rolê e sorriu ao ver a pulseira rosa e verde que reluzia no pulso.

Ela e Bitty fizeram um par de acessórios combinando na noite anterior, sentadas à mesa da cozinha de Fritz na mansão, com um kit de bijuteria espalhado por todo o tampo, um misto de caixas plásticas transparentes que comportava um arco-íris de miçangas iridescentes. Conversaram sobre tudo e sobre nada, cumprimentaram todas as pessoas que entraram ali e dividiram um pacote de Combos e uma garrafa de Mountain Dew. Também confeccionaram um colar para Rhage, uma pulseira de cores diferentes para Lassiter e um cordão de contas para Nalla brincar. E até mesmo o gato preto, Boo, se aconchegara a elas, os olhos verdes inspecionando tudo.

Numa mansão repleta de artigos luxuosos, tal instante compartilhado fora a circunstância mais preciosa e insubstituível.

Mirando por cima da mesa, Mary se esticou e apanhou uma foto de Bitty, tirada duas semanas antes, quando a garotinha andou tirando *selfies* com o celular de Rhage. Bit expressava uma careta maluca, os cabelos escuros penteados para trás como se tivesse saído de uma banda de glam metal dos anos 1980.

E, de fato, Lassiter estava mais à esquerda, fazendo sua melhor imitação de Nikki Sixx.

Lágrimas inesperadas surgiram nos olhos de Mary. Durante toda a vida, jamais esperara ser uma mulher com fotografias da filha sobre a mesa de trabalho. Não, essa desconhecida hipotética e abençoada, essa fêmea sortuda que tinha um marido e uma filha, que mal podia esperar pelas férias, e com acessórios artesanais feitos em casa ao redor do pulso? Essa sempre fora outra pessoa, uma estranha cuja realidade era algo que se via na TV ou em propagandas dos eletrodomésticos Maytag, ou alguém que se ouvia na mesa vizinha em um restaurante.

Enquanto fazia a refeição sozinha.

Mary Luce foi a enfermeira de uma mãe adoentada que morreu de modo terrível e antes do tempo. Mary Luce foi a sobrevivente de um câncer que a deixou infértil depois da quimioterapia. Mary Luce foi o fantasma à margem, a sombra que passava despercebida em um cômodo, uma alegoria de uma posição em que ninguém desejaria estar.

Só que a vida dera uma reviravolta, da melhor maneira possível. E naquele momento, ela se encontrava onde jamais tinha ousado sonhar que estaria.

E, sim, o destino inesperado veio com uma dose não tão pequena de transtorno de estresse pós-traumático. Inferno. Às vezes, quando despertava ao lado do lindo vampiro que era seu marido, ou mais ainda quando avançava nas pontas dos pés até o quarto ao lado a fim de espiar Bitty ao cair da noite? Nesses momentos, ela esperava despertar, voltando para o pesadelo da sua vida real.

Mas não, pensou ao baixar a fotografia. Era real. O momento e o local atuais significavam a história vivida por ela.

E essa história era... incrível. Tão cheia de amor, de família e de alegria que o sol parecia viver dentro de seu peito.

Todos eram sobreviventes – ela, Rhage e Bitty. Ela, de sua doença. Rhage, da maldição com que teve de conviver. Bitty, do inimaginável abuso doméstico que ela e sua *mahmen* sofreram nas mãos do pai biológico. A vida dos três começou a se cruzar ali, no Lugar Seguro, quando Bitty e sua *mahmen* vieram buscar abrigo. Em seguida, a mãe da garota morrera, deixando-a órfã.

A oportunidade de cuidar da criança pareceu boa demais para ser verdade. E, às vezes, ainda parecia.

Se ao menos pudessem passar logo pelo período de espera de seis meses até a adoção ser definitiva, Mary poderia respirar fundo. Pelo menos, nenhum parente havia se apresentado até então. Apesar de Bitty ter no início falado a respeito de um tio, a mãe dela jamais comentara sobre um irmão, tampouco revelara a existência de algum parente de sangue, quer quando deu entrada no abrigo, quer nas sessões subsequentes de terapia. Além disso, os avisos postados em grupos fechados no Facebook e no Yahoo! também não haviam resultado em nada.

E, se Deus quisesse, continuaria assim.

Com tal hipótese em mente, Mary ligou o computador, seu coração começou a bater forte contra as costelas e um rubor doentio se espalhou pelo corpo. No tocante a aficionados pelas mídias sociais, ela estava abaixo do nível amador, a anti-Kardashian... No entanto, toda noite, mas somente uma vez a cada noite, entrava no Facebook.

E rezava para não encontrar nada.

Mary verificava no FB um grupo totalmente devotado aos vampiros, uma lista fechada restrita aos membros da espécie. Criado por V. depois dos ataques, e moderado pela equipe de Fritz, o grupo representava uma oportunidade de as pessoas se conectarem a respeito de qualquer assunto, desde localização de casas seguras – sempre em código – até vendas de garagem.

Perscrutando as publicações das últimas vinte e quatro horas, ela exalou aliviada. Nadinha.

O alívio fez o escritório girar, pelo menos até ela entrar no grupo do Yahoo! – receita de guisado. Grupo de tricô marcando uma reunião... Limpador de neve à venda... Pergunta sobre onde mandar um computador para que fosse consertado...

Nada ali também.

– Obrigada, meu Deus – sussurrou ao marcar mais um dia no calendário.

Estavam quase no fim de dezembro, o que significava que já haviam se passado quase dois meses. Em maio, poderiam tocar a vida.

Quando o coração deixou a zona da taquicardia, ela ficou ponderando como diabos enfrentaria aquele desafio tecnológico por cerca de cento e trinta vezes mais. Contudo, não tinha escolha. O bom era que conseguia se ater a essa única apuração noturna diária. De outro modo, verificaria o maldito telefone a cada quinze minutos.

No entanto, precisaria ser justa com quem quer que pudesse existir por aí. Extinguir direitos parentais das relações consanguíneas era um assunto sério, e, como não havia precedentes modernos a respeito disso na raça vampírica, ela, Marissa – como administradora do Lugar Seguro –, Wrath, o Rei Cego, e Saxton, o conselheiro-chefe do Rei, precisaram delinear um procedimento que fornecesse um período de notificação adequado.

Contudo, as emoções não detinham períodos de espera, e mães e pais que amavam os filhos não restringiam a velocidade do coração.

Como se Marissa pudesse ler mentes, a fêmea passou a cabeça pela soleira da porta.

– Alguma novidade?

Mary sorriu para a chefe e amiga querida.

– Nada. Juro que nunca me senti tão ansiosa com a chegada de maio.

– Sempre tive um pressentimento bom sobre esse assunto.

– Não quero atrair má sorte, por isso estou ficando quietinha. – Mary se concentrou no calendário de novo. – Olha só, amanhã não estarei aqui. Bitty fará exames de acompanhamento.

– Ah, tudo bem. Boa sorte. É uma pena terem que ir até Havers.

– A doutora Jane disse que não tem conhecimentos de base apropriados. Pelo visto, pediatria pra vampiros é complicada.

Marissa sorriu com candura.

– Bem, meu irmão pode ser um assunto complicado pra mim, mas nunca questionei sua habilidade em cuidar muito bem dos pacientes. Bitty não poderia estar em melhores mãos.

– Eu preferiria mantê-la conosco na clínica do centro de treinamento. Mas, no fim das contas, só nos preocupamos com o que for melhor pra ela.

– E o nome disso é: "como ser bons pais".

Mary admirou sua pulseira.

– Que assim seja.

Capítulo 3

– ELISE! NÃO ME DIGA que esteve na universidade!

Quando o pai da fêmea saiu a toda velocidade do escritório, parecia um touro raivoso, o tanto que um aristocrata delgado e absolutamente distinto conseguia ser, isto é, na realidade, não se parecia em nada com um touro, estava mais para um príncipe europeu tentando chamar o mordomo. Felixe, o Jovem, no entanto, tinha um rubor bem pouco característico no rosto, e se esquecera de abotoar o paletó ao se apressar da escrivaninha até ela.

Se tivesse sido um plebeu, estaria pegando peças de mobília, arremessando-as pelos ares ao mesmo tempo que lançaria bombas verbais com variações da palavra começando com "f".

Enquanto o aguardava, do nada ela ouviu o bordão do M*A*S*H: *Winchesters não suam, perspiram. E Winchesters não perspiram.*

Ou algo semelhante. Impossível não amar Charles Emerson Winchester III.

– Explique-se!

Ela deduziu que havia algumas maneiras de lidar com o assunto. Negar, negar, negar, mas com a mochila no ombro, aqueles malditos flocos de neve que a cobriam e o fato de ter lhe dito previamente que ficaria em casa lendo? Primeiro, difícil de convencer; segundo, ela detestava mentiras. Outra opção seria simplesmente se virar e sair dali, o que jamais aconteceria – fora educada adequadamente, e isso significava que não poderia ser rude com os mais velhos.

Eeeeee isso a deixava com a porta número três.

A verdade.

– Volteiafrequentarauniversidade. – Quando o pai franziu o cenho e se inclinou na direção dela, Elise aumentou o volume da voz e desacelerou: – Sim, voltei a frequentar a universidade.

O pai se calou em estado de choque, e ela o avaliou como se fosse um desconhecido. O rosto era o de um aristocrata, as feições harmoniosas destiladas pela boa criação a ponto de se ter ciência de que o homem era um derivado masculino, mas a afiliação sexual soava apenas como um sussurro, não como um berro. Os cabelos eram negros, os dela, de um tom loiro, e os olhos do pai eram cinza-claros, e não azuis. Mas ambos tinham a mesma dicção, assim como a boa postura, os trejeitos moderados... e os valores.

Portanto, sim, ela sentia como se tivesse agido errado. Apesar de já ter passado da transição e ser indiscutivelmente maior de idade se considerado o padrão dos humanos, não fizera nada mais ousado do que ficar sentada numa biblioteca tranquila por três horas avaliando provas.

– Você está... esteve... tem estado... – Demorou um pouco até o pai conseguir formular uma frase completa. – Eu a proibi de ir até lá! Depois dos ataques, explicitamente lhe disse que não era seguro e que não tinha permissão para ir! E isso foi ainda antes de...

Elise fechou os olhos. A última frase não foi concluída porque envolvia Aquilo Que Não Se Comenta.

O nome de Allishon não fora mencionado desde que a notícia de sua morte chegara àquela casa. Tampouco fizeram uma cerimônia do Fade para ela.

– Sinto muito, pai, mas eu...

– Como pode ser tão irresponsável?! Se sua *mahmen* ainda estivesse viva, ela estaria apoplética! Há quanto tempo isso vem acontecendo?

– Há um ano.

– *Um ano?*

Nesse instante, o mordomo chegou às pressas dos fundos da casa, como se, ouvindo a comoção, acreditasse que algum louco tivesse invadido a mansão pela qual era responsável. E quando o *doggen* deu uma boa olhada no pai dela, recuou tal qual rato diante de gato.

– Você vem fazendo isso há *um ano*? – o pai sibilou, sua voz trêmula. – Como você... mentiu para mim? Por todo esse tempo?

Elise tirou a mochila do ombro e a largou entre os pés.

– Pai, o que eu deveria fazer?

– Ficar aqui! É perigoso lá em Caldwell!

– Mas os ataques acabaram. E, mesmo quando aconteceram, os alvos dos assassinos eram os vampiros, não os humanos. Aquela é uma instituição de ensino humana...

– Os humanos são selvagens! Sabe muito bem que fazem mal uns aos outros! Você assiste ao noticiário... As armas, a violência! Mesmo se não a visassem por ser de outra espécie, poderá acabar em meio a um fogo cruzado!

Enquanto os olhos de Elise fitavam o teto, ela procurava a combinação correta de palavras que fizesse a cena toda desaparecer.

– *Não* vamos falar disso aqui. – A voz do pai diminuiu de volume. – No meu escritório. Agora.

Assim que ele apontou o dedo em riste para a porta aberta, Elise apanhou a mochila e seguiu na direção indicada. O pai começou a marchar logo atrás dela, e a fêmea não se surpreendeu quando ele fechou a porta, enclausurando-os ali.

O cômodo era adorável, o fogo estalava na lareira, uma luz alegre se lançava sobre as poltronas de couro, as primeiras edições de livros nas prateleiras de mogno, as pinturas a óleo dos cães de caça que o pai possuíra no Antigo País.

– Sente-se – ele vociferou, ainda que em tom brando.

Elise sabia muito bem onde o pai a queria e seguiu até a cadeira diante da escrivaninha dele, acomodando-se no contorno antigo e mantendo a mochila junto ao corpo. A última coisa que queria era que ele a tirasse dela.

No meio do confronto, o objeto representava a sua liberdade.

Felixe se sentou e entrelaçou os dedos como se estivesse tentando se controlar.

– Você sabe muito bem o que acontece com uma fêmea que sai de casa desacompanhada.

Elise voltou a mirar o teto e teve o cuidado de manter o tom de voz baixo.

– Não sou como Allishon.

– Você está à solta no mundo humano. Assim como ela.

– Sei aonde ela foi. E não foi a uma universidade, pai.

– Não vou discutir detalhes, tampouco você o fará. Apenas jure para mim, aqui e agora, que não violará minha confiança outra vez. Que ficará aqui e...

Ela saltou da cadeira antes mesmo de perceber que se movia.

– Não posso desperdiçar minha vida aqui, noite após noite, sem ir a parte alguma, sem fazer nada a não ser ponto-cruz. Quero o meu diploma, quero terminar o que comecei! Quero uma vida!

Quando o pai se retraiu, parecia tão surpreso quanto ela com tamanho rompante. E, com o intuito de aplacar a insubordinação, Elise voltou a se sentar na cadeira.

– Sinto muito, pai. Não tive a intenção de ser ríspida, é só que... Por que não entende que quero ser livre pra viver?

– Isso não é para você, como bem sabe. Tenho sido mais do que leniente com você, mas esse tempo já passou. Vou começar a procurar machos adequados para que se vincule...

Elise deixou a cabeça pender para trás.

– Quero mais do que isso, pai.

– Sua prima de primeiro grau está morta. Depois de eles já terem perdido o filho nos ataques! Você vê o sofrimento dos pais dela todas as noites nesta casa! Deseja isso para mim? Importa-se tão pouco comigo que quer que eu fique de luto pela minha única filha depois de já ter perdido minha *shellan*?

Sufocando um gemido, ela fitou além do tampo da escrivaninha. Os objetos sobre ela – as fotos nos porta-retratos de prata, dela e da mãe, as canetas nos porta-lápis, o cinzeiro onde um dos cachimbos repousava – eram tão familiares quanto os dorsos das próprias mãos, imagens que nunca lhe foram desconhecidas. Também faziam parte do conforto do seu lar, símbolos da segurança que tanto valorizara, mas da qual queria escapar.

– E então? – disse o pai. – Quer isso para mim?

– Quero falar sobre ela. – Elise se sentou mais à frente. – Ninguém nunca fala sobre a Allishon. Nem sei como ela morreu. Peyton veio aqui e conversou com vocês três a portas fechadas, e só o que soube é que o quarto dela permanece fechado, titia ficou de cama e titio mais parece um zumbi. Ninguém me contou nada. Não houve cerimônia do Fade, nenhum luto, apenas um vácuo de silêncio no meio do sofrimento de todos. Por que não podemos simplesmente conversar e ser francos...?

– Não se trata da sua prima...

– Allishon. Por que não consegue pronunciar o nome dela?

Os lábios esguios do pai afinaram ainda mais.

– Não tente me distrair do problema real: você mentiu para mim e se colocou em perigo. O que aconteceu com sua prima é passado. Não há motivos para conversas.

Elise meneou a cabeça.

– Está muito errado a esse respeito. E se vai tentar usar a tragédia do que aconteceu com Allishon, qualquer que seja ela, pra me persuadir, então é melhor me contar a verdade.

– Não tenho de lhe explicar nada. – O pai bateu o punho na mesa, fazendo um dos porta-retratos saltar. – Você é minha filha. Isso é motivo suficiente.

– Por que tem tanto medo de falar sobre ela?

– Esta conversa acabou...

– É porque acredita que Allishon recebeu o que mereceu? – Elise estava ciente de que seu corpo começava a tremer quando por fim deu voz ao que lhe passava pela mente havia semanas. – Ninguém nesta casa diz nada porque todos desaprovam o modo como ela se comportava, e o fato de ela ter morrido por causa disso não os entristece, mas os enraivece? Têm raiva porque não querem as complicações sociais potenciais à sua linhagem?

– Elise! Você não foi educada para...

– Allishon saía à noite. Saía com machos que não eram da nossa classe e se misturava aos humanos...

– Pare!

– ... e agora ela está morta. Diga, com toda a honestidade, está mesmo preocupado com a possibilidade de eu me machucar, ou isso tudo é mais por causa de uma vergonha potencial que venha a ser causada a você e à sua linhagem? Uma fêmea nada convencional com um evento trágico pode ser perdoada no fim das contas, mas duas? Nunca. É essa a verdade, pai? Porque, se for, isso me parece muito mais feio do que o fato de eu ir atrás da minha formação acadêmica.

Axe partiu do Keys com o cheiro da fêmea humana na pele. Ao sair do conjunto de construções conectadas, inspirou o ar frio e fresco e sentiu o vapor do corpo superaquecido debaixo da capa. Flocos caíam de uma nuvem pesada e, em toda a sua volta, a cidade estava viva, as sirenes soando ao longe, as pancadas aceleradas da música do clube, o trânsito da Northway zunindo sem parar.

Queria ir para casa e tomar um banho, lavar-se da sujeira do sexo indecente que fizera com o corpo inteiro dela, mas não havia tempo.

Ao encontrar uma sombra densa, arrancou a máscara nova que fizera para si e a guardou na capa. Depois removeu o peso dos ombros, retirou uma camiseta preta de um bolso interno e a enfiou na cabeça, vestindo-a. Retirou e prendeu as armas escondidas em outros compartimentos no sistema de amarração do velcro. Armando-se, juntou a capa volumosa e a dobrou até que parecesse apenas um casaco três quartos.

Um momento depois, desmaterializou-se e retomou sua forma num beco mais ou menos onze quarteirões adentro da pior parte de Caldie.

Não foi o primeiro dos colegas trainees a chegar. Peyton e Boone já estavam lá, de pé, próximos a uma saída de incêndio. Usavam roupa preta e estavam tão bem armados quanto Axe, mas, ao contrário dele, não rescendiam a sexo.

E Peyton tampouco fedia a bebida e maconha. Um milagre do cacete.

O macho sorriu.

– Andou ocupado?

– Nem um pouco. – Axe bateu a palma na dele e fez o mesmo com Boone. – Onde estão todos?

Peyton sorriu, revelando as presas. O cara parecia saído do Manual da Linhagem Perfeita, exatamente o maldito tipo que Axe odiava por princípio. Rico, loiro, unhas bem-feitas e um guarda-roupa social parecido com algo que Zoolander usaria; Pey-pey era um pey-pé-no-saco. A única característica que o redimia era o fato de ser um excelente atirador e/ou arrogante ou estúpido demais para saber os próprios limites: nos treinos, lutava com o mesmo empenho dos demais, arriscava-se em excesso – e com isso punha sua segurança em risco, e seu descontrole era tão grande que Axe só conseguia pensar em um Lamborghini que perdera metade das rodas, grande parte do chassi e todos os freios.

Enquanto seguia de frente na direção de um muro.

Então, era isso aí, Peyton, primogênito de Peythone, constituía a exceção à regra que provava que os aristocratas jamais deveriam estar em campo de batalha.

Mas Axe não era chegado no FDP.

E isso valia para qualquer outra pessoa.

Boone, por sua vez, era o anti-Pey-pey. Calado, imenso e de estrutura física estranhamente competente, era o tigre prestes a dar o bote do grupo, o gatuno que se resguardava para si e para as sombras, aquele que mais provavelmente subiria nas costas de alguém a fim de cortar-lhe a garganta com uma faca da qual a pessoa nem sequer se apercebera. Axe tinha quase certeza de que o cara fora sacaneado pra valer por alguém ou algo no começo da vida. Pois, apesar de toda a calmaria externa, Boone nunca, jamais relaxava por completo. Quer estivesse lendo no iPhone, ouvindo música no ônibus ou esperando as ordens dos Irmãos, Axe sempre tinha a sensação de que ele sabia onde cada um do grupo estaria, em qualquer lugar que fosse.

Como se esperasse um ataque... E maldito fosse ele se permitisse a alguém levar a melhor.

Vigie o dorminhoco, Axe sempre pensou assim. Antes que o maldito dê uma de ceifador de vidas pra cima do seu traseiro.

O casal Craeg e Paradise chegou em seguida, ambos vestidos de preto e cobertos de armas. Ainda que comprometidos enquanto um casal vinculado, não eram dados a demonstrações amorosas em sala ou fora dela. Graças a Deus.

Afinal, Axe odiava vomitar, e, se havia uma coisa que com certeza esvaziava seu estômago era ver duas pessoas falando com voz de bebê e fitando uma à outra com olhos melosos. Três anos atrás, na época em que usava heroína o tempo todo, o pesadelo dele se referia a estar chapado demais para trocar de canal durante uma maratona de filmes da Sandra Bullock.

Apesar de ter gostado de *Um sonho possível*.

Axe os cumprimentou e recuou enquanto outras saudações ocorriam. Em seguida veio a quietude, durante a qual ele se divertiu observando Peyton tentando não encarar Paradise. Ocorria a mesma coisa toda noite: aquele fracote sofrendo por causa de uma fêmea que não poderia ter. Era bom ver o moço bonito que indubitavelmente tinha tudo o que queria ser enganado pela sorte.

Patético pra caralho.

Cara, essa era uma lição que a mãe de Axe lhe ensinara. Nunca dê a uma fêmea o poder sobre si mesmo. Essa merda de situação o castrará mais rápido do que um par de tesouras cirúrgicas.

Inferno, vejam bem o que aconteceu ao seu velho depois que a mãe os abandonara. Décadas e décadas de tristeza. Uma vida desperdiçada no altar do "amor". Um macho, que em outras circunstâncias teria sido bom, posto de joelhos e mantido assim por um abandono que era baseado no que outra pessoa poderia comprar para ela.

Quando uma dor conhecida e antiga se acendeu por trás do seu esterno, Axe se afastou dessa sensação mesmo sem mover o corpo. Voltando a se concentrar no triângulo Paradise-Peyton-Craeg, que de triângulo não tinha nada por conta de Craeg-adise, descobriu-se sorrindo. Pois é, o fato de o rapaz pobre ter ficado com a garota o deixava feliz. Craeg era o alfa de todos os alfas, o líder de fato dos trainees, mas que veio do nada, assim como Axe. Paradise, por sua vez, era a filha do Primeiro-Conselheiro do Rei. Não se consegue um pedigree melhor do que esse.

Mas ela escolhera a ralé em detrimento do Grande Gatsby.

Valeu, garota. Um motivo a mais pra gostar dela. Além de suas habilidades de caçadora.

A última trainee a chegar era o tipo de fêmea que outrora teria chamado a atenção de Axe. E, sim, sem nada além de couro preto cobrindo-a da cabeça aos pés, ele aproveitou a oportunidade para admirá-la a uma distância respeitável. Ela era a cobra do grupo, uma beldade sinuosa e poderosa, com olhos verdes, reflexos mais rápidos do que explosão de C4 e uma natureza subversiva que Axe entendia muito bem.

Porém, ele jamais daria em cima dela.

Mesmo que a fêmea fosse sexy pra cacete, Axe tinha motivos para esse comedimento tão pouco característico, sendo o principal deles: não se caga onde se come. Embora Craeg e Paradise tivessem ganhado, de alguma forma, a loteria do destino ao ficarem juntos sem perder o foco e sem se odiarem no fim da história, esse não era um par de dados que Axe estivesse disposto a jogar. Ah, P.S., ele curtia relacionamentos tanto quanto curtia a aristocracia.

Quando Novo se recostou na parede de tijolos ao lado de Axe, ele assentiu na direção dela.

– Noite fria – Peyton disse para ninguém em especial.

– Estamos em dezembro – Novo resmungou. – Queria que estivesse 25°C?

– Queria, sim.

Novo detinha uma seleção de palavras bem escolhidas num sussurro reservadas para o cara, incluindo "arrogante" e "babaca", mas ninguém deu atenção. A dupla se transformara em atiradores de elite durante diálogos, mas só um com o outro, e, tudo bem, com pipoca e Coca-Cola o showzinho ajudava a passar o tempo.

Uma rajada de vento atravessou o beco como se perseguida por um inimigo, e Axe inflou as narinas, testando o vento à procura de cheiros dos Irmãos ou de humanos... ou do inimigo, a Sociedade Redutora.

Nada. Sentiu-se frustrado.

Depois de sete semanas de treinamento intensivo, durante as quais passou por técnicas de luta corpo a corpo, armas de fogo, venenos, bombas e técnicas de perseguição, Axe não era o único a acreditar que estavam prontos para algo além de treinos de lutas na academia entre eles mesmos e o estudo de hipóteses. Cada um tinha o seu motivo para querer participar da guerra, mas o denominador comum era que todos estavam loucos de vontade de entrar em ação.

E convenhamos: foram ao centro de treinamento escondido da Irmandade da Adaga Negra seis noites por semana, de seis a oito horas, às vezes dez, de uma vez só. E a conjuntura toda não envolveu só participarem de seminários em salas de aula com lição de casa digitada no laptop. Fora um trabalho árduo, cansativo, e nenhum deles fracassara, o que provava que os testes brutais – que reduziram o conjunto de sessenta inscritos para os seis ali – escolheram a meia dúzia certa para ser submetida ao programa.

Axe testou o ar de novo. Ainda nada. Sentira-se animado quando, pela primeira vez, receberam instruções de não se encontrarem onde o ônibus costumava pegá-los a fim de levá-los ao complexo, mas ali, no campo de batalha.

Talvez enfim tivessem a chance de lutar de verdade.

Dez minutos mais tarde, a verificação dos relógios recomeçou, os pulsos aparecendo sorrateiros, depois com irritação crescente.

Axe não se deu ao trabalho de verificar o seu. Estava no local certo. Chegaram ali na hora determinada. Os Irmãos apareceriam quando estivessem prontos.

Mas, porra, aquilo o estava deixando ansioso.

Olhou pelo beco. A neve começava a cair com mais veemência do céu encoberto, mas as correntes de vento que passavam por cima daquelas gaiolas desertas de quatro e cinco andares destinadas aos humanos indicavam que nada penetrava o labirinto de becos entre os prédios abandonados. Ao longe, as sirenes continuavam a ecoar de um lado ao outro da cidade, como se os motoristas das ambulâncias e das viaturas policiais estivessem brincando de esconde-esconde com os olhos fechados. Não havia humanos naquela área, e não havia nada que os atraísse até ali, nem mesmo uma boca de fumo.

Eles ficavam um pouco mais a oeste. Uns três quarteirões.

Sabia disso porque os frequentara...

Os tiros vieram de todas as direções.

De cima. Da frente. De trás.

Axe mergulhou com o intuito de se proteger das balas que lhe zuniam perto dos ouvidos e do traseiro, e na mesma hora se arrependeu de já não estar com as armas à mão. Ensinaram-lhes isso. Maldição.

Conforme rolava pelo pavimento esburacado, tentou puxar suas armas .40, mas era como tentar apanhar bolinhas de tênis ao mesmo tempo que se está despencando de uma fenda: o casaco rebatia à sua volta, emaranhando-se nos braços e atingindo-o no rosto, e os membros estavam atrapalhados e descoordenados enquanto ele tentava encontrar um modo de não acabar morto.

De alguma maneira, conseguiu chegar a uma soleira rebaixada na parede, com as armas erguidas, e, depois disso, passou a analisar se os tiros eram um teste ou vinham do inimigo de verdade. Não soube determinar. Não conseguia ver nada, e nem sequer o olfato detectava alguma anormalidade. Também não tinha a mínima ideia de onde mirar, ou do que fazer, ou de que porra estava acontecendo.

Um caos inesperado. Assim como a dicotomia do parar-mais-rápido-do-do-que-a-velocidade-da-luz: o cérebro de Axe parecia incapaz de decidir se as coisas se moviam em câmera lenta ou rápido demais...

E, então, uma bala passou tão perto do seu rosto que a ponta do nariz pareceu queimar.

Que merda, pensou ao girar.

Com um empurrão forte, Axe bateu o ombro na porta e partiu a madeira podre. Bem quando caía para dentro, Novo passou rápido, e ele a pegou pelo braço, puxando-a na sua direção. Juntos, os dois aterrissaram no concreto que tinha toda pinta de uma laje de necrotério. Com as pernas e braços entrelaçados, detiveram-se imobilizados em um segundo de "que merda é esta?".

No mesmo instante, voltaram à posição vertical, e, como foram ensinados, colaram coluna com coluna com as armas erguidas, formando a melhor unidade defensiva que podiam. Os olhos de Axe ardiam enquanto se esforçava para enxergar alguma coisa em meio à escuridão densa demais. Os ouvidos, no entanto, entraram no vácuo sensorial, isolando e captando os sons dos tiros e dos corpos em movimento no beco, concentrando-se em...

Havia algo pingando à esquerda. Novo respirava tão pesado quanto ele, que conseguia ouvir as batidas do próprio coração.

Onde quer que estivessem, o local cheirava a ar parado e a doze toneladas de mofo, o que sugeria que não fora aberto em...

– Clique, você está morto.

Enquanto as palavras suaves eram pronunciadas, o cano de uma arma encostou na têmpora de Axe. E, a julgar pelo modo como Novo arquejou, ele tinha certeza de que ela também tinha uma .40 colada em sua carequinha.

– Filho da puta – Axe murmurou.

– É isso aí – o Irmão Rhage disse sem censura. – Nenhum de vocês vai descer pra Primeira Refeição amanhã de manhã. Falharam em seu primeiro teste em campo.

Capítulo 4

Às vezes, o melhor é simplesmente dar as costas.

Não que Elise se *sentisse* necessariamente melhor depois do confronto com o pai. Mas, pelo menos, enquanto permanecia sentada no quarto, fitando o reflexo no espelho da penteadeira, consolava-se porque a situação não ficara ainda pior.

O que, considerando-se as palavras que lhe dirigira...

O que iria acontecer em seguida? Atearia fogo à casa deles?

No entanto, ela se manifestara com toda a sinceridade. Nada daquilo era pra fazer ceninha ou distraí-lo. E, talvez, se fossem pai e filha diferentes, as postulações difíceis que dissera tivessem aberto a porta para uma maior proximidade, para o perdão e para um luto compartilhado.

Em vez disso, os dois explodiram de raiva, e agora o pai iria fazer uma petição junto ao Rei para torná-la uma fêmea *ehnclausurada*. Se achava que tinha problemas antes? Imaginando que a tal petição fosse aceita – e devido à posição do pai na *glymera*, por que não seria? –, ela teria menos do que nenhum direito. Seria um objeto pertencente ao pai, como um abajur ou um carro. Talvez uma torradeira.

Um maldito sofá.

No tocante ao pai, o assunto estava encerrado. Ela não iria mais à universidade e teria de aceitar a punição por ter mentido: a tutela total do pai. Feito e encerrado.

Ao fundo, os detalhes do seu quarto se tornaram exageradamente berrantes: as cortinas de brocado de seda, a cama de dossel, a mobília antiga francesa e o papel de parede pintado à mão que se parecia com o cenário de um filme da Merchant Ivory.

Sabe, tipo uma produção em que Keira Knightley estaria atuando, vestida com um corselete e uma peruca cascateando pelas costas.

Nada daquilo era o estilo dela. Inferno, nem sequer sabia qual era seu estilo.

Quando o celular começou a tocar, tirou-o do casaco que nem se dera ao trabalho de despir ainda e viu quem era.

– Graças a Deus – disse ao apoiar a cabeça na mão. – Preciso de você.

– Oi, estou no meio de um treinamento. Você está bem? – A voz de Peyton saiu abafada, como se o primo tivesse envolvido a boca com a mão.

– Não. Não estou.

– Olha só, não posso falar agora. Estou fingindo estar morto num beco.

– O quê? – Ela sabia que o cara era chegado a feitos estranhos, mas, fala sério? – Onde está?

– Como disse, num beco – ele sussurrou. – Acabei de ser morto num exercício de campo e estou esperando meu castigo. Te encontro em uma hora.

Quando Peyton lhe enviou um endereço no centro da cidade, ela balançou a cabeça mesmo ele não podendo ver.

– Não, você não está entendendo. Enquanto brinca de morto, estou sendo encarcerada em casa. Estou presa aqui.

– O quê?

Pelo jeito, dois podiam brincar no jogo da *Surpresa!!*

– É uma longa história. Não consigo ir te ver…

– Claro que consegue. É só entreabrir a janela e se desmaterializar daí. Te encontro em uma hora.

A ligação foi encerrada, e Elise afastou o aparelho da orelha como se, com isso, conseguisse chamar o primo de volta ao telefone.

Fora Peyton quem procurara a família para contar o ocorrido com Allishon. E, embora Elise tivesse sido proibida de entrar na sala ou de ouvir os detalhes, ele a procurara mais tarde para lhe dizer que, se precisasse de alguma coisa, poderia sempre procurá-lo.

O primo provavelmente se referia à ajuda para lidar com a morte de Allishon, mas Elise sentia que não tinha mais ninguém a quem recorrer.

Quando o celular tocou de novo, ela atendeu de imediato.

– Sério, não posso sair.

– Perdão? – disse uma voz masculina.

– Troy! Desculpe! Pensei que fosse outra pessoa.

– Eu só queria saber... – O professor pigarreou. – Ah, você sabe, se chegou bem em casa. E... lamento muito por termos sido interrompidos.

– Bem, você é um cara popular. – Elise inspirou fundo e desejou poder voltar a se preocupar com uma questão tão simples quanto um possível encontro com ele. – É de se esperar que o procurem na biblioteca.

– Ei, você está bem? Parece distraída. É por causa...

– Problemas em casa. Nada com você.

– Sabe, nunca falamos da sua família. Quero dizer, sei que não é casada, mas fora isso...

A voz dele soava agradável, ela pensou. E o sotaque humano parecia exótico. No entanto, era difícil mudar de estação, dos problemas sérios que enfrentava com o pai para evento tão frívolo quanto um jantar.

Que era, evidentemente, o ponto para onde ele estava direcionando a conversa.

– Nem sei de onde você é – Troy insistiu quando ela permaneceu em silêncio. – Nunca consegui definir seu sotaque. Europeu, sei disso, mas...

Quando o professor se calou de novo, sugerindo que Elise lhe desse alguns detalhes, ela se pronunciou:

– Não, é verdade, não sou dos Estados Unidos.

– Há quanto tempo está aqui?

Bem, nasci em Caldwell. Só que em uma espécie bem diferente da sua.

– Estou sendo muito invasivo? – ele perguntou. – Desculpe.

– Não. É só que... O meu pai descobriu que estou indo para a universidade e ficou muito bravo comigo. Ando saindo sem ele saber, e, quando voltei hoje, fui pega em flagrante.

– Ele não quer que você se forme?

– Não, não quer. Meu pai é muito... – Tentou pensar numa palavra humana. – Ele é muito tradicional. Velha guarda, sabe. O único motivo de eu ter começado a frequentar a universidade é porque minha mãe o convenceu, mas ela faleceu durante o primeiro ano da graduação, e é isso aí.

– Lamento a sua perda.

Elise esfregou a cabeça, que doía.

– Obrigada. Olha só, Troy, não quero ser mal-educada, mas…

– Então é uma cultura totalmente diferente para você.

– Você não faz ideia do quanto – ela murmurou ao mostrar as presas no espelho. – Completamente diferente.

– E o que vai fazer? Quero dizer, vai voltar? E não estou só perguntando porque você é a minha assistente. Posso ajudar de alguma forma? Talvez conversar com ele…

– Não, não. Francamente, isso seria… – Se o pai soubesse que ela andava se socializando com um humano? Que estava, talvez, considerando a ideia de sair com ele? Correntes no porão. – Não sei. Neste instante, o futuro não parece muito promissor pra mim.

O problema em morrer figurativamente no meio de um exercício de treinamento é que, no fim da sessão, você acaba vivendo a morte literal.

Ou um estado bem perto disso, enquanto ainda houvesse batimentos cardíacos.

Axe emitiu um gemido, deitado no chão com as pernas erguidas naquela casa abandonada. Ao seu lado, Novo estava na mesma posição, com as costas contra o concreto frio, pernas estendidas com saltos de quinze centímetros distantes do chão, as palmas para baixo próximas ao quadril. Toda a musculatura de ambos tremia a ponto de os dentes de Axe se chocarem enquanto o suor lhe escorria pelo rosto.

Pelo menos não eram os únicos castigados.

Todos foram "mortos", até mesmo Craeg.

O Irmão Rhage afastou a lanterna de Axe e Novo, iluminando o lugar em que Paradise e Peyton faziam flexões de braço, ao estilo fuzileiro… antes de passar para Boone e Craeg, que se dedicavam aos abdominais.

Quando o assunto dizia respeito a algo assim, a regra era que fossem até a exaustão, e ninguém queria ser o primeiro a dizer *"no más"*. Mesmo com o corpo gritando de dor, Axe libertou a mente, transportando-se de volta ao Keys, para o andaime, para a fêmea humana e para a plateia. Encheu as lembranças de detalhes, a sensação de tê-la sob as mãos, o gosto da mulher na boca dele, as investidas do seu sexo. Não havia emoção nas recordações; se a última experiência de Axe antes de vir para a aula tivesse sido fazer o rodízio dos pneus de um carro, ele estaria pensando em chaves inglesas, radiais e calotas.

Lembrou-se de tudo o que podia e...

A luz ofuscante da lanterna de Rhage bateu no rosto de Axe tal qual ácido.

– Bkdw nbh, koy dwn skfg.

Axe tentou emitiu um "o quê?", mas foi como forçar um ônibus municipal a passar por um buraco de fechadura.

Rhage se agachou e falou mais devagar:

– Pode parar agora, filho. Acabou. Todos os outros já pararam.

Foi como soltar um elástico depois de mantê-lo esticado ao máximo. O corpo do macho relaxou com um *plaf!*, todas as partes se chocando no chão, inclusive a de trás do crânio. Enquanto uma dor rubra acendia seu cérebro, ele não tinha forças para ordenar aos pulmões que se enchessem de ar. Eles iriam funcionar ou não, e não estava muito interessado no resultado final.

O pensamento fugidio de que aquilo não era normal perpassou sua mente. Não era algo saudável. Não era certo.

Mas não foi a primeira vez que teve uma atitude tão blasé a respeito da vida ou da morte.

Uma conversa se desenrolava acima dele; Vishous e Rhage estavam falando com o restante da turma, mas Axe se mantinha ocupado demais com o processo de voltar a se oxigenar para poder acompanhar.

Quando, por fim, conseguiu se sentar, descobriu que havia apenas os trainees no local. Os Irmãos tinham partido.

Um isqueiro acendeu, e uma luz alaranjada iluminou o rosto de Peyton enquanto ele tragava um cigarro.

– Já é uma da manhã. Precisamos de comida e de bebida. Esta foi uma noite foda.

Resmungos. Palavrões. E Craeg estendeu a mão para ajudar Axe a se levantar.

– Vem com a gente? – o cara perguntou.

– Pode crer – Axe se ouviu dizer. – Mas que inferno.

Estava cansado, faminto e era pobre – e, para onde quer que fossem, Peyton insistia em pagar a conta com seu Amex. Uma equação bem boa para Axe, ainda mais que, assim, ele não precisava admitir para ninguém que sobrevivia à custa de macarrão instantâneo quando não comia na sala de descanso do centro de treinamento.

– Vem – Craeg disse perto do seu cotovelo. – Sempre teremos o amanhã.

– Nem fala. Hoje foi uma merda.

Clique, você está morto.

Nesse ritmo, a Irmandade não lhes permitiria que entrassem em combate com os inimigos por muitos meses ainda. Talvez anos.

De volta ao beco, ninguém disse nada e era evidente que esse refrão se repetia na cabeça de todos. Ao menos o ar frio foi revigorante, e, cara, a neve caía pra valer, tão espessa que conseguia se avolumar até mesmo nos becos.

À medida que o grupo seguia para a rua Commerce, Axe ficou revivendo a situação de merda continuamente, imaginando-se com as armas já empunhadas, mais preparado para a emboscada, mais pronto para o combate. Sem nem se dar conta, o ponto de encontro pós-treino predileto de Peyton se materializou diante de si.

O clube de charutos era tão pretensioso quanto soava, decorado ao estilo "interior inglês", que incluía todo tipo de poltronas de couro e muitas mesinhas escuras e pesadas, além de banquinhos. Contudo, não havia nenhuma tela de TV, nenhum esporte humano sendo transmitido nos cantos e a comida era boa, não que o macarrão instantâneo de Axe servisse de parâmetro. O principal ponto negativo era a clientela humana formada de cretinos arrogantes cujas Mercedes e Range Rovers eram entregues nas mãos dos manobristas. Suas namoradas não passavam de acessórios, mas pelo menos os babacas eram tão egocêntricos que pouco se importariam se houvesse vampiros misturados a eles.

Embora Paradise e Novo chamassem muita atenção.

Sim, isso fazia os machos que treinavam com elas quererem sacar as armas.

O *maître d'hôtel* se apressou para junto de Peyton e deu início à cena de boas-vindas. As poltronas em que costumavam se sentar haviam sido reservadas, e Axe dispensou a sessão de bajulação, afastando-se do grupo em direção aos fundos, onde ficava a saída de emergência.

Novo se sentou com ele, que em seguida pediu dois uísques, um para cada, enquanto os demais chegavam e se acomodavam nas poltronas estofadas. Havia uma mesa de centro baixa com uma caixa de charutos e uma série de cinzeiros e, em pouco tempo, diversos coquetéis e porções de tapas tomavam conta da superfície.

– ... prática de tiro amanhã.

Axe esfregou o rosto.

– O quê?

– Eu disse – Novo repetiu – que talvez você queira dar um tempo naquele clube antes dos treinos. Está exausto agora, e não vai querer fazer feio na prática de tiro amanhã.

– O que está ferrando com a minha cabeça é a bosta de hoje. – Girou a bebida no copo, cobrindo os cubos de gelo com uma onda de uísque. – Inferno, talvez eu me saísse melhor se tivesse ficado um pouco mais no Keys.

– Vai me levar lá um dia desses? – Ela sorveu um gole e se recostou na poltrona. – Quero ver como é.

Os olhos de Axe percorreram o corpo dela de alto a baixo.

– É, acho que você dá conta. Eu não diria o mesmo da maioria das fêmeas.

– Sexista, hein?

– As fêmeas têm padrões melhores do que os machos. Mas você é uma de nós.

Novo lançou a cabeça para trás e gargalhou.

– Não consigo decidir se devo ficar ofendida ou não.

– Se pedir outra dose, talvez te ajude...

Foi como um acidente de carro na cabeça dele. Num segundo, viajava por uma estrada deserta em seu estado normal de vadio hipersexualizado e sem-vergonha... No seguinte, todos os seus pensamentos, cada porção de cognição, mesmo a nível subconsciente, abalroavam a fêmea loira de um metro e oitenta com olhos de anjo e corpo saído do paraíso, e uma singular combinação de olhar assustado com um maxilar forjado a ferro.

Axe se endireitou na poltrona como se alguém tivesse carregado sua bunda com a bateria de um Chevy, e tudo se afunilou com a fêmea se transformando na luz no fim do túnel, o brilho que a rodeava era resultado da reação dele àquela presença...

Peyton se colocou no meio do caminho.

O filho da puta miserável teve a audácia colossal de se levantar e cumprimentar quem quer que fosse com um abraço. E depois conversou com ela, o corpo musculoso bloqueando a vista de Axe, a parte de trás da cabeça dele tornando-se um alvo excelente para uma bala, para a batida de um martelo ou, quem sabe, a queda de um piano, se dependesse de Axe.

– Pra sua informação – Novo disse com suavidade –, atirar nele não vai fazer o uísque chegar mais rápido. Porque o garçom vai chamar a polícia pra te prender antes de pegar a minha bebida.

– Que diabos está falando? – Axe grunhiu.

Só que, quando baixou o olhar... Uau, olá, senhor Brilhante, a arma estava em sua mão, pronta para ser usada.

Diferentemente do que aconteceu no beco.

Maravilha, o cérebro dele resolveu seguir o protocolo.

Resmungando baixinho, Axe guardou a maldita coisa e terminou a bebida. E depois tentou chamar a atenção do garçom, quando, na verdade, estava tentando se inclinar visando conseguir enxergar ao redor de Peyton.

O problema finalmente foi resolvido quando o FDP deu um passo para o lado e começou a fazer as apresentações.

Mas foi aí que a situação piorou.

– Esta é a minha prima – Peyton anunciou a todos –, Elise.

Capítulo 5

SEGUNDO ELISE, VISTO QUE JÁ fora apanhada em flagrante por agir pelas costas do pai, era impossível que enfrentasse problemas ainda maiores por sair uma última vez antes que a sentença do *ehnclausuramento* fosse anunciada, e com isso ficasse trancada em casa. Além disso, Peyton estaria com os colegas trainees. O que poderia ser mais seguro do que se juntar ao grupo?

A questão se referia ao fato de o primo ser a única pessoa a quem ela conseguia pensar em recorrer. Talvez houvesse uma saída, uma maneira... Não sabia.

– Deixe eu te apresentar – o primo dizia enquanto indicava as pessoas sentadas em círculo em poltronas pesadas.

Elise teria preferido encontrar-se com ele sozinha, mas não pretendia perder a oportunidade. Sem falar que sempre poderia puxá-lo para um canto para conversarem.

– Este é Craeg... e você conhece Paradise.

Elise ergueu a mão na direção da fêmea.

– Oi. Tudo bem?

Paradise era a filha do Primeiro-Conselheiro do Rei, descendente ilustre de uma Família Fundadora, e mesmo assim, de algum modo, ela conseguira escapar do seu papel tradicional e entrara no programa de treinamento da Irmandade. Como soldada. Uma guerreira.

Talvez a fêmea pudesse lhe dar algum conselho?

– Aqueles são Boone, Novo... e Axe.

Elise assentiu para cada um dos trainees, até chegar ao último. Então não teve muita certeza do que fez.

Talvez um ataque epilético? Uma concussão espontânea? Porque um impacto foi certo: esquecera-se de tudo e de todos no instante em que se deparou com os olhos dele, então, o clube de charutos, os humanos ali e até mesmo o motivo que a levara até o local foram desaparecendo como se alguém tivesse atacado o mundo com um apagador.

O macho era extraordinário.

Ou talvez... "extraordinariamente perigoso" soasse mais adequado.

Não importava como definisse o efeito de Axe, Elise tinha um sexto sentido de que ele mudaria a vida dela.

O macho estava sentado fora dos limites do facho de luz que se projetava do teto, as sombras o encobriam como se protegessem um filho. Tinha cabelos escuros, negros, espessos e espetados, e um corpo imenso posicionado como se estivesse pronto para saltar e atacar num piscar de olhos. Tatuagens lhe cobriam metade do pescoço e piercings marcavam a orelha esquerda, tornando-o ainda mais sinistro. E também havia as roupas pretas e drapejadas, sugerindo que talvez existissem armas por baixo delas.

Com o queixo encostado no peito, ele a encarava por debaixo das sobrancelhas; os olhos amarelo-claros brilhavam enquanto se fixavam nela e apenas nela.

O primeiro pensamento coerente de Elise foi o de que ele era um predador.

O segundo... foi o de querer ser pega.

– Elise?

Quando Peyton disse seu nome e se pôs entre eles, ela estremeceu.

– Desculpe. O que disse?

A carranca do primo sugeria que ele notara a conexão e – nenhuma surpresa – não aprovava. Mas, pensando bem, do jeito que o macho naquele canto a fitava, não seria necessário ser um parente possessivo para não querer que determinada fêmea ficasse perto do cara.

– Sente-se ao lado de Paradise, aqui – instruiu Peyton. – E vamos conversar.

Caramba, estava quente ali?, Elise ponderou ao começar a desabotoar o casaco.

– Elise? Oi?

Voltando ao momento, ela forçou um sorriso.

– Desculpe. O que foi?

– Sente-se – o primo murmurou ao apontar para o banco acolchoado que aproximara.

– Sim, certo. Claro.

Enquanto Elise tentava colocar o cérebro de volta nos trilhos, sentou-se e olhou para Paradise, cujo sorriso se mostrava franco e tão belo quanto o restante dela. Uma surpresa. A maioria das fêmeas com o tipo de conexões de Paradise era formada por garotas metidas e malvadas.

– Enquanto vínhamos para cá, Peyton me contou o que está acontecendo. – Paradise acomodou as pernas sob o corpo ao se inclinar no braço da poltrona. – Não vou contar pra ninguém, prometo. Mas entendo. De verdade.

Elise balançou a cabeça e começou a analisar o quanto estava disposta a compartilhar e o que queria manter para si. Falar sobre a patologia em torno de Allishon? De jeito nenhum.

– Meu pai não é um macho ruim, não mesmo.

– Deus, claro que não. Ele só é tradicional, um macho que se preocupa com a filha num mundo turbulento. Não se trata de bom ou ruim. A questão é o seu direito de ter uma vida a despeito do fato de ser uma fêmea num papel social rígido.

Elise exalou.

– Como conseguiu entrar no programa de treinamento? Isto é, sei que aceitavam fêmeas, mas...

À medida que falava, aconteceu um tipo de divisão de personalidade. Metade se mantinha ligada à conversa com Paradise, mas a outra parte estava com aquele macho, sentindo o corpo, a presença, a força dele.

O efeito de Axe sobre ela não se parecia em nada com o de Troy, pensou. Com o humano na biblioteca, Elise se sentia como que diante de uma lareira controlada, onde se chegava e pensava: *Talvez eu me sente aqui e estenda as mãos pra me aquecer. Ou talvez apenas fique onde estou e admire a imagem das chamas. Ou... sei lá, acho que vou pegar um livro pra ler por um tempo.*

Bem agradável e nada ameaçador, mas certamente interessante, ponderado.

O macho nas sombras ali? Era mais como se ela estivesse congelada até os ossos e morrendo de fome porque se perdeu numa trilha durante uma nevasca de dezembro, e dezessete dias mais tarde, ainda caminhando trôpega entre as rajadas, a ponto de desmaiar, os pulmões lutando pelo oxigênio, a cabeça rodopiando, o corpo inteiro doendo... e lá, lá no horizonte, havia uma fogueira imensa a céu aberto, acesa por um raio na floresta, as chamas consumindo o cenário, as labaredas fortes e aterradoras, letais...

Contudo, ainda assim, eram a única fonte de calor que poderiam aquecer o corpo torturado dela, meio morto e congelado.

Ah, e, na verdade, acrescente-se a isso um bufê da sua comida predileta bem diante da gigantesca desordem quente.

Como, hum... Duzentos quilos de chocolate Lindt.

E macarrão. E champanhe.

Sim, o macho não despertava uma reflexão agradável. Nem mesmo uma escolha. Resumia-se a uma compulsão para chegar à luz guia que dele emanava.

E ao diabo com as consequências.

– ... falar com o seu pai.

Elise chutou o próprio traseiro mentalmente e voltou a se concentrar em Paradise.

– O que disse?

– O seu pai – repetiu a fêmea. – O meu pai com certeza pode falar com o seu.

– Falar com quem? Com o meu pai?

– Que modo melhor de tentar fazer com que mude de ideia? Meu pai se preocupa comigo, e o faz do jeito antigo de lidar com as coisas, mas seu modo de pensar acabou evoluindo. Se alguém pode fazer o seu pai mudar de ideia, esse alguém é ele.

– Puxa, meu Deus... Seria incrível. – Lágrimas marejaram os olhos de Elise. – Mas por que você faria...

Paradise segurou a mão da fêmea.

– Porque sei como é difícil.

A empatia inesperada foi um alívio, e Elise se emocionou com a gentileza. Era tão difícil enfrentar sozinha a *glymera* e as suas restrições às fêmeas, tão impossível discutir contra os padrões aos quais não se prontificara a atender e nos quais não acreditava, mas que, entretanto, regiam sua vida. E nesse momento Elise se deu conta de que tinha cedido antes mesmo de começar a lutar, pois não havia esperança a não ser se fugisse de casa e alterasse a autoridade legal e social do pai sobre ela.

– Mas ele vai me declarar *ehnclausurada* – Elise contou. – Se fizer isso, acabou pra mim. Vai terminar antes mesmo de começar.

– Quando seu pai vai entrar com a petição?

– Acho que agora. Ele foi à Casa de Audiências. Por isso consegui vir até aqui.

Paradise pegou o celular e se levantou.

– Me dá um minuto.

Quando a fêmea foi procurar um lugar mais tranquilo para telefonar, Elise enxugou os olhos. E, ao inspirar fundo e mudar de posição, olhou para a frente...

O macho ainda a encarava, o corpo imenso relaxado na poltrona, os joelhos afastados, o drinque pendendo numa das mãos longas, enquanto a outra se apoiava no queixo, os dedos sobre a boca.

Como se talvez a estivesse beijando em sua mente.

O corpo de Elise esquentou, o fogo emanou em suas veias em reação àqueles olhos, à pose erótica em que ele estava largado ali, à atenção ardente com que a cravava. Mas era engraçado. Por mais direto que o olhar dele fosse, e por mais inconfundivelmente sexual que fosse aquela tensão, o macho não fez sequer um movimento para se aproximar e falar com ela.

Apesar de Elise ter certeza de que ele os imaginava fazendo amor...

– Vai dar tudo certo – Peyton confortou-a quando tomou o lugar de Paradise. – Vai ficar tudo bem.

Mudando de marcha – na marra –, Elise se deparou com os olhos do primo.

– Ah, espero que sim. E obrigada por ajudar. Eu não sabia a quem mais recorrer.

– Já te disse. Em qualquer momento, em qualquer lugar, estou à disposição.

Peyton deu uma baforada no charuto, soltando nuvens de fumaça cinza que se ergueram acima de sua cabeça. Quando chamou o garçom com a mão, e depois fez um círculo para mostrar os copos sobre a mesinha, Elise teve a distinta impressão de que o primo ia ali com frequência. Mas talvez só fosse alguém muito à vontade e seguro de si no mundo.

Uma característica a ser almejada.

Enquanto ele brincava com o macho com quem Paradise estivera de mãos dadas, e em seguida ria de algo que o outro dissera, Elise passou a avaliar as feições do primo. Peyton era lindo como ninguém mais poderia ser, o tipo de cara que atraía os olhares de todos e a quem todos queriam conhecer... mas nunca fora feliz, pelo menos não que ela tivesse percebido. E, por certo, não o estava naquele momento. Por baixo daquela fachada irreverente e sensual, Elise pressentia que ele não estava ligado ao ambiente, que se distanciava do mundo.

Peyton sofria em silêncio. Lamentava-se sozinho. Abalado, mas fingindo que tudo estava normal.

Quais eram os laços entre ele e Allishon? De todas as pessoas que poderiam ter dado a notícia da morte dela à família, por que ele o fizera?

Teria sido ele quem a encontrara ou algo do tipo?

— Como você está? — Elise perguntou baixinho. — Sabe, depois que Allishon...

— Está de brincadeira? Estou ótimo. — Inclinou-se para a frente e bateu a ponta roliça e brilhante do charuto no cinzeiro. — Estou espetacular.

Os olhos dele estavam vazios quando lhe sorriu e, de repente, ela sentiu vontade de chorar de novo. Mas, se o primo conseguia ser forte, ela também conseguiria.

E foi então que Paradise voltou e se sentou no colo do trainee com que estivera de mãos dadas.

— Meu pai vai conversar com o seu agora mesmo.

Elise fechou os olhos, aliviada.

— Ah, obrigada! Muito, muito obrigada! Espero de verdade que ele ajude.

— Meu pai tem um jeito especial de acalmar as pessoas. — Paradise fitou com amor os olhos do macho e sorriu. — Por mais tradicional que ele seja, também sabe que isso não é tudo.

Não, Axe disse à sua libido. Não, definitivamente não. Você *não* vai ter essa fêmea.

Esqueça. Deixe pra lá. Vá embora.

Puta que o pariu, era como se estivesse falando com um cachorro teimoso.

Mas que merda. Não só ela não era "seu tipo", como também representava tudo o que ele desprezava na *glymera*. Não suportava loiras, pra começo de conversa. Tudo bem, ela não estava muito maquiada, e não se vestia com um punhado de roupas estranhas e esnobes que supostamente estavam "na moda" – sabe-se lá que porra isso queria dizer. Mas aquele sotaque? Convenhamos, tão aristocrático que fazia a rainha da Inglaterra parecer um bebedor de cerveja de Jersey Shore.

E a estrutura óssea era ainda pior. O rosto, tão refinado e perfeito, fazia Axe ter certeza de que ela saberia recitar sua linhagem até o início dos tempos. E os olhos? Como safiras. Os lábios? Rubis. A pele… Uma pérola.

A fêmea parecia uma maldita loja de joias da beleza. Mas, cara, era fácil demais preencher as lacunas das particularidades da vida dela: viveria numa mansão na melhor parte da cidade; seu quarto seria um misto de Barbie com Galeria Nacional; o pai se ocuparia de encontrar um macho adequado vindo de uma Família Muito Boa, e a maior preocupação da fêmea seria qual conjunto de diamantes usar na Última Refeição.

Que bom que ela teria pelos menos umas quatro horas para pensar no assunto.

Ufa. Que puta alívio.

Ela era exatamente como a mãe dele esperara ser quando o deixara órfão, e o pai, um macho arruinado.

Então, não. Ele não faria nada com aquela máquina reprodutora aristocrática metida. Não mesmo. Não faria…

Como seria o gosto dela?, uma voz interior sussurrou.

– Para – Axe murmurou. – Cala a boca de uma vez…

Como seria tê-la nua debaixo dele, com as pernas abertas e o sexo exposto para possuí-la? Ela gemeria o nome do macho? Ou arquejaria…

– Sabe – Novo murmurou –, você poderia facilitar os acontecimentos.

– Do que está falando? E, por favor, não responda se não estiver a fim.

– Por que não vai até lá e fala com ela?

Axe até pensou em se fazer de desentendido, mas ao inferno com isso.

– Não é uma boa ideia. A fêmea estaria nua no minuto seguinte, e então eu teria que acabar com qualquer um com um pau que olhasse pra ela assim.

– Você é um tremendo animal. – Novo gargalhou. – Mas gosto disso num macho. E acho que aquela fêmea também.

– Que fêmea? – Maldição, a bebida já tinha acabado de novo? – Acho que está vendo coisas.

– Se você estivesse mais excitado do que já está, estaria fazendo coisas que o levariam preso, num lugar como este.

– Por esse motivo vou ao Keys.

– Estou falando sério, preciso conhecer esse clube.

– É só falar quando.

E então se calou, porque a prima de Peyton começou a se levantar e abraçou o cara como se estivesse indo embora.

Olha pra mim, Axe ordenou mentalmente. *Vai, olha pra mim.*

E a fêmea evidentemente recebera uma excelente educação, pois se demorou despedindo-se das pessoas a quem fora apresentada... Inclusive, por fim, dele.

Um rápido olhar na direção de Axe, e depois Elise ergueu a mão num breve gesto de despedida e saiu.

Ela caminhava como alguém em quem ele desejaria montar por trás.

Axe ameaçou se levantar antes mesmo de perceber que estava em movimento, mas Peyton lhe lançou um olhar de alerta, um enorme "não ouse" aliado a um "nem pense nisso", ambos combinados com um "nem na sua imaginação, cretino". Mas, nesse momento, uma bênção se aproximou.

Num sutiã tamanho GG e minissaia tão curta que mais parecia uma calcinha sem fundo. E a humana era loira, a predileção de Peyton.

Toda a merda que acontecera no exercício prático, aliada ao uísque que o cara vinha bebendo, conspirou contra o instinto protetor do bom e velho Pey-pey... E, em seguida, a GG se sentou no colo dele e lhe acariciou os cabelos e a base da nuca com as unhas postiças.

Essa era a deixa pra um tchauzinho.

Axe ficou de pé e saiu mais rápido do que um atirador sacaria a arma.

Esgueirando-se pelo ambiente de luz fraca, moveu-se como uma mira a laser em meio aos demais indivíduos, abrindo caminho até a entrada e o exterior frio.

Instintivamente, soube que a fêmea havia ido para a esquerda.

Também instintivamente, Elise parou na calçada no segundo em que ele apareceu.

Quando ela se virou de frente, uma rajada de vento soprou seus cabelos, afastando-os do rosto. Dada a neve espessa que rodopiava à sua volta e o casaco inflado pelo vento invernal ao redor do corpo, Elise parecia saída de um sonho febril, tão real quanto imaginária.

Axe se aproximou, ciente de parecer mais um virgem ansioso por amor do que o viciado em sexo que se tornara desde que abandonara a heroína.

Os olhos da fêmea se desviaram como se ele a intimidasse, e ela enfiou as mãos nos bolsos, ainda que Axe pressentisse que o gesto não ocorrera devido ao frio.

E sabia disso porque inalou o cheiro dela: a fêmea, por mais agitada que estivesse, não lhe era indiferente.

– Sabia que viria atrás de mim – ela disse seca.

– E eu sabia que você estaria esperando.

Elise levantou o queixo.

– Não estava esperando.

– Se eu não tivesse me apressado, estaria.

Ele gostou do modo como o queixo dela estava empinado, sugerindo que se sentia irritada. Mas logo Elise sorriu.

– Se sabia que eu o esperaria, por que se apressou?

– Porque você vale a pena.

Ela abriu a boca como se imaginasse que Axe fosse falar outra coisa e já tinha sua resposta ensaiada. Balançando a cabeça, sorriu e desviou o olhar.

– Essa frase não é uma fala de comercial de xampu?

– Não faço ideia.

– Não se liga em revistas femininas?

– Não me ligo em mulheres. Nem em fêmeas.

– Então o que acha que sou?

Axe sabia que seria impertinente observar que se sentia sexualmente atraído por pessoas e, ao mesmo tempo, que não dava a mínima para elas.

– Como eu saio com você? – ele perguntou com um grunhido. – Diga onde e quando e estarei lá.

– E se eu não estiver interessada? – Elise retrucou de modo arrastado, saindo da calçada para a rua.

Ele a acompanhou de perto enquanto ela atravessava a via. E foi bom não haver carro algum em qualquer das direções, ou ele teria de tirá-lo do caminho.

– Se disser que não está interessada, eu desafio o seu blefe. Mas, na verdade, pra que perder meu tempo com isso?

Do outro lado, ela se virou e apoiou as mãos nos quadris.

– Você é sempre arrogante assim?

Axe inclinou-se para perto dela, inalou fundo e se deliciou com o cheiro da excitação.

Num sussurro, bem junto ao ouvido de Elise, disse:

– Acha mesmo que algo tão frágil quanto uma falsa recusa vai me manter afastado de você?

Nesse instante, a porta do clube de charutos se escancarou e Peyton saiu, todo protetor e mais um pouco.

– Não estou recusando nada – ela respondeu com secura. – Mas meu primo com certeza vai nos manter afastados.

– Só se você deixar.

– Elise! – Peyton a chamou em tom bravo do outro lado da rua. – Vá pra casa.

– E esse é o mesmo macho que está me ajudando a me libertar do meu pai – ela murmurou.

– Elise!

Enquanto uns carros indo e vindo impediram o cara de atravessar, ela se virou.

– Divirta-se com ele.

E *puf!*, desmaterializou-se na noite de dezembro.

– *Maldição* – Axe murmurou.

Nesse meio-tempo, Peyton se desviou de um caminhão e correu, diminuindo a distância entre eles.

– Pelo amor de Deus – Axe ladrou para o cara. – Não toquei nela...

Soc!

O gancho de direita o fez cuspir sangue.

– Nem pense nisso, porra! – Peyton grunhiu entredentes. – Ela *não* é pro seu bico.

– Só porque não sou um aristocrata como você, babaca?

Os dois se enfrentaram, escancarando as presas sem preocupação de serem vistos, agarrando a parte da frente dos seus casacos.

Craeg foi o seguinte a sair do clube, e Paradise veio logo atrás dele.

– Ela é uma fêmea de valor! – Peyton começou a se preparar para mais um golpe. – Minha prima não é como o lixo que você fode...

Axe segurou o antebraço do macho e o dobrou.

– Ah, e aquela vadia humana no seu colo era uma santinha?

– A prima dela está morta, ok? Allishon foi morta por Anslam no mês passado, e eu tive de ir até a casa da Elise e contar pra eles o que havia acontecido! Então, não, você não pode trepar com ela e arruiná--la, que é o que iria fazer. Já existe sofrimento demais sob aquele teto, e ela merece mais do que isso! Mais do que você!

Craeg trotou pela rua e não perdeu tempo em segurar Peyton pelos ombros, arrastando-o para trás.

– Aqui não – Craeg disse entredentes. – Vocês, babacas, estão fazendo a maior cena.

Axe praguejou e se afastou um pouco, indo de um lado a outro sobre a neve, as botas abrindo uma trilha que logo o fez chegar ao concreto. Cuspiu mais um pouco de sangue e tentou ignorar o quanto os nós dos dedos almejavam um revide.

Mas, maldição, todos eles ficaram sabendo do homicídio. Anslam, o assassino, fora um dos trainees, um dos poucos a superar a noite de iniciação e a ser aceito no programa da Irmandade.

Ninguém sabia, ou mesmo teria imaginado, que o maldito aristocrata vinha brutalizando fêmeas e tirando fotografias do seu trabalho fora do expediente.

Peyton fora procurar a prima depois de tentar falar com ela, e, pelo que Axe soube, o cara encontrara uma chacina. Mas nenhum corpo. No fim, ela havia morrido na clínica de Havers, sem identificação.

Fora Paradise a responsável por ligar os fatos, e Anslam quase a matou quando ela descobriu tudo.

O maldito sádico acabou morto no hall de entrada da casa dela.

Uma puta confusão.

– A Elise não – Peyton enfatizou com aspereza. – Não vou permitir que a arruíne. E não finja que não iria acontecer. A menos que pretenda pedir a permissão do pai dela para cortejá-la, como se deve, fique bem longe da minha prima.

Pois é, como se isso um dia fosse acontecer. Primeiro porque Axe jamais pediria nada a pai algum. Segundo, até parece que um pai da alta sociedade, como o de Elise, permitiria um dia que um zé-ninguém como Axe passasse pela porta da casa deles, ainda mais com um pedido de casamento.

Infernos, Axe nem servia para passar o aspirador no piso do Rolls-Royce do cara.

Mas que importância isso tinha?, Axe pensou ao desviar o olhar. Era muito improvável que voltasse a vê-la.

Qual era mesmo o ditado? Navios na noite...

Eram dois navios na noite, passando um pelo outro, sem jamais se cruzarem...

– Ok – murmurou. – Vou deixá-la em paz.

Capítulo 6

Ao ENTARDECER DO DIA SEGUINTE, Mary observava da beirada da cama enquanto a menina ponderava sobre qual casaco vestir. A primeira opção era uma parca fofa preta e vermelha, um presente do Rei que, segundo Mary, parecia envolver a criança em plástico bolha; Rhage até brincara dizendo que era o equivalente em roupas impermeáveis de uma daquelas bolas para hamsters humanos onde as pessoas entravam para descer rolando uma colina. A outra era um casaco de lã azul-marinho do tipo tradicional, com botões de marinheiro e o colarinho que podia ficar de pé como o do Drácula.

Uma parte de Mary se emocionava porque era a primeira vez na vida que Bitty tinha de tomar qualquer tipo de decisão. Antes, vivendo na pobreza, com sorte ela possuíra algo para vestir, e somente a ideia de que a menina tinha passado tantos invernos com frio já deixava Mary nauseada.

– Não entendo por que tenho que ir até a clínica – a garotinha disse ao guardar a parca de novo no armário.

Mary sabia que o casaco de lã seria o escolhido. Foi Rhage quem deu a peça à menina, e Wrath, filho de Wrath, pai de Wrath, podia ser o Rei de toda a raça, mas não chegava aos pés do pai de Bitty.

E aquela noite seria assustadora.

– Acha que tem alguma coisa de errado? – Bitty perguntou ao voltar do closet.

– Não – Mary respondeu. – Não acho. Mas é melhor ter certeza do que simplesmente ficar desejando que essa seja a verdade.

– Mas não sinto dor. – Bitty foi até a penteadeira e se sentou diante do espelho de três faces. – E todos os pré-trans são pequenos.

– Concordo. – Puxa, Mary odiava mencionar os abusos sofridos. –
Mas na realidade seu corpo já enfrentou muitas coisas. Isso não significa que você não passará pela transição e acabará ficando alta e forte.
Mas, e se houver alguma coisa que possamos fazer para ter certeza de
que isso irá acontecer?

– É por causa dos ossos quebrados?

– Sim.

Bitty se calou, pegou a escova e deslizou as cerdas pelas ondas longas e castanhas que ultrapassavam os ombros, apesar de já tê-las esco-
vado antes. Mary deu esse espaço à menina e passou o tempo observando o que as cercava... e também imaginando o que mais poderia
fazer para transformar o antigo cômodo formal em um ambiente mais
apropriado para uma garota de treze anos. Contudo, Bitty não pedia
nada e parecia contente.

Haviam feito várias compras nos últimos tempos, e era difícil não
dar o mundo à garotinha.

Complicado também era impedir que a bendita Irmandade não a
mimasse num caminho sem volta. Bitty chegara à mansão com duas
malas surradas, uma cabeça de boneca e seu velho tigre de pelúcia,
Mastimon – e, em uma ou duas noites, o equivalente a um time de futebol de pés no saco superprotetores, também conhecidos como BATUS
– Brucutus Assumidos, Tios Únicos –, vinham deixando presentes à
porta dela como se fossem oferendas em um altar.

Na verdade, Lassiter chamou o esquadrão de tios de Babuínos ou
Batelões. Foi o momento em que a surra começou. Mas então...

Ah, e o anjo caído valia um punhado deles no que se referia a presentes. Na noite anterior mesmo, na Primeira Refeição, ele lhe dera
outra cópia do DVD de *Deadpool* e um agasalho de moletom com uma
Dory vermelha e preta, como *Deadpool*, com a pergunta "Cadê o Fran-
cis?" estampada na frente.

– Eu não queria mesmo ter que ir até a clínica do Havers – Bitty
confessou ao se olhar no espelho. – Estou com medo.

Mary fechou os olhos, lembrando-se de que Bitty recebera
tratamentos lá em razão do que havia sofrido nas mãos do pai
biológico.

– Rhage e eu estaremos com você o tempo inteiro. Não vamos sair
do seu lado.

– A doutora Jane não pode fazer na clínica mesmo o que tem que ser feito?

– Sinto muito, mas não pode.

– Ela pode ir com a gente?

– Não, meu amor, a doutora tem trabalho aqui. Mas vai conversar com Havers depois que os resultados dos exames ficarem prontos. E o doutor Manello e quem sabe até V. conversem depois com ele.

Bitty abaixou a escova e passou a mão pelos cabelos.

– Tudo bem.

Deus, a garotinha parecia tão pequena sentada ali, e Mary daria qualquer coisa para ser ela mesma espetada e examinada, submetida a raios-x e a outros exames de imagem. Bitty já passara por adversidades demais, o pobre corpinho havia recebido uma quantidade tremenda de golpes e estresse, à qual muitos adultos teriam dificuldade de sobreviver. Tais situações já haviam sido bastante ruins. A ideia de que ainda precisava lidar com elas era injusta demais.

– Acho que, depois – Mary disse ao se levantar –, Rhage pode tirar a noite de folga pra ficar com a gente.

– Ele disse que podemos comer sorvete e assistir a uns filmes, se eu quiser.

– Então está combinado.

Quando Bitty não ficou em pé, Mary se aproximou.

– Não vou sair do seu lado.

– Promete? – perguntou num sussurro. – Estou com medo.

Mary apoiou uma mão no ombro de Bitty.

– Juro.

Graças à Virgem Escriba. E graças a você, Rhage. Quando decidiram dar seguimento ao processo de adoção, ela e Rhage entraram num acordo de que, caso ele morresse primeiro, Mary ficaria com Bitty. Claro que não contaram nada à menina. Ainda não chegara a hora.

Bitty inspirou fundo.

– Está bem, vamos…

Uma batida à porta a interrompeu, em seguida veio a voz abafada de Rhage perguntando:

– Como estão as minhas fêmeas aí dentro? Prontas?

– Sim.

– Estamos.

Rhage abriu a porta e lá estava ele, enorme e lindo, os ombros largos preenchendo a soleira da porta, a perfeição física sobrenatural, o tipo de imagem que Mary ainda precisava olhar duas vezes para acreditar que existia. Cabelos loiros ondulados, olhos da cor do oceano nas Bahamas e dentes tão brancos e alinhados que pareciam azulejos de banheiro, apesar de nunca terem sido clareados; ele se tornara uma lenda entre as fêmeas da raça por um bom motivo.

E também era total e completamente devotado a ela e somente a ela.

Mary precisara de um tempo para se acostumar à situação, para acreditar nela. Afinal, Rhage poderia ter escolhido qualquer uma como parceira, uma fêmea alta, loira e linda como ele. Em vez disso... tinha olhos somente para ela, uma morena de feições bonitinhas cujo corpo fora considerado infértil após o tratamento quimioterápico.

Rhage, no entanto, a considerava uma beldade, e, engraçado, quando estava perto do companheiro e ele a fitava daquele jeito? Ela se sentia mesmo uma.

Bitty se levantou num salto e correu até ele, que se abaixou num joelho a fim de se aproximar da altura da menina. Segurou as mãos da filha, as palmas pequeninas engolidas pelas dele, que eram muito maiores.

— Pronta pra acabar logo com isso pra gente poder assistir a *Deadpool*?

Mary balançou a cabeça.

— Vocês não têm mais jeito.

— "Então, como vai ser?" – Bitty gracejou. – "Ficar em silêncio ou fazer comentários maldosos?".

— "Você me deixou num beco sem saída."

— Isso, isso, isso! – Bitty cerrou os punhos e socou o ar ao dar a volta num pequeno círculo.

— Prometa pra mim mais uma vez – Mary interrompeu – que não vai olhar as partes mais adultas do filme.

Bitty e Rhage cobriram os olhos enquanto ele respondia:

— Não vamos ver. Ficaremos assim até que as partes feias tenham passado.

Escolha suas batalhas, Mary procurou se lembrar. É preciso escolher *as suas batalhas*.

Enquanto os três saíam juntos da suíte, Mary indagou:

— Sabe a que vocês poderiam tentar assistir? Existem documentários maravilhosos sobre problemas sociais que...

Ela parou de falar quando os dois se viraram e a encararam como se tivesse sugerido que pintassem obscenidades com spray nas paredes do átrio. Ou despedissem Fritz. Ou anunciassem o GTO de Rhage como sucata no eBay.

– Como é que vocês dois não são parentes de sangue? – ela murmurou. – Mas quem sabe você ainda possa superar essa fase, Bitty.

A menina se aproximou e lhe deu um daqueles abraços apertados e rápidos.

– Quem sabe.

Quando desciam para o segundo andar, Rhage disse:

– Bit, sabe que não vou te deixar, não é? Talvez não seja apropriado que eu esteja ao seu lado o tempo inteiro, mas Mary estará, e ficarei na sala de espera ou no corredor mesmo...

No entanto, assim que desceram as escadas, pararam ao mesmo tempo.

Bem do lado de fora do escritório do Rei, havia um grupo à espera: doutora Jane, com sua roupa hospitalar; Manny, de jaleco; Vishous, vestido para a guerra; e Zsadist, de Adidas, mas todo armado.

Ah, Lassiter também.

Com máscara de hóquei e protetores de ombro de futebol americano.

– Que doce adeus – Rhage disse ao bater a palma da mão nas dos Irmãos.

– Não estamos nos despedindo. – Lassiter socou o peito protegido. – Somos seu séquito.

Mary piscou.

– Como disse?

Jane sorriu e se concentrou em Bitty.

– Vamos com você.

– Não que os pais não deem conta – Lassiter comentou por trás da máscara. – Mas, vamos ser francos, estou treinando a minha posição de defesa e esta é uma perfeita oportunidade pra praticar. Se aquele pesadelo de médico começar a cutucar demais, vou transformar ele em tinta pra parede.

Vishous levou ambas as mãos para o rosto e esfregou com força. Como se, mentalmente, estivesse socando o anjo, mas sabia que não podia arrancar sangue na frente da menina, e esse autocontrole estava acabando com ele.

– Você pode ficar em casa – V. murmurou. – P... Você pode ficar no c... da casa, seu f... filho de uma mãe...

Lassiter segurou a proteção sobre o peito e simulou desmaiar, como Julie Andrews.

– Vocês não adoram quando ele não pode soltar palavrões? Fico tão emocionado... É o mesmo que assistir a um bêbado de patins tentando jogar queimada no escuro...

Zsadist, que raramente falava, deu fim à linguagem figurada.

– Não queremos que os três sigam sozinhos. Então vamos juntos. Pra algumas coisas, a família é necessária.

Enquanto Rhage pigarreava como se a emoção tivesse levado a melhor, Mary disse rouca:

– Muito obrigada. Nós... somos muito gratos por isso.

Z. deu um passo na direção de Bitty, e, a julgar apenas pelas aparências, qualquer pai faria o Irmão se afastar ao máximo do filho: com as faixas de escravo tatuadas, o rosto cheio de cicatrizes e o enorme corpo de guerreiro com todas aquelas armas, ele mais parecia um sequestrador do que um tio amoroso.

Sem dizer nada, Z. estendeu a mão.

E sem perder tempo, a pequena sobrevivente... segurou a palma do grande sobrevivente.

Bitty e Z. sempre tiveram uma conexão especial. Mas, pensando bem, quando se é forçado a sobreviver à crueldade durante anos, sempre haverá um divisor entre a pessoa e o resto do mundo, não importa quanto tempo tenha se passado ou quantas outras experiências boas tenham sido vividas.

Esse fator em comum os unia. E, apesar de Mary desejar que outra característica os unisse, sempre ficava feliz – ainda mais numa noite como aquela – que Bitty tivesse Zsadist em sua vida.

Quando os dois se dirigiram à ampla escadaria, foi como se um sino tivesse soado e os portões da raça se abrissem, o grupo reunido atrás deles seguindo-os até onde Fritz esperava, do lado de fora, com o Mercedes preto.

A melhor coisa a respeito de uma família, Mary ponderou, é ela sempre estar à disposição quando necessário.

Em um momento que importa de fato, a família, a de sangue ou a escolhida, está sempre onde se precisa que esteja, apesar da vida ocupada, empregos e filhos.

– Ei – Lassiter chamou quando abriu a porta externa do átrio –, alguém quer brincar de hóquei comigo pra passar o tempo?

– Não – todos, inclusive Bitty, replicaram.

– Mas posso dar uma p... de uma tacada em outra coisa – V. sussurrou baixinho.

– Amo quando você fala assim comigo. Me dá um abraço. Vamos lá, sei que você quer...

Nada...

Elise não fazia a mínima ideia de qual era a sua situação. Não sabia se poderia voltar à universidade ou se estaria trancafiada na cadeia proverbial, ou nem sequer se ainda teria um teto sobre a cabeça.

Depois de ter saído para se encontrar com Peyton no clube de charutos, e ter o confronto-quase-abalroamento com aquele trainee bem quando estava indo embora, voltou para casa e esperou o retorno do pai. No último degrau da escadaria entalhada bem diante da porta de entrada, como uma criança perdida.

Três horas mais tarde, ele entrou de cabeça baixa, ombros caídos e ânimo esvaziado como um balão frágil.

Não olhou para ela, tampouco deu a impressão de ter percebido a presença da filha. Seguiu direto para o escritório e ali se trancou.

Bem... Obrigada pelo papo, pai, Elise pensou. *Estamos indo muito bem, não acha?*

Mas, na verdade, como ela poderia esperar uma atitude diferente?

Depois de um debate interno sobre os méritos de se meter em quaisquer pensamentos que ele estivesse processando, Elise subiu e foi para a cama. Nada de dormir durante o dia, mas não só por causa do pai e da petição de *ehnclausuramento*.

Não conseguia parar de pensar naquele macho... nas tatuagens, nos piercings, no modo como ele a fitou, em suas palavras. Elise passou um bom tempo relembrando a cena toda na calçada. Em sua mente, eles ainda estavam lá, sob a neve, debatendo, a tensão sexual tão intensa como uma corda que ela poderia puxar.

Foi um choque, considerando-se os problemas reais de sua vida atual, que estivesse interessada em tornar as contingências ainda mais caóticas. Mas desejou ter dado a ele o número de seu celular. No entanto, ficou feliz por não o ter feito, afinal, e se ele entrasse em contato? Ela o veria novamente, o que seria uma tremenda receita para um desastre.

Não era preciso saber detalhes sobre um macho do tipo para estar absolutamente ciente de que ele era uma canção de Taylor Swift prestes a acontecer.

Ou pior...

– Já basta – anunciou ao se erguer da cama. – Chega de ficar ruminando o assunto.

O pai estaria no escritório do andar de baixo. Portanto, era hora de encarar o problema, como a mãe sempre lhe dissera, e conversar com ele.

Quando Elise deixou o quarto, parou de súbito. O pai, saindo da sua suíte no fim do corredor, também parou de pronto.

Pigarreando, ela disse:

– Pai, eu...

Ele se virou, levantando uma mão por cima do ombro num clássico sinal de *pare*.

– Agora não.

– Quando, então? – ela exigiu saber.

O pai não respondeu. Apenas seguiu em frente, descendo pela escadaria formal e desaparecendo.

A não ser que se jogasse na frente dele, Elise não sabia como poderia forçá-lo a uma conversa. E, mesmo assim, ele seria capaz de simplesmente passar por cima dela como um trem.

– Filho da puta – sibilou.

Talvez estivesse na hora de se mudar dali. Mas, sem dúvida, o pai não lhe daria mais dinheiro, então como pagaria todas as suas despesas?

O único motivo pelo qual ela conseguia frequentar a universidade eram as bolsas de estudo que havia recebido. Mas elas não cobriam gastos como alojamento e refeições.

Um desejo súbito de querer jogar algum objeto no chão fez sua cabeça se voltar para a mesinha lateral antiga no corredor. Aquele vaso de flores seria perfeito, o gargalo estreito no alto caberia perfeitamente na mão dela, e o peso da água e das rosas importadas bastaria para que acreditasse estar causando grandes danos, mas não o bastante para impedir que fosse longe.

Mudando a direção do olhar, encarou a porta fechada da suíte onde ficavam o tio e a tia.

O tio logo sairia, mas a tia sem dúvida continuaria deitada. Em geral, a fêmea ficava na cama até Elise voltar da universidade, levantando apenas para pentear os cabelos, arrumar a maquiagem e voltar para os travesseiros de cetim. Não era jeito de viver, mas depois do que sucedera com a filha? E a perda do filho?

Elise praguejou... e começou a andar.

Sem nem se dar conta, estava diante da porta da prima morta. De longe, observou a mão aproximando-se da maçaneta até virá-la. Quando empurrou a porta, sentiu o cheiro do perfume que Allishon sempre usara. Poison, da Dior; decerto um clássico, mas que combinara muito bem com a fêmea.

Elise sempre imaginou que, se a cor roxa tivesse cheiro, teria a mesma fragrância.

Sem emitir qualquer som, fechou-se no quarto e acendeu a luz.

O cômodo se encheu da claridade vinda do candelabro de cristal no centro do teto alto. A cama estava do outro lado, coberta por lençóis azul-claros com detalhes em branco e dourado, e havia tantos travesseiros que as camas de mostruário na Macy's sentiriam inveja. As paredes eram revestidas com papel artesanal da Stark, o cenário francês de pássaros cor de pêssego e amarelos passando entre as árvores frutíferas como uma paisagem que se conseguia ver nos jardins durante os meses de tempo bom. No chão, um carpete alto creme muito claro, quase branco, e cortinas emolduravam as janelas num tom azul-claro como o de um vestido de verão, e tão diáfano quanto.

Decoração perfeita para uma jovem fêmea de valor.

No entanto, os objetos de Allishon destoavam no cômodo: um roupão preto, meio adorador do diabo, meio clerical; um crânio de cristal na cornija da lareira; livros com capas de couro pretas e vermelhas espalhados num canto junto a uma tapeçaria de cores pastéis. Além disso, botas pesadas e pretas com cano alto até os joelhos... Um sapato alto com salto de metal sem o par... Sacolas de lona cheias de sabe lá Deus o quê.

Era difícil não enxergar as provas da outra vida da prima como tampas de bueiros em uma estrada perfeitamente bem pavimentada. Ainda que fosse bem preconceituoso.

– Não é assim que se deve pensar – gemeu ao massagear o pescoço duro.

A realidade, porém, é que algum incidente perverso atravessara o caminho de Allishon enquanto ela procurava a si mesma no lado selvagem. E era com isso que Felixe se preocupava, não?

Elise franziu o cenho ao pensar no trainee tatuado. Ele incorporava tudo o que o pai temia que ela encontrasse. Só que não o havia conhecido na universidade... e esse era o ponto de vista dela.

– Tanto faz – murmurou para o quarto vazio. – Não vou vê-lo de novo.

Capítulo 7

O CENTRO DE TREINAMENTO DA IRMANDADE era um abrigo de nove mil metros quadrados de tecnologia de ponta, com instalações e equipamentos do nível caraca-isso-não-é-do-governo. Localizado no subterrâneo e precedido por um sistema de portões gradualmente mais seguros e intimidadores do tipo "sai correndo daqui, porra", o lugar era proibido para vampiros, humanos e *redutores*.

Assim como para trainees, que apenas tecnicamente tinham permissão para estar ali.

Quando o "ônibus escolar" desacelerou mais uma vez em outro posto de controle, Axe sabia que, pelo ângulo de descida, estavam se aproximando da entrada das instalações. As janelas escuras não lhe permitiam nenhuma visibilidade, mas ele imaginava as últimas paradas como saídas de *Jurassic Park*, cheias de paredes de concreto tão altas quanto a represa Hoover e encimadas por quilômetros de arame farpado.

No último mês, os trainees vinham se encontrando em locais designados em Caldwell ou nas cercanias da cidade com o objetivo de entrarem naquele tanque nada amarelo, muito menos de estilo escolar, blindado, com janelas grossas como um braço e assentos individuais.

Claro que Fritz, o velho *doggen* ao volante, poderia trabalhar como motorista para a Central Escolar de Caldwell. Mas a comparação terminava ali.

E sabe o que mais? O trajeto daquela noite, partindo de uma fábrica abandonada na zona industrial antiga da cidade, consistiu de vinte e cinco minutos de Peyton imaginando um buraco na parte de trás da cabeça de Axe.

Bons tempos, bons tempos.

Todos os demais se preocupavam com seus malditos assuntos. Novo estava na frente, com fones de ouvido. Boone lia *Ou isto ou aquilo,* de Kierkegaard, qualquer que fosse essa porra. Paradise e Craeg passavam um iPhone de um para o outro como se caçassem Pokémons pelo caminho, mesmo que o sinal estivesse ruim.

E Peyton? Aparentemente, ele não tinha nada melhor para fazer do que ficar fumegando como merda de cachorro fresquinha num monte de neve.

Axe, contudo, havia feito um excelente trabalho ignorando as encaradas e pretendia manter erguido esse muro de tijolos durante o restante da noite…

– Falei sério – Peyton vociferou.

Enquanto Axe deixava a cabeça descansar no apoio, compreendeu que deveria ter se mudado para um banco mais para trás quando o Senhor Limites se sentou do outro lado do corredor, na sua direção. Claro que isso significaria ficar sacolejando perto do para-choque traseiro.

– Você foi bem claro ontem à noite – Axe murmurou. – E concordei, se bem se lembra.

– Você não disse merda nenhuma.

– Vá se foder, e vou repetir agora. – Axe virou a cabeça laconicamente. – Não vou tocar nela.

– Então por que seguiu a Elise daquele jeito?

– Ar fresco, meu chapa. Eu precisava…

– Olha só, tive uma ideia. Que tal se a gente não bancar Emilio Estevez e Judd Nelson na Maine North High School?

– De que porra está falando?

Boone retrucou sem levantar o olhar no banco da frente:

– *O clube dos cinco.* Amplamente conhecido como o melhor filme colegial já produzido. Foi filmado na escola Maine North High, em Des Plaines, Illinois, em 1984. Judd Nelson fez o papel do estereótipo de cara degenerado…

– Pra sua informação – Axe o interrompeu –, esse papel é meu. Você é o briguento, Pey-pey. O filho da mãe fodido e preconceituoso com complexo de que precisa agradar ao papai.

Peyton ergueu uma sobrancelha.

– Ele – indicou Boone –, eu esperava que soubesse disso. Mas você?

– Não fui viciado em sexo a vida inteira, sabia? Costumava ser um viciado especializado em cochilar diante da televisão. E vou fazer um favor a nós dois e deixar esse assunto de lado. Não vou trepar com a sua prima-mais-pura-do-que-a-neve. Ela não faz o meu tipo.

Ok, certo. Axe podia ter passado a tarde inteira encarando o teto, revivendo como a fêmea o excitara naquela calçada. O olhar. A fala.

E, na verdade, sua mão talvez tivesse mesmo visto um pouco de ação. Mas ou ele cuidava da ereção permanente ou teria vindo para a aula com um taco de beisebol dentro da calça.

No entanto, não foi por causa dela. Nada disso. Era só um sinal de que precisava passar mais tempo no Keys.

O ônibus parou, e o mordomo ancião abriu a divisória ao mesmo tempo em que abria a porta do lado oposto ao do motorista.

– Chegamos! Tenham uma excelente noite!

O *doggen* repetia a frase na mesma voz alegre todas as noites, e enquanto Axe se levantou e andou antes dos outros, percebeu que era meio que um ritual. O equivalente verbal de se esfregar o pé de um coelho para ter boa sorte.

No estacionamento havia alguns carros, inclusive um veículo recreativo que, na verdade, era um centro cirúrgico móvel, um Hummer novo que estava sendo blindado, duas picapes que reluziam como se tivessem acabado de sair da Ford, e uma escavadeira de variedade CAT. Havia outros níveis de asfalto subindo ali na frente, mas Axe nunca ligou para eles.

Mesmo que tivesse permissão para entrar dirigindo, ele não tinha carro nem a perspectiva de ter um.

Não, nada desse tipo para ele. Em seu mundo, não havia dinheiro para outra finalidade além das roupas no corpo e dos impostos de propriedade pago aos humanos pela casinha que seu pai construíra para uma fêmea que nunca lhe dera a mínima. Ah, e os ocasionais macarrões instantâneos. A eletricidade tinha sido cortada de novo, e ele nem se daria o trabalho de pagar a conta. Poderia viver no escuro, o que era melhor do que ficar dormindo no centro de treinamento como um humano sem-teto. Além disso, o gás e o esgoto eram municipais, por isso ele tinha água corrente aquecida, e a lareira funcionava bem o suficiente para mantê-lo aquecido.

Sobreviveria.

Ao se aproximar da porta de aço reforçada, não teve de esperar. Ela foi aberta por dentro, o *Dhestroyer* empurrando a porta pesada como se fosse uma mera folha de papel.

– Boa noite – saudou o Irmão Butch. – Estamos na primeira sala de aula.

Axe assentiu e foi caminhando pelo longo corredor, passou pelas salas de interrogatório e outras áreas destinadas às aulas, e depois o novo laboratório onde, literalmente, explodia todo tipo de merda.

A sala de aula tinha a disposição característica de sempre, conforme Axe vira na TV quando das longas sessões de heroína. Havia duas filas de mesas compridas com pares de cadeira de frente a uma lousa antiquada. Acima, luzes fluorescentes; o piso era de linóleo salpicado.

No entanto, nada de leitura, escrita ou aritmética ali.

Pense em teoria do combate corpo a corpo, manobras militares, primeiros socorros e dinâmicas de grupo.

Axe se sentou nos fundos e, graças a Deus, Peyton se deslocou para a frente. Os demais se acomodaram, prontos para a noite.

O Irmão Butch fechou a porta e se sentou na mesa posicionada nas adjacências. Estava com um boné dos Red Sox, uma camiseta com Big Papi desenhado na frente e calça preta da Adidas. Os tênis de corrida eram Brooks em rosa e vermelho neon.

– Esta noite – anunciou o Irmão –, vamos rever a atuação horrível de vocês ontem no ataque simulado. Deve durar de oito a doze horas. Em seguida, se sobrar tempo, continuaremos a falar de venenos, concentrando-nos em aerossóis e venenos de contato. Mas, primeiro, tenho uma oportunidade de trabalho para alguém.

Axe franziu o cenho e pensou que receber um dinheiro viria a calhar.

– A função exigirá a mais absoluta discrição e tato. – O Irmão lançou um olhar letal para o grupo. – Bem como bons conhecimentos de defesa pessoal.

Rhage odiava profundamente a clínica de Havers. Sim, claro, as instalações subterrâneas eram seguras, e mesmo que ele não gostasse do cara, ninguém teria nada a reclamar do tratamento dispensado pelo médico aos pacientes. Mas, sentado no corredor do lado de fora da sala de exames onde Bitty e Mary entraram, sei lá, uns cento e cinquenta anos antes, basicamente cada detalhe vinha mexendo com os seus nervos.

Primeiro, Rhage odiava o cheiro sintético de "limpeza", aquele desinfetante artificial de limão em suas narinas. Diabos, a repulsa era tão séria que ele ficava imaginando minúsculos minions amarelos com picaretas e tubos de spray com aquela merda, dando especial atenção às narinas dele.

Segundo, o tom baixo de tudo o irritava ao máximo, apesar de indiscutivelmente bom. Todas as solas de borracha, as vozes baixas, os carrinhos com suprimentos e equipamentos médicos pelos corredores.

Mas o pior? Não aguentava a atenção que atraía.

Não que as enfermeiras estivessem mostrando os corpetes ou rebolando diante do equipamento dele, mas, caramba, não precisava de todos aqueles olhares demorados e dos inúmeros desfiles, dos gorjeios e das risadinhas.

Lidara com versões disso a vida inteira – pelo menos desde a fração de segundo após sua transição. E, antes de Mary, tirara vantagem da atenção sexual que despertava a ponto de não ter exatamente uma reputação, mas sim uma legião de trepadas em seu rastro. Pós-Mary, porém, não tivera interesse em outras mulheres. Na verdade, começara a considerar seu rosto e corpo como acessórios do cérebro. Seu cerne, sua alma, seu coração, nada disso tinha a ver com a sua aparência.

E também havia outra questão.

Quando sua filha estava do outro lado de uma porta fina, vestindo uma camisolinha leve de hospital, os olhos arregalados de medo e derivados dos traumas passados enquanto seu espaço pessoal e seu corpo eram invadidos por terceiros, a última coisa a se desejar é um punhado de gente aos seus pés porque creem que você seja fruto do amor entre Channing Tatum e Chris Hemsworth.

Talvez devesse cobrir a cabeça com uma sacola de papel...

Quando uma mão se apoiou no ombro dele, sobressaltou-se, e ficou igualmente surpreso ao ver Zsadist sentando-se ao seu lado no piso duro do corredor.

À frente deles, V. e Lassiter ainda estavam de pé, discutindo. O irmão levando um dos cigarros enrolados à mão aos lábios, só para arrancá-lo ao se lembrar de que não poderia fumar ali, e o anjo, mais controlado, falando na velocidade de um quilômetro por minuto.

Rhage não tinha energia de sobra para gastar com eles.

Só conseguia pensar em...

— Ela já sofreu muito — ouviu-se dizer. — Deus... Há quanto tempo estão ali dentro?

Fitando os olhos de Zsadist, viu que, em vez de amarelos, estavam negros.

Tudo bem, Rhage sabia que estava sendo chato pra cacete. Vinha reclamando da mesma questão havia quanto tempo? Não era de admirar que o irmão estivesse se frustrando com ele.

— Desculpe. — Rhage esfregou o rosto. — É melhor eu calar a boca. Não quis te irritar.

Z. o encarou como se houvesse crescido um chifre em sua testa.

— Não é você. Eu apenas queria arrancar aquele pai dela da terra só pra poder matá-lo de novo. E se Nalla tivesse sido abusada assim? E tivesse os ossos todos fraturados?

O irmão parou de falar nesse ponto. Melhor assim. Rhage sentia vontade de vomitar de novo.

— Quando o filho é seu, a situação toda chega a um nível completamente diferente. — Rhage começou a bater a cabeça na parede, mas logo se preocupou que tal atitude talvez incomodasse Bitty e os médicos. — Sabe, eu não estava preparado pra isto. Pensei que a pior parte de ser pai seriam as discussões, como se ela trouxesse um falastrão pra casa e esperasse que eu não arrancasse suas bolas depiladas e as plantasse no jardim. Mas isto? Preferia que fosse eu ali no lugar de Bitty. Simplesmente não é justo.

Z. sustentou seu olhar, sólido como uma rocha, muito longe do estado psicótico em que o irmão um dia esteve mergulhado até os joelhos.

— Você é um pai e tanto, sabe disso. É um pai de verdade.

Rhage afastou o olhar rápido. Pigarreou.

— Sinto que a estou desapontando.

— Você está exatamente onde ela precisa que esteja.

— Não, pra fazer isso, eu teria de estar naquela mesa. Seria o meu corpo ali em vez do dela.

— Impossível, e você sabe disso. — Z. praguejou baixo. — A parte mais difícil da paternidade é não ser capaz de consertar tudo pra eles. Às vezes, o melhor que se pode fazer é estar presente.

— Tem de haver mais do que isso.

— Se existir e você descobrir, conte pra mim.

– Rá! Você é o melhor pai que já vi.

– Vamos fazer o seguinte: eu te chamo da próxima vez que ficar deitado e acordado imaginando como poderia ter ferrado mais as coisas.

– Mas é diferente com você.

– Por quê? – Quando Rhage não usou a deixa para se posicionar, Z. não deixou barato: – Porque Nalla é minha biologicamente? Vá em frente, pode dizer. Porque, quando você ouvir essa asneira saindo da sua boca, vai perceber o tamanho da estupidez.

– É só que... fico pensando se estaria fazendo algo melhor se... se eu fosse mesmo o pai dela.

– Ah, que nem o pai biológico de Bitty, é isso? Como o filho da puta que a colocou naquela mesa? Quer ser como ele? Verdade, isso é uma tremenda melhora em relação ao cara que está neste corredor, com a aparência de alguém passando por uma cirurgia de peito aberto sem anestesia porque a filha está atravessando um momento difícil.

Rhage esfregou os cabelos com tanta força que os dedos acabaram arrancando alguns fios depois que deu fim à reação.

– Você não entenderia. Nunca vai estar no meu lugar.

– Mas é isso o que quero dizer. Quer você tenha participado do nascimento deles, quer tenha se prontificado a cuidar deles, estamos todos no mesmo barco.

Rhage encarou a porta fechada.

– Estou com medo, Z. Só estou... morrendo de medo. E se houver algo permanentemente errado? É isso que está inquietando a doutora Jane. Ela se preocupa que a transição de Bitty estrague os braços e as pernas dela a ponto... de eles terem de ser amputados.

A imagem de Bitty dançando no vestíbulo fez os olhos de Rhage marejarem. Ela era tão ativa... Não conseguia imaginá-la numa cadeira de rodas soprando por um tubo. Isso acabaria com ele.

– Mas que... que diabos você está dizendo? – Z. exigiu saber.

– Tem alguma coisa a ver com as placas de crescimento. Houve fraturas ao longo delas. – Ele apontou ao longo das coxas, das panturrilhas e dos braços. – Você entende, com as placas de crescimento da Bitty, e se elas curaram do modo errado? Quando a transição chegar, talvez se rompam e fiquem irreparáveis.

– Merda.

– A Mary não sabe. – Rhage tentou arrancar os cabelos de novo. – Eu sei, deveria ter contado antes, mas não sabia como. Disse à doutora Jane que contaria. Mas fui um covarde pelas duas. Acho que fiquei desejando… que talvez houvesse boas notícias. Mas, quanto mais tempo elas ficam ali dentro, mais penso que…

Do outro lado, a doutora Jane abriu a porta e saiu.

Um vislumbre para o rosto dela e ele entendeu que era o pior dos casos.

– Muito ruim? – Rhage cerrou os dentes e saltou sobre os coturnos. – Há alguma coisa que possamos fazer?

Capítulo 8

GOLA ROLÊ.

Horas mais tarde, enquanto estava sentado e calado nos fundos do "ônibus escolar", Axe tentava pensar onde diabos encontraria uma blusa de gola rolê.

Levando a mão ao pescoço, massageou a lateral tatuada e ponderou se encontraria uma peça do tipo nos pertences do pai. E isso o fez desejar uma bebida forte… ou quem sabe uma seringa cheia de "apagão".

Não tinha estado minimamente perto do quarto do pai desde que ele morrera.

– Caralho – resmungou para a janela escura.

Para tirar o assunto da cabeça, desviou o olhar do seu reflexo e… Puxa, olha lá, Pey-pey tinha ficado entediado com sua rotina de não--mexa-com-a-minha-prima e retomou seu modo primário de encarar Paradise, ainda sentada ao lado do macho dela.

Ninguém se divertiu naquela noite – não que os treinamentos fossem uma festa. Pois é… Era sofrido ser forçado a encarar os próprios fracassos. O que divertia? Observar Peyton todo castrado do lado contrário do corredor daquela fêmea, desejando poder entrar na mente dela e ajudá-la, ser o salvador que sentia que ela precisava. Era possível praticamente ler os balões de pensamento flutuando em torno dele.

Foi mal, campeão. Ela tem tudo de que precisa.

Novo se levantou e caminhou até Axe, empurrando-o para poder se sentar.

– Vou às duas da manhã. Quando é a sua entrevista?

– Em meia hora. – Esfregou as tatuagens, pensando que provavelmente trabalhariam contra ele. – Tenho que me apressar.

– Boa sorte.

Quando a fêmea estendeu a mão, ele a apertou.

– Pra você também.

– Acho que só nós dois queremos esse serviço. – A voz dela soou um tanto irritada. – Peyton já tem bastante dinheiro, e jamais permitiria que um emprego o afastasse da sua erva. Boone tampouco precisa de dinheiro, e Paradise e Craeg já estão trabalhando na segurança extra da Casa de Audiências nas noites de folga.

Merda, Axe não estava gostando muito de competir com Novo; preferiria enfrentar outro macho, e, sim, isso era bem sexista. Mas, pensando bem, a piada provavelmente seria ele. Novo era tão boa lutadora e atiradora quanto ele, com força similar, sem falar que tinha a cabeça um pouco melhor. E também não se parecia com um assassino em série.

Mas, olha só, ele poderia tirar os piercings. Pronto. Quase normal.

Ele tampouco tinha habilidades interpessoais. Portanto, Novo poderia muito bem vencê-lo na entrevista.

– Quer fazer uma aposta amigável? – Novo perguntou de mansinho.

– Sobre o quê?

– Quem vai levar o emprego. O perdedor paga um jantar.

Ele não estava em condições nem de comprar um Kit Kat para ela.

– Que tal se o ganhador pagar o jantar?

– Fechado.

Vinte minutos mais tarde, o ônibus parou e todos saíram. A noite estava muito fria, e ninguém ficou ali para conversar. Quando Axe se desmaterializou para o chalé do pai, pensou ser estranho que nunca tivesse dito que o lugar era "dos pais". Mas, sério, não houve "pais" envolvidos ali. A casa fora construída para a mãe, e não servira para mantê-la na família.

Portanto, o teto e as quatro paredes não passavam de um monumento à fraqueza do pai em relação a uma fêmea.

Ao entrar, ficou feliz por não haver eletricidade, nenhuma luz para acender. Não suportava a cozinha, odiava observá-la, e passou voando pelo cômodo de teto baixo. A escada para o segundo andar era curta e íngreme, e Axe galgou os degraus dois de cada vez, seguindo para a única porta aberta.

Ele mantinha o quarto do pai fechado.

Seu quarto consistia de um colchão no chão, roupas empilhadas e poucos itens além disso. Inferno, ele nem sequer dormia ali porque a lareira ficava no andar de baixo e tinha de se manter aquecido. Na primavera ou no verão, talvez voltasse para o segundo andar, ou talvez não. Pouco importava.

Axe vasculhou seu "guarda-roupa" de camisetas, calças jeans e a ocasional jaqueta de couro ou capa, apesar de não esperar que uma blusa de gola rolê miraculosamente aparecesse graças a uma passada rápida da Fada Madrinha do Look Mais Normal. Fez isso mais para se preparar antes de procurar nas coisas do pai.

Dez minutos e nenhuma gola rolê mais tarde, ele passou pelo corredor a fim de abrir a outra porta. Sem luzes na casa, o cômodo de teto baixo não passava de sombras e tons de cinza... como se o autodesprezo do macho tivesse sugado todas as cores dali.

Axe nem conseguiu olhar para a cama, que ainda estava desarrumada por conta da última vez que seu pai dormira ali, dois anos antes, e sem dúvida não reservou um olhar sequer para as fotos de sua maldita mãe e, não, não se preocupou com a camada de pó que cobria tudo ou com o fato de que uma das janelas saíra do caixilho, bem como algumas folhas e até um pouco de neve que haviam adentrado o ambiente.

Parecia mais frio naquele cômodo, a respiração dele se condensava em nuvens brancas.

Talvez o pai estivesse assombrando o lugar.

Quando um arrepio lhe desceu pela espinha, Axe marchou até a cômoda e vasculhou os objetos com mãos ríspidas e agitadas. Achou o que procurava na última gaveta.

Pareceu tão esquisito pensar que a peça fora usada pelo macho. E, quando empurrou a gaveta e saiu com passos duros do quarto como se fugindo de uma perseguição, Axe jurou que nunca mais entraria ali.

De volta ao seu espaço, despiu a camiseta e vestiu a blusa do pai. Então, seguiu para o espelho acima da cômoda barata, inclinou-se e certificou-se de que o pescoço todo estivesse coberto.

Pouco antes de se virar, levantou as mãos e retirou, um a um, os piercings pretos que subiam pela cartilagem do lóbulo auricular do mesmo lado da tatuagem. E também tirou o da sobrancelha.

O movimento seguinte foi o de se armar. Colocando o coldre de ombro, enfiou o par de .40 que havia recebido na semana anterior, uma de cada lado. Os Irmãos acreditavam estar fazendo um investimento de tempo e dinheiro nos trainees, e a última coisa de que precisavam era que alguém acordasse morto por causa de um equipamento de merda. Assim que toda a turma foi aprovada nos estandes de tiro, distribuíram Glocks, e, ainda que não fossem permitidas no centro de treinamento, esperava-se que eles as mantivessem sempre consigo em outros lugares.

E as usassem da maneira adequada, se necessário. À diferença do ocorrido na noite anterior.

Já do lado de fora da casa, não se deu ao trabalho de trancá-la – afinal, não havia eletricidade para um alarme e, além disso, ele não dava a mínima para nada debaixo daquele teto.

Inferno, seria um alívio se alguém invadisse o chalé e ateasse fogo nele – o que era uma hipótese bem improvável. Ele morava em uma região rural; seu vizinho mais próximo estava a meio quilômetro de distância e provavelmente ia trabalhar montado em um burro.

Axe sabia, antes mesmo de se desmaterializar até o local da entrevista, que a casa – ou mansão, castelo, sabe-se lá o quê – seria imensa. Mesmo os garotos pobres criados longe do mundo humano sabiam onde ficavam as grandes propriedades, e qual era o CEP do lugar?

Então... né?, pensou ao se materializar de novo.

Uau.

Axe balançou a cabeça diante da estrutura de pedras à sua frente. O edifício devia ter uns três andares, e só a fachada do telhado de pedra parecia do tamanho de um campo de futebol. Com as setecentas venezianas pretas e uma porta na frente que mais parecia a entrada do parlamento ou talvez de uma biblioteca municipal, ele não conseguia crer de fato que uma família vivesse ali.

Mas, pensando bem, não deviam ser apenas a mamãe urso, o papai urso e o bebê urso. Devia haver provavelmente uma dúzia de *doggens*.

Era exatamente o tipo de lugar para o qual o pai seria chamado para trabalhar.

Precisamente o tipo de lar elegante onde o macho fora assassinado durante os ataques.

Antes mesmo de mandar o emprego pelos ares, Axe engoliu a amargura e atravessou o gramado coberto de neve até chegar a uma cerca baixa circular e subir os degraus que levavam à porta da frente.

Havia uma imensa aldraba de latão, tão grande quanto o braço de Axe, mas também um interfone discreto na lateral.

Ia apertar o botão quando a porta pesada foi aberta por – puxa vida – um mordomo uniformizado que se parecia muitíssimo com Sir John Gielgud.

Em seus tempos de *Arthur, o milionário sedutor*.

– O senhor é Axwelle, filho de Theirsh? – o macho perguntou com dicção perfeita.

Por algum motivo realmente inexplicável, o cérebro de Axe cuspiu Dudley Moore na sua melhor atuação de bêbado: *Você é uma prostituta? Jesus... Esqueci! Só pensei que estava me dando bem com você!*

– Senhor? – o mordomo insistiu. – Chama-se Axwelle?

Voltando ao momento, quase respondeu com um "pode crer".

– Sim, sou eu.

– Por favor, entre. – O mordomo recuou e indicou o caminho com a mão. – Avisarei agora mesmo ao meu senhor a respeito de sua chegada.

– Obrigado.

Uma minúcia no cara fez com que Axe quisesse ser menos babaca. Diabos, tudo nessa maldita história o fazia...

Mas então parou onde estava. Inflando as narinas, inspirou o ar enquanto o mordomo no terno de pinguim proferia algumas palavras antes de se afastar até uma porta fechada.

Espere um instante, Axe pensou.

Girando em um círculo lento, continuou a farejar o ar. No espaço enorme da entrada, átrio, vestíbulo, seja lá do que diabos chamavam aquele lugar, cabiam com facilidade três casas do tamanho daquela em que morava, e ainda sobrava espaço para uma pista de boliche, uma piscina e talvez um rinque de patinação. E os apetrechos colocados ao longo daquele espaço aberto ao estilo catedral pareciam de fato antigas e muito caras: o piso era de mármore branco e cinza e havia umas merdas de cristal penduradas por toda parte, e quadros a óleo nas paredes. Ah, e também uma lareira, mas não como aquela que o mantinha aquecido durante o dia. A deles era construída a partir de mármore preto. e entalhes de ouro no contorno, e o interior era tão espaçoso que não havia toras ali dentro, mas sim troncos inteiros.

Mas não poderia ter dado menos atenção ao cômodo.

O que ele captara no ar, depois de descartar o cheiro de madeira queimada na lareira, o sabonete do *doggen* e os restos de alguma carne servida em um dos ambientes do primeiro andar... foi a fragrância da fêmea da noite anterior.

Ou a prima de Peyton visitara a casa recentemente... ou ela morava sob aquele teto.

– Meu senhor o verá agora – o mordomo disse atrás dele.

Sim, Axe pensou ao virar. *Você está certíssimo ao informar que ele vai me receber.*

Às vezes, os pesadelos acontecem bem diante de alguém e envolvem aqueles a quem a pessoa ama, e, embora se reze para acordar... sabe-se que não há nenhum alarme prestes a tocar, nenhuma pálpebra para se levantar, nenhuma rolada de lado ou reposicionamento como salvação.

Mary vivia um ciclo de sofrimento desses agora.

Bitty estava deitada na mesa de exames, com um lençol branco e coberta dobrados para o lado, os membros finos e pálidos refletiam a luz do aparato imenso acima dela. Muito pálida, o rosto da cor de um lenço de papel, ela era a casca cansada, agitada e trêmula da garotinha vibrante e feliz que costumava ser.

Para Mary, de pé ao lado da filha, os detalhes do ambiente clínico, os sons dos equipamentos e os azulejos brancos, todos os utensílios de aço inoxidável, as pessoas em uniformes hospitalares azuis e máscaras eram, ao mesmo tempo, claros como cristal e absolutamente difusos. E, como em um cenário onírico, os dois extremos da escala de consciência se alternavam, o cenário entrando e saindo de foco de modo aleatório.

Soubera que seria difícil perpassar aquela noite. Mas deduzira que isso ocorreria em razão de relembrar os abusos sofridos por Bitty. Ou pelo fato de que a menina teria de voltar à clínica em que havia presenciado a morte da mãe. Ou talvez até em decorrência de uma claustrofobia na máquina de ressonância magnética, pelo desconforto causado no exame, pelo tédio de ter de esperar os malditos resultados.

Nem. Perto. Disso.

Cada um dos ossos maiores de Bitty estava sendo quebrado e realinhado. Mesmo a perna em cuja canela havia uma placa de titânio. E sem anestesia, porque ela era alérgica.

Horror, dor e terror indescritíveis. E era impossível não se voltar contra Deus nesse momento, xingando quem quer que estivesse lá em cima por causa dessa tempestade perfeita de más notícias: placas de crescimento comprometidas por fraturas reparadas de maneira errada; possível amputação depois da transição; impossibilidade de uso de anestesia geral por ela não ser uma candidata viável em virtude de uma reação prévia.

O pouco analgésico que lhe pôde ser administrado não bastou.

– Outra vez – ouviu-se dizer. – Você consegue.

Bitty parecia não compreender as palavras. Estava perdida no torpor da agonia, e Mary só queria irromper em lágrimas.

Mas não podia se dar ao luxo de mergulhar em uma viagem à insanidade.

Inclinou-se para ainda mais perto.

– É o último, está bem? Este será o último.

Os olhos de Bitty se arregalaram, as lágrimas os tornaram luminosos, e as marcas roxas que apareceram debaixo deles a faziam parecer à beira da morte.

– Não consigo. Por favor… Mande eles pararem.

– Uma vez. Eu te prometo, vai ser a última vez. – Afastou a franja e beijou a testa de Bitty. – Segure na minha mão. Vamos. Aperte o mais forte que conseguir.

– Não consigo… Por favor, mamãe… Me ajuda…

Soluços atravessaram o corpinho da menina, e a camisola hospitalar parecia atingida por uma brisa; Mary também começou a chorar, as lágrimas rolavam pela face e caíam no colchão fino sobre a mesa.

Fungando e absolutamente perdida, Mary rezou para reunir forças e fez uma anotação mental de que, da próxima vez que alguém lhe dissesse que ela tinha todas as respostas, chutaria a bunda da pessoa.

– Havers, pode nos dar…

Quando levantou o olhar, encontrou o médico e suas duas enfermeiras mais recuados. E o olhar dele estava tão cheio de compaixão que foi quase impossível reconciliá-lo com o que ela sabia que o doutor fizera com a irmã Marissa.

Mas ninguém jamais o acusou por falhas na profissão.

– Vamos só respirar – Mary consolou Bitty. – Vamos... Respire comigo.

A ressonância havia mostrado que a garota corria risco de uma deformidade catastrófica quando passasse pela transição. Para os vampiros, o padrão de crescimento até a maturidade era comprimido em uma única explosão, ocorrida durante a transição. Era como se, em um paralelo com os humanos, um adolescente de catorze anos se tornasse fisicamente um adulto de vinte e cinco em questão de seis horas.

No caso de Bitty, havia uma série de curvas sutis, e outras nem tanto, nos ossos compridos por causa das fraturas prévias. Mary as notara, contudo não havia parado para pensar nas razões nem na implicação de elas existirem. O problema era que, quando a explosão de crescimento acontecesse, tais deformidades provavelmente se separariam por completo, rompendo em ângulos errados por causa da força da expansão.

E o resultado? Amputação. De todos ou da maioria dos membros. Porque, no período de seis meses após a transição, os ossos dos vampiros já não se fundiam.

A decisão de consertá-los fora tomada.

E fora Bitty quem decidira. Ela não queria precisar voltar dali a um mês ou um ano, nem dali a dois ou cinco anos para que fizessem isso. Nada iria mudar e não havia motivos para ter essa perspectiva pairando sobre sua cabeça.

Mas aquilo era simplesmente demais.

– Não consigo... Não consigo.

Mary não tinha como discordar. Ela também não conseguia mais presenciar a cena. Era demais. Extrapolado. Além do limite.

Sim, havia um objetivo maior ali, mas já haviam feito o suficiente. Não?

– R-r-r-rhage p-pode entrar? – Bitty gaguejou.

– Claro que pode. Quer que os outros entrem também?

Qualquer coisa para acabar com o sofrimento.

– Não, p-porque estou c-chorando. – Bitty fungou. – Não sou corajosa...

– Sim, você é, sim. – Mary piscou os olhos para afastar as lágrimas. – Meu amor, você é a pessoa mais corajosa que conheço.

Havia uma tradição na cultura dos vampiros segundo a qual os machos da espécie não participavam das intervenções médicas das fêmeas – e houve momentos em que a intimidade de Bitty fora comprometida sem necessidade. Mas naquele instante? Nada disso estava valendo.

Mary nem iria pedir a permissão de Havers. Eles precisavam de uma artimanha para ajudar a menina a acabar com o sofrimento.

– Vou chamá-lo – a doutora Jane se prontificou.

Rhage entrou e Mary não conseguiu se controlar. No segundo em que seus olhos se encontraram, o choro dela ficou preso com tanta intensidade que não conseguiu nem respirar. E, como típico macho vinculado, ele se aproximou, abraçando-a com força, sussurrando algo em seu ouvido; mesmo sem as palavras terem sido registradas, o tom firme e forte significou tudo.

Logo ele se concentrou na menininha, o rosto empalidecendo quando fitou Bitty, as mãos trêmulas quando as estendeu para puxá-la num abraço.

A equipe médica se adiantou apressada, e Mary o puxou para trás.

– Os braços e as pernas dela ainda precisam de gesso para permanecerem no lugar certo. Tome cuidado.

Rhage voltou a deitar a menina como se ela fosse de vidro.

– Não sou corajosa – Bitty se lamentou.

– Sim, você é – ele disse, acariciando o cabelo da filha para trás. – Você é muito corajosa e tenho muito orgulho de você... e te amo muito.

Conversaram por uns instantes, depois houve uma pausa.

Como se sentisse que era o momento certo, Havers disse com suavidade:

– Só mais um. E assim teremos terminado.

As sobrancelhas de Rhage se afundaram, e Mary soube, sem precisar perguntar, que as presas de seu *hellren* tinham se alongado e que a parte protetora dele considerava a possibilidade de dilacerar a garganta do médico. Mas era instinto, não razão.

Ela afagou o braço de Rhage.

– Psiu, está tudo bem. Só mais um e tudo acaba.

– Só mais um... – Ele esfregou o rosto. – Podemos fazer isso.

Rhage assentiu para Havers, que parecia apreensivo. Em seguida, a equipe se reaproximou da mesa.

A pelve de Bitty foi amarrada de novo e imobilizaram a perna oposta do mesmo modo. Cabia a Havers segurar a coxa com força e aplicar pressão até que houvesse um estalo. Em seguida, seria necessário puxar o joelho até visualizar o alinhamento correto através da pele – atividade relativamente fácil devido ao fato de a garota estar muito magra e com músculos bem pouco desenvolvidos. Um raio-x seria tirado para garantir que tudo estava no lugar correto, e depois aplicariam gesso para que os ossos se regenerassem e se reconectassem.

A ruptura e o alinhamento eram tão primitivos, tão brutais, que mesmo as máquinas de tecnologia mais avançadas e tudo da mais alta qualidade parecia abaixo dos padrões modernos de cuidados à saúde. Entretanto, existia uma parte mecânica inegável em um corpo: o lado prático do negócio… E, mais uma vez, Mary teve de dar crédito ao irmão de Marissa. Ele executara tal procedimento uma boa quantidade de vezes em seus pacientes, sempre rápido e determinado, e conseguira reparar cada um dos membros de Bitty.

Para dar espaço a Havers, Rhage foi para o outro lado, a tremenda altura e estrutura corporal faziam parecer que a Grande Muralha da China tinha se deslocado para o lado de Bitty. Segurando a mão da menina, parecia tanto aflito quanto forte.

– Vamos conseguir – Rhage disse tanto para ela quanto para Mary. – Nós todos vamos passar por isto juntos e depois iremos pra casa assistir a filmes e tomar sorvete. Combinado? Antes que a gente se dê conta, já teremos saído, estaremos livres e deixaremos tudo pra trás.

Mary assentiu e Bitty também.

– Vá em frente – Rhage ordenou.

Havers ergueu a camisola hospitalar, expondo os joelhos grandes demais se comparados à circunferência das coxas e das panturrilhas.

Deus do céu, pelo tempo que vivesse, Mary se lembraria das mãos enluvadas azuis agarrando a coxa de Bitty, apertando os músculos frágeis e…

Bitty começou a gritar de dor.

E não mais do que uma fração de segundo depois, uma luz brilhante surgiu na sala de exames, tão forte como numa explosão.

A princípio, Mary pensou que a luz de cima tivesse explodido, mas, então, seu cérebro fez uma terrível conexão.

Afastando os olhos de Havers, olhou para Rhage horrorizada.

– Não! Agora não!

Mas já era tarde demais.

A besta fora acionada.

Capítulo 9

JÁ BASTA, ELISE PENSOU ao, finalmente, descer para o primeiro andar. Depois de ruminar no quarto da prima pelo que pareceram horas, ela sabia que apenas postergava o inevitável.

Se o pai não ia considerar uma conversa civilizada com ela?

Então se tornaria incivilizada. Porque o verdadeiramente inaceitável para Elise, o que ela se recusava a ter de suportar um instante que fosse a mais, era esse equivalente familiar de um blecaute de notícias.

Além disso, o que o pai poderia fazer? Transformar-se em uma enorme besta rosnando ou algo do tipo?

Não foi surpresa encontrar a porta do escritório fechada, e, quando ela atravessou o átrio, foi impossível não ser acometida por um ataque de impossibilidades e incertezas. Nunca antes o interrompera enquanto ele estava trabalhando nos investimentos da família, mas, quando uma imagem da sua linda mãe lhe veio à cabeça, Elise a usou como um aríete. Apesar da educação que tentava refreá-la, ela visualizou sua *mahmen* e o que a fêmea teria feito em sua situação.

Elise nem mesmo bateu.

Não daria ao pai a oportunidade de lhe negar a entrada.

Simplesmente foi em frente, empurrou a porta...

A lembrança da mãe foi varrida da sua mente quando absorveu o retrato vivo à mesa: o pai estava em sua cadeira, presidindo a sala masculina, com o terno escuro e uma gravata informais. Porque roupas formais eram gravata branca e fraque.

Não foi isso o que a chocou.

Havia um macho sentado diante dele, um macho de ombros largos, coxas grossas que apequenavam não apenas o assento, mas o escritório como um todo. Os cabelos eram escuros, rentes à nuca, e ele usava blusa de gola rolê e calças pretas. Assim como o coldre e a arma que ela via debaixo do braço.

O macho lentamente se virou para fitá-la. Mas ela não precisava ver o rosto.

Era ele. Do clube de charutos.

O corpo de Elise rugiu de calor, e o cérebro, de raiva. Como o pai havia descoberto que ela conhecia o trainee? Será que outro vampiro estava por perto quando discutiram na calçada? Mas, qual é, nem sequer tiveram uma discussão muito demorada. E Peyton os interrompera...

Peyton. O filho da puta.

– Pai, eu...

– E esta é a minha filha – o pai a interrompeu. – Por favor, desculpe a interrupção. Elise, este é Axwelle.

O macho em quem ela vinha pensando sem cessar se levantou e pairou acima dela.

– É um prazer conhecê-la.

Elise olhou de um a outro enquanto Axwelle fazia uma reverência. Como filha não comprometida de uma alta linhagem da *glymera*, ainda que houvesse uma testemunha, seria inadmissível que ele lhe estendesse a mão para cumprimentá-la, muito menos que a tocasse de qualquer modo. E ele o sabia.

Muito bom. Pois, apesar de confusa, uma coisa estava bem clara para Elise: o efeito daquele macho nela só se intensificara.

As horas que tinha passado lembrando dele transformaram a atração inicial em uma compulsão.

Mas o que diabos ele fazia ali? Se o pai estava aborrecido por ela o ter conhecido na noite anterior, certamente não a teria apresentado a Axwelle como se fossem desconhecidos.

Bem, eles eram desconhecidos.

Elise olhou para o lado oposto da escrivaninha do pai. Ele se largou na cadeira, como se exausto demais para manter sua postura padrão.

– Elise – apontou para o lugar vazio ao lado de Axwelle –, sente-se.

Ela obedeceu de imediato, atravessando o cômodo e sentando-se. Pela visão periférica, notou que Axwelle não a estava encarando. Os olhos dele se concentravam no pai.

Puxa... Caramba, ele estava... Tudo bem, ela odiava a palavra *gostoso*. Como se alguém considerado atraente fosse um prato de comida saído do forno? Mas, na verdade, essa foi a primeira e basicamente única associação que lhe veio à mente. Aquela gola rolê preta o favorecia imensamente. Pra onde foram todos os piercings? Ele os tirou.

Como seriam os cabelos dele? Suaves e grossos...

– ... e é por isso que o trouxe aqui.

Voltando ao presente, ela deixou escapar:

– O quê?

– Depois da minha conversa com Abalone, o Primeiro-Conselheiro, cheguei a esta inegável, ainda que inquietante, conclusão.

Maravilha. Ela tinha perdido toda a explicação. Mas era bem provável que nada do que ele sentenciara lhe seria favorável.

– Bem, não acredito que eu precise ser *ehnclausurada*. – Elise cruzou os braços diante do peito. – Penso que é uma maneira retrógrada de lidar...

– Motivo pelo qual acredito na necessidade de um guarda-costas se você pretende dar seguimento aos seus estudos.

Deixa para a derrapada de pneus.

Enquanto ela se retraía, o pai acenou na direção de Axwelle.

– Ele está aqui para se candidatar à vaga. É trainee do programa da Irmandade da Adaga Negra e foi altamente recomendado pelo próprio Rei. Há mais um candidato vindo daqui a uma hora. Novo, acredito que seja o nome. Ele também recebeu muitos elogios.

Guarda-costas?

Esse macho estaria guardando... o corpo dela?

Elise girou a cabeça na direção de Axwelle enquanto o significado das palavras começava a fazer sentido, mas então sua atenção voltou com tudo para o pai.

– Espere... Quer dizer que, se ele estiver comigo, vai me deixar assistir às aulas no campus e retomar meu trabalho como assistente de professor? Vai permitir que termine meus estudos?

O pai pigarreou.

– Exato.

– Você... Eu... Nós... – Ela titubeou um tempo. – Pai, o que o fez mudar de ideia?

Felixe fechou os olhos e inspirou fundo.

– O Primeiro-Conselheiro é um macho de valor a quem respeito imensamente. Ele me fez perceber... Se ele permite à filha entrar no programa do centro de treinamento, por certo também posso permitir a você que...

Elise saltou da cadeira e contornou a escrivaninha tão rápido quanto uma batida de coração. Em sua família, evitavam-se demonstrações de afeto em favor de interações formais como mesuras, reverências e o bastante frequente beijo no ar em ambas as faces. Mas foi impossível não se expressar.

Enquanto lançava os braços ao redor do pescoço do pai, ele ficou ainda mais tenso do que de costume, mesmo que, por um instante, tivesse erguido a mão para um tapinha desajeitado no braço da filha.

– Está tudo bem – ele disse, rouco. – Sim. Tudo bem. De fato.

O pai não a dispensou. Muito pelo contrário, ela teve a impressão de que ele estava emocionado – a questão era que a linhagem não incluía o tipo de pessoa com habilidade para lidar bem com a intimidade. Para ambos, aquilo era o equivalente a um abraço: o fato de estarem juntos enquanto ela soluçava pedindo perdão por ter mentido e violado a confiança dele, e o pai jurando ser a pessoa de que ela precisava e que merecia, em vez de ser a força opressora da qual Elise se ressentia.

Endireitando-se, ela ajeitou o suéter de caxemira e vislumbrou Axwelle.

Os olhos amarelos fixavam-se nela, as pálpebras baixas, a expressão distante. Na perspectiva do pai, o macho sem dúvida parecia intenso de uma maneira profissional. Mas ela conhecia a verdade. Havia fogo naquele olhar, um fogo que a consumiria.

Se ela permitisse.

– Acho uma excelente ideia – ouviu-se dizer. – Esse papo de guarda-costas.

Enquanto Elise falava, Axe desviou os olhos dela para os do macho. Uma maneira certeira de perder o emprego antes mesmo de consegui-lo? Despir a filha mentalmente diante do pai.

Mesmo um cara pobre como ele sabia que a atitude não era "de bom tom".

Além disso, o fator realmente estranho, considerando-se o modo como costumava se relacionar com membros do sexo oposto, era o fato de ele sentir que era simplesmente errado cobiçá-la. O mundo era um lugar perigoso, e essa fêmea lhe parecia extraordinária. Machos, vampiros ou humanos, cobiçavam coisas como ela. E também havia os assassinos.

Elise precisava de proteção. Merecia.

Ele estava ali em nome da competência profissional, e não havia profissionalismo algum em ser exatamente a ameaça contra a qual ela precisaria ser protegida.

— Muito bem, minha querida — o pai disse ao mudar de posição na cadeira, como se preferisse que a filha voltasse para o outro lado e ficasse a uma distância segura. — Está tudo bem.

E isso foi um tanto triste, mas, em retrospecto, ele já exercera sua parcela na rejeição parental, não? Pelo menos ela não pareceu se importar quando voltou para a cadeira ao lado do pai.

— Agora, há algo que deseje perguntar a Axwelle, Elise?

Axe sentiu-a olhar rapidamente para ele e, maldição, como gostou. Queria os olhos dela no seu rosto, no seu pescoço, no seu corpo nu. Queria ficar largado diante da fêmea em alguma cama... talvez no chão... Caralho, ele deitaria sobre brasas por ela se isso a excitasse... e queria estar com a mão no pau enquanto a fitava nos olhos, implorando que o cavalgasse.

A fantasia da submissão com ele sendo o submisso era nova para Axe. Mas o que importava?

Ela não iria se concretizar mesmo.

— Pois não? — ele a incentivou a perguntar.

— Hum... Bem, eu frequento a suny Caldie. Vou às aulas à noite e trabalho com um dos meus professores como assistente. Você será capaz de... se misturar?

Axe podia ver que Elise achava que a resposta seria não, mas não sabia muito bem se ela se importava mesmo com isso. Pensando bem, a fêmea tinha escapado por pouco de ficar trancafiada pelo resto da vida se a petição de *ehnclausuramento* tivesse sido solicitada.

Se ele fosse Elise, aceitaria qualquer tipo de ajuda para continuar indo à faculdade: fosse do Papai Noel... de um babaca vestindo a roupinha grudada do Batman... ou dele próprio.

– Farei o que for necessário – Axe respondeu, e dirigiu a resposta ao pai. – Serei invisível ou sumirei nas sombras se for preciso. Não hesitarei em usar força, mas não provocarei os humanos. E, sim, estou preparado para levar uma bala por ela se necessário. Nada me assusta e não fujo... de nada. Nem mesmo da minha própria morte.

Próxima a Axe, Elise se encolheu, mas ele não poderia ajudá-la nesse sentido. Recebera uma dose modificada da realidade na noite anterior, no campo de batalha, e entendia muito bem com o que o pai dela se preocupava.

Felixe, o Jovem, pigarreou.

– Isso é muito bom. Isso é...

– Do que o senhor precisa – Axe completou pelo homem. – É o necessário se quiser proteger a sua filha. O objetivo é permitir a Elise que faça o trabalho dela e garantir que retorne viva para casa, todas as noites. Posso lhe dar essa tranquilidade porque, quando estiver sob os meus cuidados, ela será a minha única prioridade, acima até mesmo de mim. Nada nem ninguém me importará, exceto ela.

Felixe expirou como se um elefante sentado no seu peito tivesse se levantado para ir tomar água na fonte.

– O senhor pode confiar em mim – Axe disse.

– Muito bem. – Mais pigarros. – Isso tudo é muito bom, filho. Muito... bom.

Eeeeee foi assim que Axe soube que estava contratado.

Nesse intervalo de tempo, Elise permaneceu calada e tensa ao seu lado, mas logo começou a lhe informar os seus horários... O que não seria um problema porque, com os trainees indo para as ruas, as aulas da Irmandade começariam mais tarde.

Ele ouviu tudo com atenção, e depois o pai lhe informou o salário.

Puta merda, Axe pensou.

Dinheiro pra comer bife no jantar. Pra pagar a eletricidade. Consertos na casa do pai.

– Como é a sua família, filho? – o pai perguntou.

Axe começou a retrair, mas se conteve. Não se preparara para menções à sua vida pessoal.

Pelo menos a resposta era fácil:

– Meus pais estão mortos. Não tenho nenhuma companheira, e jamais terei. Não tenho laços com nada nem ninguém, exceto com o programa de treinamento.

– Perdeu sua família nos ataques? – Elise perguntou com suavidade. Como se estivesse se emocionando ou alguma asneira do tipo.

Ele estreitou os olhos na direção dela.

– Só tem que se preocupar se consigo mantê-la viva, e consigo. Só isso.

Quando a coluna dela se endireitou na cadeira, Axe escondeu o sorriso. Ela podia ser uma fêmea, mas também era uma guerreira em seu âmago. E ficou claro que não gostava de ter uma porta fechada na cara, literal ou figurativamente.

Uma imagem de Elise segurando os braços dele acima da cabeça e empregando todas as suas forças para mantê-lo onde o queria fez com que uma ereção ameaçasse aparecer por trás da braguilha.

Axe ergueu uma sobrancelha na direção dela, desafiando-a a deixar um pouco daquele calor escapar. Mas ela não faria isso. Não diante do pai.

Cara, mal conseguia esperar até a primeira noite de trabalho. Ela lhe daria um sermão.

E, sim, ele estava absolutamente contratado.

Mesmo que Axe não tivesse se mostrado como a força letal que o pai dela procurava, Felixe deduzira erroneamente que Novo era um macho. Não havia a mínima possibilidade de aquele chauvinista polido aceitar uma fêmea protegendo sua filha, e pouco importava que Novo fosse uma soldada espetacular e profissional. E isso era uma merda.

Mas conspirava a seu favor.

Porque ele a desejava...

Isto é, o trabalho. Ele desejava o *trabalho*.

– Bem, entrarei em contato – disse Felixe ao se levantar.

– Sim – Axe murmurou a ambos. – Acredito que sim. E lhe dou a minha resposta agora. Aceito o serviço e posso começar quando vocês dois estiverem prontos.

Capítulo 10

Caos. Completo.

Enquanto a besta emergia do corpo de Rhage, provocada pelo sofrimento de Bitty, Mary cobriu a menina sobre a mesa com o próprio corpo, ainda que não por medo de que o dragão a machucasse.

Pedaços do teto choviam sobre eles, fragmentos de gesso caindo nos lugares em que a cabeça do dragão batia nas placas. Em seguida, a cauda farpada sacolejava, quebrando armários e derrubando equipamentos, batendo na pia e arrebentando os canos.

Quando borrifos de água quente saíram dos sprinklers e as lâmpadas começaram a piscar, Havers e sua equipe tiveram a pior ideia possível. Em vez de ficarem parados, tornaram-se alvos ao recuarem e tentarem chegar à saída bloqueada por um ser que poderia devorá-los.

Mas, convenhamos: algum deles já tinha lidado com tal situação antes?

– Parem! Não se mexam! – Mary exclamou.

E foi então que a besta rugiu.

Mary virou a cabeça para tentar proteger um dos ouvidos, mas não usaria as mãos. Bitty estava exposta demais.

Atrás do dragão, a porta da sala de exames se abriu e Zsadist, V. e Lassiter apareceram.

– Fechem a porta! – Mary gritou. – E saiam!

Sua melhor oportunidade de não transformar o caos em uma completa carnificina era fazer contato visual com o dragão, acalmá-lo e manter o treco concentrado nela e em Bitty. Contanto que conseguisse chamar e manter a atenção de Rhage, ninguém se machucaria.

A mandíbula do dragão estalou ao se fechar. Então, a besta pareceu estremecer enquanto os olhos reptilianos giraram ao redor e se concentraram em Bitty. Ruídos satisfeitos lhe emanaram da garganta, e o animal deu um passo à frente, a pata com garras aterrissando com a força de um equipamento de construção.

Mary foi se endireitando devagar em busca de permitir que o alter ego de Rhage visse a criança.

– Ela está bem. Venha, veja por si mesmo.

A cabeça imensa do monstro se abaixou com lentidão, como se não desejasse assustar a menininha e, ao passo que Mary recuou, o focinho farejou Bitty. Sons de preocupação escaparam, em parte um ronronar nervoso, outra parte uma matraca sofrida advinda do peitoral.

Bitty levantou a mão e afagou a face roxa cheia de escamas.

– Estou bem...

A voz da menina estava surpreendentemente firme. Em seguida, ela sorriu como se a sala não estivesse destruída, as pessoas não estivessem morrendo de medo e ela não tivesse sido submetida a uma tortura.

Mary encostou a palma da mão no pescoço proeminente da besta, sentindo os músculos e o vigor.

– Está tudo bem... Psssiiiu... Isso mesmo, pode cheirá-la... – Sem mexer a cabeça, nem mesmo os olhos, ela sussurrou para Havers: – Me diga que conseguiu alinhar o osso.

Pelo canto do olho, Mary viu o macho endireitar os óculos com armação de casco de tartaruga, que haviam ficado bem tortos.

– D-desculpe... O q-que disse?

– O osso – Mary repetiu no mesmo tom baixo e tranquilo. – Fez o que precisava ser feito?

– S-s-sim, acredito q-que sim. Preciso do r-raio-x para confirmar.

– Ok, vamos tentar não fazer isso agora.

As enfermeiras, já agarradas umas às outras, aproximaram-se ainda mais, como se temessem que seu chefe fosse se opor à sugestão.

– Eu... não – ele disse. – Concordo que não seria aconselhável fazer o exame neste instante. Permita-me perguntar, quanto tempo... Quanto tempo ele...?

– Depende. Mas não vamos a parte alguma até Rhage voltar.

Bitty e a besta ainda se comunicavam com toques e sons e, no tocante a Mary, considerando-se todo o estresse a que a garota fora submetida, os dois poderiam ficar as seis horas seguintes juntos e o restante dos adultos na sala teria de aguentar.

Com esse pensamento, Mary perscrutou ao redor e se retraiu. O estrago todo exigiria uma bela soma de dinheiro, ponderou ao ver o piso arruinado, o teto caído, o entulho em que haviam se transformado os armários com portas de vidro. Mas logo voltou a olhar para seu *hellren* e sua garotinha. A besta era uma grande parte da família não linear e estranha deles, e merecia ser considerada...

A porta se entreabriu, e Lassiter, no seu uniforme de jogador, entrou na sala. Quando ofereceu algo ao monstro, Mary não conseguiu distinguir o que era...

Espera aí, era uma barra de Snickers?

– O que está fazendo? – ela perguntou à medida que ele se aproximava com cautela.

A besta desviou a atenção, a mandíbula se curvando num rosnado para o anjo. Mas Lassiter não se intimidou, o que não foi uma surpresa.

– Tome – incentivou ele. – Coma um Snickers. Você não é o mesmo quando está com fome.

Houve um segundo de pausa. E ela não se conteve.

Começou a rir.

– Sério. *Sério?*

E foi engraçado, pois, enquanto Lassiter a fitava, revelava por trás da máscara de hóquei uma expressão tão tola, ainda que os olhos não refletissem o mesmo. O olhar fixo sem pupilas estava sério demais, oferecendo a ela uma boia salva-vidas em meio à triste realidade de amar uma criança que fora horrivelmente maltratada, e teria de lidar com esse fato pelo resto da vida.

– Obrigada – sussurrou para o anjo quando a besta se aproximou e farejou a embalagem marrom.

– Vá em frente – Lassiter disse para o dragão. – Tome.

Em seguida, com uma precisão impressionante, considerando-se o tamanho daqueles dentes, o alter ego de Rhage pegou a pequenina embalagem entre os incisivos e a mastigou.

Um segundo mais tarde, houve um *puf!* e Rhage apareceu nu e trêmulo no chão.

– Sou bom ou não sou? – Lassiter proclamou. – Simmmmmmm!

Rhage voltou cego do lado distante do Mundo da Besta, morrendo de frio e absolutamente em pânico. Enquanto se debatia no piso que parecia escorregadio, apavorou-se ante a suposição de que haveria sangue por toda parte, mas não, ele não sentiu o cheiro de nenhuma carnificina. Sentia cheiro de eletricidade queimada, gesso e adstringente, e tinha uma leve noção de não estar enjoado, o que era mais um indício de que não devorara ninguém.

Espera aí, havia um gosto de chocolate e amendoim na boca? E um sabor parecido com o de plástico?

— Mary...! — ele a chamou no escuro. — Bitty...

— Todo mundo está bem. — A voz de Mary soou muito calma perto dele. — Todos estão bem...

Quando a mão acariciou a testa e os cabelos de Rhage, ele murmurou:
— Bitty?

— Estou bem aqui, pai. A besta só queria ter certeza de que eu estava bem...

Rhage expirou, e depois percebeu que estava deitado em um monte de escombros. E chovia no seu rosto?

Deus, como diabos a besta coubera na sala de exames? A coisa não era capaz de se encolher.

Pessoas falavam. Passos. Um objeto leve foi colocado sobre a parte inferior do seu corpo. O som alto de alguma coisa raspando, como se parte do teto ou uma das portas dos armários estivesse sendo removida. Nesse ínterim, ele só conseguia permanecer sentado ali como uma tábua, afogando-se em uma poça de dores e de frustração.

Que merda.

A voz de Vishous soou perto dele:
— Meu irmão, vamos te colocar numa maca, certo? E depois vamos te tirar daqui. Fritz está vindo com o Mercedes porque não temos como te colocar no GTO desse jeito.

Que porra, ele pensou. Estava cansado pra caralho dessa coisa.

Bitty tinha precisado dele, e o que ele fez? Uma tremenda confusão. Que porra o fez pensar que poderia ser pai? Não poderia...

— Quero ir com ele — Bitty demandou.

A doutora Jane falou:

— Precisamos colocar os gessos, querida.

— Eu espero! — Rhage bradou. — Quero esperar!

A voz de Bitty soou estridente ao dizer:

— Coloquem os gessos e a gente vai embora. Mas a gente quer ir junto.

Rhage abaixou as pálpebras mesmo que o gesto não mudasse em nada a ausência de sua visão. Ele deveria ser a última das preocupações da menina…

— Pode deixar, Bit — Vishous afirmou. — É por isso que pedi a Fritz que viesse.

— Tenho que cuidar do meu pai.

— Claro que sim — Vishous falou da maneira mais doce de sua vida. — E está certa, garota. Ele vai ficar com você.

Não, Rhage pensou. Era ele quem deveria estar apoiando Bitty.

Que pesadelo dos infernos.

Mas, pelo menos, tudo aconteceu mais rápido depois do caos. Havers abriu caminho, aproximou uma máquina de raio-x portátil, e a imagem confirmou que o osso da coxa estava onde deveria estar. Em seguida houve um cheiro que remetia a farinha e água enquanto moldes de fibra de vidro eram colocados nas pernas e nos braços de Bit. Rhage recusou-se a deixá-la, permanecendo no chão úmido até que o procedimento fosse concluído.

E logo foram embora.

Bit tinha uma cadeira de rodas. Ele era um pedaço de carne numa maca. E o séquito austero formado por Z., V. e Lassiter seguiu Mary.

Isso sim é que era aleijado, manco e cego.

— Ei, Rhage? — Lassiter o chamou com suavidade.

— O que foi? — ele murmurou.

— Se a sua carreira como assassino treinado não der certo, não siga a carreira de decorador de interiores. Você não leva jeito.

Rhage riu.

— Você é um filho da puta.

— Pois é, e você é um bom macho. Mesmo tendo causado uns duzentos mil em prejuízos lá atrás. Não se preocupe, acho que podemos deduzir dos seus impostos. Sabe, como demolidor de construções.

Houve um apertão no seu ombro e depois Rhage sentiu o anjo se afastar. Inspirando fundo, só precisava se concentrar em ficar no controle até ele e Mary terem um pouco de privacidade.

E então desmoronaria.

No elevador. Subida lenta. Uma sacudida de leve quando chegaram à superfície.

O ar frio e seco da noite foi fantástico para seus pulmões, mas não adiantou nada para aliviar a dor no peito. Ele e Bitty gemeram e grunhiram quando outras pessoas os transportaram para a parte de trás da S600 4Matic de Fritz.

Foi brutal para Rhage, e não só porque cada junta e cada parte do seu corpo estavam acabando com o macho.

Era ele quem queria estar levando Bitty nos braços para acomodá-la no banco de trás. Era ele quem deveria estar dobrando a cadeira de rodas para colocá-la no porta-malas. Ele precisava dar-lhe apoio enquanto sacolejassem pela estrada.

Era ele quem deveria carregá-la até o quarto quando chegassem à mansão.

– Rhage?

Quando Mary o chamou, ele olhou na direção do som, para os bancos da frente do sedã.

– Oi?

– Está pronto?

– Sim.

Ou, pelo menos essas foram as palavras que o casal trocou. Mas na verdade queriam dizer:

Rhage, sei que não está bem. Consegue chegar em casa para podermos conversar? Estou muito preocupada e ficaria aí atrás com você agora mesmo, mas também sei que não quer fazer esse tipo de coisa em público.

Ah, Deus, Mary, foi horrível. Estou me sentindo tão mal. Você vai me amar mesmo se eu for o pior pai da face da Terra e nunca, nunca mesmo, melhorar nesse sentido?

Você não é o pior pai. Todos temos limitações, e todos temos lembranças que gostaríamos que tivessem acontecido de maneira melhor. Mas, por favor, lembre-se: ser pai é um compromisso para a vida toda, e você só está começando. Não generalize, está bem?

Quando o carro começou a andar, Rhage inspirou fundo e…

Bitty esticou o braço do outro lado do banco e segurou a mão dele.

– Obrigada por vir comigo.

Ele virou a cabeça.

– O que foi?

– Significou muito pra mim que você tenha vindo. E também que tenha ficado na sala comigo.

Rhage se retraiu.

– Bitty… Não me leva a mal, mas só piorei a situação. Quero dizer, destruí o lugar.

– Eu nunca teria conseguido a última parte sem você. – A voz dela estava ao mesmo tempo tímida e adorável. – Sabe o meu… pai biológico? Ele nunca fez nada assim por mim. Ele nunca… nem quis ir comigo até a clínica. Sabe, mesmo quando eu estava machucada… – Pigarreou. – Então, obrigada. Você é o melhor pai de todos.

Em seguida, a cabeça da filha se apoiou no ombro de Rhage.

Lágrimas encheram os olhos dele, queimando-os, e ele precisou piscar em meio à cegueira.

– Bitty?

– Sim?

Ele apertou a mãozinha dela e pigarreou.

– Quer sorvete quando chegarmos em casa?

– Sim, por favor. Menta com lascas de chocolate? Todos nós podemos comer. Pegamos três colheres.

Rhage fechou os olhos. Não conseguia acreditar na intensidade do poder de Bitty no que se referia a perdoar. Sentia-se renascido de verdade, enquanto, concomitantemente, não conseguia entender a generosidade. Como aquela garotinha conseguia aceitá-lo, apesar de ele não ter sido o Gibraltar que tivera a intenção de ser?

Aproximara-se muito de Godzilla.

Da frente, ele sentia Mary encarando-os. Então, sua fêmea murmurou, porque ela sempre dizia a coisa certa na hora certa:

– Não é maravilhoso não precisar ser perfeito para receber amor?

– Sim – Rhage respondeu emocionado. – E três colheres me parecem o paraíso.

Capítulo 11

A CHAMADA CHEGOU PERTO das quatro da manhã no celular que a Irmandade dera a Axe, e ele atendeu enquanto se sentava diante da lareira, no chalé do pai.

— Alô — disse.

Como se a tivesse invocado do nada, a fêmea na qual vinha pensando sem cessar falou:

— Oi, é Elise.

— Consegui o emprego?

Houve uma pausa.

— Sim, conseguiu. O outro guarda-costas que veio aqui era fêmea, e meu pai...

— Jamais a teria contratado. Pois é, imaginei.

— Hum... Existe alguma possibilidade de você voltar até a minha casa? Meu pai gostaria que assinasse alguns documentos e depois pensei que poderíamos conversar um pouco mais sobre as próximas noites. Não tenho certeza se chegamos a combinar a quantidade de...

— Só uns minutos.

— Ah, tudo bem. Combinado. Obrigada.

Axe encerrou a ligação e ficou ali sentado com o celular na mão. E três... dois... um.

Estava na cara que a ligação seguinte seria de Peyton. E Axe não se deu ao trabalho de expressar uma saudação; apenas aceitou a ligação e manteve o aparelho onde estava, sobre a coxa.

Através do pequeno alto-falante, o macho disparou, com a voz toda trêmula:

– Tá de sacanagem comigo? Que inferno de mentiras contou pra eles? Você não tem o direito, *nenhum!*, de proteger a minha prima. Você...

Axe aproximou o aparelho do ouvido.

– A decisão não é sua, Peyton. Lamento.

Tum! Tum! Tum!

Axe virou a cabeça na direção da porta da frente.

– Só pode ser brincadeira.

– Abra a porra desta porta! – Foi a exigência.

Axe encerrou a chamada e se levantou, os joelhos rangendo. Resmungando baixo, foi até lá, girou a maçaneta e abriu a porta.

– Pra sua informação, não tranco a casa – disse num tom entediado. – Na próxima vez que vier me encher o saco, é só entrar.

Quando se virou, tinha fé de que Peyton viria logo atrás dele e, surpresa!, foi o que o aristocrata fez, marchando através do cômodo pequeno rumo à lareira.

– O que foi, não consegue aumentar a temperatura? – Peyton vociferou. – E isto aqui é escuro como uma caverna, e tão frio quanto.

– Todas as pessoas ricas como você são educadas pra serem críticas? Ou só acontece por causa de todo o dinheiro?

– Isto aqui não é nenhuma porra de brincadeira, seu babaca!

Axe girou nos calcanhares e revirou os olhos para o cara.

– Parece que estou jogando Banco Imobiliário aqui, cara?

Peyton se aproximou até ambos ficarem cara a cara.

– Diga a eles que não vai trabalhar lá. Ou eu digo.

– Quem diabos você pensa que é? Vir aqui e me dar ordens? Você não me conhece, não somos parentes, e o que faço no meu tempo livre não é da porra da sua conta.

– Negue seu desejo por ela. Vá em frente, minta na minha cara e diga que não a quer, e depois pode espalhar um monte de merdas do tipo que vai conseguir ser pelo menos meio profissional nessa questão!

– Pra sua informação, Riquinho Rico – Axe cravou o indicador em riste no peito do FDP –, passei a vida inteira rodeado por coisas que não poderia ter. Portanto, estou acostumado a isso. E você deveria se sentir muito bem com a situação. É o que o seu pessoal faz, certo? Vocês olham de nariz empinado pra gente, a ralé.

– Você é macho. Não tem nada a ver com as suas origens.

— Ahhhh, claro. Quer dizer então que machos não conseguem ter autocontrole. Nenhum.

— Eles não conseguem! Não seja babaca a ponto de...

— Quer dizer que você está comendo a Paradise. Pelas costas do Craeg. Entendi. Bom saber.

O cara franziu o cenho.

— De que diabos está falando?

Axe sorriu com frieza e se inclinou para perto.

— Você quer aquela fêmea. Quer tanto que chega a sentir o gosto. Vejo como olha pra ela, fingindo que não está nem aí e tal. Mas não está disfarçando porra nenhuma. Consequentemente, se machos não conseguem exercer o autocontrole, então é evidente que você mete o seu pau na boca dela...

O gancho de direita voou num ângulo perfeito, e quer falar de show de luzes? Quando o contato eclodiu, a cabeça de Axe rolou de lado, o cérebro ficou meio frouxo dentro do crânio e a visão fez uma breve pausa.

— Você está vendo coisas, cara — Peyton disparou. — Está absolutamente...

Duas vezes. Em menos de vinte e quatro horas. O babaca tinha lhe dado um soco duas vezes.

Axe sacou a arma que mantinha nas costas e a encostou na têmpora do cara com tanta rapidez que Peyton não teve tempo de recuar.

— Está destravada. E não tenho nada a perder. Então, que tal se você nunca mais me der um soco, hein? Já me acertou duas vezes. Na terceira, te mando pro túmulo.

Peyton piscou. Algumas vezes. E Axe o encarou só pra que o macho entendesse que estava falando sério.

— Saia — Axe ordenou num tom baixo.

— Você está errado sobre mim e Paradise. Ela está com o macho que escolheu. Nunca estive com ela e nunca estarei. Então, pare com asneiras... E, se você não ligar pro pai da Elise agora mesmo, vou lá pessoalmente e conto pra ele que desistiu. Você não vai entrar naquela casa...

Axe moveu a arma um centímetro para o lado e puxou o gatilho. O estalido foi alto; o impacto da bala na parede, mais alto ainda.

Peyton gritou e cobriu a cabeça, caindo de joelhos. Mas Axe não aguentava mais. Abaixando a mão livre, agarrou um punhado da maldita jaqueta do cara e o puxou para cima e para o lado, e empurrou-o na parede próxima à lareira com tanta força que o gesso rachou.

– Quer saber por que está frio aqui dentro? – Axe disse de dentes cerrados. – É porque não tenho como pagar pelo aquecedor. E está escuro aqui pelo mesmo motivo. Você pode ter o luxo de não se preocupar com a origem da sua próxima refeição ou do Mercedes, mas eu conto centavos e como no centro de treinamento sempre que posso. Portanto, não tem o direito de me dizer como devo agir, e eu não aceitar um emprego só pra você não ter que enfrentar o fato de que a sua outra prima foi assassinada recentemente não é problema meu. Ah, p.s., vai se foder. Não fique aí parado nos seus mocassins chiques enquanto não está com a fêmea que deseja, alegando que, porque sou pobre, não posso fazer o mesmo. Não escolhemos por quem nos sentimos atraídos, mas pensamentos não são ações. Mesmo para o populacho.

Axe pontuou seu pequeno discurso com outro *bam* na parede. Então soltou Peyton e se afastou, andando pela minúscula sala de estar com pouca mobília, cortinas esmaecidas e tapetes gastos. Quando o silêncio se prolongou, ele odiou o fato de se sentir envergonhado pela casa do pai.

Era mais uma traição do macho. E, mais do que isso, Peyton e seus padrões com dois pesos e duas medidas revestidos de platina dificilmente seriam dignos de admiração.

– Eu te pago – retrucou o macho com seriedade. – O que quer que esteja recebendo, dobro o valor. Triplico.

Axe abriu a boca. Mas fechou-a em seguida.

No fim, apenas apanhou a jaqueta de couro e saiu da sala pela porta da frente.

– Aonde você vai? – Peyton exigiu saber.

– Feche a porta quando sair. Ou não. Não dou a mínima. Mas, se eu não sair agora, vou ter que explicar pra Elise o motivo de ter te matado, e prefiro falar sobre o cronograma de aulas dela.

O coração de Elise batia forte enquanto circulava de um lado a outro em meio aos quadrados de mármore cinza e branco do vestíbulo. O pai tinha ido para o outro lado da cidade, a fim de participar de uma reunião com o tio. O mordomo e sua equipe trabalhavam em silêncio nos fundos da casa, o que, considerando-se os mais de dois mil metros quadrados da mansão, significava que estavam em algum lugar onde ninguém os encontraria. E a tia continuava no andar de cima, na cama.

Encarando o relógio francês ormolu sobre a cômoda bombê ao lado da porta principal, verificou se seu relógio de pulso estava correto. Depois se virou para o espelho antigo e encarou o reflexo ondulado. A distorção parecia adequada. Não tinha certeza do que estava fazendo, do que diria.

Remexendo na gola do suéter de caxemira, certificou-se do caimento das calças Donna Karan nos quadris. Os sapatos não eram nada de especial, apenas sapatilhas Tory Burch.

Desejou estar de jeans, mas o pai não os aprovava.

Como se a casa fosse um clube de campo detentor de código de vestimenta...

Um som de guizo a fez franzir o cenho. O celular, que estava no modo de vibração, começou a tremer ao lado do relógio, e ela correu para atender.

Era Troy...

Um trovão poderoso ressoou pelo espaço aberto, era a aldraba da porta da frente em uso por uma mão forte.

Quando abaixou o celular sem atender, pensou que se tratava de uma escolha reveladora.

O coração parou por um instante dentro da caixa torácica e ela se assustou quando o mordomo veio da biblioteca.

– Ah, pode deixar – Elise lhe disse no que desejou que fosse um sorriso tranquilo. – Não se preocupe.

O *doggen* parou de imediato, como se, enquanto cão bem treinado, a imersão em uma disputa entre seu senso de obrigação e o recebimento de uma ordem direta atrapalhassem o funcionamento de seus circuitos.

– Está tudo bem – Elise comentou. – Retorne às suas prioridades.

Ele hesitou mais um momento, seus olhos disparando para a maçaneta de bronze como se ele tivesse que, pelo menos, fazer uma projeção mental de executar a tarefa antes de poder sair. Em seguida, curvou-se e voltou a polir, espanar ou inspecionar o que quer que estivesse fazendo antes.

Elise inspirou fundo e abriu a porta pesada. Preparando-se, ergueu o olhar e...

– Meu Deus!

Axwelle ainda vestia as roupas da entrevista, a gola rolê e a calça preta simples lhe caíam bem. O cabelo continuava escuro e cortado rente à cabeça. O rosto permanecia tão austero e instigante quanto antes.

Mas ele estava sangrando.

Sob o olho esquerdo, ou talvez um pouco mais para o lado, havia um tipo de corte, com a pele esfolada e sangrando. Um hematoma também ameaçava despontar, e o osso malar abaixo do corte começava a inchar e a avermelhar.

– Você me pediu para vir – ele anunciou com uma carranca.

– O seu olho. – Ela apontou para o ferimento. – Você está machucado.

Ele ergueu a mão e tocou no rosto, mas, em vez de alarme, revelou apenas tédio.

– Tem um lenço de papel? – perguntou.

– O quê?

– Lenço de papel? Papel higiênico também serve. É só me mostrar onde fica o banheiro.

– Está falando sério.

– Como é?

– Ah, pelo amor de Deus. – Ela o agarrou pela mão antes de se dar conta da ação. – Deixe que cuido disso.

Houve certa resistência inicial quando ela fechou a porta e tentou se afastar da entrada da casa com Axe, mas ele acabou seguindo-a. Pelo menos até ela chegar até o primeiro degrau da escada curva.

– Vamos lá pra cima – Elise disse, puxando-o pela mão. – Há um kit de primeiros socorros no meu quarto. E também tenho os horários das minhas aulas para o próximo semestre lá em cima.

– Você não tem no celular? E, sério, não precisamos fazer tempestade em copo d'água por causa disto...

– Está com medo?

Axwelle parou de pronto, e a raiva em seu rosto lhe suscitou um brilho nos olhos.

– Do quê?

– Sei lá, me diga você. Não consigo entender por que não quer subir.

Com um palavrão sufocado, Axe subiu os degraus dois de cada vez, e Elise se descobriu sorrindo enquanto o seguia.

– Então, o que aconteceu com o seu rosto? – perguntou para os ombros largos.

– Nada.

– Para a sua informação, se vai mentir pra me distrair, pelo menos o faça de modo verossímil. Não estamos indo atrás de um curativo porque "nada" aconteceu.

– Nada que seja da sua conta, que tal? E, Cristo, estou ficando cansado mesmo de dizer isso pra sua gente.

– O que quer dizer?

– Que casa enorme – ele comentou quando chegou ao segundo andar e vislumbrou um corredor que ia para duas direções. – Quantos cômodos?

– Sério. – Ela apoiou as mãos nos quadris. – É o melhor que tem a dizer?

O olhar dele cravou no de Elise, e o macho se inclinou na sua direção, a altura incrível e a força registradas, mas não de maneira ameaçadora.

Estava mais para uma maneira que impeliu Elise a desviar o olhar para a boca dele durante uma fração de segundo.

– Não vou falar com você sobre o que aconteceu – ele disse. – Se quer bancar a enfermeira, vá em frente. Mas só porque insiste em me limpar não significa que te devo explicação. Estamos entendidos?

Elise o fitou por um bom tempo. Estavam perigosamente próximos de começarem com o pé errado. E se ela o perdesse? Se ele decidisse lhe dar as costas?

Ela não queria fornecer ao pai uma desculpa para reconsiderar a decisão.

Responda à *maldita pergunta sobre a casa*, disse a si mesma. *Vá para um terreno neutro.*

– Não sei quantos cômodos temos. – Praguejou para si mesma ao seguir para a esquerda. – Quarenta, talvez? Cinquenta? Algo assim. Meu pai a construiu em 1910.

Estava muito ciente da presença de Axe logo atrás, sentia o corpo dele. A presença. A aura.

Na verdade, viu-se caminhando de jeito diferente, os quadris se movendo de modo mais acentuado, os ombros acompanhando. Não fazia a mínima ideia de como sabia disso... mas tinha certeza de que ele avaliava o formato da bunda e das coxas dela. Pensando bem, foi exatamente o que ela fez – o que estava fazendo – com ele.

– Este é o meu quarto.

Abrindo-o, Elise resistiu ao impulso de personificar Vanna White apontando para os objetos exóticos do cômodo, dizendo: *A cama! A penteadeira! Esta linda mesa! O papel de parede!*

Por que a atração física transformava até as pessoas mais inteligentes em idiotas que balbuciam?

– O meu banheiro fica ali. – Indicou o caminho através das portas duplas abertas. Como se ele não fizesse a mínima ideia do que o espaço de mármore abrigava. – Vem comigo.

Lá dentro, o espelho sobre a bancada dupla lhe deu ampla visão do macho quando ele parou entre os batentes, sem entrar.

– Só me dá alguma coisa pra eu limpar o sangue. – Os olhos dele percorreram a banheira com pés em forma de patas, o chuveiro com boxe de vidro no canto e a fila de janelas escuras. – Eu cuido disto.

A forma imensa dele e as roupas pretas destoavam completamente do ambiente em mármore claro e dos cristais e toques dourados, e um tremor a percorreu. Axe estava parado onde ela costumava ficar nua.

Não sabia bem por que isso lhe ocorreu, nem por que lhe pareceu tão erótico. Mas foi.

Elise pegou uma toalha de mão com monograma de uma barra dourada e abriu a torneira, também dourada. Colocou os dedos debaixo do jato e esperou que a água ficasse...

– Não precisa estar quente – ele murmurou.

Parecia bobagem argumentar com o macho. Então, ela só continuou ali até a temperatura parecer adequada, e depois molhou o tecido felpudo.

– Só dá pra mim – ele exigiu estendendo a mão.

Apertando o tecido para retirar o excesso de água, ela se aproximou e pôs a toalha na palma dele.

– Tome cuidado... Ei! O que está fazendo?

Bem, era óbvio, não? Ele tentara tirar o sangue esfregando a lateral inteira do rosto.

Elise agarrou o antebraço de Axe e, quando ele se retraiu como em sinal de surpresa, ela tirou vantagem da reação e pegou a toalha de volta. Puxando-o mais para dentro do banheiro, empurrou-o até que se sentasse no banco ao lado da banheira. Aproximou-se, afastou-lhe as mãos do caminho e pôs-se a fazer o serviço como deveria.

– Como isto aconteceu? – Ela dava leves palmadinhas. – Não parece sujo. Quem te bateu ainda está vivo?

A resposta de Axwelle? Cerrou os molares de baixo nos de cima, como se mantivesse uma conversa mental com alguém. Com ela? Com a pessoa com quem brigara?

Provavelmente com ela.

– Você pode me contar, sabe. – Elise foi até a pia de novo para lavar a toalha. Voltou. – Não vou julgar.

Inclinando-se para mais perto, concentrou-se no corte.

– Acho que isto vai precisar de pontos. O corte é fundo? Muito grande? Consegue enxergar com esse olho?

Nenhuma resposta. Só a repetição dos movimentos de contração e rotação do maxilar inferior.

– Ok, senhor Tagarela, deixe-me ver com o que posso cobrir isso. E depois precisará procurar o Havers. Está na cara que você é saudável, então vai sarar, mas o corte pode infeccionar antes de cicatrizar.

Elise enxugou a área com a ponta seca da toalha e foi para o armário do banheiro, inclinando-se sobre as gavetas do meio, abrindo-as uma a uma. O kit de primeiros socorros estava na última, perto do chão.

Vasculhando entre os curativos e faixas de gaze, escolheu um quadrado grande.

– Este deve servir.

Jogou a embalagem no lixo e seguiu para seu paciente taciturno e rabugento.

– Então, obrigada por perguntar – ela disse ao se aproximar. – Amo estudar. Sou boa nisso e o mais importante é que na universidade consigo ser eu mesma. Nenhuma suposição ou restrição por causa das minhas origens. Nada além das minhas próprias ações e palavras definem quem sou. Isso é liberdade pra mim.

Então, puxou as duas pontas adesivas, encostou-as na pele e cobriu o corte, certificando-se de que a bandagem encobrisse todo o ferimento. Esmagou as linguetas na mão e afastou-se. Axwelle olhava fixamente para a frente, como se não suportasse tal proximidade.

Praguejando baixo de novo, Elise sentiu como se a oportunidade de continuar a frequentar a universidade humana estivesse desaparecendo bem diante de si.

– Olha só – disse, cansada. – Sei que você e eu vamos fazer como óleo e água, mas preciso muito mesmo que isto dê certo. Preciso terminar o meu doutorado. São anos da minha vida. Assim... Se você não quer o trabalho, apenas desista agora e me deixe tentar encontrar outra pessoa, ok? Oi? Está me ouvindo? – Jogou as mãos para o alto. – Isso é ridículo. Por que veio para cá?

Talvez o tivesse entendido mal. Podia ter jurado que ele a estivera encarando por considerá-la atraente. Mas talvez fosse o contrário...

De repente, as mãos dele agarraram os próprios joelhos e os apertaram.

– Está tendo um AVC ou algo assim? – ela exigiu saber. – Porque meus conhecimentos médicos se restringem ao Band-Aid.

Quando ele se limitou a permanecer onde estava, ela apoiou as mãos nos quadris pela terceira vez.

– Pode, por favor, me dizer de uma vez o que está acontecendo aqui? Precisa de uma ambulância? Bateram em você com tanta força que sofreu uma concussão? O que quer que esteja acontecendo, é melhor me contar de uma vez ou vou te arrastar desta casa e te deixar morrendo no gramado.

O lábio superior do macho se curvou acima das presas, e ele balançou a cabeça.

– Você é um covarde mesmo – ela murmurou. – Um cara durão como você, que nem consegue falar sobre um assunto qualquer que seja...

– Covarde? – ele retaliou. – Você acha que sou covarde.

– Sim, acho. Qual seria a outra explicação?

– Covarde, hein? Tá certo. Que tal isto como problema pra você?

Em seguida, ele se ergueu em toda a sua altura, espelhando a pose dela com as mãos nos quadris. E só ficou ali, como se a atitude explicasse tudo.

Elise franziu o cenho e deu de ombros.

– E aí? Quer me lembrar de que tem um metro e noventa, dois talvez? Que está vestido de preto? Que...

Eeeeee foi nesse momento que ela viu.

Algo bem grande. Uma *coisa* bem... ereta, esticando-se da parte da frente das calças dele.

Capítulo 12

QUE TAL ESSE TIPO DE COMUNICAÇÃO?, Axe teve vontade de dizer.

No entanto, simplesmente deixou a fêmea dar uma boa olhada no pequeno covarde, que não era nem pequeno nem covarde. De fato, um pau bem audaz e sem remorso, que parecia ter o dobro do tamanho do seu estado normal.

E, pra começar, ele não era de crescer tanto.

Mas que diabos, não era assim que Axe queria começar com ela. Pois é, ele bem podia rebobinar o devaneio para o momento em que aparecera sangrando na porta da casa do pai de Elise. O problema – bem, um dos problemas – era que se irritara tanto com a postura arrogante criminosa de Peyton que nem pensara em machucado algum, e depois a fêmea o havia mantido ali, onde tudo tinha o cheiro dela, e o fez sentar-se, e ainda invadiu seu espaço pessoal.

Pois é, acabou ficando duro.

O tempo inteiro em que Elise estivera dedicada a prestar-lhe primeiros socorros ele desejou, rezou, incitando-se de volta à flacidez. Sem sorte. Foi o mesmo que gritar com um porco. Você parece um idiota e o porco não lhe dá a mínima.

Por isso, lá estavam ambos de pé num banheiro do tipo saído do cenário de *O diabo veste Prada* – se Miranda Priestly tivesse tido uma cena com uma Jacuzzi –, com ele ridiculamente excitado, e Elise parada ali como se não conseguisse tomar uma decisão entre tampar os olhos e correr...

Ou descobrir qual era a sensação.

– É uma má ideia – ele resmungou ao se virar, recompondo-se e saindo do banheiro.

Maravilha, só conseguia olhar para a cama... e imaginar como a fêmea ficaria deitada nua ali.

– Espere – ela disse. – Não vá embora...

Ele girou sobre o carpete alto.

– Você precisa de outra pessoa.

Elise empinou o queixo.

– Não preciso de outra pessoa. Quero você.

Axe fechou os olhos e tentou não interpretar nada implícito em tais palavras.

– Você perdeu sua companheira? – ela perguntou.

Ele balançou a cabeça para clareá-la.

– O quê?

– Sua companheira. Já faz... um tempo pra você? Ou algo assim? Sim, sei que é uma pergunta pessoal, mas, convenhamos – ela murmurou de maneira um pouco seca –, o assunto já é meio esse.

Por um segundo, Axe pensou que a fêmea quisesse um elogio... mas a expressão dela era franca, os olhos, inocentes, a aparência, tão honesta quanto o nascer do sol.

Ela literalmente não compreendia que o afetava daquela maneira.

Sem ter intenção, concentrou-se nos lábios de Elise – que tinha sido o problema original: enquanto ela estava cuidando dele, com resultados muito melhores do que se ele o tivesse feito, acabou estabelecendo contato visual com a boca dela, e no mesmo momento se perdeu em pensamentos acerca do gosto deles, sua sensação e textura. E não só com beijos... Com tudo.

Com corpos nus e sexo ávido, desesperado e repetido até que ambos desmaiassem.

– Os ataques acabaram com as vidas de muitos – ela sussurrou. – Foi uma época difícil para todos nós.

– Ninguém precisa me dizer isso.

Ela se calou como se esperasse que Axe fosse prosseguir. Quando ele não o fez, Elise balançou a cabeça.

– Bem, lamento por suas perdas. Conheço... a sensação.

– Mesmo?

– Assassinaram minha prima no mês passado. Foi... horrível. Ainda mais que o irmão dela já havia sido morto nos ataques.

Do nada, e sem motivo algum que Axe conseguisse definir, uma dor fugidia se acendeu em seu peito.

– A morte é sempre horrível. A menos que seja a do seu inimigo.

– Não sei... muitas coisas sobre a guerra.

– Vou embora.

Afinal, a cabeça dele estava toda delirante, debatendo-se entre o lado racional, o qual determinava que seria tremendamente injusto trepar com ela no trabalho ao mesmo tempo que a mesclava aos aristocratas insensíveis que haviam matado o pai dele. No lado de suas loucuras insanas, alegava que era absolutamente lógico dormir com ela enquanto era pago para mantê-la a salvo, pintando-a com as mesmas cores daqueles babacas da *glymera*.

– Do que você tem medo, exatamente? – ela murmurou. – Não consigo parar de pensar nisso.

Ele a encarou.

– O quê?

– Bem, é que fico pensando. Quero dizer, não se perde nada trocando dados, opiniões e preocupações tendo em mente um resultado positivo, que no caso implica em você e eu possibilitando minha volta à universidade. Pode me perguntar qualquer coisa e responderei. Não tenho medo, e acho que estou tentando ajustar esse cara durão, essa parte de exterior protetor, com o quanto é covardia não se expressar pra outra pessoa.

Axe piscou.

Tá de brincadeira comigo?, ele pensou. *Duas vezes na mesma noite?*

– Deixa só eu te perguntar uma coisa – ele replicou.

Elise abriu os braços.

– Qualquer coisa. Sou um livro aberto.

– O que acontece com os ricos que faz eles acharem que têm o direito a toda e qualquer coisa? Não só as materiais, mas também a vida das pessoas, as emoções, os pensamentos. Você me diz que não tem problema nenhum em conversar? Que sou um tremendo covarde se não revelar informações a meu respeito só porque me perguntam? – Deu de ombros. – Não sabe nada da minha vida nem nada do que passei, mas a menos que eu escolha te dar esse acesso, nos seus termos, quando você decide que quer saber, de repente quem tem problemas sou eu. Você é uma estranha pra mim. Não te conheço. E não tenho que te conhecer. Não te devo nenhuma parte minha.

As palavras a calaram.

E bem quando Axe se parabenizava por colocá-la em seu devido lugar, ela puxou o tapete debaixo dele. De novo.

– Deus... Você está absolutamente certo. – Ela foi até a penteadeira, a mão graciosa passou pelas escovas de prata e pelos itens de maquiagem sobre o móvel. – Sinto muito. – Olhou por cima do ombro e riu internamente. – E pensar que estou buscando o meu doutorado em psicologia. Eu deveria saber mais sobre relacionamentos interpessoais, não é? Acho que teoria e prática nem sempre andam de mãos dadas. Peço perdão.

Eeeeee Axe piscou outra vez.

Cacete. Não imaginara que ela fosse entender seus limites. Muito menos respeitá-los.

Perdido, sentou-se na beirada da cama.

Passando a mão pelos cabelos, apoiou os cotovelos sobre os joelhos e pensou que definitivamente precisava sair dali e se afastar dela.

Mas, em vez de partir, disse:

– Nunca conheci alguém que tivesse um doutorado.

Considerando-se tudo, Elise pensou, Axwelle tivera razão em questionar sua falta de compostura: ela se esquecera – e isso era verdadeiro em particular no que se referia a pessoas novas – de que é preciso alcançar as pessoas. Deixando de lado a excitação, ele nunca lhe havia fornecido qualquer indicador de que era um livro aberto, e ela o forçou demais porque transferiu as próprias características para ele.

Mas sentiu-se encorajada por ele não ter disparado porta afora.

– Sim – ela disse, pigarreando. – Os meus estudos demandaram anos e anos de dedicação. É por isso... Bem, é por isso que me precipitei agora. Tem sido um imenso investimento de tempo e esforço, e, se eu não concluir a minha tese, talvez pareça que tudo foi em vão. E meu pai pode ser uma pessoa bem difícil de se lidar. O fato de ele ter me dado esta oportunidade é um milagre, e acho... Bem, só não quero perder esta chance.

Quando Elise se calou, ele estalou os dedos, um a um.

– Não consigo evitar.

– Ficar na defensiva? Por que não ficaria? Eu te pressionei.

– Não. Me sentir atraído por você.

Elise tentou parecer calma enquanto o coração acelerava no peito. Mas, que o Senhor a ajudasse, ela quase deixou escapar uma risadinha.

Aprumando as costas, resolveu enfrentar a situação.

– Tudo bem. Também não consigo evitar me sentir atraída por você. – Quando a cabeça dele se levantou rápido, ela revirou os olhos. – Convenhamos. É bem óbvio.

Axwelle pigarreou.

– Então, você é a profissional em psicologia aqui. Não acha que isso significa que a gente não deveria trabalhar juntos?

– Pelo menos a gente já sabe qual é o problema em vez de ter de descobrir. – Houve uma pausa. – Ok. Foi uma piada. Você deveria ter rido.

No entanto, ele nem mesmo expressou um sorriso, e ela…

O ronco que o macho emitiu foi provavelmente um dos sons menos atraentes que ela já ouvira na vida, em parte roedor ferido, em parte urso-pardo resmungando, em parte escapamento de carro explodindo. E logo ele soltou um palavrão e cobriu a boca com a mão.

– Ai, meu Deus – ela deixou escapar –, que fofo!

Do outro lado, na cama de mocinha, com colcha coral e cortinas do dossel que desciam de medalhões no teto, o lutador de roupas pretas, rosto machucado e atitude de quem mata antes e pergunta depois, ficou com a cor de uma placa de "Pare".

– Eu arrotei. Foi isso. – Ele esticou as costas e rearranjou um dos ombros como se quisesse lembrar a si mesmo que era todo feito de músculos. – Olha só, nunca trabalhei nesta coisa de guarda-costas antes, então não sei muito bem o que esperar. Acho que a pergunta é pra você: está disposta a apostar a sua vida em mim? Porque, no fim, a situação é essa. Podemos passar cem noites sem que nada aconteça, mas só é preciso uma em que algo aconteça. E então você não vai estar fodida, sexualmente falando ou apenas num sentido de ter má sorte; você vai estar morta.

– Duvida de si mesmo?

Ele franziu o cenho.

– Quer a mais pura verdade?

– Sempre. – Ergueu o indicador. – Quero que fique registrado agora, por isso vou dizer alto e claro. Vou sempre querer a verdade de você. Isso é mais importante do que qualquer outra questão, por motivos que, sem dúvida, acabará entendendo.

Ele estalou as juntas de novo e depois rearranjou o outro ombro, dizendo:

– Pessoalmente, acho que a minha atração vai nos beneficiar, quero dizer, vai te beneficiar. Vai aumentar o meu natural senso de proteção e me tornará mais letal. Não sou vinculado a você, e nunca serei, mas sou macho e, na verdade, muito mais bruto do que qualquer um dos almofadinhas com quem está acostumada a lidar. Portanto, sim, se qualquer um tentar esfregar as pontas dos seus cabelos com os cotovelos, eu o mato quatro vezes antes de atear fogo no cadáver.

– Hum, que frase mais linda de se colocar num cartão para o Dia dos Namorados. – A não ser pelo fato de que ele devia estar certo. – E, escuta só, acredito mesmo que somos não o que pensamos, mas o que fazemos. Se você e eu mantivermos a relação no nível profissional, tudo vai ficar bem.

Axwelle se levantou depressa.

– Ok. Me manda uma mensagem quando precisar de mim amanhã. Posso trabalhar até uma da manhã, mas depois tenho treino. – Ele assentiu de modo que pareceu que tinham dado as mãos para selar o acordo, e depois caminhou para a saída do cômodo. – Eu mesmo abro a porta...

– Espere, o meu horário de aulas...

– É só me avisar.

Cara, ele já tinha conversado bastante, não tinha?

– Podemos fazer isso, sabe – ela disse para as costas fortes dele. – Tudo vai ficar bem.

– Você fala assim agora. – Axe abriu bem a porta. – Vamos apenas esperar que, ao fim de tudo, pelo tempo que durar, ainda sinta o mesmo.

– Espere, preciso do seu celular?

Ele declamou os dígitos por cima do ombro como se acabasse de se lembrar disso, e depois continuou passando pelos batentes como se pouco lhe importasse Elise ter ouvido ou não.

Mas ele se importava.

Por baixo de todo o exterior rígido como pedra, ele não estava tão blasé quanto queria que ela acreditasse. Do contrário, não teria se sentado para conversar com a fêmea de jeito nenhum.

Seguindo para a fileira de janelas que dava para a frente da mansão, ela afastou a cortina de renda e esperou. Um momento depois, Axwelle saiu pela porta da frente, marchando até a calçada.

– Olha pra mim – ela sussurrou. – Vai... Você sabe que quer fazer isso.

Lá no fundo, Elise estava bem ciente dos discursos virtuosos sobre profissionalismo e autocontrole, mas uma parte sua queria que o macho desse uma de John Cusack no jardim da frente.

E isso era loucura.

No entanto, não como num caso de insanidade clínica.

Mais como um caminho que não deveria percorrer, dadas as circunstâncias.

A boa notícia? Enquanto se distanciava da casa, ele evidentemente não iria...

Axwelle parou uns quatro metros depois do terceiro poste de luz no caminho de entrada... e ficou ali por um bom tempo. Pareceram anos. Pouco antes de ela desistir ou descer para ver se o machucado na cabeça com o qual ela se preocupara finalmente tinha resolvido dar as caras... ele se virou e olhou para trás.

O queixo levantou como se os olhos estivessem viajando até o segundo andar.

Com um gritinho, Elise recuou, saindo do campo de visão e deixou a cortina voltar ao lugar.

O coração dela batia forte e uma onda de calor fez o suéter de caxemira parecer uma vestimenta de cilício medieval.

Quando ela se virou, fitou a marca na colcha onde ele se sentara na cama. Do nada, quis se aproximar e passar a mão naquele ponto.

– Que diabos estou fazendo? – perguntou para o silêncio do quarto.

Capítulo 13

O ENGRAÇADO EM SE ASSISTIR a uma maratona de filmes, ainda que não se esteja enxergando nada, é o quanto de fato é possível visualizar.

Claro, no caso de Rhage, ele essencialmente memorizara *Duro de matar* do momento em que John McClane recebeu o conselho sobre tirar os sapatos no avião até a parte em que a mulher dele acerta aquele jornalista cretino bem na boca.

– Como está se sentindo, Bitty? – perguntou.

Horas antes, ele, Bitty e Mary se acomodaram nos palácios de couro para traseiros do cinema da mansão por dois motivos: primeiro, Bitty ficava mais confortável sentada com as pernas estendidas, e segundo, a maratona sem fim de distração cinematográfica, que ele organizou com o seu repertório de grandeza, era exatamente do que precisavam para limpar seus paladares mentais e emocionais. Assistiram primeiro a *Deadpool*, é claro.

É preciso se manter a par das tendências, sabe.

Em seguida foi *O diabo veste Prada*, em deferência a Mary que, apesar de preferir as obras validadas pelo *Palma de Ouro*, amava Meryl Streep como Miranda Priestly. Depois, foi a vez de *Guardiões da galáxia* – Bit adorava Zoe Saldana nesse filme – e, por fim, *Um espião e meio*.

The Rock era provavelmente um dos poucos humanos que alguém pode querer ao seu lado numa luta.

Rhage, porém, teve que encerrar com um filme velho, mas bom. Além disso, devia fazer pelo menos umas três semanas desde que não via Hans Gruber cair do Nakatomi Plaza, e era Natal.

#sazonalmenteapropriado

– Bit? Você está bem? – Quando ainda assim não obteve resposta, Rhage virou a cabeça na outra direção. – Ela dormiu? – perguntou a Mary.

Não houve resposta do outro lado também, e ele sorriu e tateou ao redor. Encontrou a mão de Mary primeiro e, quando a segurou, sua companheira fungou e se curvou na direção dele, uma das pernas cruzando sobre a sua com um suspiro de contentamento antes de retornar a um sono profundo. Em seguida, localizou a versão muito menor, Bit, que, assim como Mary, virou-se, a cabeça repousou contra o bíceps do pai, e os fios de cabelo que caíram para a frente fizeram cócegas no braço dele.

Rhage sorriu e voltou a assistir ao filme.

Mesmo sem enxergar nada, sentia-se forte como um touro, grande como uma montanha, letal como uma cobra; pense em qualquer metáfora de He-Man e era assim que ele se sentia.

Não significava chauvinismo querer proteger suas fêmeas. Era o apropriado, e não porque não fossem espertas para se protegerem sozinhas. As fêmeas simplesmente tinham mais importância do que os machos e sempre teriam, e na parte mais profunda do seu cerne, Rhage se orgulhava de servir a ambas como companheiro e como pai.

Caramba, sentia-se absolutamente completo com a *shellan* e a filha como aparadores de livro cada uma de um lado seu, dando-lhe toda a sua força e propósito, estabilizando-o mesmo quando ele não estava ciente de se sentir instável.

Engraçado, a experiência se assemelhava a se apaixonar: uma revelação que tornava tudo mais belo, mais precioso.

Bem nesse momento, como se o destino estivesse determinado a lhe ceder Um Momento, a visão dele começou a retornar lentamente – o brilho da tela, o contorno das poltronas e o cinema escuro… suas lindas fêmeas… Tudo voltando ao foco.

Como se a sua percepção de mundo tivesse recebido um filtro da Merchant Ivory Produções.

E pensar que, sem sua Mary, nem sequer saberia quem eram eles.

Santa Virgem Escriba, apesar de tudo, Rhage lamentava ver aqueles gessos, o lembrete do sofrimento de Bit e da sua explosão espetacular, levando-o de volta a um lugar onde ele não queria estar. Mas sorriu. Bitty insistira que os gessos das pernas fossem azuis, e os dos braços prateados, em homenagem às cores da sua linhagem. E todos na casa assinaram seus nomes neles com uma caneta preta; as assinaturas e as mensagens se sobrepunham, a do Rei por baixo da de um *doggen*, um irmão dividindo espaço com o rabisco de Nalla, até mesmo Boo e George acrescentaram as marcas das patas graças à tinta levada até eles.

Bit estava bem agora, disse a si mesmo. Segura ali com ele, com Mary e com os outros moradores da casa.

Tudo ficaria...

Bem quando Argyle entrava na limusine preta dos anos 1980, balançando a cabeça ao lado do urso de pelúcia, Rhage viu que ele e sua família não estavam sozinhos.

Lassiter se mantinha afastado à esquerda, recostado contra a parede forrada de tecido, a luz do filme lhe recaía sobre o rosto como uma labareda.

Os cabelos loiros e pretos desciam pelos ombros, a camiseta simples e as calças de ginástica eram o tipo de roupa normal que qualquer um vestiria, o que significava que não pertenciam aos cabides do guarda-roupa do anjo.

Mesmo do outro lado do cômodo, e apesar da vista ainda fraca de Rhage e da escuridão do lugar, era óbvio que a expressão de Lassiter era séria.

E que ele nem estava assistindo ao filme.

Isso fez Rhage desejar o inconcebível.

– Me diz que você está aqui porque tem uma piada do *Amigas para sempre* que quer me contar – Rhage comentou rouco. – Ou talvez porque trouxe um saco de dormir da *Pequena sereia* pra mim?

Lassiter permaneceu em silêncio pelo que pareceu um ano, mas provavelmente foi apenas o tempo de uma ou duas batidas de coração.

O que, considerando-se a disparada do relógio interno de Rhage dentro do peito, era um tremendo comentário no cenário "tempo-é-relativo".

– Quero te lembrar do que te falei – o anjo disse... numa voz que faria Walter Cronkite parecer um falsete com as bolas apertadas num torno. – Tenha fé. Tudo vai dar certo.

Os olhos de Rhage se voltaram rapidamente para os gessos.

– Havers nos disse que o realinhamento dos ossos vai cicatrizar numas seis semanas. E depois disso... Quero dizer, a transição é assustadora pra todos, mas o surto de crescimento dela deve ser tolerável. Mesmo que precise de fisioterapia ou de uma cirurgia, quando chegar a hora, Bitty poderá receber uma anestesia diferente, terá opções de analgésicos e…

Quando o fitou de volta, o anjo se fora.

Rhage franziu o cenho e virou para trás.

Lassiter não caminhava em direção à saída; era como se nunca tivesse estado lá.

– Rhage? Você está bem?

Ao ouvir a voz sonolenta de Mary, ele voltou a atenção para o filme de novo. Rhage abriu a boca e…

Fechou-a novamente. Balançou a cabeça. Tentou de novo.

– Ah, hum, sim. Estou bem. Ei… Você viu o Lassiter agora mesmo?

– Não…? Não tem mais ninguém aqui além de nós…

Rhage piscou e fez uma varredura visual do espaço escuro. Será que estivera mesmo enxergando aquilo? Ou imaginara tudo…

Ainda estava cego ou sonhava?

– Ah… ok. Tudo bem. Claro.

– Quer que eu pegue algo pra você comer? – Sua Mary Madonna se inclinou sobre o peitoral e acariciou-lhe os cabelos. – Você não me parece bem. Não seria melhor buscar a doutora Jane?

Mas Rhage se limitava a fitar o lindo rosto da companheira. Na história do mundo, podem ter existido fêmeas consideradas belezas extraordinárias por outros, cuja estrutura óssea e curvas dos lábios, cujos olhos e sobrancelhas equivaliam, nas mentes de terceiros, a uma atração devastadora.

Até onde lhe dizia respeito, Nefertiti não chegava aos pés de sua *shellan*.

Para ele, Mary era o padrão-ouro que tornava básicos todos os outros metais.

– Vou chamar a doutora Jane agora mesmo…

Quando ela começou a se levantar da poltrona reclinável, ele a pegou pela mão e a puxou com suavidade de volta para si.

– Estou bem. Só foram uma noite e um dia longos. Que horas são?

A distração funcionou, e Mary consultou o relógio de pulso, que era o Rolex Presidente de ouro dele, aproximadamente do tamanho de um carro no pulso fino da companheira.

– Sete horas. Tem certeza de que não precisa de ajuda?

– Tudo de que preciso está aqui. – Aproximou-se e lhe aplicou um beijo nos lábios. – Que bom, isso significa que em mais sete horas devo estar pronto para a Primeira Refeição.

– Ela está sendo servida agora. São sete da noite. Então, que tal um pouco de comida?

– Não precisa. Estou bem.

– Rhage, qual o problema?

Ele voltou a se acomodar na poltrona.

– Nada. Foi só um sonho ruim.

Isso mesmo. Tinha de ser um sonho.

Lassiter sem suas listras neon de zebra e a faixa prata e rosa-choque "Let's Get Physical" de Olivia Newton-John na cabeça?

Produto da sua imaginação. Claro.

– Tem certeza? – Mary insistiu com suavidade.

Rhage assentiu, sentindo-se aliviado quando ela voltou a se recostar e apoiar a cabeça no ombro dele. Por cima do peitoral do companheiro, Mary olhou para Bit, verificando como estava a menininha e afastando uma mecha dos cabelos castanhos dela para trás.

– Tão corajosa – murmurou Mary.

– A mais corajosa de todas.

– Deus, aquilo na clínica foi horrível ontem.

– Está se referindo ao antes ou ao depois de terem fraturado os ossos das pernas e dos braços da nossa filha? Ah, espere… ou quando criei um teto solar num cômodo subterrâneo? – Esfregou o rosto, e depois a segurou pela mão. – Nem acredito que conseguimos passar por aquilo.

– Nem eu. – Mas a companheira logo sorriu para ele. – Mas acho que é o que forma uma família. Perseveramos. Ao fim dos acontecimentos, sejam eles quais forem, ficamos mais fortes. O riso e a diversão, os bons tempos, tudo isso é maravilhoso e integra as grandes alegrias da vida. Mas as partes difíceis… os desafios que você supera com muito custo… a reentrada na vida normal, que sacode o seu invólucro, rouba o seu oxigênio, faz você pensar que tudo será incendiado? São nesses momentos que criamos laços eternos.

Rhage pensou em seus irmãos. No seu Rei. Nas outras pessoas daquela casa.

E depois em sua Mary e em sua Bit.

Piscando rapidamente, ele a beijou no topo da cabeça.

– Você sempre sabe o que dizer.

Ela esfregou a bochecha nele e pressionou os lábios no esterno de Rhage. Depois fitou a tela enorme diante deles.

– Então... *Duro de matar* é o seu filme favorito?

– É, acho que sim. – Apertou a mão dela. – Esse ou *O poderoso chefão*. Cara... gosto muito de *A ira de Khan*. E também temos Ryan Reynolds estabelecendo outro nível. Não sei. É como os sabores de sorvete: são muitos para escolher, e depende do meu humor, entende?

– Aham. E tem certeza de que não quer comer?

– Gosto de ficar sentado aqui.

Quando Mary bocejou, ele fixou os olhos no filme e tentou encontrar o caminho de volta a como se sentira. Não conseguia chegar lá.

Como um vidro quebrado, ele não conseguia juntar de novo a sensação de proteção e de segurança.

Lassiter pairava no ambiente, mesmo sem estar visível em parte alguma ali.

Capítulo 14

No SONHO, AXE ESTAVA DE VOLTA ao quarto de Elise. Ainda usava as roupas que vestira ao ir lá antes, e sentava-se no mesmo lugar, ao pé da cama. As portas duplas do banheiro estavam escancaradas, e tudo permanecia onde deveria estar em termos de mobília e decoração. Mas as imagens pareciam bem nebulosas, como se uma máquina de fumaça no canto emitisse nuvens de neblina branca.

Não conseguia ver Elise, apesar de ouvir sua voz. Ela dialogava com ele do banheiro, a voz ia e vinha como se alguém estivesse ajustando o volume do mundo e sofresse de tremores na mão.

Sabia que estava muito excitado.

Duro. Pra. Cacete.

E foi antes de ela aparecer entre os batentes da porta em arco.

Elise estava incrível e espetacularmente nua, sem nem um centímetro de tecido impedindo que os olhos dele vislumbrassem a pele dela; ainda assim, os detalhes do corpo lhe passavam despercebidos, a neblina resvalava os seios, a planície do abdômen, o sexo fendido.

— Você me quer? — ela indagou em uma voz distorcida.

— Deus, claro, caralho, sim... Estou sofrendo aqui...

— Diga que me quer.

Afastando os joelhos, ele levou a mão ao pênis e o apertou.

— Tanto, tanto... que estou morrendo...

— Diga as palavras.

— Eu te quero... — ele sussurrou.

Elise se aproximou dele como uma brisa de verão, caminhando pelo tapete elegante com passos graciosos que o fizeram gemer no fundo da garganta. E então se pôs diante dele, e Axe esticou a mão para tocá-la, para acariciar a pele macia e vital. Quando a puxou entre as coxas, o perfume da fêmea inundou as narinas dele e seu pau rugiu, as presas descendo na boca.

– Elise...

Fitando-a, subiu as mãos pelos braços dela, incitando-a a beijá-lo. Mas, quanto mais ele tentava fazê-la se inclinar para tomar-lhe os lábios, mais ela escapava da sua pegada, o corpo se tornava etéreo e desaparecia bem diante dos olhos do macho.

O alarme disparou ao lado da sua cabeça como um tiro, o guincho eletrônico e agudo eriçou sua bunda quando ele saltou com a respiração sôfrega.

O fogo se apagara, não restavam nem as cinzas, e a sala de estar do chalé estava tão fria quanto o interior de uma geladeira. Dormira vestido depois de ter passado na casa de Elise, somente a jaqueta de couro mantinha o corpo um pouco aquecido.

As juntas estavam enrijecidas.

E, vejam só, não eram só elas.

Ele se rearranjou, porque ou metia as mãos dentro das calças ou andaria como Quasimodo, foi até o banheiro no segundo andar e abriu a torneira de água quente. Então recuou, fechou a porta com o intuito de manter o cômodo aquecido e procurou roupas, lembrando-se de tudo, até mesmo das meias e das botas de combate, e só começou a se despir quando se trancou dentro da umidade.

A primeira lição que se aprende quando se mora no norte do Estado de Nova York durante o inverno sem aquecedor doméstico é certificar-se de ter tudo o que precisa à mão antes de se molhar. Um trajeto úmido para o quarto onde esqueceu o que quer que tenha sido era tão aconchegante quanto deitar em uma cerca elétrica.

No tocante a boxes de banheiro, aquele onde entrava era do tamanho de um saleiro, e as paredes de plástico inspiravam a mesma confiabilidade em termos estruturais que uma casinha da Barbie. Se não atentasse para onde permanecia, recebia choques de frio. A água, no entanto, era o paraíso, e ele ergueu o rosto para o jato quente, deixando-a cair pelos ombros e peito, costas e bunda.

Não demorou para encontrar o sabonete.

E o caminho para o qual ele o levou não era nada bom.

Mas a ereção o estava matando, e piorava em vez de melhorar enquanto a sensação de carícia do jato se ampliava e se modificava na cabeça de Axe, sua massa cinzenta danificada transformando-o nas mãos de Elise, nos lábios e na língua.

Ele estava grosso e pesado na própria palma, duro e inflexível enquanto se agarrava e, no primeiro movimento, visualizou em sua mente o rosto de Elise, tão claro quanto o dia. Sim, disse a si mesmo que deveria se sentir culpado com a situação, e se sentia. Havia um quê indecente em bater punheta para ela enquanto os dois haviam estabelecido limites na noite anterior.

Contudo, sua necessidade de gozar era tão intensa que não tinha como ser negada.

Inclinando-se para o lado, Axe bombeou rápido e teve de apoiar a cabeça no bíceps, as presas lhe marcaram a própria pele quando a velocidade aumentou mais e mais. O calor rugiu dentro de si junto a mais imagens daquela fêmea no clube de charutos e até mesmo no escritório do pai.

Era errado.

Mas boa sorte em tentar deter um trem desgovernado sem nada além de mãos em ação.

Rá-rá.

O prazer era como uma lâmina afiada, quase insuportável e impossível de negar ao mesmo tempo – e o clímax, quando o atravessou, fez a coluna dele se curvar tanto que bateu a cabeça na parede de trás do boxe.

Pronunciou o nome dela. Em voz alta.

E não parou nem depois.

Antes que Axe conseguisse se recobrar, a onda voltou a subir, a mão continuou a trabalhar, as sensações surgiram até ele cerrar os dentes, e o pescoço se retesou, até o corpo inteiro se apertar...

O que será que Axwelle estava fazendo?, Elise pensou ao sair do chuveiro e se enrolar numa toalha.

O piso aquecido de mármore transformava o tapete branco em um acolchoado quente para os pés, e ela levou o tempo que quis para se enxugar, enrolar os cabelos no alto da cabeça e se abrigar num roupão macio. Ciente da excitação borbulhando sob a pele, vestiu leggings e um suéter de caxemira diferente, azul-oceano. Depois não só secou os cabelos, mas também os modelou.

Até passou delineador e rímel junto à penteadeira.

Cerca de meia hora mais tarde, já de casaco e com a mochila nas costas, saiu do quarto em meio a passos alegres pelo corredor...

Quando viu a porta fechada do quarto da prima, hesitou. E ficou imaginando se um guarda-costas teria ou não ajudado Allishon. Será que, se tivesse sido protegida por um soldado, ela estaria viva?

A resposta seria mais fácil se ela soubesse o que matara a fêmea.

No entanto, não havia tempo para debater o assunto. Apressou-se para o primeiro andar e só faltou caminhar nas pontas dos pés diante da porta do escritório do pai, só para o caso de ele ter repensado a história de "com a minha bênção". Mas então se lembrou. Era noite de quarta. Ele estava no seu eterno torneio de bridge.

Melhor assim.

Do lado de fora, a noite razoavelmente quente a fez pensar que os humanos, com suas teorias de mudança climática, talvez tivessem alguma razão.

E Axe estava exatamente onde dissera que estaria em sua mensagem, parado no limite do círculo de iluminação do segundo poste pelo caminho até a entrada.

Elise caminhou até ele.

– Oi – disse com suavidade –, obrigada por vir.

Ele tossiu umas duas vezes e mudou o peso dos pés.

– Eu disse que viria.

– Vamos lá. Direto para a biblioteca. Te mandei o link com o endereço?

– Sei aonde vamos.

Demorou mais do que o normal para ela se desmaterializar... porque ele evidentemente havia tomado banho, chegando de cabelos molhados, e o sabonete usado por ele permeava o ar noturno com uma fragrância picante e deliciosa.

Nossa, que cheiro maravilhoso.

Com um palavrão interno, ela forçou-se a se concentrar e foi embora, voltando a se formar a quilômetros de casa, nas sombras próximas à entrada principal da biblioteca. Axe viajou bem, o imenso corpo se materializando junto ao dela uma fração de segundo mais tarde.

– Vamos entrar por aqui – informou desnecessariamente.

– Vou ficar pra trás, mas não distante.

– Ok. Ah, espere, por que você está aqui? – Ela gesticulou ao redor. – Quero dizer, o que devo dizer ao meu professor?

– Por que deveria dizer alguma coisa ao velhote? Não é da conta de ninguém.

– E as pessoas não vão te notar? – Ela deu uma gargalhada baixa. – Você é tão visível quanto uma jamanta.

– Não significa que tenha que dar explicações.

Quando ela levantou o olhar para o rosto obstinado, respeitou-o por não se preocupar com o pensamento dos demais. Era uma alteração agradável em comparação a todo o entendimento grupal da *glymera*, no meio da qual vivia.

– Sabe, crescendo na minha família, tudo tinha de ser apropriado, e algo que não fosse...

Ele se aproximou, interrompendo-a:

– Venha, vamos logo fazer isso.

Com uma carranca, Elise o alcançou.

– Não precisa ser grosso.

– Também não preciso ser seu amigo. Tenho um trabalho a fazer, e é o de te manter viva. Não estou aqui pra socializar.

Que bela maneira de começar com o pé direito, ela pensou, ao empurrar uma das portas duplas de vidro e entrar na biblioteca.

Apesar de usar as instalações havia anos, perscrutou ao redor com um olhar renovado, percebendo que o lugar tinha cor de aveia, tudo simples e rente, desde o tapete liso até a cor desbotada da área da recepção, incluindo as cortinas anêmicas próximas aos catálogos de cartões, um cenário que se encontraria numa tigela de café da manhã.

– Normalmente nos encontramos ali.

Indo na frente, Elise conduziu o guarda-costas pelas filas de computadores à esquerda e depois por pilhas de livros ao longe até um terceiro espaço aberto, que acomodava mesas e cadeiras.

Troy estava onde o havia deixado com aquelas duas estudantes na noite anterior, de costas para ela, com pilhas de avaliações de fim de semestre espalhadas, o cachecol e a parca na cadeira ao lado.

Erguendo o queixo, avançou na direção dele e, quando se aproximou da mesa, estampou seu sorriso mais amplo.

– Oi.

Troy olhou para ela e depois olhou de novo.

– Ah... Oi...

Pela primeira vez, ele empurrou a cadeira para trás e fez menção de se levantar para cumprimentá-la, mas ela gesticulou indicando-lhe que ficasse onde estava.

– Então, tenho a alegria de comunicar que estou de volta ao trabalho – anunciou enquanto colocava seus pertences do lado oposto ao dele e se sentava. – No fim, não vai se livrar de mim.

– Eu não... – Ele balançou a cabeça como se estivesse clareando-a. – Não quero me livrar de você.

Ela corou quando Troy não desviou o olhar.

– Bem, meu pai enxergou a luz da razão. Então, do que precisa hoje?

– Eu... Hum...

Elise vasculhou a mochila, atrás de canetas e bloco de papel.

– Parece que estamos quase terminando. Se for isso mesmo, talvez a gente possa falar sobre a minha conclusão? E depois, acho que estou pronta para uma revisão final do...

Quando Troy continuou a gaguejar, ela o fitou para ver o que havia de errado.

Ah.

Ele estava de olhos arregalados enquanto fitava Axe.

Que pairava perto do humano como se o medisse para uma mortalha.

Capítulo 15

Mas que diabos de professor era aquele?, Axe questionou enquanto pairava acima do desperdício humano de espaço com roupas moderninhas, cabelos fartos e olhos de vem-cá-mais-perto.

Professores supostamente eram mais velhos, com sobrancelhas em tufos, vestiam tweeds anacrônicos. Eram o tipo de macho a quem, mesmo em uma ilha deserta e com a espécie sob ameaça de extinção, nenhuma fêmea dispensaria um segundo olhar, muito menos ponderaria a possibilidade de procriar com eles sem uma arma apontada para a cabeça.

Ah, e acrescente à soma de cara-nada-velho e nenhum-cotovelo-a-colchoado o fato de o desgraçado maldito ter ficado encarando Elise como se ela fosse a fêmea mais bela do planeta?

O que, tudo bem, era a verdade.

Mas mesmo assim.

Ele precisava matar o desgraçado ali mesmo, naquele instante...

– Ah, me desculpe – Elise disse rapidamente. – Este é o meu... Hum, o meu...

– Guarda-costas – Axe vociferou. – Estou aqui para manter os atrevidos longe dela.

E que tal uma demonstração, seu pescoço-de-lápis-esguicho-de-psicologia-qualquer-coisa. Que tal se eu quebrar os seus dois fêmures e usar as pontas partidas de um deles para palitar meus dentes, depois que eu dilacerar a sua garganta com os meus caninos...?

– Este é o Axe – Elise se intrometeu depois de lançar um olhar de alerta ao macho. – Ele só está aqui para deixar o meu pai mais tranquilo. Sei muito bem que não há nenhuma ameaça real contra mim.

– Ah... Bem... – O senhor Professor puxou o colarinho da camisa.
– Na verdade, houve uma série de tiroteios em campi de faculdades
nos últimos anos. Eu... hum... entendo como isso pode ser... aflitivo
para o seu pai...

Aflitivo?

O cara usou mesmo a palavra *aflitivo*.

Pois é, você quer aflição, Axe pensou, *que tal se eu te pendurar da janela do terceiro andar pelas pontas dos seu Merrels até que comece a gritar
como uma soprano e a sua libido despenque pelo topo da sua cabeça...?*

– Axe – Elise sibilou ao saltar da cadeira. – Pode vir comigo um
instante? – Agarrando-o pelo cotovelo, ela sorriu com determinação
para a imitação de James Franco. – Pode nos dar licença um instante?
Já voltamos.

Axe estava mais do que contente em segui-la, porque também tinha algumas coisas a comunicar.

Ela o puxou pelo cotovelo, forçando-o a andar de costas até as prateleiras de livros, empurrando-o contra uma seção sobre a Revolução
Americana.

Com o dedo em riste, apontou para o rosto dele.

– Deixe pra lá essa postura ou pode ir embora.

– Como é que é? – Axe grunhiu. – Não sou eu quem está namorando um humano. Se tivesse sido franca logo de cara comigo
quanto aos motivos de querer vir aqui, eu teria ficado grato. Ainda
mais depois do seu papo furado de querer só a verdade de mim. Ah,
já sei, talvez você seja como o seu primo Peyton, que considera cida-
dãos comuns, como eu, de segunda classe, então não existe hipocrisia
quando mentem pra nós.

– Não estou namorando o Troy!

– Troy. O nome dele é Troy.

– Qual o problema? É um nome perfeitamente agradável!

– Não vou nem falar sobre isso...

– Não seja babaca! Não existe nada acontecendo entre nós!

– Ah, qual é! Vi o jeito como ele te olhou. E isto... – Ele fez um
gesto diante do rosto dela. – Esse cabelo e essa maquiagem? É tudo
pra ele, não é? Você se enfeitou toda pro seu namoradinho, certo?

– Não fiz nada disso! E ele não é o meu...

– Onde está a honestidade, meu bem...?

– Ok, você não acabou de me chamar de "meu bem"…

– Do que quer que a chame, "professora"? Por que esse título já foi tomado por *Troy*…

– Você estava grunhindo! Pairava acima dele *grunhindo*!

Ok, essas palavras o fizeram calar-se. E ela continuou. Inclinando-se para mais perto de Axe, praticamente galgou o peito dele e o espetou de novo com o indicador.

– Faltavam uns cinco centímetros e uma descarga gigantesca de testosterona pra você expor as presas e matá-lo!

– Não foi bem assim.

Os dois vociferavam um para o outro, mas num volume sussurrado. Uma situação ridícula, mas, pelo menos, estavam sozinhos ali atrás.

– Mostra pra mim – ela falou, cuspindo as palavras.

– O quê?

Elise segurou o lábio superior dele como se fosse um cavalo e o puxou para cima.

– Viu só! – Mais daquele maldito dedo. – Os seus caninos estão todos descidos, e deixa só eu avisar: a última coisa de que preciso no mundo é que o meu guarda-costas dilacere a garganta do motivo pelo qual estou me dando ao trabalho de aguentar você! Controle-se ou arranjo outra pessoa!

Axe arrancou a boca das mãos dela e moveu o quadril para a frente.

– Não ponha mais as mãos em mim.

– Pra começo de conversa, não queria tocar em você.

– Mentirosa.

Ela ficou retraída como se ele tivesse falado palavrões, mas recuperou-se rapidamente.

– Você está com ciúme.

– Que *diabos* está dizendo?

– Não gostou da maneira como ele olhou pra mim. Admita. E se tentar negar que me quer, permita-me lembrá-lo do seu discurso de que a sua "atração por mim trabalharia a nosso favor". Lembra? Lembra de quando você estava sentado na ponta da minha cama? Foi bem articulado ao falar aquilo.

Assim que a fêmea ergueu uma sobrancelha, mais-pura-do-que-a-neve, Axe desejou seriamente atirar em alguma coisa. Talvez nela. Talvez nele próprio. Definitivamente em "Troy".

– Sabe de uma coisa? Neste instante, estou considerando seriamente a oferta do seu primo de me pagar pra ficar longe de você.

Elise abriu a boca como se estivesse pronta para rebater, mas depois a fechou bem enquanto assimilava com certo atraso as palavras de Axe.

– Peyton fez *o quê*?

– Ele foi até a minha casa ontem à noite e me disse que eu não tinha permissão pra aceitar este trabalho, e, quando o mandei se foder, ele sugeriu dobrar, triplicar o valor que o seu pai estivesse pagando.

– Por que meu primo faria uma proposta assim? – ela murmurou como se não conseguisse imaginar nenhum motivo.

– Porque pessoas como eu têm permissão pra consertar a sua casa ou trabalhar no seu jardim. – Ok, estava voltando a se irritar. – Pessoas como vocês não se importam com a gente. Somos apenas mais uma *commodity* a ser trocada de um lado a outro.

– Isso definitivamente não é verdade!

Antes de conseguir se conter, Axe zombou:

– Ah, é mesmo? Bem, quer saber como o meu pai morreu nos ataques? Vou ficar definitivamente *extasiado* em te contar, já que você ama tanto conversar. O meu pai está morto porque os aristocratas para os quais ele trabalhava trancaram toda a criadagem e os carpinteiros pra fora do quarto seguro. Então, quando os assassinos chegaram, a ralé foi massacrada, apesar de haver espaço mais do que suficiente pra eles no abrigo. Os coitados socaram a maldita porta, imploraram pra entrar, mas o seu povo deixou todos morrerem. E foi assim que a minha única família foi morta. E é essa mesma atitude que faz o seu primo babaca tentar me subornar e permite que você pregue honestidade enquanto tenta me enganar sobre o que está fazendo aqui com o seu professor.

Um silêncio longo e tenso pairou no ar.

E então, Elise pigarreou.

– Lamento sinceramente a sua perda. É uma tragédia inacreditável.

Ele gargalhou com um baita palavrão.

– O seu diploma chique em psicologia lhe ensinou essas duas frases num cartão de memorização durante um seminário sobre luto? Ou foi no seu curso de apaziguar a classe baixa?

Elise cruzou os braços diante do peito e se limitou a encará-lo.

Quanto mais tempo fazia isso, mais ele sentia vontade de se virar e ir embora.

Não teve muita certeza do porquê de ficar ali.

– Não acho que isto vá dar certo – ela murmurou.

– É, você deve ter razão. E esse provavelmente é o único aspecto em que vamos concordar.

Quando Elise virou a cabeça para longe dele, Axe teve que ignorar a perfeição do perfil dela. Mas, então, a fêmea abriu a boca de novo... e o estatelou no chão.

Ainda que não tivesse feito nenhum contato físico com ele.

– A maquiagem foi pra você. Não pra ele. E, parabéns, está despedido. Espero que goste de ficar chafurdando na sua misoginia e na virtuosidade do seu preconceito. É bem evidente que consegue muita coisa com ambos.

Dito isso, ela levantou o queixo e se afastou. Naturalmente...

Espere. O que ela tinha acabado de dizer sobre a maquiagem???

Enquanto Elise marchava para longe de Asswell – Axwelle, ela se corrigiu mentalmente –, não conseguia definir com quem estava mais puta da vida.

O que, considerando-se como ele se comportara mal, significava alguma coisa.

O prêmio de Maior Babaca do Planeta estava parelho entre ele e Peyton. Ele porque se comportou de modo tão excessivamente ofensivo que Elise queria usar o pouco de autodefesa que sabia para lhe dar uma joelhada nas bolas – seguindo a teoria de que toda a fanfarrice e delírio demonstrados só melhorariam com o acréscimo de uma voz de gás hélio. E Peyton, porque era completamente inapropriado que seu primo tentasse subornar alguém, quanto mais um colega trainee que tentava trabalhar para outra pessoa.

Ainda que, na verdade, fosse improvável que o arranjo desse certo...

Axe se materializou bem diante dela, tão de repente que soltou um gritinho de surpresa e deu um pulo para trás.

E, então, percebeu o que ele acabara de fazer. Num lugar humano.

– Ficou louco? – Olhou ao redor para ver se alguém o vira aparecer assim do nada. – Não pode fazer isso aqui!

– Como se os livros tivessem alguma opinião? – Ele balançou a cabeça e praguejou. – Olha só, me desculpa, tá bem? Eu... sinto muito mesmo.

Ele sustentou o olhar dela sem titubear, e teve a elegância de parecer sincero.

– Não sou bom em...

Elise esperou que Axe concluísse. E enquanto ele sinceramente parecia tentar, ela considerou deixá-lo ali porque bem que merecia.

– Prossiga – ela murmurou. – Sou toda ouvidos.

– Esse papo de relacionamentos. Não sou uma criatura social.

– Sério? Não tinha percebido.

– É a verdade.

Houve uma pausa. Ela se transformou num bom período de silêncio, e durante esse tempo ela decidiu não ajudá-lo. Ou ele provava, ali e naquele exato momento, que era mais do que um esquentadinho com um controle escasso de impulsos e a já mencionada misoginia virtuosa, ou ela iria encontrar outra solução.

Inferno, talvez Peyton ficasse com o emprego.

E, sim, teria uma conversinha com o primo também.

Os olhos de Axe se concentraram em um ponto acima do ombro esquerdo dela. E quando ele por fim falou, a voz saiu num tom monótono:

– Preciso deste trabalho, ok? Tenho que encontrar um emprego. Então... agradeceria... se fosse um pouco tolerante quando o assunto for comportamento social.

Ela deu uma gargalhada contida.

– Um pouco tolerante? Meu amigo, você precisa do equivalente a um campo de futebol de tolerância. Talvez até mais. É uma das pessoas mais ofensivas que já conheci.

O macho mudou o peso sobre as botas, uma mania que ela começava a reconhecer nele quando queria muito ir embora, mas se forçava a ficar.

– Depende de você – concluiu Elise. – Não vou te ajudar aqui. Se tem algo mais a me dizer, continue. Do contrário, vou pegar as minhas coisas e ir embora.

Axe olhou ao redor, e depois murmurou:

– Moro sozinho, ok? E o programa de treinamento não serve pra eu fazer amizades, é uma questão de vida ou morte, o que não me ajuda exatamente nas minhas habilidades interpessoais. A não ser no que se refere a matar. E você acabou de ver como isso pode parecer. Então, não sei como manter uma conversa. Mas sinto muito, está bem?

Elise balançou a cabeça lentamente enquanto sustentava o olhar dele.

– Não vou admitir que seja agressivo com Troy. Sim, sei que ele me considera atraente, mas nunca houve nada que não fosse profissional entre nós.

Imparcialmente, ela editou os detalhes sobre seu momentâneo lapso da noite anterior. Mas não se sentia culpada quanto a isso, mesmo com Axe lhe jogando na cara o lance da honestidade.

Ok... Talvez sim.

Pouco importava.

– Você precisa ser absolutamente invisível. – Ergueu a palma. – E antes que toque no assunto de novo, não é por causa do seu status. É o que os guarda-costas fazem. Ou... Bem, pelo que vi nos filmes, é o que fazem. Tenho trabalho de verdade aqui, e já precisei justificar meu empenho para o meu pai. Eu devia uma explicação a ele. Não a devo a você.

Axe concordou.

– De acordo.

Depois de um momento, ela inspirou fundo, e em seguida indicou o espaço entre eles, movendo a mão para a frente e para trás.

– Não vamos repetir este caminho. Estou sendo clara? Isto acaba aqui. Se não consegue ser franco sem ser abusivo, e se não consegue realizar o seu trabalho sem se descontrolar, vou embora sem olhar para trás. E, repito, não é porque me considere superior a você por causa da minha linhagem, mas porque não mereço que um macho banque o gorila, batendo no peito diante de mim o tempo todo. *Não* vou ter esta discussão de novo.

Axe piscou algumas vezes.

E o fato mais estranho aconteceu. Ou, pelo menos, ela achou que tivesse acontecido.

O canto direito da boca dele pareceu se curvar bem de leve, e não com escárnio. Foi mais como se Elise o tivesse impressionado e o respeito que Axe sentia por ela fosse a última sensação que ele esperava sentir por uma aristocrata.

– Fechado. – Estendeu a mão. – E sinto muito por termos que estabelecer as regras básicas duas vezes. Isso não voltará a acontecer.

Elise soltou a tensão nos ombros e aceitou a mão estendida, segurando a palma, muito maior do que a sua.

– Combinado.

Quando se soltaram, ela se inclinou para o lado e espiou ao redor do ombro largo.

– Caramba. Agora temos que tentar consertar a situação com o Troy.

– Não se preocupe. Cuido de tudo.

– Não sei por quê, mas isso não me inspira confiança.

– Observe.

Enquanto Axe voltava para onde o professor ainda estava sentado, Elise revirou os olhos e praguejou baixinho. E correu atrás dele.

Como se isso fosse *O feitiço do tempo*, pensou ela. Mas com Jason-maldito-Statham no papel de Bill Murray.

Capítulo 16

Enquanto se aproximava do professor, foi incrível como Axe sentiu menos vontade de matar o cara. Na verdade, quando chegou à mesa repleta de papéis, nem sequer sentiu vontade de ferir o humano. Quase.

Mas o fardo humano teria que ir – e, de fato, Axe tinha uma faca de caça com serras perfeitas para executar a tarefa. De alguma forma, contudo, duvidava que isso estivesse no escopo dos seus deveres profissionais.

Troy se afundou na cadeira, mas a situação não durou muito. Axe alcançou a mente do homem e apagou sua memória recente a respeito das agressões que lhe lançara. E, em seguida, estendeu a mão.

– Oi, sou o Axe, o guarda-costas da Elise. Não quero interromper vocês dois, por isso vou acampar – olhou de relance ao redor – logo ali naquela cadeira. Façam o seu trabalho, eu faço o meu, e nos daremos bem.

Desde que mantenha as mãos longe da minha garota, ele completou.

Não que Elise fosse sua.

Merda.

O humano fez uma careta e esfregou a têmpora como se sentisse dor ali, mas se levantou e apertou a mão de Axe.

– Prazer em conhecê-lo. Não se pode ser cuidadoso demais hoje em dia... Lembra o tiroteio ocorrido perto de Manhattan no mês passado? E também lá no oeste da Califórnia.

Axe assentiu.

– Isso mesmo. É uma época perigosa. Então, estarei logo ali. Vocês podem trabalhar.

Enquanto ele seguia para a cadeira baixa com quase o mesmo tanto de acolchoado que uma torrada, estava bem ciente de que Elise o observava como se um chifre tivesse brotado na testa dele. E não resistiu e ergueu uma sobrancelha para ela.

Acomodando a bunda, cruzou os dedos e a observou.

Por que é isso o que fazem os guarda-costas, certo?

Mas também ficou de olho em todo o restante. Sem mexer a cabeça, esquadrinhava o local com frequência, acompanhando os movimentos dos poucos alunos que vagavam como zumbis, com olheiras, exaustos. Uma equipe ínfima também trabalhava, e ele os identificou baseando-se na idade e no fato de que não pareciam sobreviver à base de cafeína e lanches vendidos em máquinas.

Porém, a biblioteca estava tão silenciosa que, apesar de Troy e Elise falarem baixo, Axe ouvia a conversa sem dificuldades. Muitas discussões sobre trechos das avaliações finais. Debates sobre certas trajetórias de alguns alunos na universidade. Dúvidas sobre se excertos tinham sido plagiados ou citados da maneira adequada.

Fosse lá o que isso quisesse dizer.

Caramba, Elise era tão inteligente que Axe se sentia intimidado. Lançava termos que ele não conhecia tal qual uma jogadora de tênis profissional defende um voleio num torneio de Grand Slam. E quando falaram da deserção... da destilação... da dissertação dela, bem, um grau ainda maior na escala de QI foi atingido.

O tesouro... a teoria... a tese dela era sobre o tratamento da bipolaridade em adolescentes, e discutia se os jovens poderiam ou não ser adequadamente diagnosticados com esse transtorno na puberdade. Sabe-se lá o significado disso. E como deveriam ser tratados, tanto em termos de farmacologia quanto em arteterapia e terapia convencional.

Coisas importantes, e Troy estava visivelmente impressionado.

Quando Axe consultou o relógio, pouco depois, surpreendeu-se em descobrir que três horas tinham se passado e que a dupla começara a arrumar os pertences. Axe colocou-se em pé e se espreguiçou, mas manteve distância porque queria mostrar a Elise que não era um animal selvagem. Mas ainda conseguia ouvir o que diziam.

E, sim, sabia que Troy se preparava para fazer algum tipo de convite porque começou a olhar com olhos agitados na direção do macho, como se fosse um moleque prestes a enfiar a mão num pote de biscoitos.

Axe observou Elise. A fêmea olhou na sua direção algumas vezes, e ele precisou admitir ter gostado da atenção. No início da noite, ficou claro que ela tinha passado um tempo ponderando se ele estragaria aquela virada de página e socaria o amiguinho humano... Mas, depois, ficou com a impressão de que o motivo era completamente outro.

De novo, isso fez com que se sentisse muito melhor em relação ao velho e bom Troy.

Quando houve uma pausa constrangedora, Axe lhes sorriu.

– Qualquer coisa que queira dizer a ela pode ser dito na minha frente. Levarei para o meu túmulo.

Elise tinha de dar crédito a Axe. Não só ele havia recuado, como também trabalhara com perfeito profissionalismo, mantendo-se fora do caminho, mas permanecendo próximo o bastante para o caso de, se alguém se aproximasse da mesa e tentasse uma atitude indevida, fosse possível reagir em um instante.

A constatação lhe trouxe esperanças.

O difícil? O quase impossível?

O abalo daqueles olhos sobre ela. Por algum motivo, os olhos amarelos faziam com que se sentisse mais viva, a pele formigava com a sensação, apesar de ele não a tocar; a necessidade de verificar se ele ainda a fitava era constante, um zunido enterrado em sua mente.

– Então... – Troy olhou rápido de volta para Axe. – Hum...

Claro que Axe ter dito ao cara que se sentisse à vontade para falar ajudara muuuuito a acabar com o constrangimento.

Não mesmo.

– Sim? – ela o incitou a continuar. – Se está querendo saber a respeito do Natal, eu já disse que não tenho problemas em trabalhar. Só precisaremos nos encontrar em outro lugar.

– Hum... – Outro vislumbre para Axe, que estava logo ali, com um sorriso estampado adorando a ansiedade de Troy. – Acho que terminamos com os trabalhos finais. E a sua tese está praticamente pronta.

– Estou feliz com isso.

Troy pigarreou.

– Ainda está disposta a me ajudar com o seminário das férias de inverno?

– Claro. Quer planejar isso amanhã? Quando começam as aulas?

– Ah... – O humano pegou o celular e mexeu nele. – Três de janeiro. Tenho trinta alunos matriculados, quase todos profissionais já atuantes na área.

– Maravilha. Mal posso esperar.

Enquanto ela fechava o zíper da mochila, Troy disse num rompante:

– Gostaria de sair pra jantar comigo amanhã?

Elise levantou a cabeça de súbito. Piscou. Tentou processar o convite.

O que era loucura. Estivera bem ciente do rumo que as coisas estavam tomando na noite anterior. Mas, engraçado, conhecer Axe mudara muitas contingências. Mudara demais.

E ela se recusou a olhar na direção do macho.

Pensando bem, Elise não precisava de contato visual de fato para captar o prazer arrogante dele: Axe devia estar imaginando que ela recusaria o convite de Troy, e ele ficaria muito feliz com isso.

Melhor ir mais devagar, meu chapa, ela pensou com rancor bem pouco característico.

– Eu gostaria muito, Troy. – Formou um sorriso. – Seria maravilhoso. Mas pode ser depois das oito? Fica tarde demais pra você?

O fato de os olhos de Axe se arregalarem despertou um sentimento de satisfação em Elise. Não que se orgulhasse disso.

– Perfeito. – Troy deu um amplo sorriso que fez seus olhos brilharem. – Quer que te pegue?

– Ah... Acho que é melhor eu ir te encontrar. Aonde pensou em ir?

Discutiram as opções: ela não gostava de frutos do mar, ele gostava de comida tailandesa, ela preferia a chinesa, mas que tal a churrascaria brasileira? Ignacio's? Maravilha, está combinado... E ela manteve Axe em sua visão periférica.

Ele não estava feliz.

– Bem, te vejo lá, então. – Fechou o casaco e segurou a mochila em um dos ombros. – E obrigada de novo. Apreciei muito o convite.

– Mal posso esperar.

Troy tinha uma covinha num dos lados do rosto. Quem haveria de saber?, ela pensou ao dar meia-volta e começar a se afastar.

Axe permaneceu calado ao deixarem o prédio. Mas não precisava se pronunciar para Elise saber qual seria o assunto da próxima discussão deles.

No gramado, ela se virou para ele e levou as mãos aos quadris.

– Você não vai comigo.

Aquela sobrancelha dele se ergueu.

– Pra onde? Aaahhhh, ao encontro. Sim, vou, sim.

– Não, não vai, não.

– Espera aí, deixa ver se entendi. Você quer que eu seja profissional, exceto quando você não for?

– Eu gostaria de um pouco de privacidade. E não vamos a uma aula.

– Não acha que o seu pai queira que esteja protegida quando vai a um encontro com um humano? Tenho bastante certeza de que sim.

– Não é necessário. – Ok, isso pareceu esfarrapado até mesmo para os ouvidos dela. – Fica bem.

Ele se calou por um momento.

– Ok. Como preferir.

Hum-hum, está certo, ele iria concordar com a decisão dela.

E enquanto esperava que algo mais fosse dito, que as centelhas entre eles continuassem a planar, ela comichava de calor, rugia de atenção, observava o lábio cheio dele em antecipação ao movimento seguinte.

– Venha – ele chamou. – Vamos voltar. Tenho que ir pro treinamento agora e ainda preciso trocar de roupa.

Espera... O quê?

Axe se moveu para a frente.

– Depois de você, *my lady*.

Elise piscou. E em seguida disse a si mesma que era loucura ficar desapontada por ambos não continuarem a brigar.

– Tem mais alguma coisa a me dizer? – ele a incitou.

– Não, não tenho – ela murmurou ao fechar os olhos... e se concentrou em voltar para casa.

CAPÍTULO 17

Na noite seguinte, Mary tentou garantir que Bitty estivesse acomodada na sala de bilhar. Mas, mesmo depois de lhe entregar um pote cheio de pipocas amanteigadas quentinhas, um saco de batatas fritas, cookies de chocolate, refrigerante, uma garrafa de água, o controle remoto da imensa TV acima da lareira, edições da *CosmoGirl*, *National Enquirer*, duas semanas de *People* e uma perdiz em uma pereira... ainda sentia que a estava abandonando sozinha na selva no meio de uma tempestade de neve.

O que era loucura.

Mas não era esse o significado de ser mãe?

Sentando-se no sofá junto aos gessos gêmeos das pernas, afagou um pé de Bitty coberto por uma meia.

— Tem certeza de que vai ficar bem?

O sorriso que recebeu em resposta foi tranquilo e alegre.

— Ah, sim, muita. Bella e Nalla vão descer depois do banho da Nalla. E Lassiter prometeu que viria assistir a *Uma galera do barulho* comigo.

— Ele é uma boa alma, aquele anjo.

— Ele também me disse que vai tingir os meus cabelos...

— *O quê...?*

— Brincadeirinha... — Bitty sorriu ainda mais. — Não resisti.

Mary agarrou a frente da blusa de seda.

— Puxa, você quase me causou um ataque cardíaco.

— Papai também me procurou. Ele disse que vai sair do trabalho mais cedo pra preparar uma Última Refeição especial pra mim.

— Ele está na Casa de Audiências hoje.

— Não foi para a patrulha por causa do que aconteceu na clínica?

– Seu pai precisa de mais um tempo para se recuperar.

– Que bom. – A menina se calou. – Eu me preocupo...

– Com o quê? – Mary passou para o outro pé da filha, massageando os dedinhos cobertos. – Conte pra mim.

– E se alguma coisa acontecer com ele? Quero dizer, sei que a besta o protege, mas...

– Ele foi muito bem treinado, meu amor. O equipamento de Rhage é o melhor. Ele não assume nenhum risco desnecessário.

– Foi o que ele disse.

– E jamais mentiria pra você. – Mary franziu o cenho. – Tem certeza de que não quer que eu fique aqui?

– As outras crianças precisam de você. Ficamos juntas durante todo o dia.

Você é tão linda, Mary pensou ao se levantar.

– Pode sempre telefonar pra mim. – Pegou o celular da bolsa e o mexeu de um lado a outro. – Isto está sempre comigo.

– Eu sei. Tenha uma boa noite, mãe.

Mary fechou os olhos brevemente. Puxa, essa era uma palavra que não acreditava estar sendo empregada em referência a ela. E, junto à *shellan*, era a sua favorita absoluta.

– Te vejo daqui a pouco. Me liga, tá?

– Prometo.

Bem quando estava de saída, Lassiter entrou na sala, os cabelos loiros e negros alcançando quase o traseiro, o manto branco parecendo saído de uma festa de togas do filme *O clube dos cafajestes.*

Abaixando a voz, Mary disse:

– Me diga que não vai tingir os cabelos da menina.

O anjo assumiu um ar de inocência.

– Ela adora rosa-choque, sabia?

– Lassiter, está falando sério? Você precisa conversar com a gente antes de...

– Não vejo nada de errado em ela ter cabelos rosa-choque.

– Nem eu. A questão é o que vai ter que fazer para chegar na cor. Careca não é alguma coisa de que goste, entendeu? E, se você derreter os cabelos do escalpo dela, não dou a mínima que seja uma divindade, Rhage o encontrará e o matará. Ela já tem gessos nas pernas e nos braços, não precisa perder os cabelos.

– Não por muito tempo – Lassiter murmurou.

– O que disse?

– Os gessos.

Mary olhou para Bitty, que estava logo atrás deles. A menina parecia perfeitamente contente enquanto reclinada no sofá lendo uma revista.

– Seis semanas parecem uma eternidade – Mary sussurrou. – Mas você está certo. Não são.

O anjo apoiou uma mão no ombro dela.

– Vai ficar tudo bem.

Algo na voz dele aqueceu o coração de Mary e aplacou a aflição como se ele tivesse lhe dado Tylenol para um tornozelo torcido.

– Vá – ele lhe disse. – Não vou sair do lado dela.

– Te amo, Lassiter – ela retrucou sem desviar o olhar da filha.

– Eu sei.

Mary o fitou de relance.

– Você acabou de citar Harrison Ford pra mim.

– Sim, Leia. E também é verdade. Vá em frente, mãe, ela está bem.

Mary deu um rápido abraço no anjo e depois saiu da mansão pela porta do átrio principal, indo até a perua Volvo que dirigia. Quando estava quase dentro do veículo, o celular tocou, e ela despejou metade do conteúdo da bolsa para pegá-lo no caso de Bitty estar precisando dela.

Era uma mensagem de Rhage.

Mal posso esperar até que a área esteja limpa. Me encontra na banheira?

Mary riu. "A área está limpa" era a senha que usavam para fazer amor. E um fato engraçado era o de que, desde que Bitty entrara nas vidas deles, o sexo se tornara ainda melhor porque precisava ser planejado, sorrateiro, mantido em segredo.

Combinado, ela digitou. *Mas encho a Jacuzzi para que o nível fique certo.*

Ninguém queria repetir o dilúvio ocorrido da última vez em que tentaram trepar em bolhas de sabão. Além do mais, Lassiter já tinha comprado todos os produtos da Pequena Sereia disponíveis nos Estados Unidos. E onde diabos ele encontraria outro tarpão de pelúcia do tamanho de um Volkswagen?

Pensando bem, era melhor deixar a pergunta sem resposta.

Mary ainda sorria quando chegou ao Lugar Seguro, vinte minutos mais tarde. Ao entrar na garagem, a sensação de que tudo corria bem no seu mundo equivalia a ter a luz do sol a lhe banhar o corpo, os passos eram leves como a brisa, uma canção zumbia no fundo de sua garganta.

– Olá a todos – cumprimentou o grupo que preparava biscoitos de gengibre em formato de bonecos na cozinha. – Hum, que cheiro delicioso.

Cumprimentou também algumas crianças e suas *mahmens*, feliz porque a tradição natalina humana que ela ensinara estava sendo colocada em prática.

– Bom trabalho – murmurou para o menininho que cobria um biscoito com tanto glacê que seria capaz de colorir metade de Caldwell de verde e vermelho.

A escada para o segundo andar ficava na frente da casa desarrumada, e ela ainda cantarolava ao chegar ao patamar superior. Seu escritório não ficava longe do de Marissa, mas, quando passou a cabeça pela porta da chefe, a fêmea não estava lá.

Sentia-se bem em organizar as prioridades do trabalho em sua mente: os relatórios que queria terminar, a reunião com a supervisora interna, depois a refeição comunitária antes de voltar para casa.

Tão mais fácil do que lidar com o trauma ocorrido na clínica de Havers.

Estava atrás da escrivaninha, respondendo a um e-mail, falando ao telefone e pronta para dar continuidade ao trabalho com a redação do relatório pendente quando percebeu que não havia mantido um hábito seu.

– … pense que é uma solução verdadeiramente saudável – ela disse à fêmea do outro lado da linha. – Ficar próxima à sua família lhe fará bem. Você precisa de ajuda e de apoio extras durante esse período de transição.

A sobrevivente com que falava estivera na casa por cerca oito meses, vítima de um namorado abusivo que ameaçara matá-la quando ela lhe disse que, por fim, o deixaria após 22 anos. Felizmente, pôde contar com o Lugar Seguro para abrigá-la e protegê-la enquanto gradualmente se livrava da bagagem que carregava após décadas de abuso.

Agora ela vivia por conta própria; e o namorado?

Também estava melhor.

Embora a mudança não resultasse de alguma introspecção e amadurecimento pessoais. Ocorrera porque Butch e Rhage o visitaram certa noite pouco antes do amanhecer.

Mary não fizera muitas perguntas. Na verdade, apenas uma: o desgraçado ainda respirava? E a resposta afirmativa era o que queria saber, e nem foi preciso dizer que o macho nunca mais incomodaria a ex. Não se quisesse manter os braços, as pernas, a cabeça e os testículos onde deveriam estar.

– Estou sempre a seu dispor – Mary disse, sincera. – Ok, maravilha. Mal posso esperar. Tchau, tchau.

Ao desligar, entrou na conta do Facebook no computador e acessou o grupo fechado dos vampiros. Não o havia verificado na noite anterior, e seu humor leve significava que, para variar, não estava com dor de estômago ao verificar as postagens que não tinham absolutamente nada a ver com Bitty.

– Perfeito – disse ao passar para…

Tinha quase saído quando notou o número 1 numa bandeira vermelha junto ao ícone de mensagens.

Por algum motivo estúpido, Mary olhou ao redor da sala. Como se talvez a pessoa à qual a mensagem era destinada acabasse se materializando atrás da mesa ou, quem sabe, passasse pela porta aberta.

Mary nunca recebera mensagens naquela conta. Ela mal usava o FB. Na verdade… a única publicação que escrevera incluía uma pergunta sobre parentes de Bitty – especificamente um tio que a menina mencionara logo após a morte da mãe. Ele supostamente apareceria para buscá-la, apesar de a *mahmen* dela nunca o ter trazido à tona e tampouco informado o endereço de um parente próximo.

Aquele de cujo nome Bitty não tinha tanta certeza… Run, ou algo assim.

Tinha de ser spam. Tipo um pedido do presidente da Nigéria visando que ela resolvesse um problema financeiro em troca de um depósito de 3 milhões de dólares diretamente em sua conta bancária. Ou uma promoção de Viagra ou Cialis. Talvez de sites pornográficos.

Quando ela viu de quem era, sua respiração ficou presa na garganta e o mundo girou.

"Ruhn" era o nome do remetente.

CAPÍTULO 18

QUANDO REASSUMIU SUA FORMA no estacionamento da churrascaria brasileira Ignacio's, na praça Lucas, Elise arrumou o penteado e alisou a saia. Não havia muita brisa, ainda bem, então as contingências basicamente permaneciam sob controle, e ela não estava dando uma de Marilyn Monroe com a parte de baixo.

O que vinha bem a calhar, já que nesse instante Troy saiu do carro e o trancou.

– Olá – ela o chamou, deixando as sombras.

O sorriso dele foi tão imediato que Elise sentiu uma pontada de culpa.

– Oi! – ele respondeu. – Conseguiu encontrar o lugar.

– Tive de procurar na internet. Não sou de sair muito.

Troy a encontrou mais do que na metade do caminho, mesmo isso significando que teria de voltar a andar tudo de novo só para acompanhá-la até a entrada.

– Bem, considerando-se como se empenha, compreendo que deva ser verdade. E... veja só... Uau, você está linda.

– Obrigada. – *Puxa vida...* – Você também.

Troy havia deixado os cabelos soltos, e as pontas curvas apenas resvalavam nos ombros do casaco azul-marinho de lã. Usava calças de veludo creme e calçava seus Merrels. O cachecol ajeitado com maestria ao redor do pescoço era vermelho.

Mas Troy não era Axe. E a constatação deveria ser boa.

Segurando a porta aberta, ele indicou o caminho com um gesto cavalheiresco.

– Por favor.

– Obrigada.

Lá dentro, os aromas eram celestiais, e o estômago de Elise roncou de aprovação e impaciência. Não havia comido muito desde a noite anterior. Estivera distraída demais.

Não com Troy.

Infelizmente.

A recepcionista, uma jovem bonita de olhos escuros e cabelos saídos de um comercial da Garnier Fructis, depois que deu uma bela espiada em Troy e nem sequer dispensou um olhar a Elise, disse:

– Vocês têm reserva?

– Para dois. No nome de Troy. Uma mesa perto da janela.

– É pra já.

Pegando dois cardápios, a mulher rebolou através de um restaurante completamente vazio. Bem, quase completamente vazio. Havia um casal de humanos mais velhos em um dos lados, um grupo de três nos fundos... e mais um casal.

– Tão perto do Natal – disse a recepcionista –, a noite aqui está bem tranquila.

– Obrigada – Elise agradeceu ao se sentar e pegar o cardápio. – Estou surpresa que estejam abertos.

– Estou sendo paga. Só isso me interessa. O garçom logo estará com vocês.

A recepcionista se afastou, espiando por sobre o ombro para ver se Troy a via caminhar. Ele não olhou. Sorria para Elise.

– Me sinto muito feliz por enfim estarmos fazendo isto. – Ele passou uma mão pelos cabelos. – E estou contente porque conversamos... Bem, você sabe, se algo acontecer depois. Hum, acredito que você passar a ser assistente de outro professor faz sentido. De um jeito ou de outro, eu não estaria na bancada do seu doutorado por ser seu orientador, portanto essa parte está tranquila.

Troy havia lhe mandado uma mensagem de texto à tarde e tocara em todo esse assunto professor/aluna, e Elise concordara com ele acerca de cada questão, sabendo, durante todo o tempo que trocaram mensagens, que nunca começariam um relacionamento.

Havia Axe demais na cabeça dela.

Não que fosse acabar ficando com ele.

– Isto não é para pressioná-la – Troy se apressou em dizer, erguendo as palmas. – Não estou sendo precipitado achando que nosso encontro vai ter um futuro. Só estou feliz pela chance.

Elise sorriu e abriu o cardápio pesado porque não sabia muito bem o que deveria responder.

– Puxa, veja todas essas opções.

Ok, o comentário foi bem básico. Mas não conseguia escapar da realidade: tinha passado o dia pensando em Axe, lembrando-se do modo como ele sustentara seu olhar, aquele meio sorriso que estampara quando posto diante de seu desafio, o som da voz dele.

A maneira relaxada com que seu corpo se acomodara na cadeira da biblioteca...

Pare já com isso.

Já desperdiçara um dia inteiro de sono com o cara. Não desrespeitaria Troy ignorando-o em favor de um macho que nem estava com eles. Ainda mais porque precisava pensar num modo gentil de dispensar o humano.

Que maravilha de primeiro encontro. Merda.

E, P.S., ela nunca, jamais voltaria a incomodar uma pessoa em busca de fazê-la se abrir e se expressar.

– O que vai querer? – Elise perguntou.

– Carne. – Quando ela ergueu o olhar, Troy riu. – Você?

– Não sei... Provavelmente... carne.

Dessa vez, os dois riram, e foi incrível a facilidade com que o fizeram. Sentada diante de Troy, fitando os olhos gentis e o belo rosto, ela não se sentia insegura ou ansiosa. Não procurava briga. Não pensava que a cena pertencia a um romance erótico.

Entretanto, estar perto do seu guarda-costas?

– Elise? – Troy a chamou quando o garçom se aproximou da mesa. – Gostaria de uma taça de vinho?

– Sim – concordou de súbito, apesar de não beber. – Branco, por favor.

– Eu gostaria do tinto.

O homem de uniforme preto e branco assentiu.

– E permitam que eu sugira como entrada o blá-blá-blá...

As palavras do atendente entravam por um ouvido e saíam pelo outro de Elise, que mudou de posição e esticou as costas. Mexeu na saia. No sapato esquerdo.

E então percebeu que os dois homens a fitavam como se à espera de uma concordância ou dispensa sobre algo.

– Sim, claro, parece maravilhoso.

Só Deus sabia o que iria acabar comendo, mas isso lá tinha importância? Em uma tentativa de se concentrar em Troy, deixou que ele começasse a conversa, as mãos e o rosto se animando com a história contada. Mas era como se não conseguisse ouvi-lo, apesar de ele estar bem diante dela na mesa.

Rapaz, como estava quente ali.

Puxando a gola da blusa, percebeu que se esquecera de tirar o casaco. Era isso. Sentia ondas de calor porque não só ainda estava coberta com metros de lã, mas também porque havia uma grelha para a carne do lado oposto e...

Espere um segundo.

Com uma sensação de apreensão, inclinou-se pelo lado de Troy e espiou o fundo do restaurante.

Bem próxima à saída de emergência, em uma mesa para dois, uma figura solitária vestida de preto sentava-se na parte mais escura do local, com apenas um copo de água diante de si.

Os olhos de Axe reluziram nas sombras.

Enquanto ele erguia o copo para cumprimentá-la.

Filho da puta...

– Desculpe, o que disse? – Troy perguntou surpreso.

Puxa, dissera aquilo em voz alta?

Axe se recostou e em silêncio começou uma contagem regressiva de quanto tempo levaria para Elise dar a desculpa de ter que ir ao toalete e vir na direção dele enquanto exalava fumaça pelas orelhas.

Dez... nove... oito...

Bingo, pensou quando ela se levantou e veio fumegando até ele.

Quando a aristocrata chegou à sua mesa de dois para um, Axe ficou contente de maneira perversa por tê-la irritado. Odiara vê-la chegando com o humano, sentando-se com ele e rindo de alguma piada que lhe dissera.

Ainda mais com aquela aparência, os cabelos soltos e a saia bem acima dos joelhos.

— O que está fazendo aqui? — ela perguntou entredentes.

— Jantando. — Indicou a faca e o garfo, e colocou o guardanapo no colo. — Adivinha o que vou comer? Bife. Vou comer bife.

— Você não pode estar aqui agora.

— É? Existe alguma lei da física que eu desconheça? Sabe, aprendi como explodir carros esta semana e também como fazer uma granada com uma lata de Coca-Cola, uma escova de dentes, fita adesiva e um bolinho Little Debbie. Mas não houve nada a respeito de não poder estar onde quero durante as refeições. Por favor, me esclareça, Vossa Alteza.

— Você. Tem. Que. Sair.

— Ok, muito bem, menti sobre a granada. Mas posso garantir a você que vou jantar aqui. — Apontou para a mesa. — Bem aqui.

— Isso não é…

— Profissional? Não estou em serviço agora. Portanto, estar aqui não se enquadra em fugir às minhas atribuições porque não se encaixa nelas.

— Você é louco.

Axe parou de brincar e apenas a encarou.

— E você está… absolutamente linda esta noite.

As palavras a detiveram. E ele se aproveitou da reação para encarar os lábios cheios, o pescoço alvo e macio, a curva dos seios… e aquelas pernas cobertas por meias pretas que conseguiam esconder as panturrilhas suaves e os tornozelos finos.

— Você está *tão* linda agora… — ele murmurou, concentrando-se novamente nos lábios. — E sei que esta noite está assim para ele. Tudo bem. Aceito. Mas o mínimo que pode fazer enquanto fico aqui e a observo com aquele homem é me deixar em paz pra apreciá-la. É tudo o que tenho.

Elise cruzou os braços sobre o peito. Abaixou-os. Olhou ao redor.

Mas não se afastou.

— Quer dizer que pensou em mim também — ele disse, bem ciente de que a seduzia com o presente tom de voz. — Ficou acordada o dia inteiro, virando de um lado para o outro naqueles seus lençóis chiques, imaginando-me em cima de você… dentro de você…

Quando ela arquejou, ele se inclinou para a frente.

– Vou fingir o quanto você quiser. Se é o necessário para trabalharmos juntos. Nunca vou falar sobre esta... – gesticulou entre eles – coisa entre nós de novo. Serei um bom garoto que manterá as mãos pra si mesmo... e as fantasias também. Mas, neste instante, com toda a franqueza, na minha cabeça estou transando com você. Bem naquela mesa ali, na frente dele, só pra provar que posso.

Axe deliberadamente esquadrinhou o corpo dela com a visão, e não escondeu nada da sua expressão: a avidez corrosiva, o desejo sem fim, a luxúria animalesca... Deixou tudo às claras.

E que Deus ajudasse a ambos, ela deveria sair correndo dali.

Deveria fazer um discurso repleto de lógica, seu equivalente intelectual do "vai se foder", que era muito mais elegante do que ele merecia.

Deveria despedi-lo.

E depois sair correndo dali.

Em vez disso... Elise floresceu diante dele, o corpo reagindo numa descarga que amplificou sua fragrância natural em um buquê que o deixou duro como pedra debaixo da mesa.

Com um grunhido baixo, Axe disse:

– Volte pra ele. E, quando tiver terminado, eu te encontro do lado de fora.

Os lábios de Elise, aqueles que ele saboreava em sonhos, se afastaram para que conseguisse arfar.

– Sim – ela sussurrou. – Do lado de fora.

Quando a fêmea se virou, Axe pronunciou o nome dela. E, quando Elise virou a cabeça, Axe disse:

– Não se apresse. Gosto da dor da antecipação.

Capítulo 19

Historicamente, no Antigo País, fazia parte da vida normal do Rei oferecer audiências aos súditos, decidir em contendas desde propriedades e petições de *ehnclausuramento* até uniões entre os nobres, *rythos,* passando por homicídios e outros crimes.

No entanto, quando Wrath se recusou a subir ao trono por, bem... uns dois séculos, a prática caiu em desuso. Porém, tudo tinha mudado nos últimos tempos, e a tradição voltara a ser seguida, as audiências conduzidas na mansão ao estilo federal onde Darius morara antes de ser explodido em sua BMW pelo inimigo. Todas as noites, de segunda a sexta, diversos membros da raça vinham ver o Rei Cego à procura de conselhos, decretos e bênçãos.

A lista daquele dia estava cheia, Rhage pensou ao abrir de novo as portas duplas da sala de jantar e deixar que um *hellren* e sua *shellan* saíssem com o recém-nascido. O casal era composto por pessoas do povo, que trajavam roupas limpas, mas simples, e o pequeno milagre deles envolto numa coberta modesta. Em geral, Rhage teria apenas acenado com a cabeça ao saírem, mas olhou para a família e até mesmo se apressou em acompanhá-los até a saída, abrindo a porta pesada.

– Cuide bem deles – disse ao macho.

O cara pareceu confuso porque um irmão se dirigia a ele, e, quando gaguejou, Rhage apoiou uma mão no ombro do sujeito.

– Sei que fará isso.

– Sim, meu senhor – ele replicou, curvando-se. – Darei a minha vida por eles.

Rhage sorriu para a fêmea e para o bebê, mas não fez menção de tocá-los... Por certo não na fêmea, e definitivamente não no bebê. O gesto seria uma quebra de protocolo: mesmo ele estando no topo da cadeia alimentar da sociedade e por isso recebendo todo tipo de demonstração de honra e respeito, teria sido inconcebível no Antigo País que um recém-nascido e sua mãe tivessem contato com um macho, mesmo em ambiente formal, durante o primeiro ano de vida do bebê.

Interessante, desde que retomaram as audiências, Rhage e os irmãos voltaram a seguir os hábitos antigos. Parecia o correto.

Ainda mais nesse caso, e naquele momento da vida, quando Rhage sabia em primeira mão o que significava ser pai.

– Parabéns novamente – disse ao casal enquanto ficava de lado e assistia a eles enquanto seguiam rumo ao frio.

O pai da fêmea os aguardava no caminho para carros em um Honda Accord com dez anos de uso, e, pelo modo como o macho saltou do carro e se alegrou diante da jovem família, alguém poderia pensar que ele dirigia um Rolls-Royce.

Rhage acenou para o avô, o que surpreendeu o macho e o fez se curvar tão rápido que quase caiu; então Hollywood fechou a porta a fim de impedir que o vento invernal sugasse todo o calor da entrada.

– O tempo bom de ontem foi só um sonho, hein – comentou com a recepcionista.

A prima de segundo grau de Paradise, Beline, ergueu os olhos do computador.

– Pois é! Não conte a ninguém, mas, debaixo da mesa, tirei os sapatos de salto e vesti meias de lã.

Rhage apontou para a lareira, cujas labaredas haviam diminuído de intensidade desde que as atiçara, uma hora antes.

– Quer que eu coloque mais lenha?

– Não, obrigada. – Ela sorriu e empurrou os óculos pelo nariz. – São só os meus pés.

Havia duas pessoas na sala de espera, mas outra leva já entrava.

Por muitos motivos, Rhage preferia estar em campo, ou dando uma sova nos trainees, mas, como nunca ficava cem por cento depois que a besta aparecia, era melhor que fizesse um pouco de trabalho burocrático naquele momento.

Afinal, todo irmão tinha que cumprir um turno ali, atendendo à tarefa de segurança pessoal de Wrath. Considerando-se humanos, *redutores* e membros da *glymera* ligados ao Bando de Bastardos, eles não se arriscavam com a vida do Rei: havia sempre um mínimo de dois integrantes da Irmandade em um local com Wrath. Nessa noite, eram ele e Vishous, o que sempre significava diversão.

Em grande parte, porque os dois podiam brincar de policial bom e policial mau. Ou seja, V. ficava ali sentado com seus olhos glaciais e cigarros enrolados à mão, fazendo os civis borrarem as calças, e Rhage dava um de Steve Harvey no *Jogo das famílias,* com sorrisos e cumprimentos.

Voltando ao cômodo que antes fora a sala de jantar, Rhage se posicionou entre os batentes entalhados e esperou que Saxton verificasse uns documentos com Wrath na parte oposta, junto às portas vaivém que davam para a cozinha. Saxton era simplesmente incrível – não só mantinha toda a papelada e a documentação arrumadas, mas também garantia que as Antigas Leis fossem consultadas quando necessário.

O layout das reuniões particulares era simples e nada entronizado: apenas duas poltronas, uma de frente para a outra diante da lareira, uma para o Rei e outra para o súdito, embora houvesse outras cadeiras nos cantos para serem aproximadas caso fosse preciso. Independentemente do Irmão presente, ele mantinha-se distante, com Saxton na escrivaninha que ficava na metade do caminho. Havia um carrinho com café, chá e refrigerantes, além de bolachas e outros tipos de lanches...

Uma rajada de vento frio entrou pelo átrio atrás dele, e Rhage se virou com um sorriso para quem quer que...

... fosse...

O coração dele não chegou a parar... mas simplesmente morreu dentro do peito.

O macho que tinha acabado de entrar era jovem, saudável e musculoso, mas não carregava armas evidentes, como se fosse um trabalhador manual em vez de algum tipo de lutador. As roupas eram tão bem lavadas que os jeans caíam nos quadris como cortinas, e a jaqueta parecia leve demais para o frio de dezembro. As botas de construção demonstravam uso contínuo. Nenhuma joia. Nada nas mãos. Não emanava qualquer cheiro estranho.

Todas essas apurações eram circunstanciais se comparadas àquela que cravou uma estaca bem no esterno de Rhage.

O rosto... de Bitty.

O rosto do macho apresentava o mesmo nariz e bochechas, o mesmo queixo e boca, tendo as feições sido filtradas pela masculinidade e a idade. E também havia os cabelos... Os cabelos do macho demonstravam o mesmíssimo tom castanho e a mesma textura dos dela, apenas mais curtos.

Os olhos também pareciam uma cópia feita em papel carbono.

O macho não olhou na direção de Rhage, em vez disso, seguiu para a mesa da recepção, uma mão se erguendo às têmporas como se fosse de seu costume usar um chapéu e, num reflexo, tentasse tirá-lo.

Passos velozes se aproximaram por trás de Rhage, mas ele não deu atenção, pelo menos não até V. aparecer com a arma em punho.

– Que porra está acontecendo de errado? – o irmão exigiu saber.

Rhage tentou responder. Bem, ele achava que havia tentado. Algo ameaçava sair de sua boca.

– O que foi? – V. insistiu, perscrutando ao redor sem identificar algo de errado. – Você está bem?

Nesse momento, o macho, com certeza um parente de Bitty, ergueu o olhar da mesa da recepcionista como se tivesse ouvido a voz de Vishous. No instante em que V. notou o que ele estava fazendo, o irmão praguejou baixo e demoradamente.

Em câmera lenta, ele deu um passo à frente na direção do macho.

Quem quer que o cara fosse, ele passou a se concentrar de novo na recepcionista, falando em tom baixo, com sotaque de gente do povo. Contudo, em seguida parou e se virou quando Rhage estacionou diante dele.

Rhage não proferiu palavra ao encarar aqueles olhos.

– Sinto muito – disse o macho. – Não tenho hora marcada. Não sabia bem para onde ir. Posso ir embora. Ok, vou embora, já dei meu número a ela. Não estou atrás de encrenca.

O macho ergueu os punhos como se estivesse pronto para se defender, mesmo contra um irmão, mas ficou evidente que preferia não o fazer: o olhar era direto sem ser agressivo, os modos, tranquilos e atentos quando as pernas se afastaram para lhe permitir mais equilíbrio enquanto ajustava o peso do corpo.

A pose clássica de alguém preparado para lutar, mas não a de um provocador.

– Qual o seu nome? – Rhage perguntou, bem ciente de que pessoas começavam a se aproximar deles. V., Saxton... até o próprio Wrath.

Não diga, Rhage rezou. *Não diga, nãodiga...*

– Ruhn. Meu nome é Ruhn. Minha irmã morreu há uns dois meses. Estou aqui por causa da minha sobrinha, Lizabitte.

Mary abaixou o celular de novo e levou as mãos ao rosto. Enquanto encarava a tela do computador, lendo e relendo a breve mensagem, ela gritava em sua mente, mesmo que ainda permanecesse calada.

– Rhage... – gemeu. – Meu Deus...

De volta ao telefone. Ligando de novo. Caixa postal pela quarta vez. Ele devia estar com o Rei, mas, caramba, por que naquele momento...

– Acalme-se – aconselhou a si mesma em voz alta. – Respire e relaxe.

A mensagem podia não ser nada. Alguém fazendo uma brincadeira de mau gosto, uma pessoa que, por acaso, tinha o nome que Bitty usara. Alguém que sabia que Mary era vinculada a um Irmão e que queria tirar vantagem disso, passando-se pelo tio de Bitty, embora... Bem, ela não tinha se identificado como a mãe temporária da menina.

Ou, quem sabe, fosse um completo equívoco, uma mensagem destinada a outra pessoa qualquer.

Sim, porque isso era bem provável.

– Maldição, Rhage.

As mãos tremiam tanto que ela se atrapalhou com o celular, e teve de se abaixar para apanhá-lo atrás da perna da mesa.

A posição invertida até que vinha a calhar, pois Mary cogitou seriamente que acabaria vomitando.

Endireitando-se, levantou os olhos...

Marissa estava na porta do escritório e a chefe parecia ter visto um fantasma. Maravilha. O universo resolvera fazer uma promoção do tipo "pague um, leve dois" em eventos potencialmente destruidores de vidas naquela noite?

– Mary.

No instante em que ouviu o tom sério, Mary cerrou os molares e pensou que não, não eram dois por um. Aquilo a envolvia. Era sobre a mensagem.

Ou então Rhage estava seriamente ferido, ou morto.

Mary se levantou.

– Fala.

– Você tem que ir à Casa de Audiências agora mesmo. Um jovem apareceu e...

– Alega ser o tio de Bitty.

Marissa se aproximou.

– Rhage ligou pra você?

– Não. Eu... Não importa.

Mary apanhou o casaco. Deixou cair o celular. Duas tentativas até pegá-lo. Depois, não conseguia passar o braço pela manga.

– Zsadist está lá fora. – Marissa a ajudou com as mangas e depois ajustou as lapelas como se Mary fosse uma criança. – Ele vai te levar de carro.

– Não precisa.

– Não. – Marissa lhe entregou a bolsa. O celular. Passou-lhe o cachecol vermelho ao redor do pescoço e o prendeu num nó frouxo. – Ele vai te levar.

Marissa recuou um passo para que Mary saísse primeiro.

Mas Mary não se moveu. De alguma maneira, as mensagens do cérebro para os pés se perdiam nos caminhos da massa cinzenta, o comando direito-esquerdo para fora do escritório, pelas escadas e pela porta da frente se perdiam como as folhas de outono no vento do norte.

Sua família. Sua preciosa e pequena família.

Ela e Rhage, agora com Bitty.

Ou talvez... sem Bitty.

– Só quero voltar – ouviu-se sussurrar em meio a lágrimas repentinas. – Quero voltar para a noite passada, quero uma alavanca de reversão, um jeito de voltar pra trás. Quero estar em casa durante o dia, assistindo a filmes e cochilando com os dois.

Eram as emoções falando, e não a lógica, claro. Porque, mesmo que houvesse um controle mágico que a habilitasse a retroceder no tempo, a mensagem particular ainda assim seria enviada... e a colisão estaria acontecendo.

Mais do que isso: e se por algum destino horrendo o macho fosse de fato o tio de Bitty? Mary não tinha o direito de roubar a menina dos parentes consanguíneos.

– Não posso fazer isso. – Cobriu a boca com a mão. – Não consigo...

Marissa a abraçou apertado, amparando a amiga. Não trocaram palavras, porque… o que poderia ser dito? Talvez se tratasse de uma fraude.

Ou talvez um parente verdadeiro com direitos vindo reivindicar Bitty.

– Rhage está lá – ela disse de repente ao se afastar. – Meu Deus… Rhage… está na Casa de Audiências.

Mary disparou a correr pelas escadas, as pernas antes paralisadas apressando-a na descida.

Quando chegou à porta da frente com Marissa vindo logo atrás, as lágrimas rolavam com rapidez e lhe marcavam o rosto. Não deu atenção a elas. Atravessou o gramado sem sentir o frio, ou atentar para o fato de sua bolsa lhe bater contra o quadril, ou que agarrava o celular com força.

Z. estava ao lado do GTO de Rhage, os cabelos rentes à cabeça e o rosto marcado por cicatrizes brilhando no escuro como um destino.

Ele abriu a porta do passageiro para Mary, e, assim que ela entrou, mas não conseguiu ajustar o cinto de segurança, Z. se esticou no interior do carro, apesar de odiar proximidade com pessoas, e prendeu o cinto. Uma fração de segundo depois, estava atrás do volante e trazia o motor à vida.

Os pneus cantaram no asfalto quando ele enterrou o pé no acelerador, o motor potente emitiu uma coluna de fumaça pelo escapamento antes de a borracha encontrar um ponto de apoio para que eles explodissem adiante.

Conforme avançavam, Mary arquejava, tanto que começou a se sentir tonta e precisou se inclinar para a frente e apoiar as mãos no painel.

Apesar de estarem com Bitty há pouco tempo, a menina já fazia parte do corpo de Mary, e não como um braço ou uma perna. Era mais um órgão vital sem o qual não viveria. O coração. O cérebro. A alma. Só que, nesse caso, sem transplantes.

Deus, não conseguiria fazer isso…

Zsadist cobriu a mão de Mary com a dele, e ficou assim, só a soltou quando precisava trocar de marcha. E tal sensação de força foi a única coisa que a impediu de gritar bem alto até partir o vidro do para-brisa.

Ela se lembraria desse trajeto de carro pelo restante da vida.

Tragicamente.

Capítulo 20

– Z. A ESTÁ TRAZENDO – alguém avisou.

Rhage não acompanhava muito bem o desenrolar dos eventos. Estava meio ciente de estar na cozinha de Darius, sentado à mesa grande o bastante para receber oito, talvez dez pessoas, mas que só tinha uma no momento.

Abalado, chocado, um filho da puta triste e pronto para um desastre.

– Mary... – disse ele com voz entrecortada – ... estava me ligando.

O rosto de Wrath apareceu bem diante do dele quando o Rei se sentou ao seu lado. Através dos óculos escuros, Rhage sentia a força e o apoio do irmão e regente.

– Z. está com ela no carro. Chegarão daqui a pouco.

– Onde está... – O que era mesmo que queria dizer?

A porta de trás da cozinha se abriu e com ela entrou outra rajada de ar frio, assim como ocorrido uns vinte minutos antes.

No instante em que captou o cheiro da companheira, saltou da cadeira e se virou.

– Mary...

– Rhage...

Encontraram-se em alguma parte que ficava perto do fogão, e ele a abraçou com tanta força que ponderou se estaria interferindo em sua respiração.

– Está tudo bem – murmurou ao sentir o cheiro das lágrimas dela. – Está tudo bem...

Bobagem. Rhage não tinha como afirmá-lo. Mas, quando Mary estremeceu junto dele, duvidou que ela estivesse ouvindo muita coisa.

Maldição, a vida tinha se tornado um furacão de novo – os pilares da sua existência patética se arqueavam tanto em virtude dos ventos e da chuva que provavelmente acabariam partidos, as portas das estruturas fixadas em sua praia batiam enquanto os telhados se desintegravam, telha a telha, e as janelas estremeciam...

Não que estivesse sendo dramático ou algo do tipo.

– Venha – ele disse rouco. – Sente-se aqui.

Puxou Mary para a mesa e a acomodou na cadeira ao lado da do Rei.

– Onde ele... ele está? – ela perguntou.

– V. está conversando com o sujeito. – Rhage esfregou as têmporas, tomado por uma dor de cabeça gigantesca. – Eles... hum, eles foram para a biblioteca atrás do... Ah, não importa. Sabe onde fica.

Que diabos ele estava tagarelando a respeito da planta da casa?

Wrath falou:

– Vishous está anotando informações sobre o macho e as verificará com a ajuda de Saxton. Acredito que seja melhor que vocês dois fiquem aqui e não o conheçam nem falem com ele até termos essa merda toda acertada.

Por mais suaves que as palavras soassem, não eram um pedido. Mas Rhage não iria contra o decreto. Manter as coisas separadas era melhor nesse caso.

– Isso mesmo. – Mary concordou sem emoção. – Temos um conflito de...

– Interesses – Rhage completou.

Sentando-se também, Rhage segurou a mão da companheira e a sentiu apertar a sua em resposta... e ninguém disse mais nada.

De tempos em tempos, o macho perscrutava as bancadas imaculadas, o fogão Viking com oito queimadores a gás, a geladeira. Como era noite, as janelas acima da pia... junto à mesa em que estavam... do lado de lá... não passavam de painéis pretos divididos por frisos brancos.

– Quanto tempo acha que vai demorar? – Rhage perguntou para ninguém em especial.

– Temos que esperar – Mary sussurrou. – A resposta já está escrita; só temos que descobrir qual é.

Ao observá-la, ele odiou o sofrimento que sugara toda a cor do rosto da companheira, dilatara as pupilas e fizera as mãos tremerem.

Se pudesse, levaria uma bala por Mary.

Na verdade, sentia como se tivesse levado. Uma pena que ambos foram os alvejados.

Rhage verificou o relógio que comprara recentemente para si, um que combinava com o Rolex Presidente dado a ela logo que iniciaram sua união.

Merda, não sabia se queria que Vishous viesse logo ou se aparecesse só dali a várias horas.

– Como ele é? – Mary sussurrou. Quando Rhage não respondeu, ela pigarreou. – Seja sincero. Como ele é?

Demorou um pouco para ele conseguir responder, e, quando o fez, foram poucas as palavras:

– Como ela. Exatamente como a Bitty.

Capítulo 21

Axe estava no inferno. E apreciava a dor.

Sentado no canto distante do restaurante, observava Elise sorrir para o humano. Inclinar a cabeça como se o professor estivesse dizendo alguma coisa particularmente interessante. Mover as mãos. Gargalhar.

Ela olhou para os olhos do outro homem. Tocou no copo de vinho dele com o seu. Pegou uma garfada de comida do prato dele para experimentar.

E, o tempo inteiro, estava deliciosamente linda, a chama da vela no centro da mesa sombreando-lhe o rosto e a garganta, os ombros e os cabelos.

Odiou o fato de Elise estar com outro. Detestou que compartilhassem uma refeição, o que parecia mais íntimo do que o sexo que ele praticava com regularidade. Estava absolutamente violento sobre os pensamentos do homem.

Mas adorava sofrer. O ciúme era uma agonia que o deixava prazerosamente aleijado, e ele se abriu para a dor de estar do lado de fora, observando.

Mesmo mal a conhecendo, ele a amava naquele momento. Ela era o conduíte para a veia da tortura e, por considerar seu físico atraente, o poder que a fêmea exercia sobre ele a tornava uma deusa.

– Gostaria de algo mais? – o garçom lhe perguntou.

Axe meneou a cabeça.

– Apenas a conta.

– Aqui está.

Uma pasta de couro foi colocada próxima do cotovelo dele e o cara marchou para longe. Não que Axe culpasse o humano. Só o que consumira fora água e pãezinhos, antes de causar enorme comoção ao pedir café.

Valor total: cinco dólares. Ele só tinha uma nota de dez e pensou: Ei, metade para a gorjeta. Olhem só para ele, um filho da puta extravagante.

Ao tomar mais um gole da água, apreciou o momento de introspecção atípico e malquisto: enquanto Elise ria de novo, ele sustentava uma vaga ciência de estar sob uma aura bem ruim.

A seu modo particular, quase inocente, ela abalava o mundo de Axe. Deixava-o de joelhos. Exigia sua atenção sem nem ter consciência de pedi-la.

E, em resposta, ele iria exigir algo dela. No segundo em que ficasse sozinha.

E ela tampouco recusaria.

A conta chegou à mesa de Elise e, depois de ser paga, o casal se levantou, o que foi a deixa para Axe se esgueirar pela saída de incêndio atrás dos dois. Quando empurrou a barra, nenhum alarme soou, e o ar fresco o fez perceber que o lugar cheirava a churrasco.

Como seu corpo zunia, não percebeu o frio, e permaneceu nas sombras do prédio de um andar enquanto andava até a frente da construção, suas botas esmagavam o chão congelado. A entrada para o restaurante exibia uma cobertura com a lateral aberta, um tapete grosso por baixo até a calçada como um parente pobre da versão vermelha usada na estreia de filmes.

O maldito casal feliz saiu um instante depois, e Troy pousou o braço ao redor da cintura de Elise quando desceram os três degraus até o tapete.

E veja se a cena não fez com que os caninos dele logo dessem as caras. Mas o macho continuou onde estava.

Uma rajada de vento passou pelos cabelos de Elise e os conduziu na direção do professor, as pontas dos fios o acariciaram no ombro.

Ela riu e apanhou as mechas errantes, retorceu-as e enfiou-as por baixo do colarinho do casaco. Continuaram conversando. Era bem fácil entender o que estava acontecendo. O humano gesticulou para o estacionamento como se estivesse se oferecendo para levá-la para casa. Ela balançou a cabeça. Troy indicou os carros outra vez. Elise pôs a mão no antebraço do homem e balançou a cabeça de novo.

Estava contando alguma mentira engenhosa para lhe explicar por que ele não podia levá-la para casa.

Axe sorriu, expondo todos os dentes no escuro. Não, ela não iria a lugar algum com o bom e velho Troy. E sabia exatamente onde Axe estava porque a posição dele contra o vento levava o cheiro da sua excitação diretamente até o nariz de Elise, ainda que o humano permanecesse alheio à sua presença.

Esses ratos sem cauda eram tão dóceis.

Mas não rolou beijo de primeiro encontro. Nada disso.

Ficou claro quando Troy pensou em conseguir um. Mas Elise recuou um passo e enfiou as mãos nos bolsos do casaco. O homem respeitou o limite, erguendo a mão em sinal de despedida.

O que salvou a maldita vida do professor.

Elise permaneceu debaixo da cobertura, no vento, enquanto o cara entrou em um Subaru perfeitamente respeitável e deu a ré para sair da vaga. Depois, ele parou perto de onde ela estava, abaixou a janela e proferiu algo com um sorriso. Ela riu. Acenou.

Tchauzinho, humano.

Elise esperou até que os faróis traseiros virassem à esquerda no estacionamento e seguissem pela rua principal, logo adiante.

Depois se virou para ele.

E começou a andar na sua direção.

E Axe assegurou-se de que só ela andasse, permanecendo bem onde plantara as botas.

Quando Elise parou bem diante dele, Axe ronronou profundo na garganta.

– Como foi o jantar? – perguntou num grunhido. – Gostou?

Os lábios dela se afastaram, a respiração saindo com força.

– Troy foi uma boa companhia.

– Não perguntei dele. Como estava o bife?

Então, ele estendeu a mão e a prendeu atrás da nuca dela. Puxando-a para si, Axe arqueou os quadris para que a fêmea sentisse exatamente qual era a dele.

Elise arfou, seus olhos se fecharam quando amoleceu.

Ele a empurrou contra o prédio e a manteve ali com a pressão de seu corpo. Ele libertou os cabelos dela, cujas mechas passaram a açoitá-lo.

Então, ele plantou as palmas na pedra fria cercando cada lado da cabeça dela, inclinou-se e aproximou a boca do ouvido de Elise.

– Então como foi com ele...? – disse num tom arrastado.

Antes que ela pudesse responder, ele prendeu o lóbulo entre os lábios e o sugou, terminando com uma mordidinha do canino.

– Hein? – Axe esticou a língua e lambeu Elise. – Como foi?

A resposta dela foram as mãos lhe subindo até os ombros e segurando-os com tanta força que o fez sentir as unhas através do couro da jaqueta. Ai... *caralho*. Queria estar nu, e por obra dela, para que ela deixasse meias-luas de sangue nas carnes dele. E depois queria que ela o mordesse forte na garganta e tomasse de sua veia.

Axe passou-lhe os lábios pelo contorno do queixo e parou a um milímetro da boca.

– Não está respondendo à minha pergunta, Elise.

Ela arfava tanto quanto ele, o corpo à sua disposição, o sexo completamente excitado para ele. E quer falar de satisfação? Aquele Senhor Humano Perfeito, em seus preciosos Merrels e cachecol, que pôde ficar sentado diante dela durante o jantar e cativá-la com seu charme e astúcia intelectual, jamais arrancaria esse tipo de reação dela.

Nunca. Jamais. Mesmo.

– Vai sair com ele de novo? – perguntou de modo pausado. – Porque acho que deveria.

Ela se retraiu, afastando-se.

– O quê...?

– Gosto de te ver com ele.

– Por quê?

– Porque dói. Agora me dê o que quero – grunhiu ao acabar com a distância entres as bocas e beijá-la com vontade.

A bancada do bar na boate era comprida, abarrotada e barulhenta, e um total desperdício de tempo, com exceção do álcool. Depois que gesticulou para o barman para que lhe servisse outra dose, Novo olhou para a fila de homens e mulheres, o grupo se amontoando como se fosse gado perto do cocho.

Ela deveria sentir um profundo desdém por eles.

A não ser pelo fato de integrar o rebanho.

– Pronto – disse o barman. – Cortesia da casa.

O cara era alto, um tanto magro demais para o gosto dela, mas a cabeça raspada, as tatuagens no peito e os alargadores nas orelhas faziam bem o seu estilo.

– Obrigada. – Ela o saudou, erguendo o copo. – A que horas você sai?

– Às quatro.

– Bom saber.

Novo se afastou, voltando para o lugar onde não queria estar, mas do qual não conseguia se livrar.

Como de hábito, Peyton tinha organizado um encontro no Ice Blue, uma boate de música eletrônica para ele. E, também como de costume, colocara todos numa área VIP, atrás de um cordão de veludo que visava manter o populacho afastado.

Quando se aproximou do segurança, ele a deixou entrar.

– De volta tão cedo?

– Peguei minha bebida. Estou bem assim.

Ele lhe lançou um olhar confuso, mas ela o deixou ruminar os motivos de ter agido de maneira independente quando as bebidas eram servidas livremente nos assentos aveludados e sensuais de Peyton.

Não que algum sexo estivesse acontecendo ali.

Boone ainda estava com a mesma dose de Grey Goose e suco de oxicoco com que iniciara a noite, os olhos perscrutando a multidão de humanos com a mesma imparcialidade de um entomólogo no laboratório. Paradise e Craeg sentiam-se à vontade, sem muita pressa de ir nem vir, e isso acontecia quando duas pessoas eram livres para trepar sempre que quisessem. E Peyton? Ele estava com clones de si mesmo, machos heterossexuais na defensiva vestindo ternos caros de calças justas.

Ali a coleção de sobrancelhas arqueadas, gestos lacônicos e ares de superioridade eram mais densos do que os perfumes.

Definitivamente não o seu tipo.

Voltando a se sentar perto de Boone, cruzou as pernas e se recostou na poltrona lisa. Era um mistério por que diabos alguém colocaria pele de porco ensebado onde supostamente uns bêbados se sentariam. Pensando bem, assim como Peyton, o lugar era mais sobre aparências do que qualquer outra coisa. A fila de espera para entrar equivalia à dos testes para o programa *The Bachelor* – não que tivessem ficado nela, graças a Peyton –, e havia um espaço do tamanho de Manhattan cheio de Mercedes no estacionamento de trás, e se ela visse outro protótipo de Scott Disick dando em cima de garotas com busto GG e bronzeado artificial, iria…

Puta merda.

Estava entediando a si própria com seu diálogo interno. Então, por que não ia embora?

A resposta estava do lado oposto do espaço acarpetado. E, era evidente, Peyton nem sequer a olhava.

Não, Peyton estava inclinado para a frente e observava ao redor de um dos seus amiguinhos de terno de seda, e apesar de estar com os óculos de lente azul, mesmo com os fachos de laser cruzando a atmosfera nebulosa, era nítido para quem olhava.

Era óbvio a quem ele desejava.

Paradise.

Quanto mais Novo observava o macho olhar para a colega trainee, mais tinha de admitir que a obsessão era parte do apelo do maldito. Afinal, Peyton incorporava tudo o que Novo não considerava atraente, e mesmo assim sempre sabia quando ele entrava num cômodo e quando o deixava. Sabia quais roupas ele estava vestindo. Como estava lutando. O humor dele, se estava comendo ou bebendo, todas as vezes em que se fixava no telefone. Reparava quando cortava os cabelos e quando já estavam mais compridos. Quando estava machucado, cansado ou sem dormir.

Sabia quando ele fodia humanas no banheiro depois de uma noite de balada.

Era uma espécie de farol luminoso… Só que a maldita coisa a chamava para uma casa onde ela não queria nem entrar, quanto menos se mudar para lá.

Então, sim, dado que ele acalentava esse vício incontido por Paradise, o fato de ser inatingível parecia o motivo da atração.

Tinha que ser…

Paradise se sentou mais à frente e disse algo para Peyton… e o maldito adorou, jogando a cabeça para trás, rindo como se a fêmea fosse um cruzamento de Louis C.K. e George Carlin ressuscitado.

Novo bebeu metade do uísque.

Quando voltou a cabeça para a posição normal, Peyton estava bem na frente dela.

– Oi, a gente já vai. Te vejo na aula amanhã.

Deu um tapa no ombro dela e seguiu em frente, os três amigos parecidos seguindo-o como esquiadores na água atrás de um barco refulgente.

Boone se levantou e se espreguiçou.

– Melhor eu ir também. Boa noite.

– Também estamos indo. – Paradise sorriu ao segurar a mão de Craeg. – Divirta-se.

Eeeee só restou uma.

Uma vantagem de ser autossuficiente e independente era não dar a mínima se a tinham deixado sozinha. Mas, por algum motivo naquela noite, ela percebeu que ninguém do grupo teria dispensado Paradise assim.

Não que Novo se ressentisse da fêmea ou pensasse que o objeto das afeições de Peyton fosse fraco. Só lhe pareceu... estranho. Ou algo do tipo.

Tanto fazia.

Novo encarou além dos lugares vazios, onde os humanos se misturavam do lado oposto à área reservada. Provavelmente devia haver uns trezentos caras com quem ela poderia trepar se assim desejasse, incluindo o Senhor Quatro da Manhã, o barman. E a mesma quantidade de mulheres, se estivesse no clima para isso.

Uma pena que nenhum deles lhe apetecesse...

Peyton surgiu no seu campo de visão do nada, a ponto de ela cogitar se não era um holograma criado pelo seu cérebro.

– Esqueci o celular.

Ah, então era real, porque um holograma não teria que justificar sua existência.

Mas, em vez de ir até o sofá em que estivera antes, ele ficou ali parado.

– Pois não? – Novo disse com voz arrastada.

– O que está fazendo?

– Relaxando. – Indicou as poltronas. – Pensei que fosse óbvio.

Quando o olhar dele desceu pelo corpo de Novo, ela estreitou os olhos.

– A pergunta é... O que você está fazendo aqui, Peyton?

Capítulo 22

Elise tinha o prédio duro às costas e o corpo ainda mais firme de Axe à frente, e não queria estar em nenhum outro lugar.

Ainda mais depois que ele começou a beijá-la.

Axe era tão ávido e exigente quanto ela fantasiara: a boca esmagava a sua, as mãos eram firmes, a ganância erótica, o tipo de coisa que ela sabia ser capaz de transformá-la numa refeição, e, ah, Deus, ela o acompanhou, arqueando os seios no peito dele, segurando-o pelos ombros, entregando-se a ele.

O beijo foi tudo o que ela pensou que seria e muito mais, o frio da noite de dezembro desaparecendo, consumido pelo calor entre eles.

Mas que diabos ele lhe dissera? Queria que ela saísse com Troy de novo?

Empurrou-o até o contato ser interrompido.

– Não entendo...

Axe amparou o rosto dela nas palmas grandes e rolou os quadris contra ela, a ereção gigante afagando-a na barriga por ele ser muito mais alto do que Elise.

– Por que estamos parando pra conversar?

Boa pergunta. Mesmo que ligeiramente ofensiva.

– Por que quer que eu saia com Troy de novo?

Ela passara a noite se esforçando para se concentrar no humano, acompanhando a conversa, fazendo as perguntas certas nos momentos apropriados, rindo quando deveria. Mas, o tempo todo, tinha estado completamente distraída pelo fato de Axe estar sentado no canto oposto da churrascaria praticamente deserta, a presença imponente como a mais bela nuvem de tempestade que já vira ao longe.

Vindo na sua direção.

– Por quê? – insistiu. – Se te faz sofrer tanto...

– Porque me excita.

Axe abaixou a cabeça e a beijou de novo, os lábios macios como veludo, a língua ousada e exigente. E, puta merda, como ela o desejou, os seios doíam nas mãos dele, e aquela boca, o sexo se acendia entre as pernas dela...

Elise se forçou a sair dos braços do macho. E deu uns passos para clarear a mente.

– Não, não vou voltar a sair com ele, não vou usá-lo. Quero que você me queira por mim mesma. Se não basto sem um joguinho subversivo e excêntrico, tudo bem... mas não vou tentar atiçá-lo dando uma de difícil debaixo do seu nariz.

Quando Axe sorriu, as presas haviam descido por completo.

– Ok. Pego você do jeito que você quiser.

Puxa, que duplo sentido. E, Santa Virgem Escriba, o modo como a fitava com aqueles olhos amarelos...

Ela bem podia já estar nua.

Então, que tal terminar o serviço? Ela decidiu que sim.

– Aonde podemos ir? – indagou rouca.

– Tenho uma casa não muito longe daqui. É segura e bem reservada.

Quando um celular começou a tocar em algum lugar nele, Elise amaldiçoou a interrupção. No entanto, como Axe não fez menção de se mexer, ela fez um sinal com a cabeça indicando o corpo dele.

– Não quer atender?

– Não.

– E se for uma emergência?

– Não tenho ninguém que ligaria pra mim. – Os olhos dele estavam pregados na boca da fêmea. – Então, vem pra minha casa?

– Sim – ela sussurrou. – Mas como vou saber onde é?

– Eu cuido disso.

Elise pegou a bolsa.

– Sei que pode parecer estranho, mas tenho um mapa de Caldwell aqui e...

– Elise. – Quando ela levantou o rosto, Axe sorriu de novo com as presas imensas. – Olha pra mim.

E então ele puxou a manga da jaqueta, expondo o pulso. E, quando ergueu o braço para a boca... mordeu a si mesmo emitindo um ganido lascivo, cravando os caninos afiados na pele.

Elise entreabriu os lábios num arquejo de surpresa... e depois os lambeu quando o cheiro de sangue intenso e parecido com vinho emanou entre eles.

Quando Axe esticou o braço para ela, disse em voz baixa:

– Isto deve ajudá-la a me encontrar... Onde quer que eu esteja. Tome de mim, Elise. Deixe-me te ver beber. Agora.

As presas dela tiniram ao descer, e Elise não pensou nem por um segundo nos doze diferentes protocolos que quebraria se fizesse aquilo: *Plebeu! Em público! Sem testemunhas! Excitação de ambas as partes!*

Ao diabo com isso. Recusava-se a ser desviada do seu caminho quando agarrou o braço musculoso e levou o pulso direto à boca. Selando-o com os lábios, sugou; o gosto dele era o mais inebriante que já experimentara e a agitação que a percorria a deixava tonta.

– Ah... Isso... – ele gemeu. – Cacete... *Assim!*

De repente, houve uma troca abrupta de poder: Axe se jogou contra a parede, os joelhos pareciam ceder enquanto ela se tornava a agressora, e ele, a presa.

Durante todo o tempo que sorveu dele, Elise encarou o volume por trás da braguilha.

Era disso que precisava, concluiu ao fitar a ereção.

E Axe não se recusaria.

– Esqueci o celular.

Enquanto ele repetia as palavras, Novo sorriu de leve.

– Você já disse isso. Então por que não está procurando?

Ele fingiu que tateava os bolsos da jaqueta do terno.

– Ah. Estava aqui o tempo todo. Imagina só.

– Pois é. – Ela bebeu o restante do uísque. – Onde estão os seus três amigos?

– Não sei. Não me importo.

– Egoísta. – Ela deliberadamente cruzou mais uma vez as pernas e esfregou as coxas, uma por cima da outra. Odiava o modo como seu sexo se aquecia por ele. – Você é um merdinha mesmo, Peyton, e sabe disso.

– Sim, eu sei.

– E? – ela o incentivou.

– Quer beber alguma coisa?

– Estou bebendo.

– E ir embora comigo?

Novo arqueou uma sobrancelha.

– Está se referindo à mansão do seu pai?

– Não, tenho um lugar meu. Uma suíte no Sterling. Fico lá às vezes.

– Eu deveria saber – disse com secura. – Nada de hotel barato para alguém como você. Mas, me diz uma coisa, se eu for pra essa suíte com você, o que vamos fazer lá?

Os olhos dele foram da boca para os seios e depois para as coxas dela... e depois demoraram o quanto quiseram até voltar para o rosto.

– Tudo o que quisermos.

– Está trepando comigo na sua cabeça agora, Peyton?

– Estou – ele grunhiu.

– Lá no seu quarto elegante de hotel?

– É uma suíte, não um quarto. E não. Estou te vendo inclinada naquele sofá agora, sem calças, a minha língua na sua boceta enquanto você goza na minha cara. E depois te fodendo com o meu pau.

A descarga de eletricidade que a atravessou foi uma boa e uma má notícia: a última coisa que queria era se sentir assim perto dele.

Mas a natureza não dava a mínima para isso, certo?

– Está excitada? – ele perguntou com sensualidade.

– Talvez. – Ela terminou o uísque, deixou-o de lado, e lentamente se pôs de pé. Encarando-o bem nos olhos, porque era tão alta quanto Peyton, disse:

– Mas tenho uma ideia ainda melhor.

– Que é...?

Inclinando-se, desceu a mão entre as pernas dele e se deliciou quando o macho inspirou fundo como se estivesse surpreso. Acariciando-o por cima das calças de alfaiataria, ela até queria fazê-lo gozar no meio de todo aquele povo.

Mas não, ele não merecia esse prazer. Não depois de ter passado a noite toda olhando para outra. Desejando outra. Querendo estar... com outra.

Passando uma presa pela lateral do pescoço dele, sussurrou-lhe ao ouvido:

– Acho que você deveria ir pra essa sua suíte, tirar todas as suas roupas… e imaginar Paradise enquanto bate umas duas punhetas. – Soltou-o e recuou, estreitando os olhos. – Maldita seja eu se um dia passar por substituta de outra fêmea. Quer isso? Há umas duzentas humanas aqui que aceitariam a sua doação de esperma.

Então se afastou. Sem olhar para trás.

Em parte porque não queria lhe dar a satisfação. Mas, principalmente, porque morreria antes de permitir-lhe saber o quanto a havia magoado.

Ninguém, macho ou fêmea, veria isso.

Jamais.

Capítulo 23

– Nossa... Meu Deus... Que lindo tudo isso!

Enquanto fechava a porta de trás do chalé, Axe cerrou os dentes. Devia ter levado Elise pela porta da frente para que ela não visse a cozinha ao luar.

Tarde demais. Estava na cara que ela não se contentaria com uma simples passagem rápida.

Não mesmo. Em vez de segui-lo pela arcada, ela se aproximou das folhas entalhadas ao redor das janelas e dedilhou a madeira cuja estrutura o pai passara horas a fio esculpindo, lixando e dando acabamento.

– Quem fez isto? – ela sussurrou. – É incrível... Nunca vi nada parecido.

Na iluminação azul prateada, os cabelos dela brilhavam como uma aura, fazendo-a parecer um anjo caído na Terra.

Pena que todas as coisas que desejava fazer com o corpo dela vinham direto do manual do diabo.

Merda, sentia seu sangue correndo dentro dela – e, caralho, como *amava* isso.

Quando Elise cruzou os braços e estremeceu, ele disse bruscamente:

– O aquecedor está quebrado. Vou mandar consertar na semana que vem. Vem pra perto da lareira.

Nem assim ela o seguiu.

– Sério, quem fez todo esse trabalho em madeira?

Ela se aproximou do jogo de mesa e cadeiras de pinho ornamentados com folhas de trepadeira.

– O meu pai.

– Sério? O seu pai fez tudo isso? Meu Deus, ele era um artista.

– Venha por aqui.

Elise se virou e foi até os armários.

– Quanto tempo ele levou para fazer isto?

– Você está com frio. Vou acender a lareira pra nós.

Saindo da cozinha, ele arrancou a jaqueta de couro e a largou numa cadeira qualquer. Sim, o estado dilapidado de tudo o incomodava... Isso e o fato de que não havia aquecimento, luz e comida no lugar. O chalé de Axe não era apenas totalmente diferente do palácio em que ela morava – aquela cabana não estava sequer no nível de uma casa normal de um cidadão qualquer.

Agachando junto à lareira, apanhou o atiçador, antes apoiado num tijolo, e afastou as cinzas. Depois amassou um pouco de jornal, colocou gravetos que coletara no jardim na noite anterior e pôs uma única tora de madeira por cima.

Vendera uma das estatuetas entalhadas do pai no eBay por quatrocentos dólares no outono e o destino do dinheiro foi comprar um misto de madeira dura que bastaria para fazê-lo subsistir ao inverno. Talvez, para ter luz, devesse ter vendido outros animais e pássaros entalhados, que estavam no porão, mas não conseguia se desfazer deles.

Apesar de desprezá-los um por um.

A caixa de fósforos era mantida num contêiner de metal, e ele abriu a tampa, pegou a caixa e acendeu a ponta de um palito com a unha do polegar.

O jornal se crispou para longe do calor antes de aceitar sua consumação, e logo estalidos e crepitações acompanharam a fumaça que subia pela chaminé.

Ele soube o instante em que ela entrou na sala.

– Isto é...

– Um lixo, eu sei.

– Não. Eu ia dizer "aconchegante". – Quando ele ladrou uma risada, Elise deu uma volta, tocando numa cadeira estofada e no sofá acolchoado, o material gasto de ambos fazendo-o se retrair internamente. – Talvez precise de uma vassoura, mas esta casa é um ninho perfeito. É meio que uma surpresa.

Ele se voltou para o fogo, atiçando-o, encorajando-o.

Assim como faria com o sexo dela em questão de minutos.

– Odeio este lugar.

Axe se pôs de pé, os joelhos rangeram, a ereção feroz nas calças sendo comprimida. Não rearranjou a coisa. Queria que ela fizesse isso.

Ah, sim... A iluminação da lareira sobre a fêmea era ainda melhor do que o luar de antes.

Elise franziu o cenho ao olhar para o colchão diante da lareira.

– Não – ele disse. – Não achei que você viria para cá. Tenho dormido aqui pra ficar aquecido.

O rosto dela relaxou.

– Melhor você consertar o aquecedor, assim pode voltar pra cama.

– Pois é. – Axe apontou para o chão aos seus pés. – Vem cá.

Elise se moveu ao longo do espaço raso e iluminado como um sonho, a luz alaranjada tornou sua beleza misteriosa e inacessível até quando se aproximou a ponto de Axe poder contar os cílios dela.

Axe estendeu a mão e afastou os cabelos da fêmea para trás, inclinou-lhe a cabeça... e cobriu-lhe a boca com a sua. Lambeu-a e deslizou a mão pelo ombro até a lombar, antes de trazê-la para junto de si com um puxão.

Voraz, ele se sentia absolutamente voraz... e pretendia começar devagar.

Mas tal intenção acabou voando pela janela bem rápido.

Porque só se viu tirando o casaco dela, arrancando a blusa de dentro da saia, chegando à pele quente da cintura. Imagens de Elise com aquele humano o tornaram brusco, mas ela não parecia se importar.

A fêmea agia da mesma maneira com ele, passando os dedos pelos cabelos e se contorcendo contra o corpo dele, arranhando-lhe a nuca...

– Deita – ele grunhiu. – Deita, fêmea...

Levantando-a nos braços, ele se ajoelhou e a depositou no conforto escasso que tinha a lhe oferecer.

Uma maldição que fosse apenas um colchão e nada mais.

Com uma ondulação do corpo que quase o fez gozar, ela ergueu os braços acima da cabeça e arqueou quando Axe se pôs sobre as coxas dela. Um a um, ele libertou os botões da blusa.

Parecia um crime arrancá-los.

– Do que são feitos? – ele perguntou numa voz baixa, quase inaudível.

– Madrepérola – ela arquejou.

Eles não ganhavam da pele luminosa de Elise.

Quando separou as duas partes com lentidão, tudo parou de uma vez só, toda a pressa, o desassossego se conteve assim que ele sibilou ante a vista dela, cerrando os dentes. Os seios estavam escondidos pelas taças brancas do sutiã, e a inocência e a sensualidade combinadas tão perfeitamente eram mais excitantes do que as trepadas anônimas e extremas que vinha tendo havia anos.

– Posso? – ouviu-se perguntar.

Que estranho. Mas ele se sentia próximo de uma experiência religiosa ali, pairando acima dela: parecia-lhe imperdoável entrar em qualquer parte do templo sem permissão.

– Deixa que eu faço – ela disse.

Com mãos apenas um pouco trêmulas, Elise se arqueou de novo e alcançou as costas... Em seguida, as taças ficaram frouxas, os mamilos duros formando uma tenda com elas.

– Oh... porra. – Era ele dizendo aquilo? Não sabia. Estava fora de si. – Elise...

Quer falar sobre tortura? Vê-la tirar uma alça e depois a outra ao mesmo tempo que mantinha o sutiã no lugar fez a pulsação do pau triplicar.

E, então, ela deixou a peça de lado.

Era perfeita. Simplesmente... perfeita.

Mergulhando a cabeça, ele direcionou a língua e lambeu os mamilos antes de chupá-los, um depois do outro. Parecia tão certo estar ajoelhado ali, idolatrando-a com a boca, o corpo no limite do controle, o sangue bombeando nas veias.

Sentia-se vivo, mas não da maneira maníaca que costumava ficar no meio de uma foda.

Quando se aninhou nos seios, teve de arrumar a ereção dentro da calça; era isso ou começar a cantar notas agudas. Depois foi para o fecho da saia, nas costas, e ela o ajudou ao deslizar os quadris para o lado. Sim, ele queria arrancar a peça, de preferência com os dentes, mas, pensando bem, não faria isso... E não só porque ela precisaria de algo para vestir na volta para casa.

A paciência tinha lá suas recompensas.

Enquanto a chupava, arrancou gemidos e tirou a saia, a meia-calça e a calcinha ao mesmo tempo, deslizando-as pelas pernas longas, tão longas.

Depois se sentou nos calcanhares.

Sob seu olhar ardente, ela ergueu os braços de novo e se moveu para ele, espreguiçando-se, retorcendo-se, a iluminação da lareira lhe banhava a pele como se fosse cem mãos dele sobre a sua. E, cara, a pele dela de verdade era melhor do que nos sonhos de Axe: os seios com os mamilos rijos, a parte achatada do abdômen, a vagina exposta, as coxas encorpadas, tudo arrebentou a versão hipotética que o subconsciente do macho criara no dia anterior.

Passando as mãos da clavícula até os quadris, ele acariciou o corpo... e depois seguiu o mesmo trajeto com a boca, parando no umbigo.

Ele olhou além daquele corpo, além dos seios espetaculares, encontrou os lábios dela entreabertos enquanto arfava e o fitava fixamente, os olhos arregalados e maravilhados como se nunca tivesse se sentido assim antes.

A voz de Peyton surgiu na cabeça de Axe: *Porque você vai trepar com ela e arruiná-la.*

Axe afastou as palavras e o tom delas para longe, pretendia descer nela até Elise saber exatamente o quanto a considerava bela. E depois, iria...

Não. Na verdade, não faria isso. Não completaria o ato. Não terminaria dentro dela.

Só iria lhe dar prazer com a boca e com a língua, e depois...

Porra.

Porra.

Axe se sentou; afastar-se dela era como arrancar fatias da própria pele com as presas.

– O que foi? – Elise sussurrou. E depois sorriu. – Posso te ver agora?

Quando ele não respondeu, ela franziu o cenho e se sentou.

Deus, o modo como os seios dela pendiam, tão fartos e prontos para ele... quase o distraíram a ponto de fazê-lo prosseguir.

Quase.

– Axwelle?

Ele esfregou o rosto.

– Pode me fazer um favor?

– Claro.

– Pode... Hum, pode nunca mais me chamar de Axwelle?

– Tudo bem.

– Só a minha mãe me chamava de Axwelle. Odeio esse nome.

– Bem, entendo por que não gostaria de pensar na sua *mahmen* num momento como este.

O canto do sorriso dela se desfez quando ele ficou em silêncio. E depois Elise puxou a blusa por cima dos seios.

– Acho que sei com o que está preocupado – disse de repente.

– Sabe?

Os olhos dela sustentaram os dele.

– Não se preocupe. Não sou virgem.

Capítulo 24

Ora, ora, um soco na boca de Axe devia ser assim.

Enquanto aguardava que ele verbalizasse o que estava pensando, Elise se viu meneando a cabeça.

– Sabe... Me sinto bem em finalmente contar isso a alguém.

Ele esfregou o rosto e depois desviou o olhar para o fogo. Na luz resplandecente, as tatuagens daquele lado do pescoço pareciam se mover. Ele parecia... perigoso. Sexy. E, de repente, muito distante dela.

– Pensei que você ficaria aliviado. – Elise franziu o cenho. – E, convenhamos, acabaria descobrindo se fizéssemos sexo de fato.

– Não a desconsidero por isso, se é o que está pensando.

– Não? Então você tem um jeito bem estranho de demonstrar.

Ele balançou a cabeça com firmeza.

– Não, não é nada disso.

– Então, qual é o problema?

– Quer honestidade, certo?

– Sim. – Elise puxou para cima uma das duas cobertas depositadas sobre a parte inferior do corpo e cruzou os braços sobre os seios. – O que quer que seja, quero saber.

Ele murmurou algo baixinho. Depois falou rápido:

– Quero saber quem foi o macho... Só pra poder matá-lo.

Elise piscou. E depois ligou os pontos.

– Ah, meu Deus, não foi nada disso. Não mesmo. Eu quis que acontecesse...

– Porra, agora quero *mesmo* matar o filho da puta.

Elise deu uma gargalhada, e, quando ele a encarou, ela ergueu as mãos.

– Não estou caçoando de você, sério. Só estou… alegre de alívio por não me menosprezar.

– Não menosprezo. De verdade. Estou com um ciúme do caralho, mas não te julgo. – Houve uma pausa. – Quem era ele?

Desviando o olhar para o fogo, Elise abriu as portas das suas lembranças.

– Um macho do qual me alimentava. Claro que sempre com testemunhas. Mas, certa noite, e nem sei bem o porquê, resolvi que queria saber como era. A… experiência toda.

Axe começou a grunhir. Depois pigarreou para interromper o barulho.

– Desculpe.

Ela teve que sorrir.

– Tudo bem. Estou lisonjeada. – Por isso, ela ganhou um grunhido. – Voltando: fui atrás dele no apartamento, uma cobertura que tinha no centro da cidade. Inventei uma desculpa pra sair de casa. Ele era da *glymera*, claro, e amigo do meu pai.

Foi a vez de ela franzir o cenho.

– Ele ficou surpreso, mas não me repeliu. Eu era bem nova, minha mãe morrera pouco tempo antes depois de um parto malsucedido. Havia tanta… tristeza na minha casa, acho que só queria fugir por um tempo. Fizemos sexo; eu não chamaria aquilo de fazer amor. Pra mim, foi apenas um conjunto de partes corporais interagindo; não posso dizer que gostei de verdade.

Quando Elise se calou, sentia os olhos dele ardendo sobre ela.

– Termine a história – ele disse em voz baixa. – Ainda não acabou, certo?

– Não. – Elise inspirou fundo. – Sempre fui um pouco diferente das outras moças da alta sociedade, sabe? Quero dizer, nada como a minha prima Allishon… Não sou ousada nem nada assim. Só não gostava dos festivais, dos bailes e dos eventos sociais. Uma noite, nem uma semana depois daquilo, meu pai me pediu que o acompanhasse a um baile e o macho estava lá… com a sua *shellan*. Nunca pensei que ele fosse comprometido, sabe? Nunca pensei sequer em perguntar. Quero dizer, na aristocracia há tão poucos machos disponíveis para alimentação, e, contanto que haja testemunhas quando se toma uma veia, não há sexo com que se preocupar. Mas me senti horrível quando a fitei nos olhos. E, evidentemente, ele não lhe contara. Assim, acabou me ignorando a noite inteira, o que foi apropriado, e a situação toda me deixou com um gosto ruim na boca. Não porque estivesse emocionalmente envolvida com ele, mas porque o usara, e ele permitira... E, juntos, nós a traímos. – Exalou longa e profundamente. – Ele foi morto nos ataques... ela também. Não tinham filhos. No entanto, o meu arrependimento ainda existe, e sempre existirá.

– Ele era um devasso.

– Tenho quase certeza de que ele fez a mesma coisa com outras fêmeas as quais alimentava. De outro modo... por que ter a cobertura? Não era onde ele morava ou ficava durante o dia, sabe? Foi tudo tão confuso... e o motivo de eu começar a me interessar por psicologia. Queria entender como as emoções das pessoas funcionavam, e nós, vampiros, não somos tão diferentes assim dos humanos nesse ponto. Por exemplo... Hum, sabe o que foi mesmo ruim pra mim?

– O quê?

Ela não acreditava que estava conversando tão abertamente, mas a atenção silenciosa de Axe era algo desconhecido no seu mundo.

– Depois que conheci a *shellan* dele, uma parte minha ficou aliviada por ser comprometido. Porque, assim, ele não contaria a ninguém. Meio que me preocupei com essa possibilidade. Depois de perder minha *mahmen*, não queria perder meu pai também, por conta de não poder ser mais acasalada. Consegue imaginar como isso foi egoísta?

– Pra mim mais parece autopreservação. E, quer saber...? Quem quer que acabe se vinculando a você será o macho mais sortudo do planeta.

Por algum motivo, o modo como ele pronunciou as palavras machucou – talvez porque Axe indicava claramente que o futuro *hellren* dela não seria ele. Mas isso era loucura em muitos aspectos.

– Na verdade, nunca vou me amarrar a alguém. – Quando ele franziu o cenho, ela balançou a cabeça. – Não quero ter ninguém me dizendo o que posso e o que não posso fazer. Já vivi o suficiente disso com meu pai. Quero dizer, tudo na casa é do jeito dele, de acordo com as suas preferências, seguindo o rígido sistema de expectativas sociais. O que não é muito. Quero cuidar de mim, e vou descobrir um jeito de fazer isso. Vou terminar meus estudos e encontrar um lugar no mundo. Não faço ideia de onde seja, mas vou ganhar o meu próprio dinheiro pra poder me mudar de casa e depois... – Ela riu num rompante desajeitado. – Sim, eu sei, meu pai vai me deserdar e estarei morta para a *glymera* e para a minha linhagem. Mas vai valer a pena...

Uau, ela nunca articulara seu plano nem para si própria, quanto mais para outra pessoa.

– De um jeito ou de outro – prosseguiu –, que sonho, hein? Nada como um pouco de autodestruição para agitar as coisas.

– Não acho que seja autodestruição. – Axe a fitou nos olhos. – Acho incrível.

– Mesmo?

– Sim. – Ele abriu os dedos das mãos em leques, depois cerrou os punhos. E estalou as juntas, uma a uma. – Mas vai parecer tolice.

Ela esperou.

– O quê?

– O fato de você querer cuidar de si, mesmo que lhe custe tudo? Isso me leva a confiar em você. – Deu de ombros como se tentasse minimizar suas palavras. – Faz com que eu acredite no que disse: que você não é como os ricos que mataram o meu pai. Porque aquela gente jamais se afastaria de seu estilo de vida, e antes que diga que estou generalizando, talvez esteja mesmo, mas, se você não consegue estender a mão para o cidadão comum numa situação de vida ou morte, com certeza não vai deixar pra trás suas peles, diamantes e casa gigantesca, entende?

Elise exalou com tristeza.

– Sinto muito mesmo pelo que aconteceu com o seu pai. Espero que entenda isso.

Foi a vez de ele rir num rompante breve.

– Sabe o que é mais triste? O que fizeram com ele, o modo como morreu não é nem a metade da história.

Ela não se surpreendeu quando Axe engatinhou para junto da lareira para colocar mais madeira no fogo.

– Acho melhor eu ir agora – Elise murmurou quando ele passou um tempo excessivo atiçando o fogo.

– É. – De repente, Axe olhou por cima do ombro. – Não porque eu não queira você.

– Que bom.

Mas o clima mudara, e não havia como voltar ao momento anterior. No entanto, ela acreditou no macho quando ele disse que ainda...

– Posso te ver amanhã? – Axe perguntou sem olhar para ela.

– Sim. Onde?

– Aqui. – Ele atiçou a madeira ardente, uma chuva de faíscas caindo-lhe pelo braço, não que parecesse se importar. – Tenho um treino longo amanhã. Não vou conseguir sair até mais tarde, mas você disse que não iria à biblioteca, nem nada assim, correto?

– Isso mesmo. A que horas?

– Te aviso. Lá pelas quatro, talvez? Ainda teremos algum tempo.

– Estarei aqui. Posso esperar você? Confia em mim aqui sozinha...?

– Confio em você com a minha vida.

As palavras dele automaticamente a fizeram acreditar que era sério. E ela se aqueceu mais do que com o fogo.

– Então temos um encontro.

– É o que é – ele disse pausadamente. – Do que mais você chamaria? – Elise começou a se vestir, atrapalhando-se quando foi prender o sutiã. – E vou ser o primeiro a dizer: mal posso esperar pra te ver de novo.

Quando, por fim, ela terminou de se vestir, levantou-se com o casaco.

– Bom dia, Axe. Se pensar em mim, pode me mandar uma mensagem, tá bem? Sem pressão. Só quero deixar a coisa clara porque acho que você não faria isso mesmo que quisesse.

Ele se levantou e, ao espreguiçar as costas, houve uma série de estalos... E, sim, ela admirou os músculos do macho debaixo da camiseta justa.

– Deixa eu te acompanhar até lá fora.

Ficaram em silêncio ao saírem da sala, mas ele a segurou e a direcionou para a porta da frente, não aquela da cozinha.

– Você vai passar frio – ela disse quando saiu na noite e ele a seguiu.

– Não tem problema.

E, de fato, Axe permaneceu firme e forte contra o vento gélido, sem se curvar, magnífico.

– Tome cuidado – disse a ele. – Você sabe, no treinamento. Imagino que seja rigoroso.

Ele produziu um ruído na base da garganta, que podia significar qualquer coisa desde "isso mesmo" até "tanto faz".

– Ok, então... – ela murmurou.

Por algum motivo, as janelas escuras do pequeno chalé tornavam o lugar aconchegante em meio ao frio e vazio que remetiam ao universo.

Ela não queria deixá-lo ali sozinho.

Mas que escolha tinha?

– Bem, bom dia...

Antes que Elise saísse da varanda, ele a agarrou e a trouxe para junto de si. Mas não a beijou. Apenas a acalentou perto do peito, segurando-a com firmeza. E, ah, ela o abraçou também.

Teve a impressão de que fazia muito tempo desde que Axe abraçara alguém. E também soube que ele não quis soltá-la.

O abraço foi, conforme ela refletiria mais tarde, ainda melhor do que qualquer sexo promissor e espetacular.

E ela se foi.

Axe ficou parado nos degraus na entrada do chalé do pai por um bom tempo depois que Elise se desmaterializou. Debaixo do crânio, seu cérebro dava pinotes como um cavalo bronco; o que ele e Elise compartilharam estava tão fora da norma do que ele costumava fazer com as fêmeas – diabos, com qualquer um – que se sentia abalado até a medula.

Fazia tempo demais que não se conectava a uma pessoa.

E, pois é, ele não gostava muito do que sentia no momento; os relatos que ela lhe contara grudaram nos seus pensamentos, sendo processados e reprocessados, clamando todo tipo de emoção sem as quais ele vivia muito bem. Era bem ruim que só conseguisse pensar em sair para encontrar briga em algum lugar. Ele sabia como lutar. Sabia o que fazer, como atacar, como evitar ser atingido... Diabos, já sabia tudo isso antes mesmo de entrar para o programa de treinamento.

O que acontecera diante da lareira, pouco antes?

Não fazia a mínima ideia de como lidar com a situação. Ou com as consequências.

Era mais fácil quando via Elise apenas como um backup para foder. Naquele momento? Ela era uma pessoa.

Quando, por fim, voltou para dentro, o estômago roncava de fome, mas não havia nada para comer e, além disso, estava acostumado com a barriga vazia. Ao fechar a porta, tinha a intenção de tomar um banho e ir dormir, mas não chegou muito longe. Por algum motivo insano, foi atraído para a cozinha, para a porta do canto oposto, para os degraus velhos que rangiam e que o levavam até o porão.

Para o maldito e odiado porão.

Quando chegou ao último degrau, ergueu a mão na escuridão absoluta para pegar a lamparina num gancho. Girando o pavio a querosene, quase desejou que a chama não se acendesse.

A luz era amarelada como a do fogo, fixa como o luar.

E os fantasmas do passado ganharam vida quando ele olhou para a oficina do pai.

Inspirando fundo, ainda conseguia sentir o cheiro da madeira e da serragem que acarpetavam o piso sujo como neve cor de mel.

Apesar de nada novo ter sido feito ali nos últimos dois anos.

Erguendo a lamparina, aproximou-se da bancada de trabalho com o tampo todo marcado e as incontáveis ferramentas e desenhos afixados nas paredes atrás dela. Havia blocos de madeira que nunca veriam as formas artísticas e também as estatuetas semiacabadas, os coelhinhos, pássaros, esquilos e flores à espreita como se estivessem se esforçando para se libertarem dos quadrados de madeira.

Também havia um conjunto de prateleiras compridas do outro lado, nas quais o pai dispunha as peças terminadas. Parecia um cenário de madeira, as criaturas encantadoras brincando juntas numa floresta em miniatura, a fauna agachada, rolando, correndo, escalando, sentando-se tranquila em meio às minúsculas e detalhadas árvores e pedras perfeitamente entalhadas.

Axe odiava ver o que o pai fora capaz de fazer.

A habilidade era a de um mestre; os resultados, o tipo de artefato que pertencia a museus ou aos cuidados protetores de colecionadores.

E, no entanto, estavam ali, guardados no porão.

Ele queria atear fogo em tudo. Queimar tudo.

Era tão absolutamente patético que o macho ficasse ali embaixo o dia inteiro, todos os dias, esculpindo na esperança de que a fêmea que o abandonara por uma oferta melhor ficasse impressionada quando voltasse.

Mas veja, Axe sempre quis lhe dizer, *ela não vai voltar.*

E tivera razão.

O pai fora um macho tão gentil... Sem educação formal, mas com uma alma gentil, com certeza. E, proporcional à sua natureza, ele não lidara com a traição bebendo ou ficando violento, virando um mulherengo ou maltratando o garoto deixado para trás. Em vez disso, simplesmente foi definhando, tornando-se um fantasma que entrava e saía dos cômodos e acabava assombrando esse espaço ali embaixo.

Axe o odiara pela sua fraqueza.

E, sim, uma parte sua ainda odiava.

Mas a tragédia daquela noite dos ataques acabara com a sua raiva justificada, acrescentando uma marca divisória de ódio próprio e de culpa na cobertura do sundae psicótico que já estivera carregando consigo vinte e quatro horas por dia, sete dias na semana.

Inferno, por que diabos estava ali embaixo?

Bem, era a pergunta mais besta que já existiu.

Axe ignorou o fato de estar cambaleando um pouco ao voltar para a escada, e levou a lamparina consigo, deixando-a lá em cima, junto à porta da cozinha.

Precisando de alguma coisa, qualquer coisa em que se concentrar em vez dos seus preciosos sentimentos, foi até a jaqueta de couro e pegou o celular. Só que ele não sabia exatamente para quem telefonaria ou mandaria mensagem.

Não para Elise, isso ele sabia.

Mas também não para a sua quase inexistente lista de contatos.

Alguém deixara uma mensagem de voz para ele, mas não era um número que reconhecesse.

Ao ouvir a mensagem, franziu o cenho, mas depois de duas palavras já sabia de quem se tratava.

Boa noite, Axwelle. Aqui é o pai de Elise. Há um serviço adicional que eu gostaria que fizesse para mim, e ficarei imensamente grato se vier ao meu encontro amanhã à noite, uma hora após o pôr do sol. Aguardarei a sua chegada. Obrigado.

Que diabos era aquilo?

Do nada, o zunido do seu vício começou a vibrar, aquela coisa que ele sempre pensou ser em parte um câncer, em parte um dragão sentando-se nas patas de trás e começando a rugir.

A boa notícia? Pelo menos não estava pensando em Elise. A ruim?

Uma vez que o zunido começava a falar com ele, crescia e crescia até Axe ter que lidar com a coisa toda... E só havia um modo de isso funcionar depois que deixara de consumir heroína...

O celular soou na sua mão, o toque eletrônico tão alto quanto um tiro de pistola na casa silenciosa.

Ele atendeu antes de o segundo toque terminar.

– Novo.

– Oi. – O barulho no fundo dificultava a compreensão, e ele franziu o cenho ao aumentar o volume. – Onde você está?

– Numa boate. Aquele lixo europeu aonde o Peyton vai toda hora.

– Sei.

Ele afastou o aparelho do ouvido e verificou as horas. E também percebeu que estava ficando sem bateria. Merda, acabara se esquecendo de carregar o maldito aparelho no restaurante. Quando se vive sem eletricidade, aprende-se a roubar voltagem de onde pode para recarregar as coisas onde estiver.

Como sua amiga trainee não disse mais nada, ele franziu a testa.

– Está bêbada e precisa de carona? Porque você sabe que não tenho carro.

– Não, eu queria te perguntar uma coisa.

– Fala.

– Quer trepar?

Axe levantou as sobrancelhas. E, por uma fração de segundo, acalentou a ideia de a fêmea vir até ali e os dois meterem que nem coelhos pela casa inteira, quebrando a mobília, batendo nas paredes, deixando o fogo morrer porque o calor dos seus corpos seria mais do que o suficiente para mantê-los aquecidos.

– Isso é um sim? – ela disse devagar numa voz sexy que deveria ter sido melhor do que uma mão de verdade dentro das calças.

Mantendo o celular perto do ouvido, Axe foi até a lareira, se agachou e pegou a coberta em que Elise se envolvera. Levou-a ao nariz e inspirou fundo.

E sentiu tantas saudades dela que largou a peça no chão como se tivesse sido queimado.

– Não cago onde como, Novo – ouviu-se dizer.

O convite desapareceu da voz dela na mesma hora.

– Obrigada por sugerir que trepar comigo seria excremental-mente maravilhoso.

– Você sabe o que quis dizer.

– Não vou me ligar emocionalmente – ela murmurou com secura. – Pode confiar em mim.

– Sei disso. – Pensou no babaca do Peyton e na sua obsessão idiota pela Paradise. – Mas já temos uma dinâmica bem fodida no nosso grupo, e alguém acabaria descobrindo. Esse tipo de coisa é difícil de esconder mesmo quando o sexo é do tipo baunilha.

– Tudo bem. Te vejo na aula…

– Mas te levo no Keys.

– Quando? – ela logo perguntou.

– Na noite depois de amanhã. – Fechou os olhos e se apressou em dizer o resto: – Vamos juntos. É noite de convidados. Vai achar o que está procurando lá. Sei porque sempre acho.

CAPÍTULO 25

DEMOROU CINCO HORAS PARA Vishous voltar à cozinha da Casa de Audiências. E Rhage não conseguia decidir se estava contente por aquela entrevista inicial ter terminado... ou aterrorizado pra cacete em descobrir os resultados.

Enquanto V. se sentava à mesa com eles, era perceptível que estava evidentemente cansado, os cabelos colados para trás da testa como se tivesse passado as mãos ali diversas vezes, as tatuagens na têmpora saltadas em contraste com a pele pálida demais, a mão enluvada tremendo um tantinho enquanto acendia um cigarro.

Rhage pegou o pires da xícara em que bebera chocolate quente e empurrou a porcelana na direção do irmão. Para que o cara tivesse um cinzeiro.

Depois se recostou, segurou a mão de Mary e esperou um pouco mais.

Não foi surpresa quando Vishous deu um tempo antes de falar, e até mesmo Z. se aproximou e se sentou.

– Então, eis o que a gente sabe. – V. bateu a ponta do cigarro no pires apesar de ainda não haver nenhuma cinza. Depois apontou para o objeto. – Obrigado por isto.

– De nada – Rhage murmurou.

Que inferno, ele quase não queria ouvir. Mary, por sua vez, inclinava-se à frente, obviamente preparada para lidar com qualquer que fosse a notícia.

Rhage pegou emprestado um pouco do espírito guerreiro dela. Porque, naquele momento, ele se sentia bem sem colhões.

– Ruhn me deu todos os detalhes do que sabe a respeito da mãe de Bitty. Os nomes do pai e da *mahmen* deles. Quando e onde ela nasceu.

Onde viveu e com quem veio para Caldwell. Como ela conheceu o cretino com quem se vinculou. O que sabia a respeito do que aconteceu depois que ela chegou aqui. – O irmão tragou de novo e soltou mais daquela fumaça turca. – Também me contou onde mora e o que faz, com quem se relaciona.

– O que ele faz? – Mary perguntou, rouca.

– Ele é trabalhador braçal. Mora na Carolina do Sul. Trabalha em uma grande propriedade lá.

– Qual a linhagem? – Wrath exigiu saber. Como se o Rei estivesse pronto para ir até lá e tomar posse da propriedade, como se ainda estivessem no Antigo País. – E as histórias fizeram sentido?

V. levantou a mão, ainda que Wrath não enxergasse.

– Olha só, não vou te dizer como cuidar das suas tarefas reais...

– Mas vai fazer isso do mesmo jeito – Wrath murmurou.

V. se concentrou em Mary, como se reconhecesse que ela era quem mais contava naquele processo. – A atitude mais sensata e mais responsável a se tomar é eu ir até lá pessoalmente e verificar as informações. Tenho endereços, contatos, inclusive da família para quem ele tem trabalhado. Tenho todos os detalhes da vida dele até agora...

– Vou com você – Rhage disse ao começar a se levantar.

Só que dessa vez, foi ele quem recebeu a palma de V.

– Não, não vai, não.

– O caralho que vou deixar outra pessoa chegar ao fundo desta questão...

– Não – Mary interveio. – Você tem um conflito de interesses. Eu também. Isto precisa ser feito por outra pessoa, sem interesses no assunto.

Rhage voltou a se sentar. A ideia de ficar no banco de reservas de uma investigação do tipo o fez desejar bater a testa na mesa até que a peça rachasse e virasse serragem...

– Asneira – Wrath anunciou. – Deixe-me ir lá falar com ele. Saberei se está dizendo a verdade.

V. meneou a cabeça.

– Em relação a como o cara enxerga os fatos, sim. Mas não é simples.

– É, sim. – Rhage estava ciente de que a besta se insuflava debaixo da pele, o estresse atiçando-a. – Se ele for um merdinha mentiroso...

– O problema é a aptidão dele... – Mary o interrompeu. – Aptidão pra ser pai...

Rhage soltou a mão de sua *shellan*, cerrou os dois punhos e os socou na mesa, partindo a pesada tábua de carvalho bem no meio.

– Nós somos os pais dela! *Nós* somos os malditos pais!

Quando ele saltou, Mary foi com ele, pegando um dos braços e pendurando todo o seu peso nele.

– Rhage, você precisa se acalmar...

– Sou o pai dela! Você é a mãe...

A pegada de Mary escorregou e ele deu uma de *Real Housewifes of New Jersey* virando a mesa, fazendo seus irmãos e o Rei saltarem para trás quando a louça e os copos voaram pelos ares e caíram, se espatifando por todo o lugar.

– Mas que *porra*!

No mesmo instante, seus irmãos o cercaram: Z. segurando-o por trás e prendendo-o pelo pescoço; Butch aparecendo sabe-se lá de onde – quando ele chegou àquela casa? – e segurando-o, de lado, pela cintura; Mary tentando ficar de frente para ele para que o companheiro se concentrasse nela.

E a besta só foi mantida presa por ter escapado na noite anterior. Se aquela merda não tivesse acontecido na clínica, ele teria destroçado toda a ala de trás da antiga mansão de Darius.

– Ele não pode levá-la! – berrou para ninguém e para todos. – Acabamos de ficar com ela... o cara é uma porra de um desconhecido...

– Rhage. – Mary ficou diretamente diante dele, saltando para interceptar o olhar. – Rhage, nós temos que...

Captando o olhar arregalado e triste dela, ele gemeu.

– Bitty é nossa... Ela é nossa... Esse desconhecido não pode levá-la embora. Ela é nossa...

Ele balbuciava, sabia estar balbuciando, mas era como se alguém tivesse tirado a rolha do fundo do seu cérebro e todos os bichos-papões de medo a respeito do futuro de Bitty escorressem pela boca de Rhage.

Mary deixou que ele continuasse por um tempo, mas depois tomou as rédeas.

– Rhage, a verdade é que sabíamos que teríamos que passar por um período de espera de seis meses. E Bitty... ela mencionou um tio. Nós precisamos... por mais difícil que seja, temos que chegar ao fundo dessa história. É o justo... O legal.

– Ela é *minha* filha. Ela é a *sua* filha.

– Em nossos corações, sim. Mas legalmente...

– A lei que se foda!

– Não funciona assim e nem deveria. Pense bem... Se tivéssemos chegado ao fim do processo de adoção, não íamos querer ninguém aparecendo em algum momento no futuro alegando ter direitos. Esse é o motivo do anúncio que fizemos e da espera pra ver se alguém respondia.

– Não consigo acreditar que está sendo tão sensata...

– Estou me dilacerando assim como você, Rhage. Só porque estou tentando me controlar não quer dizer que não esteja sangrando por dentro.

Quando ele afrouxou o corpo, os irmãos o soltaram e ele puxou Mary para si. Olhando por cima da cabeça dela, viu V. apagar o cigarro na pia e imediatamente acender outro.

Depois de um longo silêncio, Rhage disse a Vishous:

– É você quem vai fazer isso? Vai até lá e...

– É. – V. tragou tão fundo que quase consumiu o cigarro de uma só vez. – Sou o cara certo pra fazer isso. Não só conduzi a entrevista, mas também, de todos nós, sou aquele que mais provavelmente se manterá neutro.

Verdade, Rhage pensou. V. era o mais inteligente deles. E o mais lógico. E aquele que estava menos inclinado a ser atingido por emoções.

Maldição, que *porra* estarem naquela situação.

Numa série mental de imagens, Rhage viu Bitty no cinema com ele e com Mary, com os braços e as pernas engessados. Depois se lembrou de quando a ensinou a dirigir ao redor do pátio e descendo e subindo a colina... e de ajudá-la a arrumar a cama no começo das noites... e das folgas com sorvete, e dos pesadelos dos quais a despertara para acalmá-la... e de Mary sorrindo para a garotinha...

– Quanto tempo? – perguntou enquanto Butch e Z. começaram a recolher as cadeiras e os objetos quebrados. – Quanto tempo isso vai levar?

– Pelos menos duas noites, talvez três. Mas todos me verão quando eu chegar lá. Quer pelo meu status, quer porque encostarei minha arma na cabeça deles.

– Sem coerção – Mary o alertou com gravidade. – Não posso... Nós não podemos ir por esse caminho.

– Leve Phury com você – Wrath anunciou. – Ele tem jeito para esse tipo de coisa. É um bom contraste em relação a você.

– Tudo bem. – V. assentiu. – Como desejar, Meu Senhor.

– Parte amanhã? – Rhage perguntou.

– Não, assim que terminar este cigarro. Já falei com Jane e tenho um lugar pra ficar.

– Meu irmão… – Rhage começou.

– Não. – V. o interrompeu. – Não ouse me agradecer. Isto é a porra de um pesadelo e odeio tudo nele. Odeio toda esta coisa. Mas, maldição, vou fazer tudo direito, não importa o resultado.

Houve uma longa pausa durante a qual Rhage notou os olhos de V. se concentrarem em algum ponto meio metro adiante. Estava claro que o irmão já priorizava as tarefas, elaborando listas, pensando no que precisaria fazer.

Depois Rhage olhou para a bagunça que causara ali.

– Onde está o tio agora? – perguntou, rouco.

V. respondeu com uma baforada:

– Eu o coloquei num lugar seguro em Caldie. Ele não queria aceitar, mas eu disse que não estava aberto a negociações. Não posso revelar onde ele está. Não pode haver nenhum contato entre vocês três. Muita emoção em jogo.

Rhage andou e endireitou a mesa destroçada com a ajuda de Z. O móvel já não ficava reto, uma perna virada e inclinada num ângulo, o tampo rachado, faltando uma tábua no lugar onde ele socara. Queria endireitar a prancha comprida, fazer todos se sentarem de novo, voltar tudo ao normal, mas não havia futuro nisso.

– Você contou pra ele… – Mary pigarreou. – Contou a ele sobre nós?

V. se encostou na parede e passou a mão enluvada no cavanhaque.

– Contei que Bitty está provisoriamente com uma família qualificada e aprovada que a mantém bem e segura. Não dei nenhuma identificação, nem mencionei a adoção formal. A menos que os direitos dele sejam legais, não há motivos pra passar as suas informações pessoais.

– O quê… – Mary esfregou o rosto. – Como ele é?

Rhage ficou quieto, congelado no processo de pegar a cadeira em que estivera sentado antes e que acabara indo parar no outro lado da cozinha.

V. só deu de ombros.

– Vou descobrir isso.

Mary e Rhage foram de GTO de volta à mansão, calados na maior parte do trajeto, as mãos unidas a não ser quando ele precisava mudar de marcha. Durante o último trecho, Mary fitou através da janela as árvores no acostamento da estrada rural, a lua acima, tão brilhante que os faróis eram desnecessários.

– Não sei como agir quando a virmos – Rhage disse. – Quero dizer, como agir naturalmente.

– Nem eu.

Decidiram que não fazia sentido contar à filha sobre o aparecimento do macho. E se ele fosse uma mentira? Não seria cruel fazer isso? No entanto... Como conseguiriam fingir que tudo estava bem e nada de anormal estava acontecendo?

Isso exigiria habilidades teatrais muito além das que Mary possuía.

O estômago dela doía. Começara logo depois de ela ter lido a mensagem no escritório e piorava ainda mais enquanto se dirigiam à entrada da mansão, a subida parecendo comprimir o omelete e o pão que comera na Primeira Refeição horas atrás, transformando-os num bloco de cimento.

Quando a imensidão cinza surgiu adiante, com suas gárgulas e incontáveis janelas e sua magnitude monolítica imponente, ela sentiu que não conseguia respirar.

– Pode demorar pra estacionar – murmurou quando Rhage desacelerou e deu a volta na fonte do meio do pátio. – Deus...

Ele parou entre o segundo Hummer, de Qhuinn, e o novo R8, de V. Desligou o motor e as luzes. Até tirou o cinto de segurança. Mas nenhum deles fez menção de querer sair. Apenas fitavam o gramado amplo e coberto de neve que dava para os limites da floresta... para o declive até o vale abaixo... para o espetáculo de estrelas acima.

Existiam tantas coisas ruins para as quais ela estava preparada. E, com isso, não queria dizer que se sentia excitada em ver tragédia, doenças ou perdas em primeira mão. Mas, pelo menos, tinha referências para esse tipo de situação.

Para aquilo?

Bem, a vida era simplesmente cheia de surpresas, não?

Considerando-se tudo, ela preferiria ter sabido como era ganhar na loteria. Ou, quem sabe, dar a volta ao mundo. Ou se tornar presidente dos Estados Unidos.

Mas esse *bungee jump* de descobrir que não poderia ser mãe. E depois descobrir que era. E depois ter tudo tirado dela?

Potencialmente tirado, ela procurou se lembrar.

Além disso, Bitty estava numa maldita cadeira de rodas, ainda se recuperando do sofrimento na clínica de Havers.

– Venha – disse ela. – Vamos vê-la.

Saíram ao mesmo tempo e se reencontraram diante do porta-malas do carro esportivo, Rhage passando um braço sobre os ombros da companheira. Ao se aproximarem da fonte, Mary lamentou que estivesse seca e coberta: passara a associar o som suave da água caindo com um lar. Mas o inverno no norte do estado de Nova York não era o tipo de clima ao qual se deseja expor canos externos cheios de H2O, mesmo que o sistema fique ligado.

A entrada principal da mansão da Irmandade parecia a frente de uma catedral, um conjunto de degraus de pedras até um portal ainda mais cheio de realeza por conta de todos os entalhes que ornamentavam os batentes. Rhage conduziu o caminho até o vestíbulo, e depois mostraram os rostos para a câmera, esperando que alguém, como Fritz, lhes desse entrada.

O tempo todo, uma voz interna gritava-lhe que ela não conseguiria fitar Bitty nos olhos sem lhe dizer a verdade, nem poderia mentir por omissão, não conseguiria…

– Boa noite, senhor e senhora – o velho mordomo disse com um sorriso ao puxar a porta pesada. – Como têm passado?

Como se tivesse levado uma bala no coração, Fritz, muito obrigada…

Mary passou pela soleira. Franziu o cenho. Olhou ao redor.

A princípio, não compreendeu o som que ouvia. Risadas, certo. E eram de Bitty, mas por que estavam acompanhadas de…

Uma bexiga cheia de água passou voando diante do rosto de Mary, a quem restou como alternativa se abaixar ou se molhar. E Bitty veio logo no rastro, correndo da sala de jantar a toda velocidade, os cabelos voando, a camiseta molhada, uma bexiga vermelha e outra azul nas mãos.

– Mas que diabos! – Rhage ladrou ao marchar para dentro.

– Oi, mãe! Oi, pai!

A garotinha seguiu direto para a sala de bilhar. E, sim, claro, Lassiter apareceu bem atrás, com uma bexiga amarela logo acima do ombro, pelo menos até lançá-la na menina, atingindo-a bem nas costas. O som agudo foi de prazer, e logo Bitty girou sem hesitação e acertou Lassiter em cheio no rosto.

Mira perfeita.

Splash!

Mas a questão não era essa.

Quando a bomba de água explodiu, encharcando o rosto e os cabelos loiros e negros do anjo, Rhage agarrou o macho e o levantou do chão, fazendo com que aterrissasse de costas, e depois o segurou pelo pescoço com as duas mãos como se estivesse pronto para arrancar a vida do imortal.

Ou... algo semelhante. Tanto faz.

Mary se apressou.

– Rhage...

– Que diabos você fez com ela? Onde estão os gessos?

Então a mãe dentro dela fez com que mudasse de marcha.

– É isso mesmo, mas que diabos! Ela deveria ficar engessada por seis semanas! E nem poderia estar andando!

Lassiter tentou responder, mas por sua traqueia esmagada não passava ar algum. Foi Bitty quem solucionou o mistério.

– Ele curou meus braços e minhas pernas! Não o machuque! Lassiter fez com que sarassem... Sério! Não o machuque, pai.

No mesmo instante, Rhage soltou Lassiter, que caiu para trás de bunda como se percebesse que a demonstração de violência poderia ter disparado lembranças sofridas.

Mas Bitty não parecia preocupada com isso.

– Estão vendo? – Ela pulou de um pé para o outro. Girou com os braços abertos. Gargalhou feliz. – Melhorei!

Quando Mary viu o espetáculo e depois olhou para o anjo, teve o pensamento fugidio de que já não aguentava mais surpresas naquela noite.

– O que... o que você fez com ela?

Bitty falou pelo amigo de novo. Por conta das tossidas e dos arquejos de Lassiter.

– Ele lançou luz do sol nos meus braços e nas minhas pernas. Colocou as mãos acima dos gessos, sem nem tocar neles, e depois senti esse calor... E depois, sei lá, nada mais doía. Serramos o gesso lá na garagem. Essa foi a parte mais legal.

Ok, Mary se sentia tonta. E teve que se sentar no chão.

– Vocês fizeram o que com uma serra?

Quando Lassiter por fim conseguiu levantar a cabeça, estava rubro e já não parecia mais o sobrevivente de um afogamento.

– Não gostei de vê-la sofrendo.

– Viram? – Bitty disse. – Então não fiquem bravos com ele.

Mary balançou a cabeça.

– Não entendo...

– Inferno, por que deixou que quebrassem os ossos dela? – Rhage vociferou. – Se podia fazer algo assim, por que *diabos* ficou assistindo enquanto era torturada na sala de exames?

Lassiter se endireitou, os estranhos olhos coloridos sem pupilas não se esquivavam do olhar duro de Rhage.

– Não é meu trabalho afetar o destino. Não posso mudá-lo sem o devido equilíbrio e, às vezes, o preço de um presente é pior do que não o ter dado, pra início de conversa.

Mary pensou no acordo que Rhage fizera em troca da sua vida, antes de a Virgem Escriba saber que ela não poderia ter filhos. Aquele em que, para que seu câncer fosse curado, ele jamais poderia voltar a vê-la ou conversar com ela, apesar de se amarem.

Equilíbrio era a lei do Universo.

– Mas – o anjo caído ergueu o indicador – isso não significa que não posso amortecer a queda dos dominós do destino. Se é que me entendem. Atenuar a dor sem interferir no curso? Isso posso fazer.

Bitty sorriu.

– E prefiro correr pela casa agora a correr daqui a seis semanas. Além disso, os gessos já estavam coçando. E tomar banho? Eca!

Mary se descobriu piscando para conter as lágrimas ao apertar o braço de Lassiter.

– Obrigada.

– Merda – Rhage suspirou. – Desculpa. E merda, eu não deveria dizer "merda". Caralho. Quero dizer... mas que droga.

Enquanto seu *hellren* patinava com as imprecações, Mary sentiu como se fosse desmoronar. E Bitty evidentemente sentiu isso, pois se abaixou e a abraçou.

– Estou bem. Sei que vocês se preocupam. – Bitty sorriu ao puxar Rhage para ele ficar de pé. – Vem, vamos para a Última Refeição... E antes que me mandem limpar esta bagunça, Fritz não nos permitiria.

Na deixa, um turbilhão se fez no vestíbulo.

– Ele adora o aspirador de água – Lassiter disse. – Isso não parece safado?

– Não na frente da minha filha – Rhage murmurou.

Todos se viraram para o mordomo, que, como previsto, começava a usar sua combinação de aspirador e lata de lixo, e alegremente sugava as poças sobre o piso de mosaico usando o uniforme preto e branco formal. Então ele fez uma pausa e os fitou com preocupação.

Desligando sua varinha mágica, perguntou:

– Alguém precisa de alguma coisa? A Última Refeição será servida em dez minutos. Mas talvez um refresco?

– Estamos bem, Fritz – Rhage respondeu, parecendo exausto. – Mas obrigado, cara.

O *doggen* se curvou profundamente e retomou a sucção. E, Lassiter estava certo, isso soava mesmo como algo safado.

– Vem, pai, você deve estar com fome. – Bitty puxou Rhage pelo braço. – Certo, mãe?

Deus, como aquilo doía. Esses nomes... eram como vidro quebrado no coração dela.

– Sim – respondeu devagar. – Imagino que ele já precise comer alguma coisa agora.

O que não significava, porém, que ele quisesse. E, mesmo assim, Rhage não negou a refeição à menina, e os dois foram para a sala de jantar; a diabrete, com a mobilidade recuperada, saltitando ao lado da montanha de macho que caminhava como se estivesse meio morto.

Mary se sobressaltou quando apareceu uma mão para ajudá-la a se levantar do chão. Lassiter estava de novo sobre seus Nikes e a encarava do alto com uma expressão melancólica.

De repente, o fato de o mordomo estar limpando os vestígios de uma guerra de balões de água se tornou claro como cristal. Ainda mais porque o grandioso e colorido vestíbulo, com toda a sua malaquita, colunas de mármore vermelho e seu pé-direito de três andares com a lareira grandiosa e imensa escadaria, era exatamente o lugar em que não se deveria fazer uma batalha.

Fitando o anjo nos olhos, ela disse:

– Você sabia, não sabia?

– Que Fritz usaria o aspirador de água?

– Que o tio dela iria aparecer e que Rhage e eu voltaríamos pra casa dilacerados. Você sabia que a distração seria bem-vinda.

– Ah. – Ele fez um gesto de dispensa com a mão que ela ainda tinha que segurar. – Não sou tão esperto assim.

– E não suportou vê-la sofrendo, assim como nenhum outro de nós conseguia.

Depois de um momento, Lassiter se agachou ao lado de Mary. Estendendo os braços na direção do rosto dela, resvalou um lado com a mão direita e o outro com a esquerda.

Em seguida, cerrou os punhos e apertou com tanta força que fez todas as veias dos antebraços saltarem. Passado um segundo, abriu as mãos. No centro de ambas as palmas havia um diamante facetado, duas pedras preciosas refletindo a luz ao redor deles como arco-íris.

– Lágrimas de uma mãe – ele sussurrou. – Tão duras... Tão belas.

– Não sou mãe – Mary se engasgou. – Ah, Deus... Não sou a mãe dela de verdade.

– Sim, você é. E vou ficar com estes para que possa dá-los a você quando tudo isso terminar.

– Ele vai ser pra valer. Sinto isso. O tio... é de verdade.

– Talvez sim. – Lassiter se levantou de novo. – Mas por que não guardo isso só como garantia?

Ele se afastou, os cabelos pingando, as roupas bagunçadas, todas aquelas joias que usava como partes do sol grudadas nele mesmo estando dentro de casa.

Mary olhou para a arcada pela qual Rhage e Bitty tinham desaparecido.

Quando sentiu que conseguiria ir até lá... levantou-se... e andou.

Capítulo 26

Na noite seguinte, Elise estava no banheiro da suíte, secando os cabelos, quando o celular começou a tocar sobre o outro lado da bancada de mármore.

Foi apanhá-lo tão rápido que quase deixou cair o aparelho.

Mas não era Axe.

— Até que enfim! — ela disse ao desligar o secador.

— Que tipo de olá é esse? — a voz masculina exigiu saber do outro lado.

— O tipo que se dá a alguém que demora tanto pra retornar uma ligação.

Peyton, filho de Peythone, imprecou baixinho.

— Sinto muito. Estive ocupado. Mas sou todo seu agora. Você está bem?

Ela deu as costas ao espelho e apoiou a bunda na bancada. Sentia calor no roupão de banho felpudo, mas continuaria com ele: apesar de não estarem no FaceTime, não lhe parecia correto ficar nua enquanto conversava com o primo.

— Por que tentou subornar Axe?

Silêncio.

— Então o assunto urgente é o seu novo guarda-costas, hum?

— Isso foi um tremendo insulto pra ele.

— Me deixe te perguntar uma coisa. Exatamente quem você acha que está te protegendo? Sabe alguma coisa sobre ele?

— Isso é alguma pergunta capciosa? Se for, vá em frente e responda de uma vez, sim? Não gosto de joguinhos.

— Elise, a sua família já perdeu muita coisa...

– Poupe-me. Estou morando nesta casa, lembra? Como se eu não soubesse o quanto as pessoas estão sofrendo.

– É, mas fui eu quem teve que olhar nos olhos dos pais da Allishon e contar que ela estava morta.

– Estamos mesmo competindo por conta da morte da minha prima? Mesmo?

– Elise… – Houve um longo resmungo. – Olha só, não vou discutir com você.

– Que bom, porque me sinto segura com Axe. Ele não é nada além de um perfeito cavalheiro comigo. E não gosto que o desrespeite tentando suborná-lo por algo que não é da sua conta.

– Você é da minha conta.

– Não, não sou. Sou sua prima de terceiro grau. Só isso. – Quando o silêncio se estendeu, ela ficou ainda mais frustrada. – Talvez eu não devesse ter ligado.

– Talvez. – Ele falou um palavrão. – Tenho que ir. Preciso me preparar pra aula. Quer que eu diga pro seu garoto que você mandou um oi?

– Por que está agindo assim? E ele não é o meu garoto.

– Boa sorte com Axe. Vai precisar…

– Não, você não pode fazer isso. Ou me conta o real motivo de estar preocupado ou assume que está agindo como um babaca por ser superprotetor. Essas são as suas duas opções, Peyton. O que você não pode fazer é começar esse jogo de espelhos e de fumaça, e depois bufar que está ofendido com o meu comportamento.

Houve uma pausa. E depois uma risada pesarosa.

– E é por isso que eu jamais te namoraria. Além do fato de sermos primos.

– Bem, não estou pedindo que me namore, então também tem isso.

– Tudo bem, estou sendo superprotetor e não tenho o direito de ser. Pronto.

Elise exalou e sorriu de leve.

– Você é um pé no saco, sabia?

– É o que me disseram. – Peyton bufou. – Olha só, sei que pessoas como nós não falam sobre isso, mas aquela merda que aconteceu com a Allishon ainda me acompanha. Não consigo… não consigo tirar da cabeça. E, sim, percebo que isso é meio psicótico. Eu só… não ando dormindo e… a minha cabeça está toda fodida. Tem sido difícil.

Elise baixou a voz para um sussurro.

– Sinto muito.

– Não é culpa sua. Deus, não mesmo.

– O que aconteceu com ela? Ninguém me conta nada. Ninguém diz nada além de que ela morreu no mundo humano. Nem fizeram uma cerimônia do Fade pra Allishon. É como se ela estivesse aqui, e depois simplesmente deixasse de estar, como se nunca tivesse estado. E, nesse meio-tempo, minha tia nunca sai do quarto e meu tio vaga sem destino por aí... Adoraria ajudar ou entender, ou... simplesmente saber o que aconteceu. – Houve uma longa pausa. – Peyton? Ainda está aí? Alô?

– Vi o que fizeram com ela. Vi... a violência que a matou.

– Meu Deus, Peyton...

– Não fui eu que a encontrei. Mas fui eu quem descobriu... o que fizeram com ela.

– Não é uma surpresa que venha tendo problemas. – Elise cobriu a boca com a palma da mão. – Eu não fazia ideia.

– Ela não foi morta por um humano. Foi um de nós.

– Quem? – ela inspirou.

Peyton pigarreou.

– Olha só, não estou sendo um babaca agora e não quero terminar esta conversa de repente, mas tenho mesmo que me aprontar. Podemos nos encontrar pra conversar uma hora dessas?

Elise pensou em seu encontro com Axe.

– Amanhã à noite?

– Tenho a noite de folga. Vou até aí.

– Melhor se eu for até a sua casa. Ainda mais que estaremos falando sobre ela. Não quero que ninguém ouça nada.

– Tudo bem. E, Elise, sinto muito.

– Pelo quê?

– Não sei. Te vejo amanhã. Venha quando puder, estarei no meu quarto.

– Até lá.

Bem quando ela desligou, um estranho tremor perpassou seu corpo, e, a princípio, ela acreditou que ocorrera por ter discutido com Peyton. Mas depois... Não, não era por isso.

Abaixando o telefone, olhou ao redor, mas, convenhamos, não era provável que alguém estivesse à espreita nas sombras do banheiro de mármore branco com todas as luzes acesas.

Deixando o celular para trás, entrou no quarto. Olhou pelos cantos, todos bem iluminados porque as luzes estavam acesas ali também.

Só que não estava com medo.

Estava mais para ciente...

– Axe? – chamou em voz alta.

Embora estivesse vestindo o roupão cor-de-rosa, Elise caminhou com passos surdos até o corredor. Seguiu seus instintos e desceu a escada principal. Foi ao primeiro andar...

Ar fresco. Alguém acabara de entrar na casa.

E... a essência de Axe. Ele entrara ali. Mais do que isso, graças ao sangue que tomara do macho na noite anterior, ela sabia precisamente onde ele estava.

Girando a cabeça para a esquerda, viu a porta do escritório do pai fechada.

Sem produzir som algum, atravessou o piso de mármore até a sala logo atrás do ambiente de trabalho. Lá dentro, o adorável papel de parede pêssego e prateado e as cortinas lhe passaram despercebidas conforme seguia para a extensão de estante com a beirada recortada e estatuetas Herend de galos, cisnes e outros pássaros em todas as prateleiras.

A trava estava escondida à direita na altura do ombro, o tipo de detalhe que não se percebe e sequer se imagina, e quando ela segurou, a unidade inteira, construída exatamente uma centena e meia de anos antes, se soltou da parede e deslizou silenciosamente para o lado.

Entrando na passagem escondida, puxou um cabo de metal antiquado com uma manopla de madeira na ponta... e lá voltaram as prateleiras, movendo-se tão lentamente que a preciosa coleção de porcelana não foi sequer perturbada.

No espaço pequeno e úmido, mas não frio, havia luz suficiente vinda das junções das molduras acima, de modo que ela conseguiu avançar um metro e meio... até um conjunto de degraus de madeira que davam para os fundos de uma parede.

Tomou cuidado ao pisar nas tábuas de madeira. Não pesava uma tonelada, mas preocupava-se que algum rangido a denunciasse. Assim que chegou ao degrau mais alto, apoiou a mão numa peça deslizante quase à altura dos olhos.

Quando a deslizou para o lado, conseguiu vislumbrar o escritório do pai, enxergando a lareira na parede oposta, a escrivaninha, a figura do pai... e Axe, que estava sentado ali à escrivaninha.

Sim, ela estava vendo através dos "olhos" de um retrato. Igualzinho aos filmes.

A mãe cortara os buracos do retrato, e o pai quase desmaiara. Mas, ah... Sua *mahmen* conseguia se safar de contingências desse tipo.

Fora a única a conseguir.

Se Elise tomasse cuidado para não respirar fundo, se conseguisse se concentrar em abafar os barulhos dos canos e o assobio suave do aquecimento, ouviria a conversa de ambos.

O pai estava se sentando, o que fazia sentido. Evidentemente, ela se conscientizara da presença de Axe no instante em que ele entrara na casa.

E, por extensão, também ele logo perceberia que ela estava...

Como esperado, o macho franziu o cenho e olhou diretamente para ela. A expressão se aproximava do tédio, como se ele não conseguisse compreender por que diabos se distraíra com o retrato de algum vampiro de duzentos anos antes em roupa de gala.

– Obrigado por vir – o pai dizia ao ajeitar os punhos da camisa com abotoaduras para a posição mais adequada debaixo das mangas do paletó azul-marinho. – Deduzo que sua primeira noite com minha filha tenha sido satisfatória.

Deixa para imagem rápida dela nua, deitada diante da lareira de Axe, com a boca e as mãos dele...

Ok, essa coisa precisava parar.

Axe olhou de relance para o pai de Elise. Voltou a fitar o retrato. E se concentrou novamente.

– Ela voltou pra casa em segurança.

– Sou imensamente grato por isso. – O pai sorriu, e pareceu sincero. – Ela é meu coração. Lembra-me tanto a mãe. Um espírito ardente, um intelecto bravio, temerosa de tão pouco. É por isso que me preocupo.

– E por isso me contratou.

– De fato. – Felixe pigarreou. – Dito isso, gostaria de expandir as suas atribuições.

– Como assim?

– Jamais a colocarei em *ehnclausuramento*. Elise não aceitaria isso. E estou ciente de que ela deve sair de casa por outros motivos além dos estudos de tempos em tempos. Talvez para algum festival ou uma reunião entre fêmeas de seu nível social.

Ah, claro… porque ela estava mesmo morrendo de vontade de sair para fazer as unhas com um bando de Barbies obcecadas em se casar?

Preferiria poupar esse dinheiro, manter as unhas para si e reler sua dissertação mais uma vez.

– Gostaria que ela encontrasse um pretendente.

Elise franziu o cenho. *Ah, não, que droga.*

– Já tem alguém em mente? – Axe perguntou.

– Existem alguns machos apropriados cujas famílias desejam que se assentem. Elise até já passou da idade. Está na hora; contudo, tenho certeza de que, se eu declarar minha predileção por alguém, ela se rebelará. Portanto, estou numa situação deveras delicada.

– O que quer fazer a respeito?

– Tenho ciência de que ela saiu de casa ontem. Não sei aonde foi. Ela não lhe pediu que a acompanhasse à escola, ou teria me notificado das suas horas trabalhadas conforme acordamos e fez na noite anterior.

– O senhor quer que eu a siga. Mesmo quando não for à universidade.

– E me conte aonde ela foi. Eu lhe pagarei, é claro.

Axe mudou de posição na cadeira, cruzando as pernas, tornozelo sobre joelho. Fitou outra vez o retrato. Olhou de volta.

– Tenho meu treinamento. Não posso estar com ela sempre.

– Mandei instalar um GPS no celular da minha filha. Meu mordomo é muito hábil com aparelhos eletrônicos. Ele pode monitorá-la e lhe passar as coordenadas.

– Mas, repito, e se eu estiver em aula?

– Você poderia investigar mais tarde aonde ela foi. Quando estiver de folga.

– Me deixa ver se entendi direito. Não quer *ehnclausurá*-la, mas quer saber aonde ela vai, e, se eu não puder estar lá, quer que eu finja ser investigador particular e descubra o que Elise esteve fazendo e com quem?

– Sim. – Felixe sorriu aliviado. – Exato.

Maldição, pai, ela pensou. E claro que Axe aceitaria a nova atribuição. Ele alegara precisar do emprego, e mais dinheiro era sempre bom...

Axe se levantou.

– Sinto muito. Isso não é pra mim.

– O quê? – o pai perguntou.

O quê?, ela pensou.

– Veja bem, concordo em ser o guarda-costas dela. Mas vigiá-la e relatar ao senhor o que sua filha faz, só pra que possa usar essa informação contra ela, não combina comigo. Se está preocupado com o que ela faz e com quem sai, o senhor deveria perguntar-lhe diretamente. Elise irá lhe contar. Ela é franca assim, mesmo que seja uma conversa difícil.

– Mas... pagarei mais. Posso lhe pagar o dobro.

– Uau. Vocês... – Axe olhou de relance na direção de Elise uma última vez. – Tenho que ir. O treinamento começa em uma hora e ainda preciso comer.

– Gostaria que reconsiderasse. – Felixe pareceu desanimado. – Preciso da sua ajuda.

– Não precisa. Precisa conversar com sua filha, não tratá-la como um inimigo.

– Só quero o que for melhor para ela.

– Mas, se existe alguém que sabe o significado disso, esse alguém é ela.

Enquanto Axe saía do escritório sozinho, Elise deslizou a tábua e desceu os degraus. Juntando o roupão, correu para a prateleira escondida.

De volta à mansão da Irmandade, no banheiro novo seu e de Mary, Rhage checou o par de pistolas .40 para ver se estavam carregadas. Depois embainhou as duas adagas com os cabos para baixo e verificou a munição extra.

– Feliz Natal – disse para o reflexo no espelho acima das pias.

Interessante que essa data humana comemorasse o nascimento de um salvador, e, no entanto, lá estava ele, indo a campo, à procura da morte.

E, sim, Rhage tinha a aparência de um matador, ainda mais quando vestiu o casaco de couro e cobriu os cabelos loiros com um gorro preto.

Em retrospecto, ele bem poderia estar de roupão cor-de-rosa e chinelos felpudos que, ainda assim, seus olhos o denunciariam.

Virando-se, seguiu para o quarto ao lado. Quando se mudaram para o terceiro andar, apenas dois meses antes, sentiu-se em casa de pronto porque Bitty estivera com eles. Agora a suíte parecia pertencer a um hotel, um lindo ambiente, porém transitório.

Se a menina os deixasse, eles não ficariam ali.

Na verdade, nunca mais iriam ao terceiro andar.

Saindo do quarto, foi para a porta ao lado e parou entre as molduras. Mary e Bitty estavam sentadas na cama da menina, as duas usando moletom, os cabelos de Bitty ainda úmidos por causa do banho. Mary escovava as mechas, começando pelas pontas e subindo aos poucos, enquanto Bitty tagarelava sobre a festa de Natal que Beth e Butch organizavam para o fim da noite.

– E então o cara gordinho de veludo vermelho desce pela chaminé? – a menina perguntou.

– Isso. Ele deixa presentes sob a árvore e, pela manhã, todos abrem as meias e os pacotes. Você come demais lá pelas quatro da tarde. Assiste a uma partida de futebol e cochila. Acorda lá pelas nove. Sente uma fominha. Come mais. Vai pra cama e desmaia.

– Ah, esse é o tipo de feriado do papai! Mas então deveríamos ter feito esta madrugada.

– Tivemos que ajustar para o horário que fosse melhor para a maioria.

Sim, fizeram planos semanas atrás, mas com aquele macho aparecendo na Casa de Audiências? Ninguém estivera no clima de festejar. Entretanto, Rhage e Mary tiveram que insistir que a festa seguisse em frente.

Talvez fosse outra boa distração, parecida com o pequeno milagre/ briga de balões/espetáculo de animação para a menina orquestrado por Lassiter.

Bitty continuou fazendo perguntas sobre a infância de Mary, e ela respondeu do mesmo modo que escovava os cabelos... lenta e suavemente... como se nunca fosse ter a chance de fazer aquilo outra vez.

– Pai! Oi!

Quando Bitty se virou para ele, com a expressão tão franca, o sorriso tão genuíno... ele sentiu vontade de chorar de novo. Mas não se descontrolou. Entrou no quarto, como se fosse uma noite qualquer, e murmurou algo, sorriu, deu um tapinha no ombro dela, beijou Mary na boca e se despediu.

Bitty pareceu preocupada.

Mary, resignada e triste.

Rhage queria ficar com elas. Mas precisava ir.

A besta podia ter ficado enjaulada na noite anterior, porém isso não duraria em meio a toda aquela tensão. Então ele precisava encontrar uma briga para dar conta desse problema. Seria sua única salvação.

– Tome cuidado – Bitty disse enquanto ele saía.

– Sempre – ele sussurrou por sobre o ombro.

Em vez de ir para o ponto de encontro combinado e se juntar a Z., Butch e os trainees para orientação, Rhage se dirigiu para os becos a oeste do distrito financeiro de Caldie, indo diretamente para o coração do campo de batalha, para o asfalto e para as sombras que ele espreitava já havia quanto tempo?

A noite estava fria como a anterior, mas havia uma umidade no ar que anunciava a chegada da neve. Os humanos iriam gostar. Achavam-na "compatível" com o feriado deles.

Não havia ninguém vagando pelo trecho deserto entre os prédios em que escolhera caçar, nada para marcar a rua a não ser a carcaça queimada de um velho sedã, um sofá apodrecido e uma série de árvores meio mortas nas calçadas.

Nenhuma árvore de Natal reluzente nas janelas. Nenhum "ho-ho-ho" de festejadores. Nenhuma canção natalina, nem sinos de trenós, nem renas, nada de presentes.

Inspirando fundo, sentiu uma grande ardência no peito… e era como se estivesse voltando ao início.

Desde que Mary entrara pra valer na sua vida, ele vinha apreciando matar porque, graças ao bom e velho programa de criação da Virgem Escriba, fora programado desde a concepção para proteger e defender a raça. Mas não houvera mais aquele antigo desespero, a infelicidade brusca, aquela… sensação melancólica… de que não era mestre do seu destino, mas subjugado a ele por conta da sua maldição…

Girando, ergueu o nariz. Inalou novamente.

Emitiu um grunhido.

Redutores eram cada vez mais raros. E em certas ocasiões, um tipo bem diferente de inimigo fora visto por outros na Irmandade.

Vinham tentando determinar o que seria. Mudanças de maré como essa numa guerra raramente significavam algo bom, e a prova clara de que Ômega estava se articulando de novo.

Mas o fedor de talco de bebê que o acolhia naquele momento?

Era o desejo que pedira e que lhe fora concedido.

Bem, o outro, além de Bitty ficar no lugar a que pertencia.

Expondo as presas, Rhage foi caçar.

Capítulo 27

A única maneira de aquela reunião ter sido mais ofensiva, Axe decidiu, seria se o pai de Elise tivesse sugerido que a filha estivesse traficando drogas. Ou se prostituindo depois do escurecer. Vivendo uma segunda vida tirando doces de crianças e chutando filhotinhos de cachorros.

Inacreditável, ele pensou ao sair sozinho pela ampla e elegante porta de entrada e se afastar da mansão...

Uns cinco metros à esquerda, parada no vento frio vestindo... Um instante, aquilo era um roupão felpudo cor-de-rosa? Elise era como uma aparição. Só que não, estava bem viva, os cabelos rodopiando ao vento, a essência dela apossando-se das narinas do macho, a presença aquecendo a noite a temperaturas tropicais.

— O que está...

Axe não conseguiu avançar mais do que isso. Elise correu ao encontro dele e se jogou em seus braços, envolvendo-o pelo pescoço e apertando-o com toda força de que dispunha.

— Espere, o que está fazendo? — Ou algo semelhante. — Elise, você não pode ser vista assim.

Segurando-a longe do chão, ele foi atrás de um imenso bordo para que o tronco lhes desse um pouco de privacidade.

— O que está fazendo aqui fora? — ele exigiu saber ao abaixá-la. — Vai acabar pegando uma pneumonia...

— Só precisava te agradecer.

— Pelo q... — Mas parou. — Você. Era você quem estava atrás daquele retrato.

— Eu sabia que você estava na casa. Só não sabia por quê. Ouvi o que disse ao meu pai... Obrigada.

Axe queria dizer a coisa certa. Ou, inferno, dizer qualquer coisa. Mas o modo como ela o fitava com aqueles olhos brilhantes, os cabelos limpos e cheirosos, o corpo debaixo daquele roupão, algo que ele lembrava nos mínimos detalhes...

Amparou o rosto dela e acariciou-lhe a face com o polegar.

– Sonhei com você. O dia inteiro.

Elise sorriu ainda mais.

– Sonhou, é?

– Uhum.

– O que sonhou?

– Isto.

Inclinando a cabeça, ele se abaixou e a beijou, envolvendo os lábios dela com os dele, envolvendo-a com os braços e trazendo-a para perto de si. O vento invernal dançava ao redor de ambos, flocos de neve começavam a cair, o céu negro e aveludado parecia encorajar os amantes em todos os lugares.

Quando, por fim, ele recuou, massageou-lhe os ombros.

– Mal posso esperar até esta noite acabar.

– Eu também.

Elise apoiou as mãos no peitoral dele, massageando.

– Queria que não tivesse que ir.

– De qualquer maneira, não poderia ficar aqui.

– Poderia...

– Não quero te causar nenhum problema.

– Nunca.

Deus, ele não conseguia se fartar do rosto dela, do pescoço, da sensação da cintura nas mãos. Elise era como uma droga da qual Axe precisava mais, e o fato de isso despertar nele o desejo de querer correr na direção contrária soava irônico, visto como abraçara a heroína e a cocaína. O sexo. A violência.

Mas a voz que gritava que deveria sair correndo para longe dela, sem nunca olhar para trás, era contrariada, golpe a golpe, por uma necessidade ainda maior de estar perto e assim permanecer.

Do nada, uma imagem das estatuetas do pai surgiu em sua mente.

Axe recuou um passo de repente. Sentiu falta do contato na mesma hora.

Sentiu-se ainda mais confuso.

– Desculpe. Tenho que ir.

– Tome cuidado, sim? – ela sussurrou ao abraçar o próprio corpo.

Balançando a cabeça em concordância, ele deu uma última olhada para ela... e se desmaterializou até o ponto de encontro a sudoeste de onde ficava a propriedade da família de Elise.

Ao se reformar, uma rajada que fez suas narinas tinirem o golpeou em cheio no rosto, e Axe inspirou profundamente. Por toda a sua vida, fora bem-sucedido em afastar as emoções e colocá-las dentro de um lacre. E fez o mesmo naquele instante, banindo quaisquer sentimentos ou pensamentos sobre Elise.

Uma pena que ainda sentia o sabor dela.

Peyton foi o segundo a aparecer, e, quando se encararam, Axe se preparou para brigar, para continuar qualquer merda que ele começasse.

Mas Craeg e Paradise chegaram e se colocaram entre os dois.

– Não – Craeg disse. – Não vamos fazer isso. Perda de tempo, desperdício de esforços. E aqui, no mundo real, uma distração bem perigosa. Que diabos há de errado entre vocês dois?

– Nada – Axe respondeu sem desviar o olhar. – Porra nenhuma.

– Bom. – Craeg não se moveu. – E você, Peyton?

– Nenhum problema.

Paradise enganchou o braço no de Pey-pey e o virou de lado.

– Você ia me contar sobre aquela fêmea pra quem voltou à boate ontem, lembra? Ela era bonitona?

Uma manobra clássica de desvio, e era bem patético que fosse necessária. Mas o senhor e a senhora Programa de Treinamento agiam certo. O grupo estava de volta a campo naquela noite. Nada de trabalho em sala de aula. Nada de treino de luta no ginásio.

Armas reais e diversão, que era como os Irmãos diziam.

A última coisa de que qualquer um deles precisava era um dramalhão interpessoal que acabasse derrubando alguém.

Numa cova.

Elise flutuava no ar ao subir pelas escadas da criadagem. Não queria ser flagrada andando de roupão, com cheiro de ar fresco e do macho que acabara de beijar no jardim da frente.

Engraçado, desejara exatamente essa sensação de formigamento quando pensou em estar com Troy apenas algumas noites antes. Desejara com precisão esse vicejar, ainda que não soubesse o que era. Estivera procurando e enfim encontrara. E era lindo.

No entanto, sua bolha de felicidade não perdurou.

Já no segundo andar, caminhava em silêncio pelo corredor acarpetado, passando pelas portas fechadas das suítes de hóspedes e dos aposentos do pai, quando se aproximou da porta aberta de um quarto escuro.

A voz do tio soava distante, apesar de ele estar logo depois da entrada na escuridão.

– ... esta noite? Quiçá eu mande preparar uma refeição para nós?

A resposta da tia foi tão baixa que Elise não a ouviu.

– Bem... – murmurou o tio. – Sim, voltarei mais tarde então. Quem sabe noutra hora. Acredito que haja... Como disse? Sim, sei que não dorme...

Elise cruzou os braços ao redor de si e avançou com agilidade pelo ambiente com a cabeça baixa e os olhos no carpete. Mas o tio deve tê-la ouvido ou sentido sua presença porque, bem quando ela passava, ele se virou de frente para a luz.

O rosto era o de uma caveira, a pele acinzentada de estresse e de sofrimento, os olhos encovados.

– Elise – ele disse num tom morto. – *Como passaste esta noite?*

Ela se curvou e, assim como ele, falou no Antigo Idioma.

– *Deveras bem, tio meu. E o senhor?*

Era a resposta costumeira para a pergunta costumeira que, na verdade, não demandava uma atualização honesta do estado do tio, caracterizando apenas palavras educadas, como quando alguém diz "saúde" após um espirro.

– *Muito bem. Grato.*

E a porta foi fechada.

Ela não chegara a ver a tia desde a tragédia, e só podia imaginar o estado da fêmea.

Elise continuou até alcançar o próprio quarto, onde se trocou e vestiu calças confortáveis de ioga e um pulôver de lã que o pai não aprovaria. Uma rápida olhada no relógio lhe avisou que ela tinha hooooooras antes de poder sair escondida.

Deixando o celular para trás, claro.

Obrigada, pai.

Sentou-se diante da escrivaninha francesa, pois havia artigos para ler e o rascunho do plano de aula que Troy lhe enviara à tarde para o seminário de janeiro. Mas sua mente estava distraída e ineficiente, trechos do diálogo de Axe com o pai, a conversa com Peyton... e também o beijo no gramado... Assim como o que acabara de testemunhar no fim do corredor, tudo atrapalhando seu processo cognitivo.

Por algum motivo, Elise se viu de volta ao corredor... diante da porta do quarto de Allishon.

Dessa vez, entrou, mas depois parou, insegura a respeito do que estava fazendo, o que procurava. Depois de um momento, seguiu até o closet porque, na verdade, não havia mais aonde ir.

Fechando-se ali dentro, olhou ao redor quando as luzes sensíveis ao movimento se acenderam. A fila de roupas penduradas estava bagunçada, e havia pilhas de objetos largados no chão.

Deus, ainda sentia o cheiro de Allishon, bem como o do perfume que era a marca registrada da prima.

E no roupeiro de camisas, saias e jeans, botas e saltos altos, não havia nada que Elise usaria: tudo muito justo, curto, de couro, com tachas, rasgado de propósito. Enquanto Elise seguia as regras, Allishon resistia a quaisquer expectativas sociais.

A dicotomia clássica boa moça/garota levada.

Clinicamente falando, não era um mistério que ninguém estivesse falando sobre a morte da prima. O pai se sentia culpado e talvez um pouco superior por sua jovem fêmea "conservadora" ser aquela a ter sobrevivido; o irmão, perturbado e amargo porque sua filha, alguém tão resistente e difícil de lidar, chegara ao fim do qual todos tentaram afastá-la; e a tia provavelmente estava suicida.

Nesse meio-tempo, Elise tentava conduzir a própria vida nessa confusão, presa entre a tristeza e o desejo de independência.

Que bagunça.

Dito isso...

Pegou uma blusa preta mantida unida por alguns alfinetes de segurança e nada mais que isso e a colocou num cabide vazio. E depois fez o mesmo com uma camisa de flanela que estava basicamente em retalhos. E um *body* preto com o desenho de uma mancha na frente, como se a prima tivesse levado um tiro.

Não sabia muito bem por que estava arrumando... Na verdade, era besteira, pois sabia exatamente por quê. Queria ajudar a família e não conseguia pensar em nenhuma outra maneira de ter alguma melhora, mesmo que insignificante. O pai não aguentava sequer um abraço. O tio não olhava para ela. A tia não saía da cama... a menos que fosse para ir ao túmulo.

E era tudo o que tinha.

Em algum momento – mais tarde naquele mesmo ano, no seguinte, ou dali a uma década – alguém viria e encaixotaria tais pertences, relegando-os talvez ao porão ou ao sótão, pois, nas famílias aristocratas, nada era doado ou vendido – atitude que atraía má sorte.

Talvez queimassem tudo em algum lugar da propriedade.

Mas se pelo menos ela fizesse isso, quem quer que fosse ali não veria aquela bagunça.

Relembrando o que Peyton lhe dissera, Elise só conseguia balançar a cabeça. O pai sempre sugeriu que fora um humano o assassino de Allishon. Mas descobrir que o matador fora um vampiro?

Que diabos acontecera?

CAPÍTULO 28

Com a chegada de Novo e de Boone ao beco até que bem iluminado, a turma de trainees ficou completa. E pouco depois um veículo
do tamanho de um banco virou a esquina ao longe. Era a unidade
cirúrgica móvel da Irmandade, e, quando ela parou, Axe deduziu que
chegara a hora. A brincadeira acabara.

O Irmão Butch, também conhecido como *Dhestroyer*, saiu pela
porta do passageiro.

– Chega de treino.

Certo.

– Isso não é nem uma prova nem um simulado. – O Irmão foi para
a parte de trás e trouxe uma sacola de lona quase do tamanho de um
guarda-costas. – Vou trocar a munição de vocês. Estas são balas ocas
com uma vantagem extra.

Boone, que sempre levantava a mão para fazer perguntas, naturalmente não deixaria esta passar.

– O que é?

– Água do Santuário da Virgem Escriba. Ou do que costumava
ser o Santuário dela. – Butch fechou a porta, bateu o punho no RV e o
veículo se afastou. Quando ficou longe de vista, ele largou a sacola no
chão e abriu o zíper. – Vamos, venham aqui.

Boone foi o primeiro da fila, tirando os dois cartuchos das pistolas
e substituindo-os pelos novos.

– Me dê o que está no cinto também – Butch ordenou.

Mais trocas. E depois Craeg, Paradise, Novo... Axe foi o último,
pegando suas balas novas e voltando para a fila com os outros. Não
havia humanos por perto, ninguém andava, cambaleava ou dirigia

carros, quer por conta da festividade com o azevinho, pelas bengalas doces ou pela temperatura gélida, Axe não sabia. E pouco se importava.

Mas não significava que estavam sozinhos.

Zsadist estava a três metros deles, com o rosto marcado pelas cicatrizes e os olhos negros do tipo de coisa que fazia até mesmo as entranhas de Axe se soltarem um pouco. Tohrment permanecia ao lado do Irmão. Assim como John Matthew, Blaylock e Qhuinn.

Puta merda, Axe pensou. Não estavam de brincadeira ali.

Butch se pronunciou de novo:

– Estamos chegando perto do fim da guerra. Isso significa que está ficando mais difícil encontrar os *redutores* e mais fácil matá-los, pois os que restam são recrutas novinhos em folha. Na última sessão de campo, o desempenho foi um desastre, por isso estamos emparelhando vocês com um Irmão ou um guerreiro. Junto ao seu mentor, avançarão num padrão de oeste a leste. Não mudem a rota a não ser que estejam em combate, e, mesmo assim, apenas se necessário. Vocês e seus mentores alertarão os demais se entrarem em combate. Quando um sinal for recebido, todos nos reuniremos, retornando ao nosso padrão de busca somente depois que ocorrer uma avaliação da situação de conflito. Não ataquem sozinhos. Não pensem por conta própria. Não morram. Alguma pergunta? E permitam-me lembrá-los, seu bando de idiotas, que isto não é um exercício. Agora é a hora de recuar e sair daqui com o rabo entre as pernas se quiserem. Qualquer momento depois deste será considerado deserção e motivo para dispensa do programa. Prefiro que saiam agora, sem nos foder no meio de uma missão.

Ninguém desistiu. Ninguém perdeu tempo com perguntas idiotas.

Estavam tão preparados quanto qualquer outro punhado de recém-nascidos poderia estar.

E cada um deles sabia que aquela noite chegaria.

– Axe – Butch disse –, você vem comigo. Paradise, acompanhe Tohr. Z. fica com Boone. Craeg vai com John Matthew. Peyton, você está com Qhuinn. Blay será o batedor desta missão, indo pelos telhados à nossa frente. Fiquem com as armas nas mãos, os olhos abertos e os celulares ligados.

Ninguém se pronunciou quando os pares se juntaram, ele ficando na fila ao lado de Butch ao designarem uma rua a cada equipe. O plano era que cada par seguisse pelo território estipulado até que o bairro começasse a melhorar, aproximadamente uns trinta quarteirões adiante. Então, o sistema inteiro passaria seis quarteirões para o norte, afastando-se do centro, porque a guerra tendia a se manter afastada dos arranha-céus por conta das câmeras de segurança externa e dos seguranças de toda aquela região imobiliária abastada.

Segurança equivalia a humanos potencialmente em todo lugar, e ninguém precisava disso.

Havia uma única regra de combate à qual tanto a Irmandade quanto a Sociedade Redutora aderiam: nenhuma interação com humanos, se possível. E se houvesse interação? Seria preciso limpar bem rápido.

Axe e Butch eram a dupla mais distante, os dois começando a trotar porque Butch, como mestiço, não conseguia se desmaterializar... não que isso tivesse importância. Como o Irmão pertencia à linhagem do próprio Rei, ele era forte como um touro, e seus coturnos comiam o asfalto em uma velocidade que exigiu de Axe muito empenho para acompanhar.

Quando chegaram à rua Cinco, Butch empunhou ambas as pistolas. Axe fez o mesmo.

– Vamos por aqui, filho – o Irmão disse com sotaque de Boston. – Tome muito cuidado.

Juntos, avançaram flanqueando, atendo-se à parte da frente dos prédios de tijolos – o que equivalia a dizer que se tornavam alvos fáceis. Mas Axe manteve os olhos atentos às janelas do outro lado da rua, dando cobertura a Butch como o Irmão fazia com ele: ambos procuravam qualquer centelha de luz ou movimento pelas janelas dos escritórios de advocacia, das agências de serviço social, das organizações filantrópicas...

Essas eram as melhores propriedades que veriam.

E, sim, a depreciação e a depressão dos valores monetários começaram sem demora. Em seguida, prédios de cinco ou seis andares sem portaria revelaram os sinais da idade e da decomposição, as escadas da frente com degraus rachados como dentes prestes a cair, pintura descascada e, mais adiante, janelas faltando ou começando a desaparecer.

Nesse momento, ele já avançava com mais cuidado por cima de escombros, calotas, latas de cerveja e garrafas de bebidas espalhadas aleatoriamente, partes de motores, sabe-se lá o que mais. Mas Axe não estava nem aí. Tinha solas boas nos coturnos, passos certeiros e instintos afiados que atiravam como canhões. Na verdade, seu corpo inteiro zunia; o sangue estalava nas veias; os dedos nos gatilhos, prontos para a festa.

E durante o tempo todo, os olhos esquadrinhavam os prédios do lado oposto e voltavam para o que havia diante de Axe, e depois retornavam para os telhados e para as janelas sujas.

Afirmar que ele caiu num ritmo não era exato. Não havia ritmo a ser seguido quando se sabe que é possível começar a atirar ou sangrar a qualquer maldito instante. Mas ele sem dúvida estava numa zona de...

Primeiro, Axe captou um cheiro.

Bem quando atravessava a frente de um beco estreito, uma rajada trouxe algo que parecia cheirar a rato morto atropelado havia três dias, com cobertura de baunilha artificial e talco de bebê.

Ele sabia que não deveria parar, apesar de os pés terem hesitado. Em vez disso, saltou para o outro lado da abertura do beco e foi com as costas escoradas até o prédio abandonado seguinte. Com um assobio curto, chamou a atenção de Butch, e não precisou explicar o que era.

O Irmão já estava na ação, recuando de modo a ficar na abertura urbana da parte oposta.

Axe percebia o coração bater mais acelerado, mas mantinha a respiração lenta e firme. Se começasse a arfar, diminuiria a acuidade da sua audição e não ajudaria em nada.

Finalmente iria enfrentar o inimigo...

Merda, pensou ao perceber outro cheiro trazido pela brisa.

Sangue.

Havia sangue de vampiro ali adiante.

E naquele mesmo instante o celular tocou na manga de Axe, que ergueu o cotovelo, lendo a tela que aparecia no bolso transparente montado na jaqueta de combate.

Caralho, Qhuinn e Peyton estavam em combate.

Quase na mesma hora, outra mensagem chegou. Tohr e Paradise também lutavam. E John Matthew e Craeg.

Que tremenda confusão.

E quando ele percebeu que Rhage não estava entre eles, pensou...
Puta merda, será que o Irmão tinha ido lutar sozinho?

Dentro do closet enorme de Allishon, Elise organizou o espaço todo, e o que deixou em seu rastro foi uma exibição digna da Macy's, as peças organizadas nos varões, mesmo algumas amassadas ou tão deliberadamente rasgadas que mal havia pano para ficarem penduradas nos cabides. Também arrumara as peças do chão, colocando bolsas e sapatos perfilados de acordo com cor e tipo.

Quando recuou para avaliar seu sucesso, franziu o cenho. Parecia haver um rolo de alguma coisa no canto extremo, então Elise se ajoelhou e o puxou... Era um tecido embolado, como uma bolsa grande ou... ah... Não, era um manto. Com cheiro de...

Ah, tá, não. Cigarro, álcool e outras substâncias...

Elise dobrou a peça no chão e estava prestes a guardá-la de novo quando se inclinou e espiou o canto de novo.

Havia outra coisa ali.

Esticando-se, e teve de estender bem o braço até o fundo...

– Mas que diabos? – murmurou.

Uma caixa. De metal, pelo toque frio nas mãos dela.

Tentou puxar o item para fora, mas pesava bastante. Duas mãos. Precisou usar as duas mãos e grunhiu.

A caixa era uma espécie de minicofre, com lateral pesada e reforçada. Havia uma fechadura, e quando ela tentou puxar o trinco, num impulso, porque não esperava que...

Só que ele abriu: com um pouco de pressão, a parte de cima se afastou um pouco e depois saiu de vez. No entanto, Elise conteve as mãos.

Caindo de bunda no chão, passou o cofre para o meio das pernas e pensou no que estava fazendo. Talvez aquilo fosse particular... Algo que os pais de Allishon devessem ver antes. Entretanto, tentou se visualizar levando algo da filha para eles, e soube que nunca daria certo. Assim, apesar de dividida quanto ao que fazer, deu uma espiada.

Apenas um punhado de papéis de tamanho ofício. E só.

Tirando-os do cofre, alisou-os. Eram o contrato de um imóvel. Do aluguel... do que parecia ser um apartamento. No centro da cidade, a julgar pelo endereço.

Seria ali que Allishon passava todas as noites e dias em que não voltava para casa...?

– Alugamos isso para ela.

Com um arquejo, Elise se virou.

A tia estava parada na entrada do closet e, meu Senhor... a fêmea parecia ter saído de um acidente de carro, ou talvez de moto, no qual ela era a motociclista: os cabelos, outrora bem penteados e cheios de spray cascateando pelos ombros, estavam emaranhados, com as raízes aparecendo em dois tons acima do loiro californiano popular na *glymera*. E, em vez de um terninho elegante Escada ou um tricô St. John, com muitas pérolas ao redor do pescoço e nas orelhas, ela vestia uma camisola manchada, amarrotada, que um dia fora de seda, mas naquele momento mais parecia um guardanapo de papel amassado.

Os olhos estavam arregalados e enlouquecidos.

No entanto, a fêmea não olhava para Elise. Fitava a ordem dos cabides.

– Você fez isso? – perguntou numa voz trêmula.

E quando ela avançou um pouco, seus passos eram igualmente instáveis.

– Sinto muito. – Elise se atrapalhou com os documentos, tentando colocá-los de volta no cofre e fechá-lo. – Eu só... não sabia o que fazer para ajudar.

Uhum, espiar tinha sido bem louvável.

– As coisas dela... – Uma mão frágil se esticou e resvalou nas roupas que Elise arrumara. – Deus, como eu odiava essas roupas dela.

Elise empurrou o cofre de volta ao lugar e se levantou.

– Eu não devia ter entrado aqui...

– Não, está tudo bem. Você fez... um trabalho melhor que o meu.

– Não era da minha conta...

– Alugamos o apartamento porque não suportávamos que ela saísse e chegasse a qualquer hora da noite. Desarrumada. Embriagada. Drogada. Impregnada do fedor do sexo.

Um *mayday, mayday, mayday* interno disparou na cabeça de Elise. Assim como o refrão "Cuidado com o que pede".

Não era isso o que imaginava quando pensava em conversarem.

A mão retorcida e nodosa da tia segurou e apertou uma das saias curtas.

– O pai dela tinha certeza de que a banir seria a ação corretiva para toda a desobediência. Achava que ela devia sair, perceber sua sandice e

abandonar esse tipo de comportamento. – A gargalhada era a personi-
ficação da loucura. – Em vez disso, ela viveu ainda mais do que antes
em seus termos. Eu não conseguia falar com ela. Ele mal tentou. E ela
foi piorando. Gostava de nos torturar.

– Tia, talvez a senhora deva falar com o tio…

– Eu a odiava. – A fêmea arrancou a saia do cabide e a jogou no
carpete. – E eu a odeio ainda mais em sua morte.

– Tenho certeza de que não está falando sério…

– Ah, mas estou. Ela era uma prostituta nojenta, antes e sempre.
Recebeu o que merecia…

– Você é a mãe dela – Elise desabafou. – Como pode dizer isso?

A tia seguiu pelo closet e empunhou uma blusa cheia de alfinetes
de segurança. Ao arrancá-la, o cabide se soltou e ricocheteou no rosto
dela. Que nem sequer pareceu notar.

– Veja o que ela fez conosco! Depois que perdemos nosso filho,
agora temos uma filha assassinada! Que foi encontrada ensanguentada e meio-morta diante de um lar para fêmeas abusadas! Como pôde
ter nos envergonhado dessa maneira?

Elise só conseguiu encarar o rosto emaciado e pálido quando a tia
começou a pôr o closet abaixo.

Ela era o motivo da desordem anterior, não Allishon. Fora ela
quem derrubara as roupas, e faria isso de novo, ali, naquele instante.

De repente, Elise sentiu vontade de chorar. A ideia de que expectativas sociais tivessem arruinado por completo qualquer conexão
biológica entre mãe e filha era simplesmente… inimaginável.

E, mesmo assim, ela jamais pensara nessa fragmentação. Antes da
morte, tudo fora mantido debaixo dos panos, a tia e o tio apareciam
muito bem-vestidos e sorridentes nos eventos, como um casal perfeito… enquanto a filha se autodestruía aos poucos após a morte do
irmão, e aumentando gradativamente depois… até que a fratura na
família se tornou evidente para as outras pessoas da casa.

Para os outros na sociedade.

– Não somos mais bem-vindos em parte alguma – a tia disse entredentes ao puxar mais e mais cabides, jogando as roupas, pisando sobre
elas com os pés descalços. – Não somos convidados para nada! Somos
párias e a culpa é dela!

Elise engoliu com força e espiou a saída.

Tinha quase certeza de que vomitaria.

– Choquei você com a minha franqueza – a tia desdenhou. – Parece que viu um fantasma.

– Não – Elise sussurrou. – Não foi um fantasma. Estou olhando pra uma versão da crueldade que jamais esperei ver em minha própria família.

Cambaleando, empurrou o cadáver da tia do caminho e correu para fora não só do quarto de Allishon, mas da mansão.

No jardim da frente, apoiou as mãos nos joelhos e... teve um acesso de ânsia – mesmo que sem conseguir vomitar – nos arbustos.

E depois continuou correndo pelo caminho de entrada, sem se importar com o fato de não ter aonde ir.

Capítulo 29

Quando Butch sinalizou que era hora de atacar, Axe e o Irmão entraram na passagem de carros abarrotada de um prédio abandonado, Axe seguindo o guerreiro bem de perto enquanto progrediam com eficiência para sabe lá Deus onde.

Inferno do diabo, estava mais escuro do que ele imaginara, embora Axe reconhecesse que isso decorria do fato de não fazer a mínima ideia do que aconteceria, e era reflexo de acreditar que mais luz o colocaria numa melhor posição defensiva.

Os sons de luta ecoavam ao longe, mais intensos, assim como o cheiro de sangue derramado... tanto de vampiro quanto de assassino.

O primeiro dos *redutores* em convulsão surgiu a oito quarteirões do local em que mudaram de direção, e Butch mal fez uma pausa ao passar pela maldita aparição. Apenas desembainhou uma adaga, levantou-a acima da cabeça, esfaqueou o não morto no peito, e *puf!*, show de fumaça... A primeira vez que Axe via acontecer.

Contudo, nada de se demorar ali: a realidade de que poderia levar uma bala na cabeça a qualquer segundo manteve Axe concentrado no que estava vivo e não no que estava sendo enviado de volta a Ômega.

Mais adiante, manchas negras brilhantes como óleo derramado apareceram no asfalto gasto... Em seguida vieram as manchas vermelhas nas paredes de tijolos e nas calçadas.

Disparos ao longe.

Pow! Pow! Rata-ta-ta...

Avançaram com velocidade redobrada até chegarem a outro beco arterial, derrapando na esquina e abaixando em posição de atirar, Butch à frente, Axe mirando na outra direção.

Axe olhou rapidamente por cima do ombro… Ah, inferno, jamais se esqueceria da imagem da confusão acontecendo a uns quinze metros dali.

Rhage estava no meio de três *redutores*, todos portando facas, e o Irmão lutava com eles sem armas nas mãos, apesar das adagas embainhadas no peito.

Havia indícios claros, a julgar pela cascata vermelha descendo pelo braço esquerdo dele, de que ele fora alvejado pelo menos uma vez, provavelmente mais.

Era como se estivesse coberto de tinta vermelha.

Um *redutor* veio correndo pela mesma esquina pela qual Axe e Butch tinham acabado de passar, e ainda bem que houvera treinamento. Em vez de desperdiçar um nanossegundo crucial pensando: *Puta merda!*, Axe enlouqueceu com as pistolas, apertando os gatilhos…

Travados. Os dois.

– *Cacete!*

Butch começou a atirar na direção da briga, tentando matar os assassinos sem acertar Rhage – uma tarefa impossível, visto que o Irmão ainda tentava lutar, apesar de se esvair em sangue.

– Adaga! – Axe gritou. – Agora!

De novo, o treinamento funcionou. Butch, espiando para trás por um segundo, soube que não havia escolha para Axe a não ser entrar em combate ali próximo, e o Irmão sacou uma adaga negra de verdade.

– Não inventa! Acaba logo com o serviço!

E então lançou a adaga e Axe a pegou no arco de descida, saltando à frente e mirando direto no peito do assassino.

Não errou.

A maldita lâmina negra atingiu o alvo com precisão, como se houvesse um dispositivo de retorno no aço forjado.

Mas não houve nenhuma comemoração.

Uma bala perdida, por ricochete da arma de Butch ou de um dos dois novos assassinos que subitamente apareceram no beco, atingiu Axe na coxa, e a chama de dor se assemelhou a um atiçador de lareira ardente e cravado no alto da perna dele.

Em seguida, mais um assassino fez a curva.

Não havia tempo para pensar.

Axe saltou sobre o filho da puta, derrubando o humano sem alma no chão e rolando por cima dele. Mas o maldito era esperto ou muito ligado nessa de sobreviver, porque conseguiu segurar o ferimento de Axe e apertá-lo.

A visão dele sumiu e voltou, seu painel de comando por um momento tão sobrecarregado de impulsos elétricos que deu uma fritada.

Porém, acabou se irritando. Ao envolver o pescoço do *redutor* com uma mão, teve um vislumbre dos dentes humanos expostos, com aqueles estranhos caninos sem ponta, da tatuagem de uma lágrima debaixo de um olho castanho e dos cabelos desalinhados abaixo que pareciam não ser cortados fazia um mês.

E, então, ergueu a adaga acima do ombro, assim como Butch fizera, e esfaqueou o lobo frontal, cravando a lâmina no crânio e na massa cinzenta atrás do osso.

Convulsões. O assassino se moveu acelerado, a pegada na coxa de Axe relaxou, os braços se debateram contra o asfalto como se estivesse dando salvas à neve, as pernas bateram como se nadasse.

Axe rolou de lado e vomitou de dor. Mesmo assim foi recuperar a adaga de onde se cravara, logo acima da sobrancelha do assassino...

Estava presa. Não havia como tirar a arma.

Fora enterrada ali com tanta força que esmagara o crânio, a ponta fincada no maldito asfalto.

Pondo-se de pé, cambaleou, mas pensou que tudo bem, já que o assassino não iria a parte alguma mesmo.

Não houve mais nenhum pensamento consciente.

Os olhos de Axe lhe deram uma avaliação instantânea da situação da luta: Butch estava envolvido em manobras mano a mano, brigando pelo controle da arma que vinha usando contra um assassino que parecia um defensor do time dos New England Patriots... Rhage caía de joelhos no meio do beco – a energia de lutar nem tanto o abandonando, mas vazando –, o sangue se acumulava debaixo dele a ponto de formar poças grandes para chapinhar.

Com um grito de guerra, Axe se lançou à frente, dando um salto triplo apesar da ferida na perna.

Atacou o primeiro *redutor* que apareceu, saltando sobre as costas dele, apertando-o firme com as coxas como se montasse um touro e prendendo as orelhas com as mãos. Depois girou o pescoço com tanta força para a direita que os tendões e ligamentos do lado esquerdo se soltaram da pele.

Próximo.

Deixando o corpo cair onde estava, lançou-se à frente, bem quando um assassino apanhou uma corrente de ferro e foi atacar a garganta de Rhage. Que merda. Com um puxão rápido, Axe sacou uma pequena faca de caça e atacou o assassino pelo lado.

Pense em manobras à la Jason. Ele esfaqueou tão rápido, tão forte e tantas vezes que não apenas incapacitou o maldito, amaciou-o.

Depois se arrastou, literalmente, para pegar o último.

O sujeito tinha uma faca. Uma lâmina serrilhada comprida que poderia fazer grandes estragos, ainda mais num Irmão que evidentemente estava à beira do desmaio. As mãos de Rhage estapeavam em vez de golpear com estratégia, o equilíbrio nulo, a pele branca como a neve.

Axe escorregou e caiu. Com força. Aterrissou de mau jeito.

Enquanto limpava a neve do chão com o corpo, as calças o protegeram da escoriação... mas não de outro tiro, que chegou com a conhecida lanceta de dor em um dos ombros. E alguma coisa talvez também o esfaqueara?

Mas Rhage despencou e nada mais importava. O Irmão poderoso caiu sobre uma mão primeiro, depois sobre a outra, e a matemática era trágica enquanto Axe avaliava que o assassino com a faca iria virar, atacar Rhage por trás e cortar-lhe a garganta, dando conta do serviço.

Sem grito dessa vez. As forças de Axe também se esvaíam.

Em vez disso, simplesmente se levantou, em detrimento da visão novamente turva, e se lançou adiante, não correndo tanto, e mais caindo e tropeçando...

Algo zumbia em sua cabeça... Por que havia moscas no fim de dezembro? Mas que porra?

E, Deus, seu corpo de repente pesava o dobro.

Caralho, o cheiro de sangue era tão forte...

Não importava. Alcançou Rhage, agarrou os cabelos do Irmão e pôs todas as forças que lhe restavam para tirá-lo do caminho do arco da lâmina do *redutor*...

Então a faca atingiu Axe.

E entrou fundo. Bem na lateral das costelas.

Ele arquejou, os olhos se voltaram para o céu. E, de repente, tudo ficou em câmera lenta e entorpecido. O mundo estava caindo... Não, devia ser ele, certo?

E o que eram aquelas moscas?

Bum! Aterrissou com força de novo, não que tivesse sentido em meio à névoa que o cercava; só concluiu que foi assim porque ficou quicando: os prédios ao seu redor indo para cima e para baixo até que a gravidade ganhou das leis do basquete e os corpos caídos não ofereceram resistência.

Expiração.

Sentiu gosto de cobre. Gorjeios. Ouviu um gorjeio horrível... e concluiu que estava se afogando no próprio sangue.

A última imagem que viu antes de desmaiar foi Rhage rolando de lado e encarando-o, como se o Irmão estivesse tão surpreso quanto Axe.

Rhage abriu a boca e disse alguma coisa, a mão ensanguentada se esticou para Axe como se lhe oferecesse algo em que segurar.

Axe tentou mover o braço em resposta.

Tarde demais.

Ele já era.

Capítulo 30

O coração de um guerreiro.

Rhage jamais vira uma cena semelhante. Ou, por certo, nunca esperara vê-la num trainee. Ele mesmo estava sendo derrotado, a realidade da guerra lembrando-o de que batalhas eram como a Mãe Natureza: não importava o quão bem treinado ou bem equipado estava – de vez em quando a maré vira contra você, e, se isso acontece, é possível se dar mal tão rápido quanto uma batida de coração.

E foi o que aconteceu.

Muita perda de sangue. Oponentes demais. Arrogância demais dele ao presumir que poderia cuidar daquela merda quando metade da sua mente estava em casa com Bitty e Mary, e toda a sua alma sofria.

E devia ter usado as malditas armas.

A maré virara rápido demais também. As pernas começaram a amolecer, e então Rhage percebeu que iria para o chão, e logo depois tudo terminaria, a promessa de um pai de se manter em segurança para a filha se transformaria numa mentira: ele seria cercado e o matariam, e nem mesmo a besta poderia ajudá-lo. Ele esperara que o grande dragão saísse – e quase saiu –, mas bem quando a transformação estava para acontecer, recebera um ferimento na artéria e sua pressão arterial despencara, e, então, tudo se perdeu.

Mas, ainda assim, a besta o salvara uma vez em condições semelhantes...

Não naquela noite.

Entretanto, de repente, Axe veio sabe-se lá de onde, atacando o primeiro de muitos *redutores* e enfiando-lhe uma adaga no peito. O trainee então partira para o seguinte, esfaqueando o crânio dele e prendendo-o ao asfalto, só para ser contra-atacado por trás, por um assassino imenso saltando sobre as costas dele e açoitando-o no rosto e nos ombros com uma corrente.

No entanto, nem isso deteve o trainee. Inferno, Axe nem sequer pareceu ter notado o que havia sobre ele: mesmo sangrando, esfaqueado em vários lugares, com um tiro na perna e com um *redutor* montando-o como se ele fosse um cavalo, o macho se mostrou incansável, jogando-se na direção de Rhage e, no fim, recebendo no tronco a punhalada originalmente desferida para atingir a garganta de Rhage.

E lá se foi o macho, como um imenso carvalho caindo numa floresta.

E naquele instante Rhage tentou alcançar o trainee, esticando a mão ao longo do asfalto enquanto a neve começava a cair sobre os dois corpos ensanguentados.

Tão corajoso.

Os olhos desfocados de Axe mudaram para outra direção, os olhares de ambos se cruzaram. Sangue fluía da boca de Axe e lhe cobria todo o peito.

Obrigado, filho… Rhage articulou. *Obrigado…*

De uma só vez, as pessoas foram aparecendo, todo tipo de Irmãos e depois Manny com sua RV cirúrgica e ainda outro pessoal. A intervenção cirúrgica ocorreu de imediato, ali no chão mesmo, para ambos, e Rhage se recusou a perder a consciência. Não iria desmaiar.

Apesar de seu corpo estar frio e entorpecido, os olhos turvos, e o coração dançando quadrilha por trás do esterno, ele se recusava a abandonar a realidade.

Tinha medo de não conseguir voltar.

A visão do que estavam fazendo com Axe foi bloqueada quando Manny começou a trabalhar na hemorragia no ombro de Rhage, que olhou para o céu. A neve que descia do firmamento caía nos cílios do macho e derretia, e ele visualizou Mary e Bitty com as cabeças próximas, as duas sorrindo para ele como se estivessem num globo de neve.

Duas Escolhidas chegaram, e quando um pulso com um corte foi colocado junto à sua boca, Rhage fez o que precisava fazer a fim de sobreviver.

Esperava que Axe estivesse fazendo o mesmo.

Não queria a morte do garoto em sua consciência…

Algum tempo depois, foi transferido para uma maca. Axe também, sem nenhuma mortalha sobre a cabeça. Então o macho ainda deveria estar vivo, certo?

– Deixe-me vê-lo – Rhage exigiu. Ok, "pediu" estava mais de acordo, em razão da fraqueza em sua voz.

Alguém o rolou de lado na direção do cara. Axe, nu e repleto de retalhos de bandagens, tinha um acesso intravenoso no braço, tubos saindo das costelas e um monitor cardíaco que não funcionava direito.

– Ele vai morrer? – Rhage perguntou.

Manny aproximou o rosto do campo de visão de Rhage.

– Não se eu puder evitar. E isso vale pra você também. – O cirurgião virou de lado e ladrou: – Coloquem-no na unidade.

Rhage sibilou quando o trajeto acidentado começou, e logo a vista se iluminou muito bem com o teto do RV de Manny. Axe foi colocado ao seu lado.

– Não conte pra Mary – Rhage disse para qualquer um que estivesse ouvindo.

O rosto de Manny voltou.

– Sério. Acha mesmo que essa é uma opção? Acabei de tratar de você em campo com uns cento e cinquenta pontos, e vou ter que refazer tudo isso no centro de treinamento. Acha mesmo que Mary não vai aparecer na conversa?

– Não quero que ela se preocupe.

A cara de Butch entrou na conversa também, e o Irmão parecia furioso.

– Então talvez não devesse ter atacado sozinho, babaca. Jesus do caralho, queria morrer lá ou…

Manny espalmou a cara do tira.

– Chega. Ele é meu paciente agora. Pode passar a ser seu saco de pancada quando não estiver com cateter e conseguir ficar de pé sozinho pra mijar.

– Axe salvou a minha vida…

Essa foi a última frase que Rhage disse antes de tirar um cochilo.

Havia um quê de mágico em árvores de Natal.

Sentando-se na biblioteca da mansão, Mary apoiou os pés na mesinha de centro diante da chama da lareira, com uma caneca de chocolate quente nas mãos, um docinho de bengala entre os lábios, e fitou o pinheiro perfeito. Decorado com faixas de veludo vermelho, bolas douradas e luzes vermelhas e douradas que cintilavam em silêncio, era a tradição com que ela, Beth, John Matthew, Butch e Manny cresceram, um lembrete do passado, algo que a mantinha centrada e a ajudava a ligar as duas partes da sua história: o antes e o depois.

– Há tantos presentes debaixo da árvore – Bitty comentou ao se aproximar com sua caneca novamente cheia de chocolate. – Trouxe mais marshmallows. Quer dividir?

– Ah, obrigada, mas os meus ainda estão aguentando.

Mary deu um tapinha na almofada ao lado da sua e pareceu a reação mais natural do mundo para Bitty se aproximar e se aninhar perto dela, enfiando as pernas recém-curadas por Lassiter debaixo do corpo.

– Melhor eu colocar as canções de novo – Mary anunciou ao alcançar o controle remoto do sistema de som. – Amo Bing Crosby.

– Ahhhh… "Winter Wonderland"… – Bitty murmurou. – Acho que é a minha favorita.

– A minha também.

– Acha que papai vai assistir a *Esqueceram de mim* quando voltar do trabalho?

– Pode apostar.

Então, um período de silêncio entre elas – a tagarelice tranquila do fogo e a música natalina antiga eram os únicos sons que enchiam o ambiente aconchegante.

– Mãe?

– Humm? – Mary sorveu um gole do chocolate quente e se maravilhou com o fato de que, com tantos aspectos dando errado, a bebida quente ainda fosse deliciosa. – Precisa de alguma coisa?

– O que está acontecendo?

Eeeeee nesse momento o conteúdo da caneca se transformou em água da lava-louça.

– O que quer dizer?

– Sei que tem alguma coisa errada. Você e papai não estão agindo normalmente. Fiz alguma coisa ruim? Não querem mais me adotar?

Mary se aprumou tão rápido no sofá que quase o cobriu de chocolate.

– Deus, não, nunca. Nós te queremos pra todo o sempre.

A menina fitou a árvore.

– Tem certeza?

– Cem por cento de certeza, Bitty. Olhe para mim. Por favor. – Os lindos olhos se viraram para ela. – Nunca duvide do quanto a amamos. Não importa o que aconteça, essa é a única coisa com que jamais terá que se preocupar.

– Então, o que está acontecendo?

Mary hesitou. Não queria mentir, mas, ao mesmo tempo, a situação com aquele macho não era o tipo de novidade a compartilhar sem que Rhage estivesse com elas, e, mais importante, ela não sabia o que dizer a respeito do "tio" que aparecera do nada.

– Hum…

O som de passos fez com que os cabelos da nuca de Mary se eriçassem: na mansão, ela não queria ouvir esses sons quando seu *hellren* estava em campo.

Assim que John Matthew apareceu na soleira da porta, ela se levantou e viu o rosto pálido.

– Qual a situação?

– O que está acontecendo? – Bitty perguntou alarmada. – Papai… O que aconteceu com o meu pai?

John Matthew começou a gesticular, e Bitty ficou ainda mais agitada.

– O que foi? O que está acontecendo?

– Ok, ok… – Mary segurou a menina. – Está tudo bem. Ele só se machucou, mas o estão trazendo pra casa e vou descer pra vê-lo…

– Eu vou também…

– Não acho que seja uma boa ideia, meu bem.

Bitty cruzou os braços diante do peito.

– Sou parte desta família ou não?

Mary engoliu o súbito bolo que se formou na garganta.

– Você pode não gostar do que vai ver.

– Papai ficou comigo na clínica do Havers. Vou fazer o mesmo por ele.

John Matthew assobiou baixinho e depois gesticulou quando Mary olhou para ele. Ela assentiu e posicionou-se.

– Ok, você vem comigo. Mas é o seguinte: a decisão é da equipe médica. Eles podem nos deixar entrar só depois de um tempo, ou nem isso.

– O que quer que a doutora Jane e o doutor Manny disserem, tudo bem.

Mary esticou o braço e Bitty se aproximou para mais um abraço rápido. Depois, juntas, apressaram-se em seguir John Matthew para o vestíbulo, ao redor da base da grande escadaria e pelo túnel até o centro de treinamento.

Enquanto se apressavam, passando pelas filas de luzes fluorescentes no teto, ela e Bitty ficaram de braços dados, as passadas no mesmo ritmo porque Mary encurtara as suas um pouco e Bitty alongara as dela.

– Não chore, mãe – a menina disse com suavidade.

– Não percebi que estava chorando – Mary sussurrou ao enxugar a face. – Me sinto tão feliz que esteja comigo.

Capítulo 31

— Não, *não* vou ficar aqui.

Axe fez menção de se sentar no leito hospitalar, e o coro de *queporravocêpensaqueestáfazendo* de praticamente cada osso, tendão, centímetro de pele e músculo foi tão alto que ele não conseguiu ouvir a explicação sem dúvida muito sensata que o doutor Manello lhe dava a respeito de permanecer ali.

— Não. — Axe foi puxar o acesso intravenoso do braço. — Tô dando o fora daqui.

O doutor Manello segurou o pulso dele com força.

— Que diabos pensa que está fazendo?

— Vou arrancar isto se você não arrancar.

— Olha aqui, garoto, quero te lembrar que te operei na porra de um beco, cerca de uma hora atrás.

— Estou me sentindo bem.

— Os seus lábios estão azuis.

— Meu corpo, minha escolha.

Enquanto discutiam, de um lado e do outro, a decoração severa do quarto hospitalar e a cama reclinável em que Axe estava deitado o irritaram pra cacete. Assim como a camisola que vestia. O fato de os pés estarem descalços. E também a ideia de que poderia ficar preso ali o dia inteiro.

Na verdade, basicamente tudo o irritava.

— Fala sério. — Pelo menos o cirurgião largou do braço dele ao falar. — É o melhor que tem a dizer? Seu corpo, sua escolha?

Espere, foram essas as palavras dele? Não conseguia se lembrar.

Pouco importava.

– Pensei que fosse uma boa frase. – Axe meneou a cabeça. – Fala sério, me alimentei de uma Escolhida lá no beco. Em seis horas, tudo já vai estar cicatrizado. Por dentro e por fora. Não tenho nenhuma fratura, você mesmo me disse que não há concussão, e salvei a vida de um membro da Irmandade da Adaga Negra.

– E você acha que isso te dá carta branca para agir ccm?

– Tá bem, não sei o que ccm quer dizer...

– Contra. Conselho. Médico. Merdinha.

– Na verdade, isso não seria ccmm?

– Está fazendo com que eu queira te acertar na outra coxa, seu trouxa.

– Isso rima, e não existe um juramento hipotético, como os médicos humanos fazem?

– Hipocrático. E, hipoteticamente, você poderia sair daqui e ter uma complicação em três horas, e por causa disso precisaria ser operado de novo, mas vai estar em casa, com o polegar enfiado no cu, sangrando sozinho sem nenhum bom motivo.

– Meu polegar nunca chegou perto dessa área.

– Talvez devesse tentar. Pode ser que estimule o seu cérebro a funcionar direito.

Axe não se conteve. Começou a gargalhar, e o doutor Manello o imitou em seguida, pelo menos até o macho começar a tossir e a segurar a lateral do corpo onde fora esfaqueado.

– Viu? – o médico disse sério.

– Só está dolorido. – Axe inspirou fundo e quase conseguiu esconder a careta de dor. – Olha só, doutor, me deixa ir. Pego o ônibus pra sair daqui e...

– Você será incapaz de se desmaterializar.

Merda. O cara devia ter razão.

– Que diabos tem na sua casa? – o doutor Manello exigiu saber. – Um gato? Algum tipo de cachorro que devora a casa?

– Só quero ir pra minha própria cama. – Mesmo sendo apenas um colchão no chão. – Simples assim.

Enquanto se recostava na parede, o médico tinha o cenho cerrado como se alguém que falasse um idioma estranho estivesse prestes a derrubar uma bigorna no próprio pé e ele precisasse encontrar um modo de convencê-lo a, por favor, não fazer isso.

– Você vai embora mesmo – o cirurgião murmurou.

– Mesmo que eu tenha que andar daqui até em casa.

Houve uma longa pausa. Depois o doutor Manello disse:

– Tudo bem. Eu te levo na unidade móvel.

– O quê? Ah, caramba, doutor, não posso pedir que faça isso...

– Qual a minha alternativa, seu pé no saco teimoso? Você é capaz de sair mancando daqui, entrar na porra do ônibus e depois saltar dele em algum lugar de Caldie, só pra descobrir então que não consegue dar um passo, e vai acabar morrendo como uma panqueca cozida demais pela exposição solar. Depois de eu ter desperdiçado metros da minha melhor linha de sutura e doze cabelos cinza de Humpty Dumpty pra te montar de novo como se deve.

– Ei, espera, Humpty Dumpty não foi aquele que caiu e se quebrou? Acho que a metáfora que está procurando tem mais a ver com a cola do Elmer? Fita adesiva?

O doutor Manello sorriu e apontou para o saco de soro.

– Faz *alguma* ideia do tipo de coisas que posso colocar aí dentro?

– Você faz isso parecer lascivo. E tenho gostado mais das fêmeas recentemente, então você não faz o meu tipo.

O cirurgião gargalhava ao se aproximar da porta.

– Me dá dez minutos pra eu me organizar. Ehlena já vem aqui pra te liberar... Mas se você tocar nesse fio no seu braço? Não te deixo ir. Vamos fazer do jeito certo, nos meus termos, entendido?

– Entendido.

Bem quando o humano abria a porta, Axe disse sério:

– Posso ver Rhage? Isto é, antes de ir embora?

O doutor Manello olhou por cima do ombro.

– Sim, ele pediu pra te ver. E pode demorar o quanto quiser lá... Mas vai de cadeira de rodas. Ah, e vê se fecha a matraca da reclamação, pode ser?

– Não falei nada.

– Ainda.

Quando a porta se fechou, Axe pensou, aliviado, que pelo menos o cara parecia compreendê-lo.

E depois de ser "desconectado", ele colocou os pés descalços no chão, mas levantar-se foi um tantiiiinho complicado.

No fim, parecia que o médico tinha razão quanto a ele não ser capaz de ir muito longe.

Ehlena, a enfermeira, foi paciente enquanto Axe grunhia e passava sozinho da cama para a cadeira de rodas, e depois o empurrou para duas portas mais próximas à saída e bateu.

– Pode entrar – uma voz feminina disse.

A enfermeira abriu a porta e Axe rolou com a cadeira para dentro. O quadro sobre aquele leito hospitalar era absolutamente Norman Rockwell, Rhage deitado de costas, como se a morte tivesse passado por ali, com a sua amada *shellan* e a filha de cabelos escuros ao lado.

E, interessante, por mais que Axe não acreditasse naquela coisa de nuclear, a menos que fosse a bomba… os três juntos o deixaram um pouco sentimental. Afinal, era o tipo de futuro que qualquer um queria, porque ele via que a família era unida, Rhage segurava a mão da menina, e Mary, a quem Axe vira de passagem uma ou duas vezes, tinha o braço ao redor da filha.

– Não tive a intenção de interromper um momento particular – ele murmurou.

– Não… – Rhage gesticulou para que se adiantasse. – Vem aqui.

Axe moveu a cadeira o mais próximo que conseguia e pensou: "Ah, que inferno". Travando-a, fez uma tremenda força para se levantar e usou a barra da cama para se sustentar de pé.

Uau. Que enjoo.

– Obrigado, filho – Rhage disse rouco. – Você salvou a minha vida.

Cara, aqueles olhos eram tão azuis que até pareciam falsos. E brilhavam com lágrimas não derramadas.

– Imagina, está tudo bem. Só estou feliz que… Bem, você sabe… – Cacete, espera aí… Mas que diabos, os olhos dele também estavam marejados. – Olha só, tenho que ir.

Rhage o segurou pelo braço com força surpreendente e repetiu:

– Obrigado. Por salvar a minha vida. E faça-nos um favor: não tente fingir que não fez isso. Você é o único motivo de eu estar aqui agora.

Axe só ficou ali como uma tábua. Não fazia a mínima ideia de como agir.

Mary interrompeu o silêncio falando do outro lado, com a voz trêmula:

– Não sei como recompensá-lo.

– Não precisa. Não quero nada, senhora. – Axe ergueu o olhar para o alto, num esforço de criar mais área de superfície para seus globos oculares úmidos. – Melhor eu ir. Vou pra casa.

– Te deram alta? – Rhage perguntou. – Não quero ofender, filho, mas você não me parece bem o bastante pra respirar sozinho, quanto mais voltar pra casa sem supervisão.

– Vou ficar bem.

O Irmão gargalhou.

– Você fala igualzinho a um de nós.

Houve mais um instante de silêncio, durante o qual Axe desesperadamente tentava controlar as lágrimas.

– Vem aqui, filho.

Rhage grunhiu ao se sentar e, por algum motivo estúpido, insano e fútil… Axe se inclinou com um gemido. Enquanto se abraçavam, Axe se ouviu dizer:

– E se eu não tivesse chegado a tempo? É isso o que eu… o que fico pensando e repensando sem parar.

– Mas você chegou.

– Mas e se não tivesse? Você teria morrido e teria sido minha culpa.

Rhage soltou e se largou de volta no colchão meio erguido.

– Não, teria sido minha. Vamos falar sobre isso mais tarde, mas acredite em mim, como alguém que conhece esse padrão de pensamento muito bem. A definição da estupidez é se culpar por algo que o destino resolveu que iria ou não acontecer.

– Ok.

– Sabe – o Irmão exalou com força –, gostaria de te dizer que a guerra fica mais fácil. Não fica. Mas você acaba se acostumando com o aspecto terrível dela. Isso consigo te prometer. E, olha só. Você começou com uma vitória. Melhor do que ter a bun… – Olhou de relance na direção da filha. – Você sabe. Com o cabo de uma vassoura. Um desentupidor de pia. Taco de hóquei. Estaca de tenda. Estaca de tenda. Estaca de tenda.

Axe gargalhou e voltou a se sentar com cuidado na cadeira… o que foi tanto reconfortante quanto doloroso, que nem a observação feita por Rhage sobre a dor na bunda, literalmente.

E, maldição, a coxa bem poderia agradecer o fato de não ter que carregar seu peso? Por que voltava a pulsar daquele jeito?

– Não teremos aulas amanhã – Rhage avisou.

– Ok. Olha só, é verdade que ninguém mais se machucou além de você e de mim?

– Houve alguns outros breves combates, mas ninguém mais viu ação de verdade. Os outros assassinos simplesmente deram no pé. Foi como se tivessem medo de serem mandados pra casa. Talvez Ômega esteja passando por alguma mudança? Não sei.

Axe assentiu como se tivesse alguma coisa com que contribuir em alguma discussão sobre Ômega, a Sociedade Redutora ou os fatos sobre a guerra. Não tinha. Ele, por acaso, estivera no lugar certo, na hora certa naquela noite e não fodera com tudo.

Axe sentia como se as pessoas o estivessem transformando em alguma espécie de herói, e na verdade podia ser qualquer coisa, menos isso.

Só ele mesmo sabia que era mentira.

– Então, hum… Vou indo agora. O doutor Manello vai me levar pra casa.

– Tem certeza de que é uma boa ideia, filho?

Axe fitou a família de Rhage.

– Eu… hum… Tenho alguém esperando por mim.

O sorriso de Rhage foi lento e compreensivo.

– Bem, que bom pra você, filho.

– Bom até demais, pra falar a verdade.

– Ah, disso eu sei. Repito, confie em mim.

Axe movimentou a cabeça na direção das duas fêmeas e depois começou a rolar a cadeira para trás a partir da cama a fim de poder manobrar e…

A menininha se aproximou e parou diante dele. Parecia tão pequena e frágil, com pulsos que não eram maiores que os dedos dele, e ombros pouco maiores do que as palmas abertas de Axe. Mas os adoráveis olhos castanhos brilhavam com ar de inteligência, e os cabelos eram espessos e macios. Naquela sua legging e suéter com desenho de flocos de neve…

… ela era mais assustadora do que um bando de *redutores*.

E se ele a quebrasse? E ninguém estava pedindo que Axe a levantasse nos braços. Mas e se ele, sei lá, respirasse do jeito errado e ela se partisse como vidro?

Bem… uma coisa era certa: meio morto ou não, Rhage se levantaria daquela cama e o transformaria em cera de assoalho.

– Ahhh… – Axe olhou para os pais em pânico. – Hummm…

– Posso te dar um abraço? Por salvar o meu pai? – a pequena pediu.

Axe de pronto tornou a fitar Rhage. E chegou a olhar do macho para a fêmea repetidas vezes, do jeito que se faz quando alguém pergunta: Ei, quer segurar esta tartaruga? Ou quem sabe se prontificar para ter malária? Ou talvez o mais popular: Que tal se você pular neste lago infestado de jacarés?

Com costelas de porco amarradas ao seu pescoço, e outra, de vaca assada, enfiada em seu…

Axe franziu o cenho. Mary e Rhage pareciam como se alguém tivesse morrido de repente. Mas que diabos?

Puxa, não queria ofendê-los.

Olhou de volta para a pequena fêmea.

– Ah… Hum… Sim, claro.

A menina o alcançou no instante seguinte, surpreendendo-o com uma pegada forte que roubou seu fôlego. Levantando a mão, ele deu um tapinha entre as omoplatas de passarinho dela.

E depois congelou quando ela sussurrou no ouvido dele:

– Meu pai salvou a minha vida. Eu queria poder fazer o mesmo por ele um dia.

A garotinha se afastou com a mesma rapidez com que o abraçara, e foi estranho. Bem no meio do seu peito, Axe sentiu um nó bizarro de… de algo que não sabia o que era. Mas parecia quente e o completo oposto do autodesprezo gélido que costumava carregar atrás do esterno.

A menina voltou para perto dos pais. E, antes que a situação ficasse ainda mais sentimental, Axe acenou uma última vez para a família, e a garotinha se aproximou de novo para abrir a porta, porque ele não fazia a mínima ideia de como sair do quarto sem ajuda.

O doutor Manello estava do lado de fora, no corredor.

– Pronto?

– Estou.

– Vamos lá.

Os dois se moveram juntos, o bom médico com algum tipo de sapatos elegantes, ele com seu transportador de bunda cujas rodas rangiam no piso bem lustrado.

Para o trajeto até o chalé, o médico fez Axe ir na parte de trás, onde ficavam os pacientes, porque na frente as janelas não eram escuras.

E Axe estava tranquilo por não saber a localização precisa do centro de treinamento.

Isso lhe dava tempo para pensar.

Por algum motivo, a conversa com Rhage grudara na cabeça dele.

A definição da estupidez é se culpar por algo que o destino resolveu que iria ou não acontecer.

Axe gemeu e esfregou os olhos. Deus, como estava cansado...

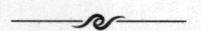

– Ei, chegamos.

Ele se sobressaltou – e na mesma hora praguejou –, quando o corpo se acendeu de agonia, todos os receptores de dor acionados simultaneamente.

O doutor Manello estava na parte de trás do RV, de pé ao lado da cadeira de rodas.

– Quer que te ajude a sair?

– Não – Axe disse entredentes, e fixou as mãos nos apoios acolchoados do assento. – Eu cuido disso.

O cirurgião recuou, e aqueles olhos astutos inspecionaram qualquer indício de falhas estruturais e orgânicas enquanto Axe conseguia se colocar sobre os dois pés.

– Pode guardar a camisola e os chinelos. Inferno, fique com a cadeira de rodas... Por favor.

Axe grunhia conforme arrastava os pés rumo à porta de trás.

– Como se fossem prêmios? Ah, vou deixar a cadeira.

Enquanto o cirurgião dava a volta com admirável naturalidade, Axe sentiu como se tivesse cento e oitenta mil anos. Mas conseguiu chegar ao chão apenas com um pouco de ajuda... e depois voltou a repetir a cena do velhote...

Por que havia fumaça saindo pela chaminé do chalé?

Eram só três da manhã?

Deixando todas as dores de lado, ele se concentrou em quem estava na casa... Ah, sim, era a sua Elise.

Não que ela fosse dele.

Pelo visto resolvera chegar mais cedo.

– Tudo bem? – o cirurgião perguntou, lufadas brancas saíam da boca do sujeito no frio. – Quer que te ajude a se ajeitar lá dentro?

– Não, obrigado, doutor. – Axe olhou para o humano e mostrou a palma da mão. – Te devo uma.

– Pois é, deve mesmo. Mas o serviço com um sorriso é grátis. Apenas não se esqueça de ir me procurar assim que anoitecer, combinado? Sei que não haverá aula, mas temos que tirar esses pontos.

– Feito.

Depois de se despedirem dando um tapa na mão um do outro, o cirurgião fechou as portas da unidade móvel e foi embora, enquanto Axe seguia para a entrada.

Merda. Bem que gostaria de ter tido um minuto para pentear os cabelos e escovar os dentes antes de ver Elise. E também havia todos aqueles curativos...

Rá, se ela achou que aquele corte no supercílio fora um problema...

Pelo menos não poderia acusá-lo de não manter as coisas entre eles apimentadas. Ou, no mínimo... surpreendentes.

Capítulo 32

Emoções eram diabinhos traiçoeiros.

Muitas vezes, Elise sabia, quando havia alguma coisa perturbadora, chocante ou desnorteante acontecendo, que se conseguia superar o que quer que fosse – o confronto, o abuso, a notícia ruim, o acidente que foi culpa da pessoa ou talvez de outro alguém – e se chegava ao outro lado com sentimento de alívio porque a situação terminara.

Mas então a ruminação começava.

Sentada diante do fogo que acendera algumas horas antes na lareira de Axe, ela fitava as labaredas amarelas e alaranjadas e relembrava repetidamente o monólogo "maternal" da tia. Deus, era como se seu cérebro tivesse ranhuras e seus pensamentos fossem a agulha presa no disco.

Mesmo depois de ter invadido aquela casa que não era sua – tudo bem que a porta da frente não estava trancada – e, apesar de estar sentada ali, no exato lugar em que Axe e ela quase fizeram amor na noite anterior, só conseguia ver e ouvir o que acontecera naquele closet...

O som de um motor do lado de fora do casebre fez com que se levantasse e, por um momento, entrou em pânico, pensando que o pai de alguma forma descobrira onde ela estava. Mas logo sentiu a presença de Axe, o sangue que ele lhe dera mais uma vez agindo como um farol que ficava feliz em ter.

Mas e se ele ficasse bravo por ela ter chegado antes? Seriam umas três da manhã? Três e meia? O que não era um problema lá muito grande, se considerado que chegara ali antes da meia-noite.

Tinha esperanças de que ele não se zangasse...

A porta se escancarou, e, quando Axe cambaleou para dentro, Elise cobriu a boca com a palma da mão para não gritar. Estendendo a outra mão a esmo, amparou-se na cornija da lareira.

Axe estava vestindo uma camisola de hospital, as pernas nuas ligadas a um par de chinelos. Andava como se sentisse muita dor, e havia curativos visíveis nos bíceps e no ombro, sem dúvida em outros lugares também.

Mas não era o pior. O rosto estava coberto de cicatrizes, como se tivesse chegado perto demais de uma série de facas ou talvez de arame farpado.

Ele parou ao ver a reação dela.

– Ruim assim, é?

– Ah, Deus... – Correu para ele de braços estendidos, e depois parou de pronto. – Onde não está machucado? O que aconteceu?

Antes que ele pudesse detê-la, ela foi para o lado dele e o amparou pela cintura.

– Apoie-se em mim.

Elise ficou surpresa quando Axe o fez. E isso a assustou quase tanto quanto a visão do rosto dele.

– Venha pra junto do fogo – ela chamou, apesar de já estar indo nessa direção. – Você fugiu do hospital? Como deixaram que saísse?

Junto ao colchão, ela o ajudou a se sentar, a luz do fogo lambendo-o e, quem sabe, aquecendo-o. Assim que Axe ficou um pouco acomodado, Elise deu um salto para ir fechar a porta.

– Posso te trazer alguma coisa? – ela perguntou ao voltar para perto dele e se agachar.

Ele se limitou a fitá-la com os olhos se suavizando, a tensão amenizada.

– Tenho tudo de que preciso aqui.

Quando Axe levantou a mão para afagá-la no rosto, ela o encontrou em mais da metade do caminho para que ele não tivesse que se esforçar para manter contato.

– O que aconteceu, Axe?

– Não importa. – As pontas dos dedos resvalaram o maxilar dela, o pescoço. – E não dói mais nada.

Ela observou o corpo dele e praguejou. A barra da camisola se erguera e havia uma bandagem grossa ao redor da coxa. E também um volume grande debaixo do braço oposto, bem na altura das costelas. E, ah, Senhor, o rosto...

– Estou tão feio assim? – ele sussurrou.

– Nunca. Não pra mim.

– Está tudo bem, pode me dizer. Você gosta da verdade, lembra?

Elise apenas balançou a cabeça, porque seus olhos marejavam e as mãos começaram a tremer, e tudo parecia desmoronar ao mesmo tempo.

– Estou bem – ele murmurou. – Venha aqui, deite-se ao meu lado.

Ela se estendeu e se apoiou num cotovelo.

– Não vai me contar o que aconteceu, vai?

– Não importa.

– Importa, sim.

Mas ele se calou. E simplesmente a fitou.

– Eu queria poder fazer alguma coisa – ela disse.

– E pode.

– O quê?

– Pegue minha escova de dentes, pasta e um copo de água lá em cima? Adoraria escovar os dentes.

Por um segundo, ela pensou que Axe estivesse brincando. Mas depois sorriu porque ele a fez sentir-se útil.

– Mais alguma coisa? – perguntou ao se sentar.

– Sim, mas te conto depois de passar o fio dental.

Elise piscou. E depois balançou a cabeça.

– Você não... Não está dando em cima de mim, está?

– Isso te ofende?

Ela explodiu numa gargalhada.

– Não, nem um pouco. É só que, caso ainda não tenha percebido, você está meio morto.

Axe começou a sorrir, e foi uma coisa linda de se ver.

– Nem perto disso, fêmea. Nem perto disso.

Era incrível como uma mudança de cenário podia animar um macho.

Quando Elise voltou a descer e se ajoelhou junto dele com o solicitado sistema de refrescância à base de menta e um copo de enxágue, quer falar de uma dose de morfina? Só que sem o opiáceo e sem os tubos? Ele não sentia absolutamente dor alguma.

– Por que não preparo isto pra você? – ela se ofereceu, segurando a escova e a pasta.

Quando ele concordou, Elise se pôs a trabalhar, a cabeça num ângulo para baixo, os cabelos, que haviam sido presos num rabo de cavalo, escorregando pelo ombro e pendendo para a frente enquanto se concentrava em fazer uma linha de Crest nas cerdas dele.

Hum, ok. Isso soava meio lascivo.

Mas, pensando bem, no seu atual estado de humor, ele conseguiria tornar qualquer coisa tão inócua quanto destampar o tubo ou apertar o fundo ou até mesmo segurar a escova dele com firmeza na mão em um gesto nada recomendado para menores.

– Como vai fazer isso? – ela perguntou.

Axe baixou o olhar para a camisola e respondeu mentalmente: *Erga minha camisola e monte em mim depois de se despir. Depois cavalgue sobre mim como o touro que sou.*

Uau. Quanto romantismo.

– Eu levanto a cabeça. E… – Ele sibilou e deixou o peso morto no alto da espinha dorsal cair de volta ao chão. – Maldição…

O sorriso de Elise apareceu bem acima dele.

– Abra bem.

Quando ele obedeceu, o sabor leve e refrescante foi completamente ofuscado pela essência dela, pela beleza, e pelo desejo dele. Elise acabou enxaguando a escova no copo, uma vez depois da outra, eliminando assim os restos de pasta da boca de Axe, e se o resultado final ficou um pouco arenoso, pelo menos ele não sentia mais gosto de sangue.

E nem ela sentiria.

Elise deixou o copo e a escova de lado e puxou a manga da blusa de lã simples sobre a palma para poder enxugar a boca dele.

– Que tal?

– Estou machucado demais pra beijar?

– Não – ela suspirou.

Inclinou-se sobre Axe, mas ele a conteve.

– Pode soltar o cabelo?

Alguma coisa relativa à lembrança dos cabelos dela açoitando o macho humano do lado de fora da churrascaria ainda permanecia com ele, e Axe queria possuir seu próprio trecho de maravilha e magia que outro cara tivera com ela, tirá-lo do humano e estampá-lo como dele.

Sem falar que adorava a fragrância do xampu de Elise.

E quando ela soltou o elástico e voltou para ele, mechas suaves emolduraram-lhe o rosto... Em seguida, os lábios resvalaram nos seus e ele usou de todas as suas forças para repousar as mãos nos antebraços dela.

— Pode deitar em cima de mim — ele disse próximo à boca da fêmea.

— Onde você está machucado?

— Me esfaquearam na lateral, mas não foi grande coisa...

Ela se afastou.

— Mas quê...

Axe mexeu a mão de um lado para o outro.

— Não é um problema.

— Me deixa ver.

Hummmm. Se ela o despisse, acabaria tendo uma bela noção de quanto aquilo fora ruim. Por outro lado, opa. Ficaria pelado.

Sua consciência falou mais alto.

— Eu... hum, não estou vestindo nada além disto. Quero dizer... Nada mesmo.

Os olhos dela ficaram velados.

— Tudo bem pra mim.

Os quadris de Axe rolaram ante o tom sensual de Elise.

— Então, arranca essa maldita coisa de mim. Tenho uma tesoura na cozinha. Perto do fogão.

O som dela andando pela casinha enquanto subia as escadas o fez perceber como o chalé geralmente ficava vazio, silencioso: naquela região rural de Caldwell não havia som do tráfego noturno, nenhuma luz extra de prédios ou de postes, nenhum vizinho próximo demais.

Engraçado, ele nunca tivera muita opinião sobre a propriedade antes... Mas gostava daquela solidão.

Ainda mais com ela por perto.

— Tomarei cuidado — ela disse ao voltar e se ajoelhar ao lado dele. — Acho que vou ter que começar por baixo.

A respiração de Axe se prendeu e depois acelerou.

— Elise?

— Oi? — ela perguntou ao se aproximar da bainha com a tesoura.

— Você percebe que eu...

Engraçado o fato de que um macho como ele, que já tivera praticamente toda e qualquer experiência sexual fisicamente possível, com frequência em meio a multidões de pessoas, de repente se mostrasse tímido. A diferença era que desejava que Elise gostasse da aparência dele. Em outras circunstâncias, não dera a mínima.

– O quê? – ela sussurrou. – Quero ouvir você dizer.

– Estou duro – ele gemeu. – Por sua causa.

Sim, era a coisa menos sexy do mundo para um paciente de hospital dizer a uma fêmea... Um cara surrado, maltratado, costurado do tipo Frankenstein, mas com uma parte que não estava machucada pronta para disparar.

No entanto, por qualquer que tenha sido o motivo, ela não se importava com as partes feias.

O sorriso de Elise ficaria para a posteridade.

– Bem, isso significa que vou ter que fazer algo a respeito, não acha? – ela murmurou.

O pau dele remexeu como se estivesse fazendo abdominais quando do Elise se pôs ao trabalho, a tesoura prateada brilhante e refletindo a luz do fogo, as lâminas cintilando quando começou a cortar. Bem no meio da camisola.

O som do deslizar daquelas duas metades afiadas se juntando uma vez, depois outra, tão perto da ereção quase o fez chegar ao orgasmo. E logo ela chegou onde a ação acontecia.

Elise cortou o tecido seguindo o comprimento da ereção.

Agarrando a coberta, empunhando-a, Axe jogou a cabeça para trás, cerrou os dentes e gemeu.

– Vou gozar... *Puta que o pariu*, ah...

O clímax foi mais forte do que vinha tendo na casa de *swing*, as sensações tão revigorantes e claras, semelhantes àquelas lâminas, cortando através do corpo dele.

Mas se preocupou com o que ela pensaria. Não queria ir tão longe, tão rápido...

Não, não devia ter se preocupado. Elise estava enfeitiçada, as presas brancas mordendo o lábio inferior como se estivesse contendo os próprios gemidos de prazer, os olhos fixos no pau dele, na ejaculação, o corpo pronto para montar no dele.

Só que, quando tudo terminou, ela continuou cortando, a cabeça do pau fazendo uma dança desesperada quando a tesoura passou pelo abdômen tanquinho. E mais alto, nos peitorais. Por todo o caminho até o pescoço.

Axe não conseguiria ter se mexido mesmo que quisesse. Ainda mais quando ela concluiu a tarefa, afastando o tecido da frente e se sentando para trás.

– Quero tocar você – ela disse com um tom maravilhado que o fez corar.

– Em qualquer lugar. – Deus, a voz dele saiu rouca. – Porra, faz o que quiser comigo.

Ela o beijou primeiro e, puta merda, ele amou ficar sob o controle dela, sob a perícia dela. Estava nu, vulnerável por conta dos ferimentos e tão desgraçadamente excitado que ela poderia violá-lo de doze diferentes maneiras dali até quando quisesse, em todas as partes, e ele teria implorado por mais, *mais firme, de novo, de novo, de novo, ah, por favor, Elise, me tome de novo...*

As mãos dela eram como água deslizando sobre a pele de Axe enquanto ela lambia a boca dele e a penetrava, tomando-o enquanto se entregava. E logo o beijava no pescoço.

– O que são estas tatuagens? – ela perguntou quando os lábios resvalaram a jugular. A clavícula. – Só de um lado? Os brincos e os piercings também.

– Duas metades – ele murmurou ao arquear a parte inferior do corpo, a ereção pesada e quente encostada sobre a parte de baixo do ventre.

– De você?

Ele assentiu e tentou responder:

– Quem eu sou... quem eu desejo ser.

Ela fez uma pausa.

– Quem deseja ser?

Por um segundo, o clima foi ameaçado, rachaduras aparecendo no calor e na luxúria. Mas ele não podia permitir que se partisse. Aquilo era bom demais, raro demais...

– Axe?

– Quero ser bom. Quero mesmo. – Porra, ele soava como uma criança. – Quero ser um bom filho, não um destroçado.

– Bem, eu o considero bom.

Você não me conhece de verdade, ele pensou com um medo súbito.

Merda, e se ela descobrisse que ele era um vagabundo sujo... e ex--viciado em drogas que desapontara o pai bem quando o macho mais precisara dele?

E era triste, mas, por mais equivocada que estivesse a confiança de Elise, ele precisava disso: o fato de a fêmea acreditar nele era quase uma forma de perdão, algo de que precisava desesperadamente, mas jamais esperara encontrar.

– Quero ser bom pra você – ele disse, sincero a cada palavra. De todas as maneiras possíveis.

Só que não houve delongas; Elise prosseguiu sendo muuuuuito boa com ele, a boca trafegando tronco abaixo até pairar acima da cabeça do pau. Ah, porra, os olhos o fitavam ao longo do peito, e em seguida, ela esticou a língua e saboreou a glande. Quando ele xingou alto e se moveu, ela o sugou...

Uma centelha de dor, num lugar onde os machos não toleravam muito bem o desconforto, fez com que Axe saltasse e piorasse as coisas.

– Ai! – ele ladrou quando os dentes dela o pegaram de novo. – Não... Não para.

– Desculpa! – Ela se sentou em pânico, a excitação do pau dele ainda ali. – Nunca fiz isso antes, esqueci que tenho presas...

– Continua...

– Não quero te machucar...

– Eu gosto...

De uma vez só, o absurdo da situação sexual foi absorvido por ambos, e ele não soube quem começou a rir primeiro, mas logo os dois gargalhavam.

Era bom estar livre da dor e do vazio, sentir, em vez disso, não só prazer, mas também... felicidade.

Fazia muito tempo para ele.

Desde que a mãe fora embora sem olhar para trás.

Capítulo 33

Elise não conseguia acreditar na loucura de estar agindo como algum tipo de sedutora, quando, na realidade, só fizera sexo uma vez, não fora lá muito bom e, certamente, nunca tentara fazer... hum... bem, você sabe, em ninguém.

Deus, ela era tão reprimida que não conseguia formular a palavra nem em sua cabeça.

Boquete.

— Sim, por favor.

Quando Axe respondeu, ela percebeu que havia falado em voz alta.

— Puxa... Hum, acho que não sou muito sutil, sou?

Ele abaixou a mão e afagou o rosto de Elise.

— Você é... incrível. Faz com que eu sinta coisas que nunca senti antes. É perfeita desse jeito mesmo como é e, precisamente, com o que está fazendo.

— Mas acabei de morder teu... — E, P.S., puta merda, ela não conseguia acreditar que estava sentada ali com o membro dele na mão como se o treco fosse tão normal quanto o gancho de um telefone.

— Diz — ele ordenou.

— Hum...

— Rola. Pica. Caralho. Cacete. Pau...

Mais risadas com ele, os dois sorrindo juntos... E só o que ela queria era voltar ao trabalho.

— Alguma sugestão? — Elise perguntou com sensualidade. — Do que gosta?

Os quadris dele rolaram, e ela ficou momentaneamente ciente dos curativos na coxa e na costela. Mas então os olhos de Axe reluziram e ele inspirou fundo, e a voz abaixou uma oitava... De repente, ela não estava mais pensando em nada que não fosse o sabor dele.

– Passe a língua... até em cima... e ao redor da ponta.

Mantendo o olhar fixo no dele, ela esticou a língua... e se inclinou para seguir as instruções.

– *Elise...*

E assim ela soube, sem ter que perguntar se acertara dessa vez, a ereção saltando em sua mão, a pelve bombeando, a expressão de total ardor e admiração.

– Você é tão linda... – Ele arquejou enquanto a observava.

Lambendo a ponta do pau, ela abriu bem a boca e tentou manter os dentes afastados... e deve ter sido bem-sucedida porque, ainda que ele estivesse todo duro, não houve gritos. Em vez disso, Axe arqueou a coluna e a acompanhou nos movimentos quando ela encontrou o ritmo: para cima e para baixo, sugando-o, afagando-o na base com a palma. Mais rápido... mais rápido...

– Vou gozar... – ele gemeu e ficou tenso, mas também tentou afastá-la.

E quando ele ladrou um palavrão, ela recebeu todo o orgasmo, o que pareceu levá-lo à loucura da paixão, as convulsões e a reação na boca de Elise, tão eróticas quanto ela poderia um dia imaginar.

Quando acabou, ele relaxou... a ponto de os braços e pernas despencarem no chão.

– Adoro o seu gosto – ela disse ao lamber os lábios.

E as palavras fizeram a ereção dilatar na mão dela.

– Sobe em mim – ele disse brusco. – Quero ficar dentro de você... Sobe.

Por uma fração de segundo, Elise se perguntou se iria mesmo fazer aquilo...

A extensão dos ferimentos dele a assustava. Se aquilo poderia acontecer a ele quando saía para lutar, todas as noites, quanto tempo levaria até que não voltasse mais para casa?

No entanto, seguindo essa lógica, ela deveria acatar o pedido dele porque poderia perdê-lo a qualquer instante.

Então pensou em si mesma, nos anos passados no acostamento da vida, comportando-se de acordo com os valores que lhe foram impostos em vez daqueles gerados pelas suas crenças.

Mas naquele momento? Um macho lindo, que não fora nada além de gentil e compreensivo – apoiando-a mesmo contra o pai – queria estar com ela. E era descompromissada, sentia-se atraída por ele, estavam na privacidade de um lugar reservado.

Simplesmente não fazia sentido recusar. Ainda mais por desejá-lo tanto.

Elise despiu a malha e a camisa de mangas compridas que vestia por baixo. Largou o sutiã e se levantou.

Depois se moveu mais devagar porque Axe a observava com aqueles olhos arrebatados, com certeza memorizando cada nuance do corpo dela. E lá se foram as calças de ioga, deslizando pelas coxas, pelos joelhos, e logo ela as chutou... e pairou acima dele somente com a calcinha branca.

– Vira pra mim? – Axe disse num tom muito próximo da súplica.

Erguendo-se, Elise girou, mostrando a bunda para ele. Foi então que ela enganchou os polegares na calcinha e a desceu até o chão, dobrando o corpo enquanto mantinha as pernas unidas de modo a mostrar com exatidão o que queria que ele visse.

Axe não proferiu uma palavra de aprovação sequer. O ronronar e os olhos vulcânicos lhe contaram tudo o que ela queria saber.

Elise passou por cima dele, acomodando-se sobre os quadris. A luz do fogo na pele dela, o peso dos seios, o desejo crescente entre as pernas, tudo a fez sentir-se poderosa e dominadora, e ficou feliz que estivesse acontecendo assim.

Seria incrível.

Porque ela e Axe fariam com que fosse.

Ajoelhando-se, ela apoiou uma mão em cada lado da cabeça dele e o beijou, uma vez e de novo, ciente do quanto seu sexo estava aberto acima do dele, o quanto estava pronta, o quanto tudo parecia perfeito. E enquanto ambos continuavam movendo as bocas uma ao encontro da outra, o calor do corpo do macho emanou para o dela, e as palmas dele afagaram-lhe as coxas, a cintura, e espalmaram os seios. Quando Elise não aguentou a antecipação um segundo mais, pairou acima da ereção e foi ela quem, no comando, resvalou a ponta que sugara em sua vagina.

E os dois praguejaram.

E quando ela, com cuidado, o posicionou no lugar certo, abaixou-se sobre ele. A sensação de alargamento e preenchimento não foi nada dolorosa, e sentiu-se contente por ter perdido a virgindade antes, assim o desconforto estava fora de questão e ela podia aproveitar todos os momentos daquilo.

Fricção.

Usando a lombar e os quadris, ela começou a cavalgar sobre ele, e ele a ajudou, contragolpeando as investidas dela com as próprias, uma força cinética tendo início. Os seios balançavam e a respiração de Elise ficou presa, as labaredas fazendo tudo se mover em câmera lenta – ou talvez fosse o cérebro dela.

A proximidade do orgasmo era como um trem dentro do corpo da fêmea, ganhando velocidade, o prazer aumentando exponencialmente, radiando do sexo. E o tempo inteiro eles se beijavam e se fitavam...

O clímax dela chegou antes e de modo inesperado, como o rompimento de uma tira elástica, só que não houve nenhum ricochete de dor, apenas uma explosão, um jorro, série após série de contrações prazerosas nas quais ela queria se perder para sempre. Em seguida, Axe se moveu mais rápido, indo mais fundo, um ímpeto dominando-o, como ocorrera na boca de Elise antes.

E depois? Depois que terminaram?

Depois que os batimentos cardíacos foram desacelerando?

Ele recomeçou outra vez.

Foi o melhor sexo da vida dele.

Absolutamente estonteante, Axe concluiu muito, muito tempo depois, quando Elise, por fim, se deitou no peito dele, os corpos saciados, os desejos eróticos já para trás, pelo menos pelas próximas horas.

O macho percorreu a coluna dela com as pontas dos dedos, adorou a maciez da pele, o peso do corpo e o cheiro do sexo. Poderia ficar onde estavam pelo restante da sua triste vida.

Mas sabia que a aurora se aproximava.

– Elise? Está acordada?

– Hummm?

Afagou-lhe os cabelos.

– Por mais que acabe comigo, são quase seis da manhã. É melhor você ir pra casa.

Ela levantou a cabeça, apoiada no peitoral dele. Os olhos sonolentos sob a luz moribunda da lareira, os lábios inchados pelos beijos dele, a face ainda corada.

– Quero ficar aqui – ela disse.

– Também quero que você fique. Mas acha que isso vai ajudar na sua situação? A decisão é sua.

Ela franziu a testa e ficou muda por um instante.

– A propósito, sinto muito por ter chegado cedo.

– Não foi tão cedo assim. Além disso, você é bem-vinda sempre que quiser. É só entrar.

– Cheguei antes da meia-noite.

– Por quê? – Axe passou a mão sobre o ombro dela. – Mas, repito, não dou a mínima. Mude-se pra cá se quiser.

Puta merda, ele disse isso mesmo?

– Eu estava chateada. E não tinha para onde ir.

De uma vez só, seus instintos protetores masculinos foram acionados, as presas desceram e o corpo voltou a ficar alerta a despeito dos ferimentos.

– O que aconteceu? E a quem preciso matar?

E ele estava apenas brincando parcialmente quanto a esta última parte.

Pelo menos ela sorriu de leve. Mas isso não durou.

– Eu… Hum… Bem, eu te contei que a minha prima foi assassinada? Lembra?

– Sim. Claro.

– Bem, fui até o quarto dela. Depois que você saiu. Não tinha planejado isso… Meio que… acabei indo lá. E fui parar no closet. E comecei a organizar tudo ali. Estava tudo tão bagunçado. Uma zona só… Roupas para todos os lados, sapatos…

Quando ela não continuou, ele a afagou no ombro.

– Fale comigo, Elise. E fique sabendo que tudo o que disser ficará comigo.

– Ah, confio em você. É só que… é tudo muito horrendo.

– Sei o que é horrendo. Não tenho medo disso.

O ar saiu dela num tremor.

– Minha prima Allishon e eu? Não éramos nada parecidas. Quero dizer… A palavra mais educada pra ela seria *promíscua*. As roupas não eram como as minhas. Ela não pensava como eu. Não se comportava como eu, e adorava ser a rebelde. Era linda e descontrolada, e sempre tive a impressão de que ela adorava esfregar isso na cara dos pais.

– Já passei por isso – ele disse de maneira remota. – Não faz bem a ninguém.

– Talvez, se tivéssemos tido mais tempo? Não sei. Talvez ela tivesse mudado. – Elise exalou numa investida. – Bem, voltando: eu estava no closet e organizava a bagunça. Minha tia entrou e me surpreendeu. Quero dizer, não a via desde a noite em que Peyton veio pra contar a eles sobre o homicídio. Ela parecia… muito mal. Doente. Horrível. Como se tivesse envelhecido mil anos, estivesse faminta e apanhado de alguém.

Axe reposicionou ambos, rolando de lado e aninhando-a à sua frente.

– Sua tia ficou agradecida pelo que você estava fazendo?

– Não. Nem um pouco. – Os olhos de Elise se distanciaram. – Ela disse… coisas horrendas sobre a filha. Tudo sobre reputação e a posição da família na *glymera*. Estava com raiva e amarga pelo fato de haver vergonha sobre ela. Triste por não ser mais convidada… para festas. Foi o ato mais egoísta que já presenciei… E fiquei pensando: Bem, é claro que Allishon agia como agia. Com uma *mahmen* como esta?

Axe cerrou os molares como se a raiva o sufocasse.

– Mães egoístas são as piores. Esse tipo de merda acaba te marcando.

Como uma fêmea que desertara seu *hellren* e o filho em favor do dinheiro da *glymera*. Isso mesmo. Já havia lido esse livro, visto o filme, comprado a camiseta, a caneca térmica e o Blu-ray. Pôster acima da cama também.

Mas ficou calado. Estavam se concentrando em Elise e, maldito fosse ele, Axe queria muito ouvir o que ela dizia.

Elise balançou a cabeça.

– Fiquei chateada depois que a deixei e corri pra baixo e pra fora de casa… Vomitei no jardim da frente. Depois segui até chegar à base da colina, e então à estrada.

Ele a imaginou correndo na noite com o coração partido, sem que ninguém em sua família a compreendesse ou se preocupasse de fato com ela.

– Fico feliz que tenha vindo. Queria ter sabido que estava aqui.

– Obrigada por não ficar bravo.

– Jamais.

– Pedi a Peyton que me contasse o que aconteceu com Allishon. Vou me encontrar com ele amanhã.

Axe teve que controlar uma pontada de desconforto. Porque era melhor que o maldito ficasse bem longe do assunto "guarda-costas".

– Tenho que descobrir a verdade. – Ela desviou o olhar. – Preciso saber, mas não entendo bem por que isso é tão importante. A morte é irreversível, nada mudará se eu souber o que aconteceu. Mas minha mente não quer saber de deixar a verdade de lado e não vou brigar com ela.

– Talvez você só esteja atrás dessa série de eventos porque não consegue as respostas reais de que precisa.

– Desculpe. Não entendi…

– Por exemplo… – Axe pigarreou. – Talvez não possa perguntar ao seu pai como ele se sente de fato a respeito dessa morte. Talvez haja outras questões que queira saber sobre ele. O que ele pensa da morte da sua mãe. Quais são as preocupações dele noite após noite. Talvez seu pai seja inalcançável. – Axe pensou no próprio pai no porão com aqueles blocos de madeira. – Talvez queira saber o que ele sente de verdade a seu respeito. Mas sabe que isso nunca vai acontecer. Vocês jamais serão próximos. Ele sempre vai estar focado em alguma outra coisa. E a merda é que… você sabe disso, o que não significa que a sua busca vá terminar. E só vai conseguir suportar essa situação por um tempo antes de enlouquecer. – Axe desviou o olhar de Elise… mas voltou para ela e deu de ombros. – Por isso você fica procurando maneiras de se aproximar dele, porque é o que as pessoas fazem. As pessoas vão aos lugares errados atrás das coisas que não conseguem nos certos.

Quando ela só o encarou, ele se sentiu o maior dos idiotas.

Ela estava estudando para obter um doutorado em psicologia, pelo amor de Deus. O que ele sabia?

– Ou não – Axe murmurou. – Não sei o que estou dizendo…

Elise o interrompeu, beijando-o.

– Deus… Você é tão esperto.

– Sou? Quero dizer… sim, sou o Einstein. Tanto faz.

Ela gargalhou.

– Não, verdade, acertou em cheio. Nunca pensei assim sobre o assunto.

Por um longo momento, ele a fitou. Até ela dizer:

– Por que está olhando pra mim assim?

Axe a beijou, mas depois recuou.

– Acho que é melhor você ir.

– Tem razão. Se vou passar a noite com você, quero que seja em termos honestos. E isso não vai acontecer pelo telefone com o meu pai, e não só porque deixei aquele meu aparelho com GPS em casa.

– Se ele te expulsar, sempre poderá ficar aqui comigo. E só estou meio que brincando a esse respeito.

– Você é tão meigo.

A bufada que ele deixou escapar foi meio grotesca, o tipo de aspecto que tentava esconder, sem conseguir. E, sim, ela riu dele, o que o fez se ressentir um pouco menos do barulho.

Mas então Elise se levantou e, tragicamente, começou a se vestir. Quando estava arrumada de novo, ajoelhou-se e puxou uma das cobertas sobre a nudez dele.

– Tem certeza de que vai ficar bem em casa sozinho? Fico preocupada.

– Se o que acabamos de fazer não me matou, garanto que chego até o pôr do sol.

– Estou falando sério.

– Ficarei bem.

Ela o beijou e depois foi até o fogo, colocando mais lenha.

– Não precisa fazer isso – ele disse.

– Tarde demais. – Elise lhe sorriu por cima do ombro ao ajeitar as toras recém-acrescidas. – Sabe o que estou fazendo agora?

– Ficando mais quente do que o calor desse fogo?

– Tentando não perguntar quando vou te ver de novo.

– Tenho uma resposta fácil: quatro da manhã de amanhã.

– É um encontro?

– Melhor acreditar nisso. – Ele ajeitou uma almofada velha do sofá debaixo da cabeça. – Me liga quando chegar em casa?

– Pode deixar. Onde está o seu celular?

– Ah… Merda. Não faço ideia. Deve estar no centro de treinamento com o que restou das minhas roupas. Não tenho telefone em casa.

– Hum… Vou ficar bem. Sei cuidar de mim.

Houve uma longa pausa.

– Vá – ele lhe disse. – Pra que eu saiba que está segura antes de o sol nascer.

Elise assentiu e depois se foi, a porta da frente se fechando atrás dela silenciosamente.

No rastro da partida, ele pensou… Deus, como a casa ficava vazia.

CAPÍTULO 34

NA NOITE SEGUINTE, ENQUANTO ELISE se vestia para ir ver Peyton, seus pensamentos estavam em Axe, e não em algum dos primos. Preocupava-a se ele havia passado bem o dia. Como estariam seus ferimentos. Se ele deixara o fogo apagar e se transformara num picolé.

Ele precisava consertar o aquecedor da casa. O tempo ficaria ainda pior antes de começar a melhorar. Lá pelo mês de maio.

O problema era que parecia coisa de perseguição simplesmente aparecer na casa dele dizendo: "Ei, eu só queria saber se você ainda está respirando!". Além disso, no meio da maratona sexual, ele mencionou que precisava ir à clínica para tirar os pontos e, sem dúvida, se deixasse de comparecer, alguém iria procurá-lo.

Certo?

– Maldição – resmungou ao sair do quarto com o celular e GPS ainda funcionando muito bem.

Ela saltara a Primeira Refeição. De jeito nenhum conseguiria se sentar entre o pai e o tio e jogar conversa fora, não só considerando o que acabara de fazer com Axe, mas também por conta do que vira na tia na noite anterior: mesmo com toda a sua educação e autorrealização, seria incapaz de compartimentalizar tantas emoções.

Talvez fosse de fato filha do pai dela por não querer compartilhar.

Já no primeiro andar, bateu à porta fechada do escritório do pai. Quando ouviu a permissão para entrar, assim o fez. Ele estava sentado à escrivaninha, usando um dos seus ternos, parecendo um modelo de propaganda da Dunhill.

Para uma revista *Life* lá do ano 1942.

– Boa noite, pai.

Ele desviou o olhar da papelada.

– Ah, olá, minha querida.

– Pai, vou visitar Peyton, filho de Peythone. O pai e a *mahmen* dele estarão lá. O propósito é discutir a festa de aniversário de Paradise... A data está chegando e eu e ele estamos organizando uma reuniãozinha na casa dele, em homenagem a ela...

Pela primeira vez em muito tempo, Felixe de fato sorriu. Genuinamente. A ponto de ter que apoiar a caneta-tinteiro no mata-borrão.

– Ah, querida, considero isso maravilhoso. Simplesmente esplêndido.

– Pensei mesmo que ficaria satisfeito. – Com esforço, ela evitou um tom crítico. – Não tenho certeza de quanto tempo levarei.

– Ah, divirta-se. Eu a verei ao amanhecer, então.

– Sim, pai.

Com uma leve reverência, ela saiu, o centro do peito doendo porque adoraria ver o mesmo tipo de reação dele quanto aos estudos, ao trabalho, aos verdadeiros planos dela. Mas não, o pai estava feliz porque Elise iria organizar uma festa.

Disse a si mesma que era o jeito dele, da geração dele, que era só o que ele conhecia.

Mas doía ser minimizada.

Do lado de fora, percebeu que se esquecera do casaco, mas não se importou. Fechou os olhos, saiu da propriedade, e sentiu uma onda de alívio no ar frio.

A mansão de Peyton não ficava longe, e era tão grandiosa quanto aquela em que ela morava, apenas num estilo diverso. A mansão da família dele era no estilo Tudor, com todas as cúpulas e ângulos e cômodos estranhos no interior, não que ela estivesse tão familiarizada assim com o lugar.

A porta de entrada foi aberta por um mordomo que vestia o mesmo tipo de uniforme que o *doggen* principal da casa de Elise.

– Senhorita, seja bem-vinda. O senhor Peyton está no quarto. Ele pede que o espere na biblioteca.

– Sim, claro – ela disse ao segui-lo até o ambiente enorme recoberto com volumes em capa de couro, mobília medieval pesada e imensos candelabros de bronze.

Com todas as tapeçarias, pinturas a óleo e a maneira como os passos ecoavam no piso de ardósia cinza, aquilo mais se parecia com um cenário de *Harry Potter*, embora sem as corujas e as varinhas mágicas.

Era um mistério o fato de alguém se sentir em casa ali, mas, em retrospecto, a *glymera* se importava mais com as impressões do que com o conforto. Uma coisa impressionante.

– Gostaria de algo para beber? – o mordomo lhe perguntou.

– Não, obrigada.

– Fique à vontade. – O mordomo se curvou bem baixo e recuou pelo cômodo. – Ele não demorará.

Antes que Elise conseguisse escolher um lugar para se sentar, seu celular tocou e ela atendeu intrigada ao primeiro toque.

– Peyton? Estou no andar de baixo. O quê? Ah... sim, ok, tudo bem. Não me importo. Claro. Onde...? Tudo bem.

Encerrando a ligação, Elise foi até um segundo par de portas de carvalho e saiu sorrateiramente. Caminhando pelos corredores dos fundos da casa, encontrou a despensa, pegou o pacote de Doritos requisitado pelo primo e apressou-se pela escada de serviço até o segundo andar. Depois de se esconder na rouparia até que uma criada passasse, trotou e...

Peyton estava esperando na porta do quarto, um braço apoiado no batente, o outro solto enquanto acenava para ela.

– Ei, menina!

Não usava camisa, vestindo apenas calças de pijama de cetim, e tinha as funções mentais de um micro-ondas.

Maravilha. Justo o que ela tinha em mente, maldição.

– Peyton – ela murmurou quando se aproximou. – O quanto você está bêbado exatamente?

– Muito. E chapado. E, espera... Acho que usei cocaína umas duas horas atrás. Mas o barato praticamente já acabou.

– Pois bem, aqui está o seu *delivery* de sódio. – Entregou-lhe o pacote de salgadinhos e o encarou. – E vou voltar pra casa.

– Não. Não vai, não. Vamos conversar.

– E como conversaremos? Com a fala tão arrastada, tenho certeza de que está falando francês. Ou será italiano?

– É mais provável que eu consiga entornar se estiver bêbado.

– O que estiver bebendo, certo? Ou seja, o que estiver no copo.

– Ah, para, Elise. Me dá um tempo, tá? Acha que vai ser fácil pra mim?

Balançando a cabeça, ela cruzou os braços. Mas depois soltou um palavrão e passou por ele, entrando na suíte.

— Você não devia estar embriagado pra poder falar a respeito de coisas.

— Isso e um saquinho de batatas dão conta do serviço.

— Que diabos quer dizer?

— Não sei — ele murmurou ao fechar a porta.

O quarto parecia do tamanho de um estádio de futebol, a área de descanso correspondia à de uma sala de estar com sofás e poltronas dispostas, a tela de TV era do tamanho de uma tela de cinema, e uma cama, obviamente de tamanho *king size*, mas redonda. A decoração era feita de Grey Goose, ou seja, de garrafas de vodca. Vazias – ah, não, espere, perto da porta aberta do banheiro havia oito cheias, fechadas.

E, claro, seria possível nadar na Jacuzzi, ela pensou ao ver a imensidão de mármore. Quem sabia que esse tipo de banheira era vendida em tamanho de piscina olímpica?

— Pode me fazer o favor de vestir uma camisa? — disse ao se virar para ele.

Peyton estava esticado na cama, os pés cruzados nos tornozelos, os olhos meio fechados numa pose que poderia fazer a pulsação de uma fêmea acelerar, se ela não conhecesse Axe.

Se não tivesse estado com Axe.

Se não voltasse a estar com Axe dali a pouco.

Nada se comparava ao seu macho tatuado.

— Quer se juntar a mim? — Peyton perguntou meio arrastado, deslizando a mão em círculo na colcha com monograma. Os travesseiros também tinham monograma, assim como o enorme dossel que pendia de uma coroa dourada no teto alto.

Mas a grandiosidade fazia sentido. Ele era o equivalente a um príncipe, filho muito bem-criado de uma das Famílias Fundadoras, o herdeiro de uma grande fortuna, um dos solteiros mais cobiçados da raça.

E também era lindo, com aqueles cabelos loiros e olhos azuis, material para muitas fantasias.

— Está me recusando? — ele perguntou. — Não estou acostumado a receber um não.

— Acredito.

Houve uma pausa.

– E aí, o seu guarda-costas te ligou pra se gabar do que fez ontem à noite?

– Não. E vou te fazer um favor agora e te mandar calar a boca sobre ele. Se não tem nada de agradável a dizer, então não quero ouvir.

– Ele não mencionou nada? Acho difícil de acreditar.

Elise franziu o cenho. Não estava interessada em brincar de esconde-esconde com um bêbado atrás de informações, mas se era a respeito de Axe?

– O que ele fez?

– Salvou a vida de um Irmão.

– O quê?

– Sozinho. – Os olhos de Peyton se desviaram para a tela de TV do lado oposto, na qual estava passando um jogo de futebol. – Coisa de herói de verdade. O Irmão Rhage literalmente não estaria vivo hoje se não fosse pelo fato de Axe, depois de alvejado, ter conseguido colocar o corpo na trajetória de uma faca... ao mesmo tempo que tinha um *redutor* nas costas, chicoteando-o com uma corrente.

O mundo girou ao redor, e Elise esticou uma mão para se equilibrar. Quando não encontrou nada que detivesse sua queda, cambaleou até a base daquele palácio de cama e se sentou.

– Foi incrível – Peyton disse com suavidade, os olhos perdendo o foco. – Vi acontecer. Estávamos em ruas diferentes, mas, de repente, havia assassinos em todos os lugares. Segui até o beco em que Axe lutava, bem quando ele foi esfaqueado. Pensei... Pensei mesmo que Axe tivesse morrido, sabe?

– Ele não mencionou nada – ela sussurrou.

Peyton esticou a mão para o criado-mudo e pegou um copo cheio de gelo e uma bebida com gás. Deu um bom gole, esvaziando um quarto dele.

– Nunca fiz nada parecido com aquilo. – Peyton tomou mais um gole. – Talvez ele seja o macho certo para o seu trabalho, sabe?

– Ele tem sido... – Ela pigarreou. – Perfeitamente profissional. Você se machucou ontem?

– Não. Ninguém mais se machucou seriamente. Foi como se Axe tivesse recebido todos os ferimentos de uma só vez.

Peyton se calou e ela também... Enquanto, do outro lado, o jogo de futebol dos humanos prosseguia, com humanos nas arquibancadas vestindo azul e laranja, e vermelho e branco.

– O que é isso? – ela perguntou entorpecida. – Na tv?

– É o Iron Bowl de 2013. Auburn-'Bama. Auburn vence com um chute de quase cem metros. War Damn Eagle.

– O que isso quer dizer?

– Não faço ideia. É o grito de guerra dos Auburn. O nosso veterinário, lembra? Ele é humano e foi para essa universidade. Foi assim que comecei a torcer por esse time uns vinte anos atrás. É a força do hábito, sabe? – Peyton terminou a bebida, depois acrescentou: – Não consigo acreditar que Axe não te contou.

– Acho que ele não gosta de se gabar.

Peyton riu.

– É. Ele não dá a mínima pra muita coisa. – De repente, o macho ficou sério. – Então você quer saber sobre a Allishon.

– Sim, quero.

– Tudo bem – ele disse depois de um instante. – Eu te conto.

Aquilo não era astrofísica.

Inclinado na direção do espelho do banheiro acima da pia, Axe enxugou a condensação da superfície com o braço e depois pegou um par de tesouras de unha encontrado no gabinete. Girando, deixou o tronco no ângulo certo e pôs-se a trabalhar.

Empurrando as pequenas lâminas afiadas por baixo de cada um das toneladas de pontos, foi cortando, cortando, cortando... Depois pegou a pinça para puxar os nós do fio de sutura. Repetiu a operação na coxa. Verificou se não havia mais pontos em algum outro lugar. Nadinha. Tudo certo. E tudo cicatrizara tão bem que os cortes estavam quase invisíveis. Ao amanhecer, ninguém jamais saberia sobre o ferimento.

O corpo tampouco estava dolorido. Visão e audição perfeitas. Nada de dor de cabeça, contraturas musculares nem desconforto das juntas.

O sangue daquela Escolhida era uma coisa e tanto.

Bem, isso e o fato de que, depois que Elise saíra, ele desmaiara, e, cara, sonhara com ela, fantasias vívidas e eróticas se desenrolando na sua mente a ponto de, quando por fim acordou, ter estendido a mão como se ela estivesse ao seu lado.

E, sabe de uma coisa, pela primeira vez na história ele não tinha interesse algum em ir ao Keys. O que queria mesmo era voltar para casa a tempo de ver Elise às quatro horas. Mas prometera levar Novo e, quando estivessem no clube, ele a indicaria para ser sócia, de modo que a fêmea não precisaria mais lhe pedir que a acompanhasse.

Ela era uma fêmea que poderia mesmo fazer bom uso de um lugar como aquele.

E, quem sabe, talvez ele estivesse saindo dessa fase da vida...

Axe se deteve, uma ansiedade latente ameaçando surgir e arruinar sua fantasia de como a noite seria.

Deus, por algum motivo, viu aquelas estatuetas do pai, pequenos exercícios impotentes de como lidar com a perda.

Vinha ligando-se a Elise com intensidade; acabaria ficando como o pai? Em ruínas quando o relacionamento acabasse... provavelmente porque Elise reconheceria o lugar a que pertencia de fato.

Com a *glymera*, com o seu pessoal.

Merda, ele a conhecia havia quanto tempo? Porra... Umas cinco noites? E a vira pela primeira vez umas seis noites atrás?

Recusando-se a fitar os próprios olhos no espelho, deu mais uma conferida nos ferimentos sem pontos na coxa para ver se estavam sangrando. Verificou a área da punhalada. E entrou no chuveiro.

Dez minutos depois, estava vestido de preto com a capa e a máscara de caveira no lugar. Desmaterializando-se para oeste, retomou sua forma num estacionamento vazio que ficava a três minutos a pé do clube. Novo já estava no lugar em que concordaram se encontrar.

E caraaaalho.

Isso basicamente resumia a situação. A fêmea usava um body de látex preto que aderia a cada curva do corpo, um cinto com franjas pendendo dos quadris, os seios valendo um milhão de dólares, as pernas longas como autoestradas. Os cabelos negros estavam trançados e as botas de salto alto tinham pregos de metal, uma aparência letal exatamente como ela era.

A máscara, no entanto, não estava no lugar, e seus olhos subiram e desceram pelo corpo dele. Mas não de maneira sexual.

– Não consigo acreditar que esteja vivo.

Axe se aproximou dela.

– Pronta?

– Você está bem? Pra fazer isto...

– Vamos.

– Axe.

– O quê?

Os braços de Novo se esticaram e ela lhe deu um abraço rijo que terminou tão rápido quanto começou. E, quando pigarreou por conta de algum sentimento não sexual, ele pensou: "Que diabos?". Caras pobres têm algo em comum com os ricos: ele não tinha absolutamente nenhum interesse em conversar com Novo a respeito da noite anterior, e não porque não gostasse dela.

– Estou feliz que tenha sobrevivido – ela disse, com tanta rudeza quanto se fosse um macho. – E impressionada pra caramba pelo que fez.

– Obrigado. Agora vamos deixar disso. É óbvio que está pronta pra ir lá, não que eu esperasse algo diferente.

– Ok, vamos.

Novo colocou a máscara sobre o rosto, as barras sem feições para os olhos e a tela preta para a boca deixando-a com ares alienígenas.

Axe foi andando, as botas de combate batiam no asfalto, Novo se movia ao lado dele com a mesma graciosidade letal de sempre. Conforme seguiam, uma ambulância passou apressada com as luzes piscando, o motorista ativou a sirene ao se aproximar de um cruzamento com farol. Em seguida, um limpador de neve, um daqueles enormes na cor laranja, cuja traseira estava abarrotada com o equivalente a uma tonelada de sal. E depois viram dois humanos, machos, correndo para o lado oposto da rua como se tivessem acabado de comprar drogas e estivessem com pressa de ceder aos vícios.

O Keys, do lado de fora, não passava de uma garagem urbana, a fachada reta, nada atraente, e nem parecia muito grande. Tolice. O clube na verdade era uma série de construções interconectadas, todas projetadas para que ficassem ligadas através de um conjunto de passagens cobertas.

Só havia uma entrada, mas múltiplas saídas, sempre antes da seção seguinte.

A situação ficaria mais extrema à medida que avançassem.

Nada de fila de espera para ele. Quando abordou os seguranças – que estavam vestidos como se fossem clientes, apenas com um detalhe vermelho em alguma parte –, Axe mostrou sua chave superior, e gesticularam para ele e para Novo entrarem.

Música melancólica. Máquinas de fumaça. Lasers roxos atravessando a escuridão.

Uma multidão de basicamente humanos com máscaras, látex e roupas de couro estava por ali. Mulheres em caixas de acrílico posando contorcidas para que suas genitálias fossem oferecidas a quem quer que as quisesse, em quaisquer posições que desejassem. Homens amarrados com os rostos para baixo, as bundas para o alto. *Glory holes*. Espaços com corpos nus retorcendo-se e virando-se, membros sobre membros. Suspensões. Chicotes e lambidas.

E era apenas o começo.

Axe apenas seguiu em frente, a multidão afastando-se para lhe dar passagem. Isso sugeria que os humanos tinham melhores sentidos do que os vampiros lhes davam crédito: esses ratos sem cauda, talvez mesmo sem saberem com precisão por que ele era diferente e não podia ser sacaneado, eram cuidadosos.

Ao entrarem no prédio seguinte, a batida da música mudou, o baixo tornou-se penetrante, como vapor quente ou empurrado num cômodo frio.

Os homens gostaram de Novo. Assim como as mulheres.

Novo, por sua vez, era difícil de ser avaliada. Parecia flutuar acima de tudo aquilo, sua máscara sem rosto virando para a esquerda e para a direita.

– O que está procurando? – ele perguntou ao som do *heavy bass*.

Com qualquer outra fêmea, e com quase todos os machos, Axe lhes teria avisado que o que estava por vir faria aqueles cômodos introdutórios parecerem mansos. Mas ele não se preocupou com ela.

– Qualquer um que não seja loiro e macho – ela respondeu numa voz sintetizada.

Axe sorriu.

– Jura? Não sabia.

Quando Novo não deu explicação, ele se limitou a sacudir os ombros e seguiu em frente. Conforme avançava, reconheceu alguns dos clientes regulares, quer pelas máscaras, quer pelos corpos… E ele procurava um em especial.

– Quero que conheça alguém – disse Axe ao passar para outro ambiente escuro onde havia mais gemidos do que música.

Corpos se retorciam num espaço rebaixado no centro, uma mulher nua coberta por homens, os gritos denotando êxtase triunfante, ainda que fosse ela quem estivesse sendo consumida.

– Quero conhecer alguém também – Novo disse naquela sua voz eletrônica.

– Não pra sexo. Você vai se inscrever pra ser sócia.

– Está disposto a me afiançar... – Com reflexos rápidos como relâmpagos, Novo girou, pegou um macho mascarado pela garganta e o empurrou contra uma parede. – Não sou a mulher no buraco, babaca – ela ralhou. – Encoste na minha bunda de novo e vou arrancá-la pra você comê-la. Estamos entendidos?

Enquanto o idiota assentia como um daqueles bonequinhos de painel de carro, Axe ficou olhando para ver se ela castraria o FDP só porque podia.

E quando um dos funcionários se aproximou, Axe interrompeu a intervenção:

– Não consensual, repetido. E ela está comigo.

Axe vira aquele macho humano abordar Novo algumas vezes enquanto avançaram, mas não cabia a ele opinar. A principal regra do clube era: pode tudo. Apesar de a segunda regra ser tão importante quanto a primeira: consentimento necessário.

Axe teria se envolvido se soubesse que ela não estava interessada.

O funcionário assentiu.

– Entendido.

– E quero apresentá-la pra que seja sócia. Seu nome é Novo.

Todos os humanos que trabalhavam para o proprietário eram chamados de Funcionário. Nada de primeiros nomes, nem de sobrenomes, nunca. E o único motivo de se saber quem eles eram estava no modo com que se aproximavam e o fato de terem sempre um detalhe vermelho na roupa. Bem, e ele também reconhecia os cheiros dos sujeitos depois de já ser membro nos dois últimos anos.

– Dez minutos – disse o funcionário. – Continuem e eu os encontro.

Nessa hora, Novo já deixava o agressor voltar a respirar, abaixando o braço e recuando.

– Terminou? – Axe perguntou.

– Sim.

Seguiram em frente, entraram no cômodo seguinte, e depois no outro... até chegarem por fim à Catedral. Com seu teto alto e formação elevada ao estilo de um altar bem acima do piso, era ali que as demonstrações públicas aconteciam, e onde ele trepara com a humana fazia quase uma semana.

Havia uma apresentação no momento, um macho suspenso no alto, dois outros se alternando com ele...

– Você estava melhor lá naquela noite – um sotaque escocês disse.

Axe se virou para o macho. O humano chegava perto dos dois metros de altura, usava calças de couro e não muito mais, os mamilos perfurados por piercings brilhavam na luz baixa, as tatuagens desciam pelos braços e ao longo do peito, representando capas de álbuns clássicos, desde Sex Pistols até Guns n' Roses, Ramones e My Chemical Romance. A máscara era a da morte, e ele usava um par de New Rocks que eram os maiores que Axe já vira.

– E você também durou mais, meu chapa.

Dito isso, o humano seguiu em frente, o que foi meio frustrante. Axe gostara da vibe do cara.

– Então você subiu lá? – Novo perguntou. – Amarrado?

– Não era eu ali.

Ela gargalhou baixo.

– Não me surpreendo. Não te vejo como um tipo submisso.

Nem ele. Motivo pelo qual considerava o fato de ter se submetido a Elise – e gozar como havia gozado – tão surpreendente.

– Por que não quer loiros? – Axe perguntou para mudar de assunto.

– Odeio loiros ricos e babacas.

Axe parou e a encarou.

– Peyton?

– Pois é. Não sou fã dele.

– Bem, de qualquer jeito você também não faz o tipo dele.

– Tanto faz, Peyton não faz o meu.

Novo retomou a caminhada com os ombros tensos, as costas retas, a postura de alguém que agarrava o outro pelas bolas, pelo menos mentalmente.

Axe a acompanhou.

– Eu não sabia que você o queria...

Ela girou e, apesar da cobertura diante dos olhos, Axe sentiu que Novo o queimava com o olhar.

– Não quero.

– Claro que quer. E daí, acha que me importo?

Novo grudou na cara dele.

– Estou feliz que tenha me trazido aqui. Mas não tente me analisar, ok? Não vai dar certo.

– Por que está tão defensiva? Acha que vou virar criança, dando saltinhos pela sala e entoando cançõezinhas sobre beijos e babaquices assim?

– Estou falando sério, Axe. Não enche.

– Então você sabe dele com a Paradise, né?

– Quem não sabe? Se ele estivesse mais a fim daquela fêmea, já estaria dentro dela.

– E Craeg teria que matar o cara.

– Pelo menos Peyton contaria como carne orgânica pelo tanto de erva que fuma. – Ela desviou o olhar. – E não estou a fim dele. Então é isso.

– Tanto faz. – Axe ergueu as mãos. – Não vou dizer nada.

Novo observou o ato que se desenrolava no altar.

– Então, você fez isso, é? Não sabia que se ligava em demonstrações públicas.

– Não era essa a questão.

– Então, o que era?

Sabia com exatidão o que ela estava fazendo, exigindo entrar na cabeça dele porque, por um instante, Axe entrara na dela.

– Foi só pra gastar energia. Só isso.

– Você impressionou a plateia, ficou bem claro isso.

Um membro da equipe se aproximou deles, um cara diferente do anterior com quem falara.

– Novo?

Ela ergueu o queixo e enfrentou o olhar do macho humano através da máscara.

– Sim.

– Se quer entrar, você e o seu responsável devem vir comigo agora.

Novo olhou para Axe.

– Vai mesmo me apresentar como sócia? – Quando ele balançou a cabeça num gesto de afirmação, ela deu de ombros. – Bom. E obrigada.

Os dois foram atrás do Funcionário e, conforme seguiam pela multidão, Novo disse baixo:

– E você conhece a administração. Impressionante.

Axe simplesmente deu de ombros.

– Meu objetivo é servir.

Capítulo 35

Enquanto Rhage e Mary permaneciam sentados diante da árvore de Natal na biblioteca, com todo o seu brilho, fulgor e presentes embrulhados, Rhage lamentava a perda do que desejara que se tornasse o feriado humano predileto de sua *shellan*. Divertira-se tanto planejando para sua pequena família, todos aqueles presentes colecionados desde que Bitty tinha ido morar com eles, desembrulhados pela menina e apreciados.

Havia tantas coisas de que Bitty precisava e, muito mais do que isso, tantas coisas que Rhage queria lhe dar.

E também acrescentara algumas surpresas para sua Mary. Não que ela fosse aprovar.

Sua *shellan* era minimalista – ou talvez fosse mais adequado dizer "necessidista". Não gostava de joias, carros ou roupas extravagantes. Gostava do Kindle e dos livros que baixava nele... Todos sem ilustrações e com letrinhas minúsculas, repletos de palavras que ele nunca ouvira antes. Ela não colecionava nada, preferia usar os sapatos até que desmanchassem, e as bolsas eram funcionais, não uma expressão da moda.

Imagine o que acontece quando alguém se torna totalmente realizado como pessoa: não tem mais que se preocupar em ser definido por outro aspecto além de quem ou o que se é. Nada de comer ou beber compulsivamente, nenhum vício em jogos. Nenhuma disfunção sexual. Nem dívidas no cartão de crédito as quais não conseguirá saldar, mas está determinado em ter.

Era lindo – e frustrante, se quisesse cobrir a companheira de presentes.

Mas com a chegada de Bitty? Ele estivera ansioso por ter um novo receptáculo para a sua exuberância em presentear.

Contudo, nenhum pacote fora tocado debaixo da árvore.

Apesar de a noite de Natal ter chegado e ido embora, os presentes permaneceram fechados, não só os dele, de Mary e Bitty, mas os da casa inteira. Simplesmente continuaram ali, uma representação visível da alegria redirecionada para o medo e para a tristeza.

Inferno, se as caixas embaladas com meticulosidade e seus compatriotas gloriosamente disformes e negligentes fossem frutas, já teriam apodrecido e estariam cheios de mosquinhas, com os prévios revestimentos de papel e laços de cetim carcomidos.

– Ela ama a Nalla – Mary comentou.

Só havia um "ela" entre eles. Não era preciso nenhum nome próprio.

– Sim, ama mesmo.

– Bella fica feliz com a ajuda.

Os dois falavam em tom neutro, não porque não se importassem, mas porque desejavam desesperadamente estar livres para se importarem...

O cheiro do tabaco turco foi a primeira pista. As pesadas passadas de coturnos caminhando na direção deles foi a segunda.

Rhage e Mary saltaram do sofá. E ele soube que, pelo restante da vida, iria se lembrar daquela porta se abrindo e do filho biológico da Virgem Escriba entrando.

Vishous voltara cedo da Carolina do Sul.

E, sabe, era impossível interpretar aquele rosto tatuado e de cavanhaque. Em grande parte porque o Irmão bebia Grey Goose direto do gargalo.

V. chutou a porta para que se fechasse e se aproximou. Sentando-se diante deles, substituiu a vodca nos lábios por um cigarro, o que, pelo menos, deu a Rhage um pouco mais de superfície para tentar ler o destino dele na expressão do Irmão.

Não teve tanto sucesso, mas, e considerando os olhos diamantinos afiados como adagas que não sustentavam o seu olhar?

Pois é, ele sabia onde a coisa toda iria parar antes mesmo de V. abrir a boca.

– Ele está falando a verdade – o Irmão disse. – Sobre tudo.

Pareceu simbólico que V. estivesse bloqueando a vista dos presentes debaixo da árvore, o corpo enorme do Irmão era uma manifestação física da realidade de que o presente de Bitty na vida do casal estava interditado pra valer.

V. continuou a falar depois de mais uma golada:

– Quem ele diz que é. De onde vem. Quem os pais eram, os avós de Bitty, e o fato de ambos estarem mortos. Também conversei com pessoas da casa onde ele trabalha. Faz décadas que trabalha lá, é confiável, bem empregado, nunca falta. Mora sozinho na propriedade, se sustenta. É bem conhecido na comunidade, no norte, de onde a irmã dele, a mãe de Bitty, desapareceu com um mau sujeito contra a vontade da família. – Olhou de relance para Mary. – Ninguém sabia da existência de Bitty até você postar no Facebook, e demorou um tempo até o sujeito saber, porque não fica on-line.

Rhage conseguia sentir a tensão no corpo de Mary crescer a cada frase, como se ela estivesse sendo golpeada por punhos. De sua parte, ele queria rugir, mas com quem exatamente iria gritar? V., o mensageiro? O tio de Bitty?

O sujeito que não fizera nada de errado exceto se apresentar quando soube que tinha uma sobrinha sozinha, órfã, no mundo?

A árvore de Natal?

Claro, porque o pinheiro realmente estaria se importando muito com isso.

– Cacete – suspirou.

V. se sentou mais à frente e bateu as cinzas, a mão bruta de luva preta em contraste com o delicado cinzeiro Hermès.

– Pedi a Ruhn que fosse até a Carolina do Sul e me encontrasse ontem à noite. O cara me levou pessoalmente à casa dele, apesar de o patrão já ter me deixado entrar. E se dispôs a me apresentar a quem eu quisesse. Todos gostam dele, mesmo sendo um solitário.

– Mas ele está pronto para cuidar dela? – Mary se impacientou. – Uma criança... – Deixando a frase incompleta, ela apoiou a cabeça nas mãos. – Ah... O que estou dizendo? O sangue está acima de tudo.

– Não sei a resposta pra esse papo de estar pronto – V. respondeu. – Isso supera minhas capacidades. Então Marissa está...

Uma batida à porta da biblioteca fez Rhage se sobressaltar, mas era Marissa chegando. A fêmea entrou, abraçou Mary e se sentou com V., falando sobre algum tipo de plano para avaliar, outro para decidir... alguma porra do tipo.

A mente de Rhage recuou, recuou, os olhos se desviando para a árvore de Natal e se demorando nas luzes piscando no meio dos galhos verdes, e em como algumas das embalagens dos presentes refletiam o dourado do fogo na lareira.

– ... Rhage? – Mary o chamou.

Ele voltou para o momento presente.

– Desculpe. O que foi?

– Você concorda com tudo? Irmos até a Casa de Audiências para o conhecermos lá?

– Sim. Claro.

Todos o encararam.

– Você tem alguma pergunta?

Rhage voltou a se concentrar nos presentes.

– Ainda posso dar pra Bitty os presentes que comprei antes que ela vá embora?

Uma hora mais tarde, Mary e Rhage chegaram à entrada para carros da Casa de Audiências e foram até a garagem dos fundos. Enquanto Mary tentava organizar os pensamentos, Rhage estacionou o GTO, desligou o motor potente e os faróis... e depois continuaram sentados ali, fitando a cerca viva onde encostara a frente do carro esportivo.

Não sei o que fazer, Mary pensou.

Durante todo o trajeto da mansão da Irmandade até o local, ela esteve à procura de um apoio emocional, alguma perspectiva, alguma... qualquer coisa... que a fizesse fitar os olhos do parente de Bitty sem desmoronar.

Até ali, nada encontrara.

– Está pronta? – Rhage perguntou.

Ficou tentada a ser forte pelo companheiro, porque sabia que ele sofria tanto quanto ela. Mas a honestidade levou a melhor.

– Não. – Olhou para Rhage. – Não estou.

– Nem eu.

– Te amo.

– Te amo também.

E esse era o melhor e único apoio que havia, não? As palavras simples que trocaram implicavam o juramento de ambos passarem juntos por aquilo, uma confirmação de que, assim como estiveram lado a lado na alegria de terem Bitty, da mesma forma suportariam o sofrimento de perdê-la.

Juntos, saíram do carro, fecharam as portas, e Mary levantou a malha que usava e ajeitou a blusa de gola rolê na cintura da calça. Como se uma boa apresentação fosse melhorar as contingências.

Inferno, Ruhn não precisava gostar deles nem aprová-los. O macho não iria criticá-los.

Não, simplesmente iria tirar a filha deles...

Mary se deteve nesse pensamento.

Enquanto Rhage mantinha a porta da cozinha aberta, ela entrou e se lembrou de que Bitty apenas parecia filha deles. No âmbito legal, isso simplesmente não era o caso. Numa situação clássica de razão acima das emoções, a realidade não iria eleger o coração.

V. já havia se desmaterializado e os aguardava junto à mesa que Rhage estragara.

— Marissa está lá dentro com ele agora.

— Ok — Mary disse.

Quando Rhage fraquejou, ela segurou a mão grande dele.

— Estaremos prontos quando ele estiver.

Vishous assentiu e se levantou.

— Volto quando for a hora.

Essa foi a deixa para a espera inquieta... Tempo em que Rhage passou fuçando os armários, tirando sacos de batatas fritas, embalagens de biscoitos, filões de pão, potes de picles. Ele acabava recolocando tudo o que pegava de volta no lugar depois de uma inspeção, como se quisesse comer para controlar o nervosismo, mas seu estômago não achasse nada apetitoso.

Ou nem sequer tolerável.

Depois de sabe lá Deus quanto tempo, V. enfiou a cabeça pela porta vaivém do outro lado.

— Eles estão prontos.

Pense na maior caminhada da sua vida. Enquanto ela e Rhage passavam pela despensa, seguiam pelo vestíbulo, davam a volta na base das escadas e desciam por um pequeno corredor, pareceu passar uma eternidade, e Mary estava em paz com isso.

Entrariam numa nova realidade assim que conhecessem o outro macho.

Ao chegarem às portas da biblioteca, ambas estavam fechadas, e V. bateu uma vez. Quando Marissa atendeu, o Irmão as abriu... e Mary se viu piscando muito e encarando o chão.

E então, de alguma maneira, estava na sala.

Assim como na casa da Irmandade, havia uma lareira acesa e primeiras edições de livros nas estantes... e mobília bem arrumada... e até um pratinho com bolachas e algum tipo de chá à espera numa mesinha auxiliar. Contudo, nenhuma árvore de Natal. Nenhum presente embrulhado à mão. Nenhuma canção de Bing Crosby.

E lá estava ele.

A primeira impressão de Mary foi a de que estava tão nervoso quanto eles. O pé batia no chão e os braços se cruzavam diante do peito, enquanto os olhos, agitados, se alternavam entre ela e Rhage.

O segundo pensamento foi o de que o macho era grande. Muito maior do que ela imaginara, a julgar pelo tamanho de Bitty e pela estrutura relativamente delicada de Annalye. Em jeans limpos e camisa de flanela vermelha e azul, ele ocupava quase todo o sofá onde se sentara, e não por ser obeso. O corpo se cobria de músculos, estava evidente que era um trabalhador braçal.

Os cabelos eram escuros como os de Bitty. Os olhos, num tom de castanho-claro. A pele do tom da de Rhage. O rosto... Bem, era um eco notório das feições de Bitty.

Marissa se levantou da poltrona ao lado do macho.

– Vou fazer as apresentações.

Ruhn se levantou e, sim, era muito alto. E enxugou as palmas das mãos nas coxas repetidamente enquanto os nomes eram informados.

O macho estendeu a mão apenas para Rhage, o que demonstrava respeito e conhecimento das regras da boa educação entre os vampiros. Visto que ela e Rhage eram comprometidos, seria absolutamente inapropriado se Ruhn a tocasse sem um convite expresso dela ou do seu *hellren*.

– Senhor – ele proferiu em voz baixa e suave.

Rhage estendeu o braço e, quando apertaram as mãos, Ruhn se curvou profundamente.

Depois se voltou para ela e repetiu a ação, só que sem o contato de palma com palma.

Mary espiou Rhage. Sua expressão era distante, mas os olhos estavam contraídos, não em sinal de agressão, mas de tristeza.

– Talvez devamos todos nos sentar e ficar à vontade? – Marissa sugeriu, indicando os diversos sofás e poltronas. – Alguém quer chá?

A fêmea evidentemente recorria aos modos refinados de sua boa educação, e isso ajudou, preenchendo o silêncio enquanto Mary aceitava a oferta de Earl Grey porque precisava ocupar as mãos.

Vishous permaneceu de pé num canto, uma presença ameaçadora que servia de lembrete de que o restante da casa estava vazio, todos os compromissos com o Rei remarcados para que pudessem ter aquele lugar neutro. Somente ele estava ali de guarda.

E isso era mais do que suficiente para que se sentissem seguros...

Só que, de repente, Mary notou uma figura no terraço de trás. Z., a julgar pelo contorno do crânio. E... espere, aquele era... Sim, ali estava Butch próximo da outra janela do lado oposto.

Sem dúvida, outros membros da Irmandade se posicionavam em algum canto, permanecendo fora de vista, e Mary se fortaleceu por ter a família com ela e com Rhage.

– Todos nós sabemos o porquê de estarmos aqui. – Marissa se inclinou para a frente com uma mão admiravelmente firme e passou uma xícara para Mary. – Talvez alguém queira expressar o que está pensando.

Todos a olharam, inclusive o tio. O gesto lhe deu a noção de que talvez Ruhn soubesse o que ela fazia profissionalmente.

Mary pigarreou e decidiu ir direto ao ponto.

– Bitty é a nossa maior preocupação. Sua saúde, seu bem-estar e sua felicidade são as únicas coisas com que nos preocupamos, mas, claro, respeitamos seu laço familiar.

Ruhn baixou o olhar para as mãos. Eram bem calejadas, os antebraços expostos pelas mangas enroladas apresentavam veias grossas e músculos.

– Eu gostaria de conhecê-la – ele anunciou numa voz suave, tranquila... absolutamente pacífica. – Minha irmã... É difícil pra mim acreditar que ela se foi. E ver Lizabitte seria...

Quando ele deixou o pensamento inconcluso, Mary franziu o cenho. Surpreendeu-se ao sentir compaixão pelo macho.

– Sinto como se tivesse desapontado a minha irmã. – Ele balançou a cabeça. – Viver com isso é uma maldição... Quero dizer, tentei encontrá-la quando ela veio aqui para o norte. Mas não dispunha de muitos recursos. Ainda não os tenho, e ela desapareceu com aquele macho. Eu sabia que ele iria matá-la. Todos nós sabíamos. – Ruhn pigarreou e seu tom de voz ficou mais grave, mais forte. – Lizabitte é a única parte que restou de minha irmã e, ao fazer o que é certo por essa criança, estarei cumprindo meu dever, coisa em que falhei para com Annalye.

Mary engoliu com força quando Ruhn olhou direto para ela, concluindo:

– Não há nada que não faria pela menina.

Capítulo 36

Peyton não parava de falar. E enquanto Elise permanecia sentada ao pé da cama dele e ouvia atenta, o retrato que emergia da vida alternativa da prima era tão surpreendente quanto esperado.

– Espere... Então o que é esse clube? – Elise perguntou.

– Fica no centro e é chamado de Keys. Não o frequento. As coisas que acontecem lá não são pra mim.

– Mas Allishon era sócia?

– Sim. Ela costumava ir lá quando... Você sabe.

– Quando o quê? Quando ela ia?

Os olhos azul-bebê de Peyton lhe deram uma encarada do tipo "não seja ingênua", mas, quando percebeu que ela não entendia mesmo, o macho balançou a cabeça.

– Ela devia ter sido mais como você.

Elise se retraiu, pensando que, considerando-se aonde iria ao fim da noite, duvidava ser o modelo de virtude que Peyton imaginava que fosse.

– Por que ela ia lá? – prosseguiu.

– Allishon estava sempre atrás de alguma novidade. – Peyton alcançou outra garrafa de Grey Goose e se serviu de mais uma dose no copo alto. Os cubos de gelo tinham derretido há tempos, mas ele não parecia ter notado, ou talvez apenas não se importasse. – Ela estava sempre à procura. E, muitas vezes, encontrava o que procurava lá.

– Quer dizer que ela bebia e se drogava.

– E fazia sexo. – Ele soltou um palavrão como se não quisesse ter que tocar no assunto. – Ela trepava em público. Com muitos humanos diferentes e de muitas maneiras diversas. Era disso que Allishon gostava, estilo bem *hardcore*. E esse clube é onde esse tipo de coisa acontece em Caldie. Então ela ia bastante lá.

Elise não conseguiu deixar de se retrair ao pensar no lugar. Não era algo com que conseguisse lidar, certeza.

Não, ela curtia monogamia. Com Axe, mais especificamente.

Mas não julgava e, lembrando, sabia que Allishon tinha predileções divergentes das dela.

– Então… ela ia lá, e alguém a conheceu e a feriu.

– Você quer dizer que Anslam a conheceu e a matou.

Elise cobriu a boca, os olhos se arregalando.

– Anslam? O *nosso* Anslam? – Conhecera o macho a vida inteira. – Mas ele estava no programa de treinamento, não é? Ouvi dizer que havia morrido numa missão. Foi isso o que o meu pai me contou.

– Não foi o que aconteceu. – Peyton olhou para o jogo de futebol. – Nem perto disso. Tem certeza de que quer que lhe conte tudo?

– Sim. Preciso saber.

– Anslam estava… machucando mulheres e fêmeas… e tirava fotografias enquanto fazia isso. Acabou ficando com Allishon em algum momento, não sei quando, pois nenhum dos dois me contou nada. E, é claro, alguma coisa aconteceu entre eles… – Peyton deixou a frase inacabada, abaixando a cabeça, a voz suavizando-se de tal modo que ela mal ouvia as palavras. – Fui até o apartamento que ela mantinha no centro depois que sumiu por diversas noites. Foi então que descobri… o quanto a haviam machucado. O que fizeram com ela.

Nesse ponto, ele se emocionou, e Elise teve que se forçar a lhe dar espaço para reassumir o controle das emoções. Tinha a sensação de que, se tentasse consolá-lo ou abraçá-lo, ele se afastaria do que quer que estivesse se lembrando.

Peyton pigarreou.

– Havia muito sangue. Nos lençóis… Quero dizer, a cama estava toda manchada. Havia pegadas ensanguentadas no carpete, e manchas vermelhas borradas na porta de correr do balcão. Mas ela não morreu no apartamento. De alguma maneira, conseguiu se desmaterializar dali. Foi encontrada no gramado do Lugar Seguro, sabe aquele abrigo pra mulheres que sofrem abuso doméstico? Estava muito mal. Não sabiam quem ela era; levaram-na até Havers. Foi lá que morreu. E, repito, não sabiam quem ela era; só quando fui ao apartamento, noites depois, ficamos sabendo.

– Lamento – ela sussurrou.

– Eu também. Allishon deve ter sofrido muito.

Elise fechou os olhos.

– E deve ter sido muito difícil pra você descobrir tudo desse jeito.

– Vou ficar bem – ele interrompeu.

Claro que o primo disse isso enquanto despejava mais bebida garganta abaixo.

– E então – Peyton continuou –, uma das fotos caiu da mochila de Anslam no ônibus que usamos no programa de treinamento, e Paradise a encontrou. Foi ela quem juntou as peças, e Anslam percebeu que a fêmea sabia demais. Então foi até a casa dela e a atacou, quase a matou. Mas ela e Craeg cuidaram do assunto. Ele morreu no vestíbulo da casa de Paradise. Quando encontraram mais fotografias com ele... tudo fez sentido.

Elise esfregou os olhos.

– O meu pai... Quando você foi em casa naquela noite, o que contou a ele e aos meus tios?

– Foi sofrido pra caralho. Os pais dela ficaram... congelados. Nunca vou esquecer aquilo... Eles não demonstraram nada... Ficaram inertes, desprovidos de emoções. Foi o choque. Claro. Mas seu pai chorou. Mais tarde, a Irmandade os visitou, depois de revelado o restante dos acontecimentos. Porque, quando contei que ela havia morrido, não sabíamos ainda quem era o responsável.

Os olhos de Elise se encheram de lágrimas ao imaginar o pai emotivo.

– Acho que os pais dela a culparam – Peyton murmurou. – Como se sua morte tivesse sido culpa dela mesma. E sabe... senti como se Allishon estivesse sendo assassinada de novo, com aquela atitude deles. Quero dizer, alguém deu fim nela por não reconhecer seus direitos e sua dignidade, e depois ainda culpá-la por isso? Você está fazendo a mesma coisa de novo. E, Cristo, eram os *pais* dela.

Quando ambos se calaram, foi como se uma mortalha tivesse caído sobre eles na suíte.

– Te avisei que era melhor não tocar no assunto – Peyton murmurou.

– E discordo completamente. – Ela se levantou e parou diante da TV, que transmitia dois outros times jogando, com uniformes vermelho e preto, e azul e branco. – Acho que precisamos falar sobre isso. Não só como família, mas como comunidade.

– Quando será a cerimônia do Fade?

– Não creio que haverá uma.

– Ela tem que ser enterrada.

– Foi cremada. Mas acho que só farão isso, mesmo.

– Bem, ainda rezo por ela – Peyton murmurou, levantando o copo. – Bênçãos à sua alma, que Allishon possa repousar no Fade, esse tipo de merda. Normalmente quando estou bêbado, o que tem sido mais frequente nos últimos tempos.

– Já pensou em falar com um terapeuta? – Elise perguntou ao se voltar para ele. – Isso tudo é muita coisa pra ficar guardada.

– De jeito nenhum, estou no negócio da guerra. Se eu não conseguir lidar com um pouco de sangue e morte, é melhor desistir agora, e não vou fazer isso.

– Mas estamos falando da morte de um familiar. Não a de um inimigo.

Peyton deu de ombros.

– Vou ficar bem.

– Olha só, se precisar de alguém, estou sempre à sua disposição.

Ele sorriu de um modo ausente.

– Sabe... Estou muito orgulhoso de você, doutora Elise.

– Está? – Ela corou. – E, a propósito, ainda não tenho o meu doutorado.

– Não precisa de um. Na verdade, uma amiga minha recentemente me ensinou que as fêmeas são tão boas quanto os machos.

Quando o sorriso dele desvaneceu, Elise teve a impressão de que o primo estava triste.

– Quem foi?

– Ninguém em especial.

Mentira, Elise pensou. Mas respeitou esse limite.

– Estou preocupada com você – disse com suavidade.

– Como já te disse... Vou ficar bem.

Pela primeira vez desde que começou a frequentar o Keys, Axe ficou observando dos bastidores.

Novo ainda estava com o Funcionário: Axe a deixara sozinha na sala de entrevistas depois de transmitir aos rapazes de vermelho uma sinopse da história humana inventada como disfarce. O que o fez pensar... nem sequer sabia a idade de Novo, quem era a família dela, qual seu verdadeiro passado – que suspeitava não tivesse sido lá muito bom.

E não por causa de ela gostar do mesmo tipo de sexo de que ele gostava. Ou do sexo em que ele *costumava* estar ligado.

Contudo, na verdade alguém poderia ser perfeitamente bem ajustado e ainda assim gostar do tipo de trepada que acontecia ali. E isso as pessoas de fora desse estilo de vida, ou como queira chamar, não compreendiam. Sim, havia pessoas fugindo de algo. E outras fodidas da cabeça. Talvez um punhado de sociopatas. Mas a vasta maioria dos sócios era do bem.

Inferno, no Tinder as coisas eram bem semelhantes. eHarmony. Encontros às cegas, encontros arranjados, encontros de bar em bar. Em qualquer lugar, sempre é possível encontrar um misto de boas e de más pessoas...

Uma mulher de seios desnudos e saia longa de couro analisou o ambiente, os cabelos brancos presos no alto da cabeça, a máscara sugerindo que o século XXI tivesse entrado numa gaiola para brigar com a Inglaterra Vitoriana, e os restos do conflito caídos sobre o rosto da moça.

Ela parou diante dele. Os mamilos estavam cobertos por dois discos metálicos afixados por dois piercings e com uma corrente delicada entre as pontas.

Axe estivera com ela algumas vezes, uma no altar, mas também em outras situações. Não sabia o nome da moça, nem seu telefone. Mas estava bem familiarizado com a boceta dela.

Em qualquer outra noite, ele a teria levado a algum lugar.

Mas naquele instante apenas contava os minutos até seu encontro com Elise, e ninguém ali, nem em nenhuma outra parte do planeta, se assemelharia ao que o aguardava no fim da noite.

Ele balançou a cabeça e ela assentiu, seguindo em frente.

– Não é o seu tipo? – Novo perguntou com voz arrastada.

Axe a fitou. A fêmea surgira dos fundos, e ele nem percebera que havia retornado.

– Quer dar uma volta? Ou prefere encerrar de vez a noite e voltar depois?

Se ele se lembrava de como funcionava para os novos associados, era preciso esperar um pouco antes de ser aprovado. Mas o sócio poderia frequentar o clube como convidado até isso acontecer.

– Não gostou mesmo dela? – Novo fitou a fêmea como se estivesse gostando do que via. – Não?

– Não esta noite.

– Bem, sei que não está se resguardando pra mim – ela disse sem amargura. O que Axe apreciou. – Tem certeza de que não quer me contar nada. Espeeeeera aí!

– Vamos embora – ele retrucou, afastando-se.

Mas ela o seguiu e continuou o assunto:

– A priminha do Peyton. Aquela que apareceu no clube de charutos. Você está ficando com ela, não é?

– Não.

– Está, sim...

Axe parou. Virou-se. Sustentou o olhar de Novo.

– Por que diabos uma fêmea refinada como ela teria alguma coisa comigo? Pensa um pouco.

Ele conseguia imaginar o rosto carrancudo de Novo por trás da máscara.

– Bem... – ela disse. – Quando você coloca a questão nesses termos... não tenho como discordar.

Que sorte a dele, Axe pensou ao retomar a caminhada entre as salas de sexo: vencera a discussão porque era um merda.

E significava o mesmo que conquistar um troféu porque todos os outros desistiram da corrida.

Porque não queriam ficar na mesma pista com gente como você.

Mas, tudo bem... Aquela coisa com Elise não iria durar; ele sentia na alma. A questão era quando, e o quão ruim seria o término.

Até lá, porém, estava dentro. Total e completamente dentro.

Capítulo 37

Rhage quase teria preferido odiar o cara.

Chegara à Casa de Audiências pronto para proteger sua *shellan* e defender sua família. Era uma espécie de guerra, e o campo de batalha seria a natureza contra a criação: um casal adequado de pais, não biológicos, seria melhor do que um pai não tão adequado, mas potencialmente biológico? Afinal, mesmo que Ruhn tivesse dinheiro, não havia a menor possibilidade de ele morar numa casa mais segura ou num ambiente melhor do que Rhage e Mary.

Porque, convenhamos, os dois moravam com a Primeira Família.

E Ruhn era solteiro, não recebera muita educação formal e não tinha experiência alguma com crianças de qualquer idade.

Portanto, sim, Rhage chegara à biblioteca pronto para brigar.

Mas, em vez disso... viu-se sentado diante do que parecia um macho tragicamente calmo, respeitoso e sensato. Desejava o tempo todo poder encontrar algum defeito – qualquer coisa – no tio de Bitty.

– Bem – Marissa disse com suavidade; existiram muitos alertas de conversação gentil da parte dela –, acredito que o próximo passo seja... você, Ruhn, conhecer a Bitty.

Rhage expôs as presas, mas logo escondeu seu ímpeto de arte dentária.

Mary falou:

– Como sugere que façámos isso?

– Creio que deva ser um encontro supervisionado, mas não por um de vocês – Marissa murmurou. – Acredito que seja melhor para os dois nesse primeiro encontro a lealdade de Bitty não ser dividida. Ela vai querer ficar do seu lado e do de Rhage por lealdade.

– Há quanto tempo ela está com vocês? – Ruhn perguntou.

– Dois meses – Mary respondeu.

Rhage abriu a boca e falou antes de pensar:

– Mas parece que faz a vida toda. Nós a amamos como se fosse nossa filha biológica, e ela sente a mesma coisa a nosso respeito...

Mary lhe deu uma cotovelada na lateral do corpo.

Ouçam só... Sons de grilos.

– Ninguém duvida do amor de vocês – Marissa comentou. De novo, com muita suavidade.

Rhage se levantou num rompante e começou a andar.

– Que bom. Porque o amor existe e não vai a parte alguma. – Ele encarou Ruhn. – E mesmo que você a leve de nós, ainda assim a amaremos. Bitty ainda vai estar no nosso coração e na nossa alma. Só pra que fique bem claro, se você for embora com ela e voltar pra... qual merda de lugar mora? Não vai haver sequer uma noite em que ela – apontou para Mary – e eu não pensaremos na menina, nos perguntando como ela está, nos preocupando com ela...

– Rhage – Mary disse. – Rhage, se acalme.

Ele parou diante do cara.

– E quero que se lembre disto: se você a machucar...

V. se aproximou, segurando os bíceps de Rhage.

– Ok, vamos recuar...

– ... faço de você um tapete enquanto ainda estiver vivo e devoro o seu coração direto do peito...

Houve um assobio agudo e, de pronto, Z. e Butch apareceram na sala, entrando pelas portas francesas. Quando se aproximaram pela frente e por trás de Rhage, ele percebeu seu equívoco. Pensara que estivessem ali para impedir um ataque externo.

Com as portas trancadas como antes? Era óbvio que os caras estiveram um pouquinho mais preocupados com um homicídio interno, sendo ele o agressor.

E Rhage teve que dar algum crédito a Ruhn. Em vez de se encolher no sofá como um covarde... ou partir para um ataque precipitado...

O macho simplesmente se levantou e se colocou em pose defensiva. Assim como duas noites atrás.

– Está tudo bem – o maldito tio disse enquanto Rhage se sentia levado para longe. – Ele pode bater em mim se quiser.

Isso deteve todos na sala.

V. olhou para o cara.

– Não mencionou que desejava morrer.

– Não desejo.

– Então quero que conste na ficha do macho que ele é péssimo em avaliação de risco – Vishous murmurou com secura.

– Me solta – Rhage exigiu. – Não vou acabar com ele. Só estou deixando claro o que pode acontecer.

Ficou manifesto que a declaração não foi muito persuasiva, porque seu protetor em forma de Irmão continuou colado nele.

– Fico feliz que se sinta assim – disse Ruhn –, porque significa que tratou bem dela enquanto esteve com vocês. O que é muito mais do que o pai de Bitty fez.

Maldição, porque o FDP tinha sempre que dizer a coisa certa?

Mary pigarreou.

– Quero que eu e Rhage contemos a Bitty. Quero que a situação seja explicada do jeito certo. Não quero que ela sinta que está se comportando mal ou de maneira errada se quiser vê-lo, estar com ele... ir com ele. – Concentrou-se em Ruhn. – Você, quero dizer.

Os olhos de Ruhn se desviaram de Rhage.

– É muito gentil da sua parte.

– É o melhor para ela. – Mary ajeitou os cabelos atrás das orelhas. – É só isso o que importa. Esclarecida a situação, é melhor irmos. Rhage e eu deveremos contar a ela pessoalmente e depois... logo na primeira hora de amanhã à noite? E este é um território neutro e seguro, se pudermos postergar as audiências do Rei para outra noite?

– Considere feito – V. declarou.

– Ok – Ruhn disse ao enfiar a mão no bolso. – Mas... Hum... Pode dar isto pra ela por mim? Podem ler antes, claro. É só que... queria me apresentar. Não sei ler, nem escrever, então ditei.

Algo deve ter mudado no corpo de Rhage, porque, de repente, ele estava sozinho, solto, ainda que seus irmãos não tivessem se afastado muito.

As mãos de Mary tremiam quando ela pegou páginas de folhas pautadas arrancadas de um caderno em espiral, as pontas meio tortas no que antes fora um retângulo perfeito.

– Pode deixar que entrego a ela – a *shellan* de Rhage murmurou.

– Como já disse, podem ler. Não é muita coisa. Nem está tão bem escrito assim nem nada. Eu só queria que ela soubesse quem sou.

– Tudo bem.

– E a última página é só, bem, não é nada de mais.

– Ok.

O encontro meio que chegou ao fim nesse ponto, com Ruhn voltando a se sentar e encarar o fogo, e Mary aproximando-se de Rhage, passando o braço pelo dele.

– Só mais uma coisa – V. anunciou, dirigindo-se ao tio. – O Rei quer se encontrar com você. Antes que veja Bitty, será chamado perante ele.

Ruhn assentiu.

– Muito bem. O que for necessário.

Mas o cara indiscutivelmente não estava ansioso pelo encontro. Teria algo a esconder?, Rhage se perguntou.

– Estarei presente – Rhage disse. – Irei a essa audiência.

V. meneou a cabeça.

– Wrath quer que seja particular. Portanto, nem você nem Mary estarão presentes.

– Na verdade, a audiência deveria ser apenas deles dois. – Mary acariciou o braço do companheiro. – Quando ocorrerá? Devemos esperar para falar com ela até isso acontecer…?

– Ele pode participar se quiser. – Ruhn deu de ombros quando todos os olhos se voltaram para ele. – Não tenho nada a esconder. Quero dizer, não sou ninguém e estou acostumado à ausência de status. Não há por que não se expor se você não tem nada pra embasar isso, e se sempre levou uma vida simples e honesta. Essa ideia pode ser explicada até para um Rei de costas eretas e olhos francos… Pouco importa quem mais está na sala com você.

Rhage piscou. E depois teve um pensamento horrível.

Merda, em outras circunstâncias, até poderia ter gostado do cara.

– Apreciamos isso, Ruhn. – Outra vez, Marissa usou a gentileza para aplacar a situação. – Mas será melhor apenas você e Wrath. E um guarda.

– Wrath disse que pode vir agora – alguém interveio.

– Então é melhor nós irmos. – Mary olhou para Rhage. – Vamos de uma vez, certo? Esperaremos em algum lugar até que nos avisem que a audiência com Wrath correu bem antes de voltarmos pra casa.

Alguém disse alguma coisa; era Marissa. E depois Mary falou. Em seguida, pessoas começaram a concordar como se tivessem chegado a um consenso.

E então era a hora de irem. Rhage contornou com o braço a cintura de Mary enquanto passavam pelas portas duplas. Fizeram uma pausa enquanto Z. cumpria a tarefa de deixá-los passar.

Bem quando saía da sala, Rhage espiou por cima do ombro. Ruhn continuava sentado no sofá diante da lareira, o serviço de chá quase intocado à sua frente, as mãos repousavam sobre as coxas, os olhos sem foco.

Estava nervoso. Mas não iria recuar.

– Venha – Mary disse.

Logo em seguida, Rhage se viu atrás do volante do GTO, com o motor e o aquecedor ligados.

– Quer ir comer alguma coisa? – ele perguntou, apesar de não estar com fome.

– Claro. Vamos para aquela lanchonete vinte e quatro horas de que você gosta? Aquela com muitas variedades de torta.

– Boa ideia.

E assiiiim, uns dez minutos mais tarde, ele estava estacionando entre uma picape grande e um BMW. A neve rodopiava mais uma vez no ar, mas não caía pesada, como se as nuvens no céu, sofrendo de ansiedade por separação, relutassem em soltar os flocos.

O All-Nighter, nome do lugar, era uma lanchonete típica, com placa iluminada do lado de fora e uma fila de bancos de bar junto ao balcão. Havia um anexo com mesas, garçonetes entediadas e hostis, e uma clientela leal da qual ele fazia parte. No cardápio? Café grátis, tortas de dar água na boca e café da manhã a qualquer hora do dia... assim como um Reuben capaz de te fazer ver Deus a cada mordida.

A mesa que costumavam ocupar ficava nos fundos, perto da saída de emergência, e a garçonete do turno da noite apontou para o lugar com a cabeça.

O que era a maneira de ela dizer: *Oi, que bom te ver de novo. A sua mesa predileta está desocupada e já vou lá levar café. Ah, e que bom que trouxe sua esposa desta vez.*

Em razão de tudo o que estava acontecendo, a ausência de uma interação jovial era um excelente ponto positivo.

Ele e Mary se sentaram. Serviu-se café em canecas pesadas. Rhage pediu uma torta de creme de banana, outra de creme Boston e uma fatia da de maçã. Mary pediu um segundo garfo para experimentar.

Antes de ele começar a comer com gosto, deixou o celular no tampo de fórmica. Só para o caso de o sinal... sei lá, ser ruim no bolso da jaqueta de couro.

Ficaram em silêncio, o celular com a tela apagada como um maldito buraco negro no espaço, sugando toda a matéria e energia para dentro de si.

Mary sorveu um gole do café. Deixou o garfo onde estava, dentro do guardanapo dobrado. De tempos em tempos, ele olhava ao redor das mesas praticamente vazias.

– Sabe do que gosto neste lugar? – ela murmurou.

– As tortas? – ele palpitou entre mordidas. As quais, naquela noite, se resumiam a textura sem gosto algum.

– Sim, também. Mas é tão claro aqui dentro. Normalmente, à noite, tudo fica mais opaco. Nunca notei isso antes de ir morar com você e começar com a rotina de noite-é-dia e dia-é-noite. Como se, por algum motivo, os humanos deixassem todos os restaurantes mais sombrios depois do entardecer. Mas este aqui me faz lembrar como era estar do lado de fora durante o dia.

– Lamenta as mudanças? – ele perguntou, limpando a boca. – Você sabe... na sua vida?

– Nem um pouco. – Os olhos dela pararam nos dele. – Tenho você e isso torna tudo melhor.

– Não quanto a esta situação com a Bitty.

– Nada poderia tornar esta situação melhor.

– Verdade.

Ele empurrou o prato com a torta de creme de banana com metade da fatia ainda lá. Não sabia por que pedira a maldita coisa. Não era um grande fã de bananas, e mesmo com o crocante da massa, havia uma uniformidade de texturas entre a base e o creme que meio que o enjoava.

O mesmo motivo de ele não gostar de torta de limão. Ou de mousse de chocolate...

Deus, ele estava mesmo sofrendo. Já que debatia os méritos das sobremesas na mente.

– Não gostou dessa? – Mary perguntou.

– Não muito. Mas pensei em experimentar um sabor novo.

Sim, claro, porque era a noite certa de expandir horizontes. Ou quem sabe testar a teoria de que existia um Deus para manter a filha, o qual exigia como oferenda que você superasse os reflexos de vômito.

– Já vim comer aqui tantas vezes – ele disse ao puxar a de maçã para perto. – Anos e anos. E nunca pensei que se tornaria parte da nossa história, sabe?

Porque, certo como o inferno, Rhage se lembraria com nitidez de onde estavam sentados naquele momento e do que ele estava comendo e de como Mary estava até o dia em que ele morresse.

– Sei exatamente como se sente – ela murmurou.

Enquanto se punha a comer sua segunda escolha, ele olhou ao redor para as outras pessoas, para os dois próximos à janela, os três um tanto afastados nos banquinhos do balcão.

Quem é que sabia o que se passava na vida dele, de bom e de ruim...? Afinal, havia uma tendência de presumir que o anonimato dos desconhecidos se traduzia em páginas limpas e tranquilas, o que era bobagem. Todos tinham seus dramas. Só não sabiam quais.

– O que dizem a respeito da vida? – murmurou. – Ninguém sai desta vivo?

Bing!

Os dois se sobressaltaram, Rhage largando o garfo no prato, Mary derrubando o café da caneca.

Ele mergulhou na direção do celular, inseriu a senha, que era o aniversário de Mary, e esperou que o aparelho cuspisse a mensagem.

– Wrath disse que tudo bem. Podemos ir.

Os dois se aprumaram e permaneceram sentados por um instante.

Em seguida, sem dizerem nada, ele pegou duas notas de vinte da carteira, ela limpou o que havia derramado, e seguiram para a saída.

Não sei como contar a ela, Rhage pensou do lado de fora.

Não sei como olhar aquela garotinha nos olhos e lhe dizer que vá se encontrar com o tio.

Não sei como deixá-la ir embora.

No GTO, virou-se para Mary.

– Te amo. Não sei mais o que dizer.

– Fico pensando que vou acordar, inspirar fundo... e ficar doida de alívio porque tudo isso não passou de um pesadelo.

Rhage fez uma pausa para conceder à realidade uma chance de dar as caras.

Quando nada mudou, nenhum alarme disparou, nenhuma cotovelada de Mary para que acordasse... falou um palavrão, deu partida no carro e saíram de lá.

Para ter uma conversa impossível, daquelas em que não há ganhadores, com a filha.

Capítulo 38

– Mas pra onde você vai? – Peyton perguntou de sua posição reclinada na cabeceira da cama.

Enquanto sentia o rosto corar, Elise desejou que ele estivesse bêbado o suficiente para não notar.

– Só quero clarear as ideias. – Tirou o celular do bolso. – Você atende se o meu pai ligar?

– Vai se encontrar com o Axe?

– Agora não. – Era o mais próximo que conseguia chegar da verdade. – Não vou à universidade hoje à noite. Preciso mesmo endireitar a cabeça, e isso não vai acontecer se voltar pra casa.

– Vou te perguntar de novo: pra onde você vai?

– Não sei ainda. Mas juro que estarei segura.

Peyton levantou um indicador.

– Não acha que, uma vez que não sabe pra onde vai, é muito importante ficar com o celular?

– Não se ele tem um programa de GPS instalado pelo seu pai. Não se você não quiser ser bombardeada com perguntas no instante em que chegar em casa. Não se o que você quer é só respirar fundo e não se meter em encrencas por conta disso.

Peyton se sentou e depois se levantou. Ao andar até a mesa que havia nas costas do sofá, acenou como se uma brisa fria passasse por ele.

– Então leve o meu. A senha é 0-4-0-1. Só pra você ter um, e não sou ingênuo. Não vou forçar a barra, mas está na cara que não vai voltar pra casa ao amanhecer. Então, só fique segura, ok? Não quero encontrar outro corpo e, desta vez, me sentiria ainda pior por ter te ajudado.

– Vou ficar bem.

– Essa é minha mentira favorita… ops, quero dizer, frase. – Ele se aproximou e lhe entregou o iPhone. – E enquanto você olha pra mim com piedade, eu olho pra você com outra coisa. Um aviso.

– Vou tomar cuidado. Juro.

– Não faça eu me arrepender – Peyton murmurou ao abrir a janela para ela.

– Não farei.

Elise informou a senha do seu celular e guardou o dele no bolso do casaco. Depois, com um abraço rápido e um aceno final, desapareceu da suíte, deixando-o com seu jogo de futebol e sua vodca de pássaros… e as sombras que o atormentavam.

Não foi muito longe. Parou do lado de fora dos jardins, só para poder fazer conforme informara: respirar um pouco. A neve caía de leve, nem configurava uma nevasca, e o vento estava gelado. Ao vislumbrar por sobre o ombro para a mansão Tudor, conseguiu ver Peyton movendo-se no banheiro, os cabelos loiros iluminados, o tronco forte, e pensou por um momento que ele já não parecia mais um aristocrata. Parecia um soldado.

Enterrando-se no casaco, sabia que era cedo demais para ir para a casa de Axe. Ele lhe dissera que a porta estaria sempre aberta, mas…

Então uma ideia lhe surgiu, e ela não se desmaterializou de imediato. Depois de repensar, no entanto, sumiu no ar…

… e retomou sua forma no centro da cidade, na calçada de um edifício elegante.

Recuando de modo a ficar no meio da rua vazia, contou os andares. O endereço naqueles documentos que encontrara no closet de Allishon indicava o apartamento número 1403.

– Esqueceu a chave?

Elise olhou para a esquerda. Uma fêmea humana de rosto franco e modos agradáveis estava na calçada diante da entrada.

– Vim ver minha prima – Elise respondeu. – Ela não está atendendo ao interfone. Mora no décimo quarto andar.

Sim, ela gostava de honestidade, mas tecnicamente aquilo era verdade: Allishon não atenderia nada, nunca mais.

– Venha. – A mulher caminhou para a porta. – Pode entrar comigo.

– Obrigada.

Elise a seguiu pelo saguão e jogou conversa fora até o elevador e depois na subida. A fêmea desceu no quinto andar, e Elise seguiu sozinha. Quando um *ding!* anunciou que ela estava no andar certo, saiu e olhou para os dois lados. Uma plaquinha com os números dos apartamentos indicou a esquerda, e Elise caminhou pelo corredor acarpetado, passando por incontáveis portas.

Quando chegou à certa, levantou a mão para bater, mas abaixou o braço... Fala sério, né? Estendeu a mão, testou a maçaneta, mas, claro, estava trancada.

Bem, era um plano e tanto.

Apoiando as mãos no painel pintado, só ficou ali parada, relembrando o relato de Peyton. De maneira muito triste, sentia-se mais próxima da prima assassinada do que nunca, apesar de ser tarde demais para se relacionarem.

Deus... Ela queria muito entrar ali, pensou.

E, sim, Axe estava certo. Elise procurava conexão com o pai, com a família, por meio das únicas maneiras que estavam à sua disposição. Uma busca imperfeita, claro. Mas não iria parar.

Não até ter seguido todos os caminhos...

Quando o celular de Peyton tocou no bolso do casaco, ela franziu o cenho e o pegou. Era Peyton ligando do celular dela.

– Alô? – ela disse ao aceitar a chamada.

– O seu namorado ligou. – Peyton exalou como se estivesse fumando. – Você devia ter me contado.

Axe ligara?

– Como assim?

– Troy. O seu namorado? Disse a ele que você tinha saído, que eu era seu primo, e perguntei se queria deixar algum recado. Ele quer que você ligue. Acho que está tentando falar com você. Elise, mas que diabos está fazendo...? O sujeito não tem nome de vampiro.

Ela franziu o cenho.

– Mas ele não disse que estamos namorando, disse? Troy é meu professor e eu sou sua assistente. Não tenho intenção alguma de me envolver com ele. Esse é o motivo pelo qual preciso de Axe.

Bem, um deles. E o único que ela mencionaria em companhia mista. Infernos, não mencionaria a ninguém.

– Apenas tome cuidado – Peyton aconselhou depois de um momento.

– Sempre. Agora, será que pode parar de se drogar e beber, e tentar ficar sóbrio? A esta altura, vai precisar de um mês para voltar ao normal.

– Pode deixar. Tenha uma boa noite. Mas me liga se precisar de mim.

– Combinado.

Quando desligou, o ambiente onde estava de súbito se tornou claro: sozinha, no mundo humano, no lugar em que a prima fora assassinada.

O corredor com todas aquelas portas parecera perfeitamente resguardado, mas, quando o elevador emitiu um sinal e um humano saiu dele, Elise de repente se sentiu insegura. Se ele decidisse atacá-la com uma arma? Alguém a ajudaria? E ninguém sabia onde ela estava, além de Peyton, e a julgar pelo modo como a fala do primo soava arrastada, só faltavam dois pegas para ele desmaiar.

Elise levou o celular à orelha e fingiu conversar com alguém:

– Mesmo? E o que aconteceu?

Indo à frente, manteve o olhar fixo no carpete e no humano que se aproximava dela. Ele não parecia particularmente interessado na sua presença.

Um benefício de usar jeans e um casaco comprido e fofo era o corpo dela estar totalmente escondido.

Ainda assim, ficou tensa quando eles se cruzaram... Mas o humano apenas seguiu adiante, assim como ela.

E então estava no elevador.

Mal podia esperar para chegar ao chalé de Axe.

Rhage não estava com muita pressa para chegar em casa. Mas a distância da lanchonete até a mansão da Irmandade não mudou, e ele, como de hábito, foi um motorista muito eficiente.

Cedo demais, ele e Mary passavam pelo vestíbulo.

A julgar pelas risadas, souberam onde Bitty estava... e a encontraram na sala de bilhar. Bella se sentava no sofá, e a menina deles brincava de esconde-esconde com Nalla entre as mesas de bilhar.

Bit estava tão despreocupada, disparando de um lugar a outro, movendo-se com agilidade, mas não rápido demais para que Nalla conseguisse pegá-la e se sentisse triunfante por conseguir ganhar de tempos em tempos. A pequenina vestia um macacão com um enorme morango na frente, os olhos amarelos reluzindo como raios de sol, e Bitty usava um dos blusões de Mary, tão grande que estava frouxo nos braços e no tronco.

Conforme ele e Mary observaram a brincadeira, o cheiro da tristeza que emanavam era tão espesso que as narinas deles foram invadidas por uma queimação acre, e Bella deve ter percebido o cheiro, porque olhou para trás muito rápido.

Suas feições passaram de esperançosas para resignadas.

– Meninas – a fêmea disse ao se levantar –, ah... acho que está na hora de a Nalla tomar banho. E, Bitty, os seus pais precisam falar com...

– Oi! – a menina exclamou quando os viu. – Como vocês... – E então franziu o cenho. Endireitou as costas. – O que aconteceu? Não tenho que voltar para a clínica do Havers, tenho?

– Não, querida. – Mary avançou pela sala e abraçou Bella brevemente. – Mas precisamos conversar com você.

– Fiz algo errado?

– Não. – Rhage assentiu para a *shellan* de Z. quando Bella pegou a filha no colo e desapareceu com tristeza. – De jeito nenhum. Quer vir se sentar com a gente, por favor?

– Tudo bem.

Logo os três estavam no sofá de couro diante da TV grande, com Bitty no meio. Na tela acima da lareira, um episódio de *Seinfeld* passava no mudo. Era aquele em que o doce de menta do Kramer acabava indo parar dentro de um paciente numa mesa cirúrgica. Um dos prediletos de Rhage.

Ele sentiu vontade de esmurrar a televisão até que ficasse em pedacinhos.

– O que está acontecendo? Vocês estão me assustando.

Rhage pigarreou e olhou para Bit. Quando não conseguiu falar, precisou se levantar e andar pela sala. Era isso ou encontrar um taco de beisebol para redecorar o ambiente.

Mary acabou tendo que descascar o abacaxi, como sempre fazia, e ele odiou tê-la desapontado. Mas a voz dela estava admiravelmente estável.

– Meu amor, você se lembra... de quando falava do seu tio? – disse a sua *shellan*. – Lembra, logo depois que a sua *mahmen* foi para o Fade? Lembra que me disse que ele viria buscá-la?

– Sim, mas não achava mesmo que viria. – Os belos olhos castanhos da menina iam e voltavam de Mary, que estava ao seu lado, para Rhage, que dava voltas ao redor da mesa de bilhar mais próxima. – Nunca o vi. Eu só... tinha esperanças de que alguém me quisesse. E daí vocês dois quiseram e tudo está bem agora. Tenho a minha casa.

Mary inspirou fundo.

Quando ela demorou a falar, Rhage entendeu que tinha que criar coragem; não podia deixar tudo nas mãos de Mary. Aproximando-se, ajoelhou-se diante da garota.

– Bem, na verdade, ele nos procurou. Sabe, Mary tentou encontrá-lo pra você antes que viesse morar conosco, porque era a coisa certa a fazer. Quando não houve resposta, ficamos tristes por você, mas felizes por nós.

Bitty franziu o cenho e se afastou do pai.

– Espera... Ele está aqui. Está vivo?

Mary assentiu.

– Está e acabamos de conhecê-lo. Seu tio parece uma boa pessoa e bem sincera. E está muito interessado em conhecer você.

A expressão de desagrado no rosto da menina se acentuou e ela cruzou os braços diante do peito.

– Bem, não vou. Quero morar aqui com vocês, com os Irmãos e Lassiter. Nalla, L.w, Boo e George. Este é o meu lar.

Rhage esfregou o rosto.

– Ele é a sua família, meu amor.

– Vocês são a minha família.

– Bitty – Mary começou –, ele é o irmão da sua mãe...

Bitty saltou do sofá e se virou de frente para os dois.

– Isto é por causa das minhas pernas e dos meus braços, não é? Vocês não querem lidar com uma garota que pode ficar aleijada depois da transição. Não me querem mais porque sou fraca...

– Bitty!

– Não, nada disso!

Mas a menina não estava ouvindo nenhum dos dois.

– Querem que eu vá embora! Tudo bem! Podem me expulsar daqui!

Em seguida, Bitty saiu correndo da sala. E, maldição, ele e Mary foram atrás, acompanhando-a quando ela chegou ao vestíbulo e continuou dali.

– Bitty, pare! – Mary disse quando a menina seguiu para a escadaria e começou a subi-la com pressa. – Bitty, não é isso o que está acontecendo...

A garotinha parou na metade e se virou de novo.

– Vocês não me amam... Nunca me amaram! Não se importam...

A voz de Rhage trovejou, explodindo tão alto que quase sacudiu a casa:

– Lizabitte! Você não vai se dirigir à sua *mahmen* nesse tom de voz!

Ooooiii, pai interno chamando, ele pensou entorpecido.

E, sim, as palavras fizeram todos se calarem. Congelaram as fêmeas bem onde estavam também.

Até mesmo alguns pobres *doggens* do lado de fora do escritório de Wrath largaram seus espanadores e se esconderam.

Pelo visto, Rhage não havia terminado de dar as ordens ali.

Subiu dois degraus de cada vez até chegar ao que Bitty estava e se abaixou para que ficassem na mesma altura.

– Entendo que esteja triste. Também estamos. Toda esta situação não fazia parte dos planos que tínhamos para nenhum de nós, mas nós quatro estamos nela agora. Ele parece um bom macho e tem seu sangue, e deveria conhecê-lo. Não a culpo por estar emotiva, e eu e Mary iremos apoiá-la o tempo inteiro. Mas não vou permitir que pense que não a amamos como se fosse nossa. Você não tem nenhum defeito. É perfeita, inteligente e uma bênção para qualquer um que a conheça. E nós a amaremos para sempre.

Havia tantas outras coisas que ele poderia dizer: *Você é a única filha que teremos. Estou morrendo aqui nestes degraus, assim como Mary. Não seremos nada sem você.*

Mas isso era assunto de adultos. Questões com as quais ele e Mary teriam que saber lidar.

Não envolviam Bitty, e ele não causaria preocupação nela.

De repente, a menina se desfez em lágrimas.

– Não quero deixar vocês...

Mary a abraçou. E Rhage passou os braços ao redor das suas duas fêmeas.

Como uma unidade, sentaram-se no meio da escadaria... e choraram.

Capítulo 39

Axe acabou deixando Novo no Keys depois que ela encontrou uma candidata provável – de fato, era aquela humana com quem Axe ficara algumas vezes, aquela com os piercings nos mamilos e cabelos de Cruella de Vil. Sabendo que sua colega de treinamento estava em boas mãos, ou seja, as próprias, acenou para ela, apontou para a saída e recebeu em resposta um balançar de cabeça.

Pela primeira vez nos registros da história, foi um alívio chegar em casa... E, cara, como tinha pressa em se limpar. No segundo em que passou pela porta da frente, largou o manto preto nas costas de uma cadeira e foi direto para o chuveiro.

Apesar de não ter feito sexo, nem sequer ter tocado em alguém, Axe queria esfregar cada centímetro do corpo antes de ver Elise.

A água quente e todo aquele sabonete eram uma bênção dos deuses, e ele passou um bom tempo com a cabeça debaixo do jato, a corrente deliciosa escorrendo pelo rosto e peito. Já prestes a sair, pressentiu que já não estava mais sozinho no chalé. E, com certeza, uma batida suave à porta veio em seguida.

Ele começou a sorrir.

– Chegou cedo.

– Desculpe – ela disse através da porta fechada. – Vou esperar você lá embaixo...

– Não consigo alcançar as costas. – Ele afastou a cortina do boxe. – Pode me ajudar?

A porta se abriu numa fresta e lá estava ela, o rosto adorável espiando pelo canto, os cabelos loiros soltos, o rosto corado pelo frio... Ou talvez porque estivesse pensando as mesmas coisas que ele.

A ereção de Axe foi imediata, e ele continuou fitando-a enquanto o pau se erguia.

Apesar de estar basicamente escuro, Axe sabia para onde os olhos de Elise se dirigiram, e onde se fixaram.

– Está gostando do que vê? – ele grunhiu.

– Sim...

– Então venha cá. A água está quente.

Elise entrou e fechou a porta. No espaço pequeno e cheio de vapor, tirou o agasalho e a camiseta. Deslizou os jeans pelas pernas longas. Deixou o sutiã cair... e depois a calcinha.

Quando Axe recuou a fim de abrir espaço para Elise, ela ergueu os lábios para que o macho os beijasse ao mesmo tempo que ela punha as mãos nele.

E não nos ombros ou nos bíceps, no abdômen, nem mesmo na bunda.

Axe arqueou tão forte que lançou a cabeça para trás e bateu na parede do chuveiro.

– Merda...

– Ai, desculpa...

– E eu ligo?

Com um som gutural, ele a beijou, o quadril projetando-se quando a pegada dela se intensificou, o sexo erguendo-se entre eles, indo de um nível de uma leve fervura à explosão solar numa fração de segundo. E Axe não foi gentil com ela. O desespero tornou suas mãos rudes ao puxá-la contra si, e a boca foi brutal na dela, o desejo descontrolando-se.

Mas, Santa Virgem Escriba, ela emparelhava o desespero dele com uma avidez própria.

– Te quero tanto – ele grunhiu contra os lábios de Elise.

– Então me toma agora.

Apesar de as coxas estarem escorregadias por causa da água, Axe as agarrou e ergueu o corpo da fêmea, encaixando-as ao redor do quadril dele. Depois encontrou a vagina com os dedos – ela estava pronta para ele – e, ah, cara, Elise assumiu o comando, levando a mão para o meio dos corpos, pegando a ereção e...

Ele falou outro palavrão e a penetrou. Ela arquejou o nome dele.

E depois Axe bombeou com fúria dentro dela, batendo-a contra a parede do chuveiro, afundando bem. Ela recebeu tudo o que ele tinha para lhe dar, segurando-se nos ombros do macho e apertando as pernas ao redor da pelve com o tanto de forças de que dispunha.

Axe cerrou os dentes enquanto a pegada quente e macia de Elise o atingia em todos os níveis. Mas não chegaria ao clímax antes. Não antes dela, porque a maneira como ela se sentia significava bem mais do que aquilo que acontecia com ele. E, logo em seguida, Elise começou a se contorcer, a cabeça lançada para trás, os braços mais tensos.

A contração dela apertou seu pau.

Puta merda, ela o ordenhava tão bem que ele se deixou levar, liberando-se dentro dela, preenchendo-a; os cabelos molhados o açoitavam no rosto, o corpo sentiu como se Elise o cercasse em todas as partes, apesar de estarem ligados em apenas um ponto.

Um ponto importante pra caralho.

Quando a primeira onda se foi, Axe a acomodou até que os pés sustentassem seu peso e ela ficasse de pé sozinha.

Alisando os cabelos de Elise para trás, embalando-lhe o rosto com as mãos.

– Oi – sussurrou ao beijá-la de um modo muito mais civilizado. – Estou tão feliz que você chegou... Quero dizer... você sabe... que está aqui... Merda. Estou feliz em te ver.

– Eu também.

O sorriso de Elise estava um pouco retraído, e ele amou o contraste entre a sensualidade e a timidez.

Quando se aproximou de novo, demorou-se nos beijos, ficando na boca, dobrando-lhe os lábios, lambendo-a. O vapor os envolvia como uma brisa suave de verão, o frio do inverno – como qualquer outra realidade além deles – trancado fora daquele lugar sagrado.

Os seios eram tão perfeitos quanto ele se lembrava, e quando se ajoelhou, ficou na altura dos mamilos, sugando-os enquanto acariciava a bunda... e depois mergulhou as mãos entre as pernas dela.

Elise gritou o nome dele assim que foi tocada, os dedos mergulhando nos cabelos molhados de Axe enquanto o jato quente continuava a cair ao redor deles.

Quando o macho apoiou uma das pernas da fêmea em seu ombro, ela caiu para o canto do chuveiro e estremeceu enquanto ele a cheirava no sexo. Com um grunhido, Axe a lambeu, provocou-a, penetrou-a com a língua, e ela acabou apoiando as mãos na parede, sustentando-se de pé graças à tensão que ele criava nela.

Axe estava no paraíso.

E não tinha intenção de retornar à Terra tão cedo.

Enquanto Elise olhava para baixo, além dos seios e do abdômen, era um choque erótico ver o macho enorme fartando-se no chão do boxe, os olhos ardentes encarando-a, a língua lambendo livremente o sexo dela, flamejando rosado antes de voltar a mergulhar...

Outro orgasmo a trespassou, e ela se enterrou na boca de Axe, esfregando-se toda nele.

Em resposta, ele desceu sobre Elise com ainda maior intensidade.

Estava possuído e a possuía... E o prazer erótico era quase grande demais para ela aguentar, as sensações ricocheteando em seu corpo, o cérebro fervendo, os sentidos em chamas.

Não queria que ele parasse.

E ele não parou.

Algum tempo mais tarde, muito mais tarde, depois que ele a suspendeu ao redor dos quadris de novo e eles enlouqueceram mais uma vez, a água começou a esfriar e foi só então que saíram do chuveiro juntos. Axe só tinha uma toalha e cuidou de Elise primeiro, secou-a com mãos gentis... e, enquanto cuidava do corpo dela, seu rosto revelava um carinho que todas as tatuagens e piercings pareciam sugerir que ele não demonstraria a ninguém.

– Venha – ele disse –, vamos para a lareira antes que você tenha que ir embora. Precisamos secar o seu cabelo para que não pegue uma pneumonia.

Axe secou com rapidez o corpo com a toalha totalmente molhada e depois pediu a ela que o esperasse, deixando-a no banheiro. Um momento depois, voltou com uma coberta limpa e a enrolou em Elise.

Pegando-a nos braços fortes, carregou-a pela escada como se ela não pesasse nada, e quando a acomodou diante do fogo, ela percebeu que Axe tinha atiçado a lareira para mantê-la aquecida.

– Queria que você não tivesse que ir – ele disse ao se esticar ao lado dela nas cobertas.

Ok. Uau. Ele estava muito nu. Muito, muito nu mesmo... E apesar de terem transado de umas mil e duzentas maneiras diferentes, só o que ela cobiçava era o modo como o pênis repousava sobre o músculo forte da coxa.

– Não vou – ela se ouviu dizer.

– Como é?

Desviando os olhos para os dele, Elise meneou a cabeça.

– Deixei o meu celular na casa do Peyton, que vai atender caso o meu pai ligue, e ele está superanimado com o lugar em que eu, supostamente, estou e o que, supostamente, estou fazendo, acredite em mim. Meu pai acha que estamos planejando uma festa de aniversário para Paradise.

Quando Axe permaneceu calado, um incômodo a atravessou.

– A menos que você queira que eu...

Axe a calou com um beijo.

– Não quero que vá nunca.

Ora, ora... Isso a aqueceu mais do que o fogo. Uma pena que a confissão não pareceu afetá-lo da mesma maneira que a afetava.

Quando os olhos dele passaram para o fogo e o maxilar endureceu, ela o tocou no rosto. Percorreu as pontas dos dedos nas tatuagens do pescoço. Tracejou-as até o ombro.

Tentando reviver o clima, sussurrou:

– Não consigo acreditar que conheci alguém como você.

– Um degenerado?

– Até parece.

As feições de Axe assumiram um ar de distanciamento.

– Não tente me transformar num herói, Elise. Não sou nada disso.

– Você sempre foi bom comigo.

Ele se sentou e desapareceu, ainda que permanecesse no mesmo lugar.

– Axe, por que acha tão difícil acreditar no bem que há em você? Quero dizer... Peyton me contou o que fez pelo Irmão Rhage. Salvou a vida...

– Não comece. – Ele apoiou o rosto nas mãos. – Elise, por favor, pare.

Assim que ela apoiou a mão no ombro de Axe, ele se retraiu, atitude que a magoou. Mas Elise lhe deu o espaço de que precisava.

– Me ajude a entender o porquê, Axe. E não toco mais no assunto.

Ele ficou calado por tanto tempo que ela se convenceu de que lhe pediria que partisse. Mas, então pigarreou.

– Bem, você sabe que meu pai estava trabalhando numa casa de aristocratas na noite dos ataques. Já te contei isso. – Fez uma pausa. – Na verdade, vamos voltar um pouco. Lembra a cozinha de que você gostou tanto quando veio aqui da primeira vez?

– Sim. Um lugar incrível.

– É uma homenagem pra minha mãe.

– Sinto muito que ela tenha morrido também... Cheguei a me perguntar...

– Ah, não, ela ainda está viva. Morando na mansão de alguém rico, garantindo seu sustento como qualquer prostituta. – As sobrancelhas desceram tanto que os olhos quase desapareceram. – Então, na verdade, o meu pai morreu muito antes de ser assassinado.

– Ele a amava tanto assim... – disse ela com tristeza. – Ah, Axe...

– Odeio aquela cozinha. Odeio cada uma das malditas folhas e rosas idiotas que ele entalhou para uma fêmea que não o queria. E, Cristo, você deveria ver o porão. Meu pai passava as horas do dia lá embaixo, trabalhando em todas aquelas estatuetas depois que a minha mãe foi embora. – A luz do fogo brincava com as feições rijas de ódio dele. – Aquele macho era um coitado, pelo tanto que sofreu por ela. A fêmea deixa o marido e o filho pra trás, simplesmente vai embora numa noite, tão desgostosa da sua vida familiar que nem se dá o trabalho de levar roupas e pertences. E o que ele faz? Fica de luto. Quero dizer, deveria simplesmente tê-la mandado se foder e cuidado da própria vida.

Elise meneou a cabeça.

– Quantos anos você tinha?

– Foi antes da minha transição. Devia ter uns dez, mais ou menos. Ela fez um upgrade de nós como se fôssemos um aparelho de som estéreo. Um tocador de fitas quando o que queria mesmo era um iPod. Nunca olhou pra trás... E meu pai nunca olhou pra frente de novo. Ficou preso no mesmo lugar, sempre convencido de que ela entraria por aquela porta a qualquer momento, dizendo que lamentava muito, e reassumiria seu lugar ao lado dele e do meu. Mas estava muito iludido. Convenhamos. Morávamos nesta casinha de merda, com um carro caindo aos pedaços, e ele tinha as mãos calejadas de um trabalhador braçal pra oferecer a ela. O filho? Eu era um merdinha magricela. – Balançou a cabeça. – Mas cresci rápido depois que ela nos largou. E não senti falta dela, diabos, não mesmo. Eu a odiava e fiquei feliz por ela se manter afastada. Não sei onde está e não dou a mínima… Merda, espero que a tenham matado nos ataques.

Elise inspirou fundo.

– Consigo imaginar como deve ter se sentido traído. Tanto pelo abandono quanto pela deserção do seu pai.

Axe deu de ombros.

– Meu pai não foi embora. Ele me alimentou. Manteve um teto sobre minha cabeça. Mas ficou tão envolvido em sua fantasia sobre ela e sobre seu retorno divino… – Franziu o cenho e se concentrou em Elise. – Não acredito que estou falando disso.

Arriscando-se, ela estendeu a mão e afagou o braço dele.

– Nunca vou te julgar, Axe. Confie em mim.

– Tem certeza?

– Continue falando e te provo.

Um a um, Axe estalou os dedos, os músculos fortes dos ombros saltando e relaxando à medida que o fazia.

– Usei muitas drogas. Depois da minha transição, sabe. Não conseguia ficar aqui com o meu pai. Eu o odiava, de verdade, apesar de nada ter sido culpa dele. Era um bom macho, um pouco molenga talvez, mas merecia mais do que recebeu de sua *shellan*. Mais do que recebeu do filho.

– Você era criança. Como crianças, temos que sobreviver, então nos moldamos a qualquer família em que cresçamos. Somos forçados a lutar e, às vezes, de maneiras que nos fazem mal.

Axe meneou a cabeça.

– Eu não era criança quando caí na farra. Quando desaparecia por noites e dias. Quando o isolei. No fim das contas, acabei partindo o coração dele tanto quanto ela. – Axe cerrou o maxilar. – Na noite em que… em que ele morreu? Eu estava na cidade, chapado… Merda, sei lá, fazia umas três, quatro noites, indo da cocaína para a heroína como se fossem brinquedos de um parque de diversões.

– Você não poderia tê-lo salvado – ela sussurrou. – Nem preciso saber dos detalhes. Mas não poderia tê-lo salvado, Axe. Precisa se perdoar…

– Ele me ligou. Quando o ataque aconteceu. Me deixou uma maldita mensagem no celular... bem quando aconteceu. Quer saber como sei a hora? Porque deixei a ligação cair no correio de voz. E quando vi que ele havia deixado uma mensagem? Eu a apaguei. Fodi com...

Axe desviou o olhar, escondendo os olhos.

– Axe, você não foi responsável por sua mãe abandoná-lo. E não foi responsável pela morte dele também...

– É isso o que ensinam nas aulas de psicologia a que você assiste? – Ele fungou fundo e esfregou o rosto na curva do cotovelo. – Apaziguar as pessoas apesar de elas terem agido mal ou de modo errado? Sei lá, lhes dão troféus de participação simplesmente por respirarem, ainda que, na realidade, sejam cabeças de bagre que desapontam as pessoas?

Elise o fitou com firmeza e desejou que ele a olhasse nos olhos.

– Não, eles nos ensinam que a autoaversão é uma profecia que se satisfaz sozinha.

– O que isso deveria significar...?

– Até você aprender a se libertar da responsabilidade do relacionamento e das escolhas dos seus pais, vai ver tudo por um prisma de culpa. E isso vai te comer vivo.

– Mas apaguei a mensagem dele. – Axe esfregou o rosto com uma mão rígida. – A última coisa que ele disse no planeta, e a apaguei como se fosse imprestável. Não sou diferente dela. Abandonei meu pai quando ele mais precisou de mim.

– É por isso que você quase se matou na noite em que salvou Rhage? Tinha que estar presente para alguém e não deixaria que nada o detivesse?

Ele ficou calado.

– Talvez.

– Encontramos maneiras de nos repetirmos até acertar. Mas isso pode ser perigoso. Ainda mais se estamos tentando consertar erros pelos quais nunca deveríamos nos responsabilizar, pra início de conversa.

Pensando em si própria diante da porta de Allishon, Elise se perguntou se talvez não devesse seguir o próprio conselho.

– Axe, talvez consiga considerar a ideia radical de que a sua mãe não foi embora por sua causa ou pelo seu pai. Ela desistiu de ambos por conta de alguma falha própria. Ou talvez ela e o seu pai não fossem compatíveis. Ou... talvez ela tenha se apaixonado por outro.

Existe um monte de motivos para o fracasso de um relacionamento. Mas uma coisa que sei com certeza? Nenhuma criança, não importa qual seja o seu comportamento, é responsável por manter os pais juntos ou num relacionamento saudável. Isso é responsabilidade dos adultos. É tarefa deles.

Axe ficou calado por um bom tempo. Depois se levantou, envolveu uma coberta no quadril e pairou acima dela.

Merda, Elise pensou.

Deveria ter refletido melhor e não ter bancado a terapeuta. Não era algo de que alguém precisasse num relacionamento pessoal. E outra, ela não tinha treinamento como terapeuta.

Só porque alguém assiste a aulas não significa que esteja qualificado a dizer às pessoas como devem enxergar a própria vida.

– Sinto muito – ela disse com tristeza ao também se levantar. – Já vou embora. Não devia ter aberto a boca. Vou buscar as minhas roupas lá no banheiro.

Capítulo 40

Enquanto ela se levantava, ainda envolvida na coberta que Axe lhe dera, ele não conseguia encontrar as palavras que desejava dizer.

– Deus, estou tão irritada comigo mesma – ela murmurou ao se virar. – E vou indo antes de...

Ele a segurou pelo braço.

– Não quero que vá.

Olhando por cima do ombro, ela pareceu confusa.

– Mas...

– Eu quero... – Ele pigarreou. – Quero te mostrar uma coisa.

Segurando-a pela mão, Axe a conduziu além da escada, para a cozinha, até a porta que dava para o porão. Por tantos motivos, custava-lhe crer que fazia aquilo. Não acreditava no que contara. Não conseguia nem sequer imaginar como ela não parecia nem um pouco horrorizada.

E tampouco parecia julgá-lo.

E tudo isso o fez querer ir mais fundo em seu passado.

Mesmo não fazendo sentido algum.

Abrindo a porta do porão, acendeu a lamparina que deixara no alto da escada e depois a conduziu na descida pelos degraus de madeira. Quando o brilho amarelado se espalhou, Elise arquejou.

– Seu pai fez tudo isso? – Soltou da mão dele e andou até a prateleira de estatuetas terminadas. – São... incríveis.

Axe ficou para trás, ciente de que, enquanto ela inspecionava as criaturas de madeira com as quais o pai superara – ou quem sabe exacerbara – sua dor, ele estava mostrando uma parte de si.

– Era um artista – ouviu-se dizer. – Um artesão. E, mesmo assim, desperdiçou tudo só sofrendo pela partida dela.

– É por essa razão que você nunca se vinculou a ninguém? – ela perguntou num sussurro enquanto a mão delicada segurava um coelhinho erguido sobre as patas de trás com as orelhas empinadas. – Você tem medo de que uma fêmea o abandone e acabe fazendo o que ela fez?

– Eu não... – Axe deu de ombros apesar de ela não estar olhando para ele. – Não penso muito sobre isso.

Covarde, disse a si mesmo. E também mentiroso.

Era exatamente esse o motivo. Bem, esse... e o fato de ele nunca ter conhecido alguém como Elise.

Depositando o coelho ao lado de um cervo e de um guaxinim, ela se aproximou dele, movendo-se daquele modo gracioso. Ao apoiar as mãos nos braços dele, Axe saltou ante o contato, mas não se afastou.

– Não vou tentar consertar você, Axe. Isso não é tarefa minha. Mas, se eu achar que está errado, então vou te dizer e você fará o que achar melhor. Sem julgamentos.

– Bem, agora você já sabe todos os meus segredos sombrios.

– E ainda estou aqui, não estou?

Ele levantou a mão para acariciá-la no rosto e não se surpreendeu em ver que ela tremia.

– Você me assusta pra cacete, fêmea.

Preferiria ter que enfrentar mil *redutores* a ela numa coberta, parada diante da demonstração que fizera da infelicidade do pai. No entanto, não iria embora. E claro que também não pediria a ela que fosse.

– A intimidade é assustadora – ela disse ao afagar-lhe os braços, acalmando-o. – Se você deixa as pessoas se aproximarem, elas podem te magoar. Na verdade, no seu caso, você cresceu acreditando que isso é uma consequência natural por amar alguém. Elas te desapontam. Você as desaponta. E tudo acaba ruindo. Mas não precisa ser assim.

Axe a segurou pela cintura e a trouxe para si. Ao fitar os olhos azuis, sussurrou:

– Eu menti.

– Sobre o quê?

– Morro de medo de você.

Ela balançou a cabeça.

– Pode confiar em mim. Não vou abandoná-lo.

Axe a beijou na boca. Porque queria. E porque desejava desesperadamente acabar com aquela conversa.

– Venha. Vamos subir. Está frio.

Mais do que isso, ele tinha um medo supersticioso de que talvez o trajeto ruim dos pais acabasse contagiando-os. Um vírus de relacionamento ou algo do tipo.

De volta ao andar de cima, Axe a apressou para a sala de estar. O sol logo nasceria, e as cortinas mais pesadas estavam ali.

Maldição, ele não pensara muito a respeito antes, mas não se sentia seguro com ela ali durante as horas do dia. Queria mantê-la atrás de portas de aço, tão protegida da luz do Sol no subterrâneo como se o imenso orbe reluzente de morte não existisse.

Ao se acomodarem de novo diante do fogo, deitados juntos, ele disse:

– Não usei mais drogas desde a noite em que descobri sobre o assassinato do meu pai. Deixei de consumi-las desde então. Ainda bebo de vez em quando, mas não como costumava.

– Então esse foi o seu fundo do poço – ela comentou.

– Acho que sim.

O fato de não ter lhe contado sobre as coisas envolvendo sexo de alguma maneira não lhe caiu bem. Mas também não repetiria tais ações. Voltar ao Keys naquela noite fora uma revelação de que não precisava mais estar lá porque tinha algo real...

O som do celular tocando do outro lado da sala o intrigou.

Era o seu celular. Que Craeg deixara lá mais cedo.

O aparelho se calou. Só para tocar de novo.

– Droga – resmungou ao se levantar.

Vasculhando os bolsos do manto, pegou o celular e franziu o cenho. Ao atender, disse:

– Novo? Tudo bem? Sim, sim... Estou bem. Não, em casa. E você? Está saindo agora...? Novo, fala sério, falta pouco pra amanhecer. Que porra andou fazendo, hum...? Verdade, também perco a noção do tempo lá, mas, Jesus, para com isso. Não faça eu me arrepender de ter te levado lá... Tá. Desliga logo e vai pra casa? Idiota...

Ele desligou e continuou segurando o celular ao voltar para perto de Elise e se deitar novamente.

– Desculpe. Uma colega trainee. Cabeça-dura quase tão babaca quanto eu. Eu só... Sabe, não quero que ninguém se machuque.

Elise assentiu.

– Claro. Quer ir ver se ele está bem ou algo assim?

Axe revirou os olhos.

– Novo vai ficar bem, desde que...

O celular tocou de novo, e ele atendeu antes do fim do primeiro toque.

– Onde você está? – Axe exalou. – Bom. Não fique fora até tarde assim de novo, ok? Você pode voltar lá, só não consegue se morrer, cacete. Te vejo amanhã, cabeça de bagre.

Ele ria ao desligar.

– Psicopata...

Elise sorriu, mas foi um gesto meio remoto.

– É preciso ser especial pra fazer o que vocês todos e a Irmandade fazem.

Ao reconhecer que o humor dela mudara, Axe quis acalmá-la.

– Não se preocupe. Sei no que está pensando, mas estou seguro. Tomo cuidado...

– Axe... Acho que estou me apaixonando por você.

Caraaaaamba, Elise pensou. Não era o que esperava sair da sua boca. Não mesmo, nada do tipo.

E enquanto a bomba despencava entre eles, Axe piscou como se ela tivesse falado num idioma estrangeiro. O que era precisamente o tipo de reação que a fêmea deseja quando diz a um macho que o ama.

– Ai, ai. – Ela abaixou o rosto entre as mãos. – Não acredito que acabei de dizer isso.

Com uma pressão sutil, ele a fez abaixar os braços. E a expressão... Ele estava sorrindo.

Um sorriso leve, não um revelar escancarado de presas nem nada assim. Decerto um sorriso discreto, destinado só para ela, e criado, ela suspeitava, só para ela.

Hum, era isso o que queria, ela pensou ao retribuir o sorriso.

– Diz de novo – ele sussurrou. – Me mande um pouco mais de raios de sol só pra eu ter certeza de que te ouvi direito.

Elise estava bem ciente dos dois caminhos a escolher. Poderia negar as palavras, dar-lhes menos importância, ficar segura. Ou poderia se permitir voar.

E escolheu o voo glorioso em vez do medo.

– Estou me apaixonando por você.

Axe ampliou o sorriso um pouco mais e a beijou, o corpo pesado levando-a de costas para o colchão. Com mãos certeiras, fez o cobertor entre eles desaparecer, e depois rolou por cima de Elise, com a ereção quente e firme se colocando entre as pernas dela.

Foi a coisa mais natural do mundo beijá-lo de volta e acolhê-lo dentro de si. E, dessa vez, não foi um bombear frenético, apenas movimentos suaves que a esquentaram antes de incendiá-la.

Enquanto faziam amor diante da lareira acesa, ela sentiu que seu mundo estava completo. Sim, estavam ainda no início de um relacionamento, mas, com honestidade e confiança, tudo era possível.

Ainda mais quando Axe abaixou a cabeça e sussurrou no ouvido dela:

– Também estou me apaixonando por você.

Elise deu uma risadinha.

Sim, ela emitiu uma risadinha bem de menininha, o que combinava mais com o tipo de fêmea que faz as unhas e mechas no cabelo num salão e usa saltos altos com saias para chamar atenção.

Ante o som, Axe parou e se afastou um pouco.

– Isso foi o que acho que foi?

– Não, não foi.

– A minha candidata a um doutorado em psicologia acabou de...

Ela cobriu a boca dele com a palma da mão.

– Não fiz isso.

– Fez, sim.

– Não mesmo.

– Ah, fez...

Quando ele a penetrou fundo, ela contorceu o corpo com a onda de prazer que invadia suas veias.

– Axe...

– Admita.

– O quê? – ela murmurou.

Ele rolou os quadris duas vezes. E depois parou.

– Você deu uma risadinha.

– Não é justo... – Ele a penetrou de novo e, dessa vez, ela o agarrou pela bunda com as unhas. – Termine o que começou!

– Admita que deu uma risadinha!

– Por quê?!

Riam tanto que não importavam as palavras. Uma bolha flutuante de felicidade os envolvia, e ambos pulavam no meio do espaço de alegria, livres de tudo que estava lá fora.

– Está bem, dei uma risadinha...

Em resposta à capitulação dela, Axe mergulhou fundo, penetrando-a... antes de baixar a mão, segurar uma das pernas dela e esticá-la para cima de modo que ficasse torcida de lado e ele conseguisse um acesso ainda mais profundo.

Mesmo em meio ao prazer, ela ficou olhando para ele. Axe parecia magnífico sob a luz do fogo, o corpo de guerreiro dominando-a, os músculos em relevos altos, as veias saltadas que desciam pelo pescoço e pelos braços contra a pele bronzeada.

Quando o macho mostrou as presas, Elise soube que ele partiria para a sua jugular, e era lá que o queria. Virando a cabeça de lado, expôs-se para ele...

O ataque foi brutal, as presas penetrando tão fundo que ela gritou, mas não de dor, apesar de doer de uma maneira deliciosa.

Era a marcação sobre a qual ouvira falar.

Era a posse de uma fêmea por um macho, fazendo valer seus direitos. E, como esperado, ele a manteve presa na garganta com os dentes enquanto a marcava por dentro ao gozar no sexo dela.

Mas não pararia por ali.

Antes que ela conseguisse recuperar o fôlego, Axe saiu de dentro dela, virou-a e a deixou de quatro. Vindo por trás, mordeu-a de novo, do outro lado, e a penetrou mais uma vez, possuindo-a por trás, com uma mão subindo por entre os seios que balançavam prendendo-a na garganta e a outra plantada no chão, sustentando a ambos.

Elise estava de frente para o fogo, e sua visão oscilava selvagem a cada investida, as chamas saltando de um lado ou do outro, os cabelos esvoaçando até algumas mechas baterem na boca aberta.

A certa altura, o tronco despencou sobre a coberta, o sexo apontando para o alto, à disposição de cada arremetida dele enquanto gozava uma vez depois da outra, cobrindo-a com sua essência marcante.

Elise perdeu a conta de quantas vezes gozou.

Só o que lhe importava era que Axe não parasse nunca, jamais.

Capítulo 41

Na noite seguinte, quando já era seguro porque o sol havia descido do horizonte e a temperatura caíra, Rhage se viu uma vez mais exercitando um grande autocontrole.

Estava no vestíbulo da mansão, parado diante das portas duplas. Bem, não exatamente. Na verdade, estava ao lado de uma delas, encarando a moldura de vidro que dava para o pátio da frente. O que significava que ele não conseguia ver muita coisa.

Até que mais ou menos propício, na verdade, considerando-se que ele não fazia a mínima ideia de onde aquilo iria parar.

Pressentiu, mais do que ouviu ou sentiu pelo olfato, que suas fêmeas estavam na escadaria, e se virou e as observou descerem. Bitty usava um vestido de veludo vermelho que ele e Mary compraram para a grande celebração humana, vestia meias-calças brancas, sapatos de verniz preto e um casaco de feltro preto do período vitoriano que passara de geração em geração na família de Bella.

Ela e Rehv quiseram que Bitty ficasse com ele, e com o lindo cetim do forro e os punhos e colarinho de veludo preto, a peça era melhor do que qualquer roupa disponível nas lojas.

De fato, o traje de Bitty era bastante adequado e festivo... Mas, apesar das belas roupas, ela mais parecia estar indo para a forca.

E Mary não estava muito melhor.

Quanto a ele? Pessoalmente, sentia como se alguém tivesse lhe amputado as pernas e o deixado sangrar no chão.

Mas, ei, quem é que estava comparando?

Quando suas fêmeas chegaram ao piso em mosaico e cruzaram o desenho da macieira em flor, Rhage inspirou fundo.

– Está pronta, Bitty?

Que pergunta mais idiota, pensou quando a menina parou diante dele.

– Por favor – ela disse com a voz trêmula –, vem comigo? Não me faça ir sozinha...

A mão dele tremia quando a acariciou no rosto.

– Você não vai estar sozinha. Fritz vai te levar de carro, e Vishous e Zsadist estarão te esperando lá.

Na verdade, V. e Z. iriam acompanhar o Mercedes durante todo o caminho até a cidade, a dupla se desmaterializando em intervalos regulares ao longo da rota até ela chegar em segurança à Casa de Audiências. E eles teriam ido com ela no carro, mas temiam que a garota sentisse que o tio era perigoso caso o trajeto fosse feito com dois Irmãos muito bem armados, um de cada lado dela.

– Não consigo fazer isso. – Bitty olhou freneticamente para Mary. – Por favor, não me faça ir. E se ele me levar embora?

– Ele não vai fazer isso. – Mary se aproximou e acariciou os cabelos da menina. – E nós estaremos bem aqui, esperando você; na verdade, assim que tudo terminar, Rhage se desmaterializará até lá e voltará de carro com você, está bem?

– Vai mesmo fazer isso? – Bitty perguntou. – Promete?

– Prometo com certeza...

– Que tal se eu for junto e ficar com você o tempo inteiro?

Os três se viraram para a voz sintetizada sem corpo. Não havia ninguém ali, embora ela se parecesse muito com a de...

– Lassiter? – Rhage chamou ao olhar para o ar no vestíbulo. – Onde diabos está?

– Bitty – disse a voz. – Estenda a mão.

A menina fez o que lhe foi pedido, e de lugar nenhum, uma minúscula poça de luz dourada se formou na palma dela.

– É quente – Bitty disse, surpresa.

O ponto de luz trafegou braço acima até o ombro dela e ali permaneceu, como um pássaro teria ficado. E então, a estranha voz fantasmagórica disse:

– Estarei com você o tempo todo. Ninguém precisa saber, está bem? Só você saberá, e os seus pais saberão...

Rhage e Mary se retraíram ante essa palavra.

– ... e o mais importante, você não estará sozinha. Está bem?

Bitty inspirou profunda e lentamente.

– Está bem. Isso é bom. Obrigada.

Um par de faróis passou por aqueles antigos painéis estreitos de vidro próximos à saída... E, certo como o inferno, Rhage quis irromper para fora da casa e gritar para que Fritz fosse embora.

– Tudo bem – Mary disse numa voz contida. – Abraço forte.

Enquanto as duas se abraçavam, Rhage fitou aquele pequeno ponto de sol no ombro de Bitty. Ele ficara ainda menor, então era quase invisível, o tipo de coisa que facilmente passava despercebido.

Rhage ficaria devendo muito ao anjo.

– Você é tão corajosa – Mary disse acima da cabeça de Bitty. – Tenho tanto orgulho de você.

– Não sou corajosa, estou com medo.

– Mas está fazendo isso do mesmo modo, o que é a mais pura definição de coragem.

Mary se soltou e afastou os cabelos para trás. Ficou espiando outros lugares com os olhos úmidos de lágrimas que, sem dúvida, estava determinada a não derramar.

Bitty parou diante de Rhage. Erguendo o olhar para ele, bem lá em cima, ela disse:

– Promete que vai até lá?

Ele se agachou e os dois joelhos rangeram como galhos se partindo em uma árvore.

– Prometo. V. vai me avisar, e estou com o celular bem aqui.

Quando ele lhe mostrou o aparelho, Bitty passou os braços ao redor do pescoço de Rhage, que a trouxe para perto, fechando os olhos e enviando uma oração aos céus para que aquilo, por algum meio mágico, terminasse bem.

E, então, ele e Mary acompanharam a menina através do vestíbulo, pelas pedras da entrada da mansão, descendo os degraus até o Mercedes preto. Fritz ajudou a menininha, abrindo a porta para ela, e depois o mordomo a fechou e se curvou diante de Mary e Rhage.

Os faróis traseiros descendo a colina foram a imagem mais trágica que Rhage já vira.

Ele e Mary ficaram parados lado a lado no frio, até bem depois que o par de olhos vermelhos sumiu de vista.

– Vamos entrar – sua *shellan* disse sem emoção.

– Ok.

– Não há nada que possamos fazer agora a não ser esperar.

– É.

Ela se virou e começou a voltar para o vestíbulo. Por algum motivo, Rhage não conseguia se mover. Então permaneceu ali, de pé, imóvel, fitando a Lua, que estava cheia ou bem perto disso.

Seu coração estava naquele maldito Mercedes. Seu coração se afastava dele, deixando o corpo e viajando no veículo para uma situação diferente, para outra família, para um futuro que não o incluía, nem a Mary...

– Rhage?

Girando sobre os coturnos, ele olhou na direção da mansão. Mary estava junto à porta do vestíbulo, segurando-a aberta para ele.

Queria caminhar até ela, mas seu corpo parecia ignorar os sinais enviados pelo cérebro. Então ele decidiu que deveria dizer algo... mas a fala parecia não querer sair.

– Sinto muito – ele murmurou.

Houve uma pausa. Em seguida, Mary se projetou para a frente, correndo a distância que os separava, lançando-se nos braços do companheiro. Enquanto ele a segurava junto a si, não conseguia acreditar que tudo aquilo estava acontecendo.

– Você sempre me diz – ela gemeu – que sei o que dizer. Mas não sei o que dizer, não sei o que fazer, não consigo te ajudar, não consigo ajudá-la, não consigo mudar nada...

Rhage deslizou a palma da mão para cima e para baixo nas costas dela, sentindo-se bem impotente.

– Tenho que parar isso – ela balbuciou. – Tenho que parar... impedir que aconteça... Deus, ela está indo embora... Rhage, o meu bebê está me deixando, minha filha...

Ele acabou suspendendo-a nos braços e segurando-a, de forma a ampará-la enquanto chorava.

No fim, a explosão emocional diminuiu, e Mary inspirou fundo algumas vezes.

– Ai, ai... Me desculpe.

– Por quê? – Ele mudou a posição dela em seus braços e afastou-lhe os cabelos. – Por que pediria desculpas?

Por um longo momento, ele a fitou no rosto, tracejando com os olhos as feições que conhecia tão bem. E depois sorriu de leve.

– Minha Mary Madonna, me deixa cuidar de você? Você me fortalece. Você me dá forças ao confiar em mim.

– Mas isso não é justo. E quanto a você...?

Rhage balançou a cabeça.

– Vou ter que explicar de novo sobre os machos vampiros vinculados? Você é... a razão do meu viver. Nunca te amei mais do que agora.

– Mesmo se Bitty for embora.

Os olhos dele se desviaram para a lua no alto. Para a lua iluminada.

– Se ela for embora, nada será igual pra mim, nunca mais. Nada será tão iluminado, divertido ou espontâneo. Mudei pra sempre no minuto em que Bitty entrou nas nossas vidas... e acho que não entendi o quanto até agora. Aconteceu num instante... e vai levar uma vida para eu superar isso. – Voltou a se concentrar em sua *shellan*. – Só existe uma coisa que permanecerá inalterada: os meus sentimentos por você, o meu amor por você é a única coisa que me manterá de pé até o fim de tudo.

Mary voltou a chorar, ainda mais depois que ele a beijou.

– A nossa força tem que ser testada – ele sussurrou – para que saibamos que ainda está presente. E serei sempre o seu guerreiro, minha Mary. Pra todo o sempre.

Mary estendeu a mão para o rosto de Rhage e acariciou-lhe a face.

– Te amo – ela suspirou.

Ele aprovou.

– Vamos superar isso, Mary. Mesmo que cambaleando e sangrando no final. Vamos seguir em frente porque... talvez um dia ela venha nos visitar, depois que tiver crescido. Talvez ela se lembre de nós. Quem sabe. Mas, mesmo se ela não vier, ainda assim teremos que continuar a ser uma família unida, você e eu. Se não for assim... Deus, não posso nem pensar numa alternativa.

Capítulo 42

— Espera, quer dizer que você não tem aula?

Enquanto fazia a pergunta, Elise puxava as calças jeans no banheiro de Axe, a pele úmida, recém-saída do chuveiro, a obrigava a se sentar no vaso de tampa abaixada para conseguir dar cabo do trabalho. Axe balançou a cabeça enquanto espalhava espuma de barbear no rosto e apanhava a lâmina.

— Era para termos, mas não sei o que está acontecendo. A mensagem dizia que a Irmandade estava "ocupada com outro assunto", mas sei lá o que isso significa.

— Então acha que podemos fazer a Primeira Refeição juntos?

— Claro, onde?

Ok, era totalmente sexy assistir ao seu macho se barbeando. E Axe, tragicamente eficiente, deslizava a lâmina pelo maxilar, ao longo do queixo, sobre o lábio superior. Não havia luz acima do espelho, mas Elise enxergava bem graças à vela que ele acendera e deixara ao lado da pia de porcelana.

— Adoro esta luz daqui — ela observou.

Amava ainda mais o que ela iluminava: a extensão dos peitorais de Axe, o tanquinho tão delineado que formava sombras, e o pênis longo pendendo sobre as coxas musculosas.

Axe olhou para ela.

— Se continuar me fitando assim, não vamos conseguir sair daqui antes do pôr do sol de amanhã.

Elise sorriu.

— Ora, se você não fosse tão gostoso de olhar, eu não ficaria te encarando. De qualquer maneira, preciso primeiro ir até a casa de Peyton pra pegar o meu celular.

Axe franziu o cenho.

– Vou com você.

– Não precisa.

– Preocupada em ser vista comigo?

Elise recuou e depois levantou o olhar.

– Não, de jeito algum. Por que disse isso?

– Porque estou com ciúmes.

Ok, bem sensual. Mas, então, ela somou dois e dois.

– Espera, do Peyton?

Axe enxaguou a lâmina na água, bateu duas vezes na beirada da pia e depois retomou o barbear do outro lado do rosto.

– É.

Ela ergueu as mãos.

– Vou deixar uma coisa bem clara: não precisa se preocupar. Primeiro, eu o vi sem camisa na outra noite e…

Axe se virou tão rápido que se cortou.

– O quê…

– … e ele não chega aos seus pés. Nem perto disso.

O olhar dele se estreitou.

– Peyton deu em cima de você?

– Não. E jamais faria isso. – Ela se levantou e se aproximou do corpo de Axe; esticando a língua, lambeu o fio vermelho. E a reação física no macho foi imediata. – Ele sabe que não deve.

Antes que Axe conseguisse dizer qualquer outra coisa, ela se ajoelhou, abriu a boca… e deslizou a ereção para dentro, sugando-o fundo enquanto tocava com a mão em concha o saco pesado.

– Caraaalho… – Houve um baque e uma batida quando Axe pendeu contra a parede. – Ai, merda…

Tirando a ereção da boca, ela percorreu a língua pela parte de baixo até o alto, e depois circundou a cabeça.

– Ainda com ciúmes dele?

– Evkaeeio jgo eo faiofkal flla.

Ou algo semelhante.

Com um sorriso, Elise voltou ao trabalho, afagando-o, sugando, girando as bolas, atiçando-o com as pontas afiadas das presas. Em pouco tempo, Axe arfava e se contorcia, e logo gozou na boca da fêmea, e ela foi incansável, ordenhando-o até ele secar e relaxar, sem forças e ainda dentro dela.

E, cara, os olhos dele a fixaram como se ela fosse a fêmea mais excitante e voraz do planeta.

— Estou te devendo uma — ele disse com a voz alterada de um jeito que ela nunca ouvira.

— E mal posso esperar pra cobrar essa dívida. Mas acho que vou descer agora… ou jamais sairemos daqui.

Axe murmurou algo, e ela saiu… com o maior sorriso no rosto.

A adrenalina de deixar seu macho excitado assim era demais. Quem haveria de imaginar?

Lá embaixo, no fogo que se apagava, Elise pegou o celular de Peyton e ligou para o próprio.

O primo atendeu ao primeiro toque.

— Ei!

— Graças a Deus você está vivo.

— Você também. Onde está? E não, o seu pai não ligou… E quer saber por quê?

— Por quê? — Ela mudou o celular de orelha para poder ajeitar a camiseta. — E, por favor, me diga que não é porque ele foi até a sua casa no segundo em que o sol se pôs pra me procurar.

— Ele não ligou porque reiniciei o seu GPS.

— Fez o quê? — Ela balançou a cabeça. — Desculpe, mas como é?

— Fiz com que o localizador do GPS reportasse que você esteve no seu quarto a noite toda. Bem, a partir das três da manhã, o que é um horário perfeitamente respeitável pra chegar em casa.

— Peyton, sem querer ofender… você não é tão inteligente assim.

— Ah, vai se ferrar. Estou estudando. O próprio Irmão Vishous nos ensinou a fazer isso. Portanto, desde que o seu pai não tenha ido ao seu quarto, a sua barra está limpa. Ninguém ligou pra mim?

— Não sei. Mas, se recebeu algumas mensagens, não as li. Não são da minha conta.

— Bem, ninguém veio procurar você na minha casa. Então, devo ter feito alguma coisa certa. Pode beijar minha bunda quando eu te devolver o seu celular.

— Como?

— Me encontra daqui a meia hora no clube dos charutos; te entrego o aparelho lá. E, bôôônuuuuus, vou adorar te ouvir dizer o quanto sou maravilhoso na presença do seu guarda-costas idiota, porque ele estará lá com o resto do pessoal. Axe sempre aparece se a comida é de graça.

Elise revirou os olhos. Mas devia algo a Peyton. Infelizmente.

— Você é tão egoísta.

— Rá! Não sou a razão de você ter ficado o dia inteiro fora de casa sem se meter em apuros? Eu chamaria isso de exatidão, não de ego, no que se refere a mim como sendo um deus.

— Até daqui a pouco.

— Mal posso esperar também. Tchauzinho.

Na verdade, Elise parou primeiro na mansão da família, e Axe deixou que ela entrasse sozinha. Enquanto a aguardava no gramado congelado da frente, ficou imaginando como seria morar num lugar como aquele. Com criados e o equivalente a um museu em objetos, e dinheiro e mais dinheiro em todas as partes.

Pensou em seu chalé esquálido e sem aquecimento.

Será que sua mãe conseguira o que desejara? Chegara onde dissera ao pai que queria ir? A senhora de uma casa como aquela?

Será que era feliz — isso se ainda estivesse viva? Inferno... Será que um dia pensou nele? Ficou imaginando o que acontecera com o filho que deixara para trás?

Quando Elise saiu pela porta da frente, Axe entendeu pelo seu andar jovial que estava tudo bem. O pai não a flagrara.

— Pronto? — ela perguntou ao se aproximar.

— Sempre. Tudo bem com o seu pai?

— Nenhum problema. E eu lhe disse que me encontraria com o Peyton e que você me acompanharia, e ele não se opôs.

Axe quase a beijou. Mas logo se lembrou de que provavelmente haveria câmeras de segurança no exterior da mansão e ao redor da propriedade. Merda, ainda o preocupava que alguém tivesse visto o pequeno interlúdio deles atrás do carvalho na outra noite.

— Vamos. — O sorriso dela era tão amplo que Axe não teve como não retribuir com um leve sorriso. — E prepare-se, Peyton está se achando um deus porque mexeu no sistema de GPS do meu celular.

– Ah, verdade. V. nos ensinou; eu deveria ter pensado nisso. E se esse seu primo é um deus, é só porque o *bong* dele está contando mentiras de novo.

Axe se desmaterializou até o centro antes e verificou o beco. Depois mandou uma mensagem de texto para o celular de Peyton, que ainda estava com Elise, e lhe disse que podia vir.

– Isso se parece com um encontro – ela comentou ao andarem até a entrada do clube. – Não acha?

Quando ela pegou a mão de Axe e continuou segurando, ele franziu o cenho.

– Tem certeza de que quer sair do armário comigo, por assim dizer?

– Sou pró-honestidade, lembra? Não tenho nada a esconder.

– Uma vez que a Caixa de Pandora é aberta, não há como fechá-la de novo.

– Não tenho medo. Você tem?

Ele pigarreou.

– Porra, não.

Ao se aproximarem da entrada, Axe manteve a porta aberta para ela passar. E, teve que admitir, queria que Peyton soubesse que Elise era dele e somente dele.

– Vou seguir a sua deixa – ele murmurou ao acompanhá-la clube adentro.

– Bom. – Ela cruzou o braço com o dele. – Vamos em frente.

Ao avançarem até a mesa costumeira de Peyton, Axe estava ciente de que corava como um filho da puta, mas tinha esperanças de que a luz fraca e a fumaça no ar camuflassem a reação. Engraçado… pela quantidade de pessoas com quem trepara, ele nunca se sentira… reivindicado… antes. Tampouco quisera ser. E tal percepção o fez gostar de uma característica de Elise: ela sempre sabia em que pé estava. Não havia nenhum lugar-comum, nenhuma inconsistência, nada escondido ou mal-interpretado a respeito dela.

Era sólida como uma rocha.

E considerando-se que ele tinha um vazio no lugar da mãe e um fantasma como pai?

Ok. Uau. Chega de psicanálise.

Peyton já estava sentado, entretendo sua corte de alguns outros machos vampiros e usando terno casual de Cara Rico e camisa de colarinho aberto, o que o fazia parecer exatamente o que era: um filho privilegiado que sempre conquistava a garota, tinha o carro e liderava o grupo.

E os olhos do macho foram direto para onde Axe e Elise estavam ligados.

Axe estava pronto para qualquer coisa. Mas o que recebeu, pelo menos no curto prazo, não foi nada muito importante: Peyton apenas os encarou e sorriu discretamente enquanto Elise se soltava e se aproximava dele.

O maldito nem se levantou, mas a obrigou a ir até ele, o que despertou em Axe a vontade de deixar o cara cuspindo dentes e cagando até se borrar.

– Sou ou não maravilhoso? – Peyton perguntou, como se fosse o maldito papa ou algo do gênero. – Vamos lá, pode me dizer. Não se acanhe.

Elise só ergueu uma sobrancelha, entregou o celular do primo e pegou o dela.

– Você é incrível. Espetacular. Um tremendo fanfarrão, o que, considerando-se a sua tenra idade, quer dizer algo.

– Vou me concentrar apenas nos dois primeiros elogios, muito obrigado. – Peyton olhou para Axe, e seu tom de voz endureceu: – E veja se não é o homem da vez. O grande herói. Sente-se e sirva-se. Ou está trabalhando? Talvez deva ficar de pé num canto para observá-la, guarda-costas.

Elise parou, mas Axe não.

Apenas ficou plantado diante do cara e manteve as mãos à mostra, prontas. Não achava que Peyton fosse executar algum movimento direto, mas estava na cara que uma boa quantidade de álcool já fora consumida, e o macho emanava hormônios territoriais como se tivesse o título de posse de Elise no bolso de trás.

Filho da puta fodido.

Elise cruzou os braços diante do peito.

– Não acredito que você acabou de dizer isso.

Peyton sacudiu os ombros.

– É a verdade. Ele trabalha pro seu pai, não? Supostamente deve mantê-la a salvo, não? O que, exatamente, eu disse de errado?

– Pra começar, o seu tom de voz.

– Ah. Interessante. Então você está vindo ao resgate dele. – Peyton levantou seu uísque. – Veja só, e eu pensando que deveria ser o contrário.

– Estamos indo embora. – Elise balançou a cabeça. – Isto é ridículo. E você está sendo completamente inapropriado.

– Estou? Engraçado, o seu juiz de caráter só dá as caras quando não está transando com alguém?

Eeeeee foi a hora de atacar.

Axe explodiu para fora da poltrona e estava em cima do filho da puta num piscar de olhos mais tarde, agarrando o macho pelo pescoço, derrubando a poltrona de couro onde Peyton se acomodava e forçando-o a recuar até ele bater na saída de emergência e explodir para fora.

Axe girou Peyton e o pendurou contra a parede externa do prédio.

– Está na hora de você recuar.

– Babaca – Peyton sibilou. – Transou com ela, não é?

Elise saiu apressada do clube, mas Axe a deteve com uma ordem e uma palma da mão à frente do rosto dela.

– Volte pra dentro.

– Axe, não o machuque…

– Me deixe cuidar disso…

– Solte-o.

Os sapatos elegantes de Peyton estavam pendurados acima do chão, e ele já estava ficando azulado, mas, de tão furioso, nem sequer pareceu perceber.

– Por que você… – Peyton arquejou – … quer que ela saia?

Axe rosnou, expondo os caninos.

– Porque não há razão pra ela ver o que vou fazer com você.

– Axe, por favor…

Nessa hora, Novo se materializou na cena, passeando até eles do outro lado da rua, parecendo mais divertida do que surpresa enquanto a porta de emergência se fechava.

– Peyton – ela disse num tom arrastado –, você sempre encontra com o que se divertir, não?

– Sem… – ele engasgou e tossiu – … pre.

Foi difícil saber qual foi o momento exato em que o Axe percebeu o perigo. Mas num minuto ele estava concentrado em fazer Elise voltar a entrar para poder matar Peyton, e no seguinte…

Novo captou o cheiro ao mesmo tempo que ele, a cabeça da fêmea virando-se na direção do vento.

– Ai, merda – ela sussurrou.

Axe largou Peyton e deixou o cara encontrar os pés e o fôlego. Se conseguisse.

– Elise, pra dentro. Agora.

– Não. Não vou embora até...

Axe a segurou pelo braço e a ergueu até a porta.

– É um *redutor*. Esse cheiro... não é de lixo velho, é um maldito *redutor*.

A expressão de alarme de Elise foi uma boa e uma má notícia: má porque ele nunca queria vê-la assustada; boa porque assim ela não discutiria mais.

Ele segurou a maçaneta da porta pela qual saíram e... estava trancada. A saída de emergência estava trancada. Claro.

– Maldição – sibilou.

Axe só tinha uma pistola consigo, mas, ao fitar Novo, ela já sacava sua .40. Peyton fazia o mesmo, só que vinha na direção de Elise.

– Eu cuido dela – o macho anunciou.

– Não, ela é minha responsabilidade...

– É minha prima...

– Vocês dois podem parar com isso?

Os três passaram a gritar mais alto, exatamente a pior coisa que poderiam ter feito, porque, no fim do beco, o *redutor*, que antes não tinha uma direção concreta, agora olhava para eles.

E logo começou a caminhar até onde estavam.

– Eu vou fazer isso...

O macho vinculado em Axe encerrou as objeções de Peyton no ato com um rugido que rivalizaria com o de Godzilla – prova cabal de que qualquer veia de civilidade que os vampiros tivessem enquanto cuidavam da própria vida à noite, ainda assim continuavam sendo animais em seu coração e, quando forçados, perdiam a noção da lógica.

Especialmente os machos.

O choque de Peyton foi evidente, mas não havia tempo para entrarem no assunto de "como essa vinculação aconteceu". O *redutor*, antes se aproximando para verificar se eram humanos ou vampiros, naquele momento, já com a resposta, assobiou de forma a chamar outros para sua retaguarda.

Axe colocou Elise atrás de si.

– Fique comigo. Use-me como escudo.

E então levantou a arma. Havia três *redutores* e...

– Um atrás – Novo avisou.

Virando a cabeça, Axe soltou um palavrão.

– Peyton...

– Estou aqui, cobrindo Elise também.

O primo chegou perto, apertando-a enquanto Axe pegava o celular e tentava mandar uma mensagem...

– Entre na lista de contatos – disse ao dar o celular à sua fêmea. – Mande uma mensagem para os Irmãos.

Um trio de *redutores*. Humanos em todas as partes. Elise no meio.

Essa era a maldita definição de uma situação do caralho.

Capítulo 43

Rhage estava perdendo a cabeça.

Sua adorável cabeça.

Enquanto ele e Mary ficavam sentados na sala de bilhar, a mansão estava vazia a não ser pelos *doggens*: Wrath e Beth tiraram uma folga com L.W. em Manhattan; Phury estava nos Grandes Campos de Rehv, nas montanhas Adirondacks, com a Escolhida; V., Z., Tohr e Butch na Casa de Audiências com Bitty e aquele tio dela junto de Marissa... e Lassiter estava de carona como ponto de luz no ombro da menina. Nesse meio-tempo, iAm, Trez e Rehv estavam na cidade, na shAdoWs e no Sal's, sendo que Rehv ajudava os Sombras a otimizar os lucros das casas. As outras fêmeas haviam saído para uma noite das garotas. E ele não via os mais jovens desde a Primeira Refeição.

Era como se a comunidade soubesse que eles precisavam de espaço para se autodestruírem.

Rhage consultou o Rolex uma vez mais.

– Quanto tempo mais isso pode levar?

– Não sei. Quero dizer, pode levar horas. – Mary olhou para o celular inclinando a tela. – Marissa disse que me mandaria notícias assim que pudesse.

– Maldição. Sinto como se estivesse esperando para ouvir que tenho câncer.

– Como alguém que já passou por isso? É basicamente a mesma coisa.

– Eu só...

– Merda! – Mary deu um salto. – Esqueci!

– Do quê?

Ela levou as mãos ao rosto.

– A carta que ele escreveu. Não cheguei a entregá-la a Bitty. Ai, meu Deus, não quero que Ruhn pense que estou desejando atrapalhar de alguma maneira!

E em seguida ela saiu da sala de bilhar, os pés carregando-a rápido pelas escadas. Momentos depois, voltou quase sem ar, com os papéis dobrados na mão.

– O que diz? – Rhage perguntou. – Ele disse que poderíamos ler.

Isso pareceu o mais próximo que estariam do que Bitty passava com o cara.

– Ah, espero mesmo... Bem, não há nada a ser feito agora. – Mary se sentou e abriu as páginas. – Pedirei desculpas. Foi sem querer... Tenho estado tão emotiva.

Enquanto ela lia o que estava escrito a lápis, ficou calada por um tempo, com as sobrancelhas se movendo para cima e para baixo e os olhos indo de um lado a outro.

– O que diz aí?

– Desculpe... Hum, ele trabalha numa propriedade como faz-tudo, consertando cercas e cuidando dos gramados e das construções. Ele... cuida dos gatos do celeiro e de dois cães de guarda. Mora sozinho. Aqui diz... Ah, isso é tão ruim...

– O quê? O sujeito é molestador de animais da fazenda?

Mary o encarou.

– Não, ele parece lamentar não ter recebido uma educação formal. – Depois ela passou para a segunda página. – Oh... Agora ele fala da mãe de Bitty.

– O quê? – Rhage a incitou.

Quando ela não respondeu, ele a deixou continuar e esperou, tamborilando os dedos no joelho. Consultando o maldito relógio. Deixando a perna balançar contra o sofá.

Os olhos dela por fim se ergueram.

– É tão triste. É de... partir o coração. Ele conta todas as coisas que costumava fazer com Annalye quando eram crianças. É o retrato de uma educação perfeita na fazenda. Os pais trabalhavam para os proprietários da terra... Há gerações essas duas famílias têm estado juntas. Tudo mudou, porém, quando Annalye conheceu o macho que acabou se tornando o pai de Bitty. Ruhn é respeitoso nesse assunto e não dá muitos detalhes. Mas diz que nunca deixou de pensar na irmã e que tentou localizá-la inúmeras vezes. Ele não sabia que acabaram vindo para cá, para Caldwell.

Rhage esfregou o rosto.

— Sabe, seria tão fácil se eu conseguisse odiar o cara.

— Será...? — Mary murmurou. — Não tenho certeza.

— Ele não pode cuidar dela como nós podemos.

Mary foi para a última página.

— Ai... meu Deus...

— O que foi? — Nessa hora ele sentiu necessidade de empunhar a adaga. — O quê...

— Veja isto.

Ela virou a última página para Rhage. E "meu Deus" se aplicava. Cobrindo a folha branca, havia um lindo e detalhado desenho em bico de pena de uma casa grande, e de campos... de um pequeno chalé... um close de um cachorro... e um gato dormindo todo enrolado em si mesmo.

— Ele é um artista — Mary sussurrou.

Enquanto Rhage deixava os olhos passarem pelos desenhos, desejou odiar tudo a respeito da carta e do desenho idiota. Queria cagar naquelas páginas, rasgá-las em tiras... Diabos, pregá-las no tronco de uma árvore e atirar nelas até não sobrar nada.

Só que não podia.

Tanto sua lógica quanto seus instintos lhe diziam que Ruhn era um cara legal, um cara simples, o que não queria dizer que não havia alguma estupidez com o tio de Bitty... apenas que o macho levava uma vida honesta de trabalho árduo. E, sim, a tragédia da irmã morta só seria atenuada se Ruhn pudesse fazer o que era certo com a sobrinha.

O celular de Mary emitiu um *bing!* e os dois se esticaram para apanhá-lo na almofada do sofá.

Mary ganhou a corrida e não perdeu tempo em visualizar a mensagem.

— É a Marissa. Eles ainda estão conversando, Ruhn e Bitty. Ela diz que... Bitty estava bastante tímida no começo, mas agora começou a fazer perguntas. Eles vão comer.

Isso porque a Primeira Refeição não rolou, nem mesmo para ele.

— Vai demorar um pouco ainda — Mary concluiu. — E deveria ser assim mesmo.

Rhage esfregou os olhos. Era tão esquisito. Quando Ruhn apareceu e se mostrou real, houve uma ruptura dentro dele, uma dilaceração, uma dor lancinante. E naquele momento, a cada informação nova, Rhage sentia que Bitty era um navio lançando-se ao mar, desaparecendo metro a metro, depois a centenas de metros e, dali a pouco, a quilômetros de distância, deixando-o na costa.

As emoções se acomodavam numa tristeza mais difusa.

– Bem, você quer...

O celular de Rhage emitiu um sinal em seguida, e quando leu a mensagem, franziu o cenho.

– Cacete.

– O que foi?

Enquanto Mary o fitava, ele se levantou.

– Merda. Uma emergência no centro. Olha só, diga a Marissa pra me ligar quando Bitty estiver pronta pra voltar; tenho que ir, mas consigo me desvencilhar.

Ou pelo menos esperava conseguir.

– O que aconteceu? – Mary perguntou.

– Trainees emboscados por assassinos, e quero que os Irmãos fiquem com Bit e o tio; ela é mais importante.

– Tome cuidado – sua *shellan* lhe disse.

– Sempre. – Inclinou-se e a beijou. – Você sabe disso.

Ele odiava ter que deixar sua companheira sozinha, assustada, os olhos arregalados. Mas não havia tempo a perder. Subiu, armou-se e entreabriu uma janela, desmaterializando-se para o local do qual Axe havia enviado o pedido de s.o.s.

Estivera procurando uma distração.

Salvar três recrutas não era exatamente o que almejara, mas aceitava o que lhe era dado.

O coração de Elise trovejava por trás do esterno, batendo com tanta força que era um milagre o músculo não ter explodido.

Por detrás dos imensos ombros de Axe, ela conseguia ver três *redutores* se aproximando, os corpos movendo-se com passadas suaves e letais, as expressões frias, imutáveis, absolutamente desprovidas de emoção.

Eles tinham armas.

A fêmea trainee – Elise não conseguia se lembrar do nome dela, mas a reconhecia da primeira noite em que vira Axe – parou no meio do caminho do trio com uma arma apontada e uma expressão completamente assassina no rosto.

Elise não conseguia imaginar tanta calma ou tanta agressividade assim numa situação como aquela.

– Pare onde estão – disse a fêmea. – Ou atiro.

Um quarto *redutor*, que pareceu surgir de lugar nenhum, só gargalhou.

– É mesmo, vadia? E você lá sabe usar essa...

O corpo inteiro de Elise saltou quando houve um *pow!* e o assassino despencou no chão.

A fêmea colocara uma bala bem no meio dos olhos dele.

– Puta merda! – Elise murmurou.

Mas foi a última vez que ela acompanhou o que estava acontecendo. De repente, o drama se alastrou – os três assassinos avançaram rapidamente, balas voaram em todas as direções e ricocheteavam ao redor enquanto ela foi girada para a esquerda e empurrada para trás de algo grande e metálico.

Um carro? Uma lixeira?

Não, um depósito de carne descartado do tamanho de um suv.

Uma fração de segundo mais tarde, Elise sentiu um açoite no ombro, como se alguém tivesse encostado um modelador de cachos em sua pele, mas nem sequer teve tempo de se preocupar, pois Axe saltou diante dela de novo e Peyton a pressionou pelo lado...

– No alto! – Peyton exclamou.

O quê?, Elise pensou.

– Filho da puta!

Enquanto Axe soltava palavrões, ele mirou a arma num ângulo para o céu e disparou mais tiros, e, então, um corpo veio despencando; um corpo do qual vazava sangue negro e que fedia a talco de bebê misturado a leite azedo.

– Estou sem! – Axe disse. E ela entendeu que ele devia estar sem munição.

Alguém praguejou. Mais tiros. Na confusão, o tornozelo dela também doía.

E então Peyton caiu. Simplesmente despencou como uma coberta caindo pela lateral da cama.

– Peyton! – ela berrou ao se virar.

Bem quando ela tentava alcançá-lo, aquela soldada a agarrou pelas costas do casaco e a pôs de pé.

– Sabe atirar?

Elise piscou, a visão indistinta. Mais balas zuniram. Deus, de onde vinham? E então ela se concentrou na fêmea.

– V-v-você est-tá s-sangrando! V-v-v-ocê...

O tapa veio da esquerda e produziu um estalo no rosto de Elise. Mas foi como abrir uma janela numa cozinha tomada por fumaça. De repente, ela foi capaz de se concentrar na guerreira.

– Sabe atirar? – a fêmea repetiu.

– Ap-ponto e p-puxo o g-gatilho – Elise gaguejou.

– Isso mesmo.

De repente havia um pedaço de metal pesado na palma de sua mão.

– Com as duas mãos. E só se precisar.

Em seguida, alguém pegou Elise e a arremessou.

E lá estava ela no ar de novo, os cabelos açoitando-lhe o rosto, o corpo totalmente entorpecido, e teve um pensamento absurdo: Por que diabos a confusão foi acontecer justo naquele momento? Em que merda que ela...

Bam!

Elise aterrissou de bunda, o corpo chocando-se contra alguma superfície, dessa vez um contêiner de lixo. Ela fora lançada atrás da caçamba de lixo do bar.

Enquanto tentava recuperar o fôlego, as mãos tremiam tanto que até pareciam um borrão, mas ela não largaria a arma.

Olhando para o beco, viu Axe numa briga corporal com um assassino enquanto a fêmea permanecia de pé diante de Peyton que – bom Deus – parecia ter sido alvejado na cabeça. Tanto sangue... Sangue demais!

E ela ouviu sirenes, a polícia humana estava chegando.

Só que a maré virou. Do nada, o maior vampiro que ela viu na vida se materializou no meio do beco. Era loiro, usava preto e atacava como um demônio, agarrando o assassino com quem Axe trocava socos e lançando o inimigo contra a parede do prédio como se fosse uma boneca.

Axe partiu para o seguinte, assim como fez um outro que só podia ser um Irmão.

Mais *redutores* apareceram, obviamente chamados, mas entre Axe, o Irmão e a trainee, pescoços eram quebrados e sangue negro fedido fluía, corpos largados no asfalto...

Bem quando a situação começava a chegar ao fim, pouco antes de os policiais aparecerem... alguma coisa chamou a atenção de Elise.

Um vislumbre rápido.

O *redutor* que fora alvejado na cabeça, aquele atrás do depósito onde tudo tinha começado, ainda se movia e levantou sua pistola, mirando no Irmão.

– Ele vai atirar! – ela berrou.

Tudo passou a se mover em câmera lenta, e Elise observou horrorizada quando o Irmão virou o tronco na direção dela, o que o colocou diretamente na linha do atirador.

E o *redutor* puxou o gatilho, cravando balas naquele peito largo. *Pow! Pow! Pow!*

Alguém gritou – ela, provavelmente – quando o Irmão loiro lançou as mãos para cima e caiu no asfalto. E ainda assim o assassino continuou atirando.

Ao inferno com isso, Elise pensou.

Sem raciocinar, incitada por uma agressão bem pouco característica e muito enlouquecida, ela saiu de trás do seu abrigo, correu pelo beco e se aproximou o quanto pôde do *redutor*.

Depois apontou... e atirou.

Bang! Bang! Bang!

Duas mãos, braços esticados, olhos e corpo firmes, Elise deixou a arma falar, sangue negro esguichando nela à medida que se aproximava e atirava, se aproximava e...

Não sabia quando parar.

Espere, ela não conseguia parar.

Mesmo quando a arma já não falava mais, quando o pente – ou o que quer que aquilo se chamasse – estava vazio, mesmo quando o assassino estava tão furado de balas a ponto de parecer uma peneira, ela continuou onde estava, pairou acima dele, o cano da arma apontava para o alvo, o corpo tremia tanto que os dentes tiritavam, os joelhos batiam, a respiração saía entrecortada pela garganta.

E o indicador apertava o gatilho...

– Elise? – Axe disse de tão longe que ela quase não o ouvia. – Elise... Meu bem... estou atrás de você.

– O q-quê?

– Só vou pegar a sua arma, está bem? Deixe que eu fique com ela... Não, não se vire pra mim. Fique onde está.

As mãos dele passaram com suavidade pelos braços de Elise e, com cuidado, tiraram a arma dos dedos duros.

Livre da arma, Elise se virou para ele e irrompeu em lágrimas.

– Tentei salvá-lo, o Irmão, tentei...

– Temos que ir...

Elise olhou além do bíceps de Axe para o corpo morto do Irmão: o guerreiro loiro estava deitado de costas, os braços estendidos formando um T, as botas pesadas pendendo para os lados.

– Eu estava tentando salvá-lo... Ai, meu Deus...

– Elise, temos que ir antes que os humanos cheguem...

Do outro lado, a soldada ergueu Peyton nos braços.

– Ele não está bem. Para onde vamos...?

Viaturas policiais guincharam os pneus ao frearem no começo do quarteirão, os humanos dispararam para fora dos veículos e apontaram para onde o grupo estava na escuridão.

– Não podemos deixá-lo...

– Abaixem as armas – disse uma voz num alto-falante. – Abaixem as armas ou atiraremos para matar...

E aí as coisas ficaram verdadeiramente surreais. Como uma cena saída de um filme, o tronco do Irmão se ergueu do asfalto. Ele olhou para o peito, praguejou e verbalizou algo que soou como:

– Acabei de pedir pro Fritz comprar esta porra...

Então enfiou a mão no que parecia ser sua própria carne e pegou uma bala, jogando-a no beco.

Foi nesse momento que notou o que acontecia com as viaturas.

– Malditos humanos, de novo não. – Levantou-se, fazendo uma careta, mas, a não ser por isso, parecia bem. – Vocês dois, levem o ferido e a fêmea para aquele lado. – Ele apontou para o fim do beco. – Manny deve estar chegando... Ah, lá está ele.

Nesse exato instante, um veículo enorme parou do lado oposto do fim da rua, onde os humanos não estavam.

– Agora!

Ante o comando ladrado, Axe agarrou a mão de Elise e começou a correr. E a fêmea com Peyton fez o mesmo, os quatro se apressando pelo caminho escorregadio devido à neve para o que, no fim, era um tipo de van sofisticada.

Bem quando a porta deslizou para o lado e Elise estava para pular dentro, ela olhou para trás. Flashes de luz pipocavam nas laterais dos prédios, e havia sons de pequenas explosões, mas não eram de balas.

O Irmão enviava assassinos de volta a Ômega com suas facadas, ela pensou admirada. Puxa vida, estava mesmo presenciando aquilo?

– Entre – Axe ordenou ao dar-lhe um empurrão para o interior bem iluminado.

Ele a seguiu e depois arrastou a porta para que se fechasse.

– Segurem-se, pessoal! – alguém exclamou na frente. – O trajeto vai ser esburacado, fiquem no chão.

Houve um rugido e um salto, e logo eles se moviam. Elise caiu para trás contra Axe. Como foi... O que foi...

Tão rápido. Sua mente não conseguia compreender como tudo acontecera. Foi como se... Num minuto eles estivessem entrando no clube de charutos para se encontrarem com Peyton, e no seguinte ela estivesse num filme de ação, só que não era um set de filmagem. Era real.

Olhando para o outro lado, Elise piscou para afastar as lágrimas. A guerreira tinha a cabeça de Peyton no colo, e se apoiara numa mesa afixada no meio do ambiente; Elise se deu conta de que era uma ambulância. Uma ambulância imensa com todo tipo de equipamento grudado nas paredes ou acondicionado em gabinetes de frente de vidro em nichos nas laterais.

– Ele está vivo? – ela perguntou.

A fêmea não ergueu o olhar.

– Sim. Por enquanto.

Havia tanto sangue. Ah, Santa Virgem Escriba... o sangue...

Mas pelo menos eles pareciam se mover ainda mais rápido, e Elise tinha esperanças de que fossem ao encontro de alguém que pudesse operar ali dentro. Enquanto sacolejavam, objetos chacoalhavam ao redor deles, e Axe a impedia de ser derrubada com um braço forte travado na cintura dela e uma das pernas apoiada contra a plataforma de cirurgias.

– Como ele fez aquilo? – Elise murmurou. – Como o Irmão… sobreviveu?

– Colete à prova de balas – Axe respondeu sério. – Devia estar usando um colete… e a maldita coisa salvou a vida dele.

CAPÍTULO 44

A ADRENALINA DE AXE NÃO PAROU de fluir até a unidade cirúrgica móvel do doutor Manello parar em uma espécie de garagem e o cirurgião abrir a porta basculante.

E, mesmo assim, Axe estava nervoso. Naturalmente.

Quando saiu, olhou ao redor de um escuro espaço industrial que cheirava a óleo, gasolina e metal velho, e tentou fingir que não estava perdendo a porra da razão.

Não conseguia acreditar que não só Elise sofrera uma emboscada com o restante do grupo, mas também que descarregara um quilo e meio de chumbo num *redutor* armado – e, pior, tudo por maldita culpa dele mesmo. Se ele e Peyton não tivessem se atracado, vendo quem tinha o pau maior naquele bar, eles três e depois Novo, e Rhage em seguida, nunca teriam acabado expostos naquele beco, no lugar errado, na hora errada com todos aqueles *redutores*.

E, sim, depois a merda do primo, Peyton, o Garoto de Ouro, nunca teria levado uma bala na cabeça. Além disso, e se Rhage não tivesse saído bem daquela porra de confusão com os humanos? E se os policiais ou outro *redutor* ou…

Esse pesadelo terminou quando uma porta lateral foi escancarada e o fedor de sangue de vampiro com a morte de *redutores* entrou junto.

– Como está Peyton? – o Irmão Rhage perguntou ao pisar na luz lançada pela unidade cirúrgica. – E o que preciso fazer pra ajudar?

Quando Rhage passou por ele, apertou-o no ombro em reconhecimento, mas concentrou-se no doutor Manello, que deitava Peyton na mesa cirúrgica e ligava todo tipo de aparelho nele. Antes de qualquer resposta, a doutora Jane apareceu pela mesma porta. Usava roupas de cirurgiã, assim como Manello, e não se interessava por nada mais que não fosse seu paciente.

Dentro da van, Novo estava encostada na parede oposta com os braços cruzados diante do peito e a cabeça baixa. Sangue pingava do queixo dela. Havia um corte ali. E também num braço.

O telefone de alguém tocou.

– É o meu – Elise disse ao lado dele.

Voltando-lhe sua atenção, Axe passou o braço ao redor dela enquanto levava o aparelho ao ouvido.

– Troy? Não, sinto muito, não posso falar agora. Amanhã? Claro. O quê? Bem... Tenho um amigo que... está com problemas. Estamos no pronto-socorro agora. Não, vai ficar tudo bem. Ligo amanhã. Tchau.

Ela desligou e se apoiou em Axe como se a interrupção jamais tivesse acontecido. O que tornou menos provável que ele atravessasse Caldwell para encontrar o professor e socá-lo no olho só porque queria.

Ok, tudo bem. Não faria isso. Pelo menos não num mundo externo ao seu ciúme.

E por que diabos tinha tais pensamentos bem naquele instante?

– Ele vai ficar bem? – Elise perguntou a ninguém em especial.

– Só temos que esperar – Axe se ouviu responder. – Temos que rezar.

Afinal, ele não gostava em específico de Peyton, mas isso não significava querer que o maldito tivesse morte cerebral ou fosse para o túmulo antes do tempo. Ainda mais Elise estando tangencialmente envolvida.

Depois de uns momentos, Rhage pôs a cabeça para fora do suv.

– Olha só, quero que vocês dois voltem pra casa. Não há nada que possam fazer aqui. Avisaremos o que acontecer com Peyton, está bem?

– Ele vai... – Elise deixou a frase incompleta como se reconhecesse sua futilidade.

– Faremos tudo o que pudermos. – Rhage olhou para Axe. – Você foi um recurso valioso de novo hoje, filho.

– É minha culpa.

– Por quê? Mandou um sinal de luz ou alguma merda assim? Colocou um anúncio pra que seu camarada levasse um tiro na cabeça? Não. Vão agora, leve-a para casa e depois vá pra sua. – Rhage fitou Elise nos olhos. – E você foi incrível. Fez o que precisava fazer.

– Não sei atirar – ela murmurou. – Nunca atirei antes.

– Bem, agora sabe. E lamento muito que tenha aprendido essa habilidade.

Com a cabeça latejando, Axe a conduziu até a porta. Saiu primeiro e espiou ao redor, e assim constatou que estavam perto do rio debaixo das pontes, com a rodovia elevada em pilares, o som ocasional de carros e caminhões acima ecoavam ao redor.

– Vá – disse a Elise. – Estou logo atrás de você. Pra sua casa.

Ela assentiu de uma maneira de partir o coração. E depois fechou os olhos.

E precisou de um minuto, talvez dois, para desaparecer.

Ele logo foi atrás dela, viajando pela noite fria numa coleção de moléculas esparsas que parecia representá-lo melhor do que sua versão corpórea, mais organizada.

Disperso era sua definição exata.

Retomou sua forma bem ao lado dela, o que foi possível por causa do sangue que haviam compartilhado.

Assim que Elise o tomou pela mão e começou a andar para a porta da frente, ele a deteve.

– Você está com sangue nas roupas. Existe alguma porta atrás que a gente possa usar?

Elise baixou o olhar para si mesma como se tivesse se esquecido do que eram roupas, quanto mais do que vestia e de seu estado.

– Engraçado – ela sussurrou. – Foi assim que tudo começou.

– O quê?

Elise o fitou.

– Com você. Entrei na casa pela porta da frente sem querer e o meu pai acabou me vendo. Se eu não tivesse feito isso… jamais teria te conhecido.

Pois é, e como tem sido essa experiência pra você?, ele pensou sério. *Atirou num* redutor, *quase foi morta e está coberta por manchas de guerra.*

– Me diz onde fica a porta dos fundos – ele falou sério. – E boto a gente pra dentro.

———— ❧ ————

Não havia nada que Rhage pudesse fazer.

Enquanto a doutora Jane e Manny trabalhavam em Peyton, costurando o rasgo na têmpora, avaliando a concussão, tentando dar um jeito na baixa pressão sanguínea, Rhage estava cansado pra cacete de situações acerca das quais não podia fazer merda nenhuma.

Olhou para Novo. A trainee não havia se movido em nenhum momento. Era como se tivesse virado pedra.

– Quer ir embora?

– Não.

Em outras circunstâncias, ele poderia ter discutido, mas a fêmea era durona. Não importava o que aconteceria, ela conseguiria lidar...

O celular de Rhage tocou e ele o apanhou.

– Ai, merda... Tenho que ir – disse ao ler a mensagem. – É a Mary.

– Estamos bem – Manny afirmou.

– Vou mandar alguém por segurança.

– Obrigado.

Rhage saiu pela porta lateral e se desmaterializou numa fração de segundo. Ao retomar sua forma diante da Casa de Audiências, não pensou duas vezes antes de correr pela entrada e escancarar a porta da frente...

Muitas pessoas no átrio de entrada e todas se viraram para ele...

Caos. Absoluto.

Mary arquejou. Bitty gritou. Alguém começou a xingar – V., pelo som que vinha dali. E logo suas fêmeas se aproximaram de Rhage, falando a cem por hora, apontando e gesticulando para o peito dele.

Não conseguia entender o que estava acontecendo.

– Esperem – ele disse, erguendo as mãos. – Como foi com Ruhn; você está bem, Bitty?

– Você levou um tiro! Está sangrando!

– Oi?

Só então Rhage olhou para si mesmo. E lá estavam os buracos de bala na frente da camisa e da jaqueta de couro; havia sangue vermelho em suas mãos, nas roupas... e sangue negro de *redutores* pingando das adagas que embainhara novamente.

Ah. Verdade. Aquela coisa toda da briga.

– Estou bem – garantiu. – Estou...

– Vou ligar pra doutora Jane agora! – Mary disse, pegando o celular.

– Não! – Rhage levantou a mão de novo. – Eles estão operando. E não estou ferido...

– Acabei de passar pela experiência de você ser atingido no peito! Por que ainda está de pé?! Rhage...

Ele parou ante a companheira e rasgou a camisa no meio do peito.

Enquanto os botões voavam e depois deslizavam pelo piso de mármore, expôs um novíssimo colete à prova de balas. Mas que naquele momento parecia muito mais um queijo suíço.

Rhage bateu no peito.

– Kevlar. – Pegou mais uma das balas e a deixou cair no chão, onde obedientemente foi quicando para brincar com os botões. – Tenho usado coletes desde que levei bala, você sabe, da última vez. Sim, sei que concordamos que você ficaria com ela depois que eu morresse, mas não há por que apressar isso.

De repente, ele se conscientizou da presença de Ruhn parado no canto ao longe, assistindo a tudo.

Rhage pigarreou.

– Ou, sabe, não *havia* motivo pra apressar isso.

Uma pausa. Depois Mary e Bitty voaram ao encontro dele, suas fêmeas o abraçando tão forte e falando muito rápido, com uma energia nervosa evaporando o fato de que ele estar fedido e sujo de sangue não parecia incomodá-las em nada.

– Z. – ele o chamou por cima da cabeça de Bitty enquanto ela enfiava os dedos nos buracos. – Você precisa ir até a garagem no centro. Eles estão desprotegidos e operando Peyton. E, V., tenho quase certeza de que fariam bom uso de mais mãos.

Houve um pouco de conversa nessa altura, e alguém sugeriu que Ruhn fosse para onde quer que estivesse ficando.

E isso mudou por completo o clima. Bitty se virou para o tio, assim como Mary.

– Quando vou vê-lo de novo? – Bitty perguntou com sua costumeira franqueza.

– Amanhã à noite? – Ruhn perguntou daquele seu jeito pacato.

– Ok.

Pelo menos não se abraçaram, Rhage pensou quando o macho se curvou, murmurou algumas palavras para Marissa e Mary, e caminhou para a porta...

– Espere – disse a menina.

Sem aviso, ela se lançou para a frente... e abraçou Ruhn.

O mesmo gesto que fizera quando começara a conhecer Mary e Rhage: rápido como um piscar de olhos, mas o primeiro sinal de que seu coração se abria.

Rhage sentiu lágrimas queimando seus olhos. Mais do que qualquer outro detalhe daquele encontro, mais do que um "ele disse/ela disse" ou "isso foi conversado/aquilo foi explicado", as ações de Bitty lhe contaram com precisão como havia sido o tempo compartilhado com Ruhn.

Engraçado, quando ele e Mary começaram o processo de adoção da menina, Rhage tinha flashes de intuição dos acontecimentos entre os três, das mudanças, de que seguiam em certa direção – como ele mostrando o GTO e ela gostando do cheiro do carro; ele e Mary levando-a ao TGI Friday's, na praça Lucas, e ele explicando à menina que tudo bem se ela precisasse sair caso tudo fosse coisa demais para ela; a ida à sorveteria...

Ele estava tendo exatamente um daqueles flashes no momento.

Só que, em vez de lhe mostrar um caminho de possibilidades em aberto para ele...

... havia uma parede de tijolos.

Capítulo 45

Peyton despertou com a pior dor de cabeça da vida.

Mas estava pouco se fodendo para a dor.

Havia um pulso nos lábios dele, e o sangue mais incrível que já experimentara preenchia sua boca, queimando-lhe a garganta, empoçando-se no estômago. E quanto mais ele sorvia, mais os instintos de sobrevivência ordenavam que bebesse e bebesse e seguisse em frente.

Só quando abriu os olhos descobriu de quem era.

Novo estava de pé pairando acima dele, o rosto esgotado e pálido, os ombros e os braços nus, pois não mais usava a jaqueta.

Estariam se movendo?, pensou quando houve um solavanco que atravessou seu corpo todo...

De uma vez só, a discussão no bar de charutos voltou à sua lembrança, ele e Axe brigando feio, Elise correndo atrás de ambos, Novo aparecendo... Os *redutores*...

Afastando os lábios, murmurou:

– Mortos? Deus... Rhage está... morto?

– Apenas os *redutores* – ela respondeu antes de forçar o pulso de volta à boca do macho.

Peyton exalou e voltou a beber. Depois do que podia ter sido anos ou pelo menos horas, mas provavelmente não tinha passado de uns dez minutos, ele relaxou, a sensação de flutuar contente e satisfeito o acalmando mais do que qualquer morfina.

Estava no mais perfeito entorpecimento.

Mas não se perderia naquela sensação deliciosa. Não com aquela fêmea parada ali.

– Vou ficar bem. – Ou, pelo menos, foi isso que quis dizer. Mas não pareceu sair certo. Ou talvez estivesse com problemas de audição.

– O que disse? – ela perguntou, inclinando-se como se a proximidade funcionasse de modo semelhante a um Google Tradutor ajustado para "estupidez".

Ele pigarreou e forçou o cérebro a voltar a funcionar.

– Elise, ok? Axe?

– Ambos estão bem.

– Você?

Ela afastou os braços e se moveu num círculo… E não pela primeira vez, Peyton notou a bela fêmea, mesmo que um tanto intimidadora. Era durona, o corpo preenchido por músculos bem definidos.

Quando Peyton começou a ficar excitado, considerou que era um bom sinal.

– Estou feliz que nada a tenha ferido – ele disse, rouco.

– Está ficando emotivo comigo agora?

– Não, você está me excitando.

Ela permaneceu confusa por um segundo. Depois começou a encará-lo, o que para eles provavelmente era um progresso. No sentido de que as coisas voltavam ao normal.

– Está de brincadeira?

Ele deu de ombros.

– Você é uma fêmea atraente. Por certo não sou o primeiro macho a te falar isso. O que posso dizer? Sempre tive admiração pelo sexo frágil.

Novo jogou a cabeça para trás e gargalhou. Mas não foi um som alegre.

– Deixa ver se entendi. Você e eu estamos na unidade cirúrgica móvel da Irmandade a caminho do centro de treinamento porque você levou um tiro, e agora tem um tubo na cabeça para reduzir o edema cerebral… E está dando em cima de mim?

– Minha massa cinzenta não é a única coisa que está crescendo.

– Você é um vadio indestrutível, não é?

– Sabe, para a maioria das pessoas, *vadio* pode ser um insulto. – Tentou erguer a mão para enfatizar. E falhou. – Considero um elogio. Demonstra como estou comprometido com o meu trabalho.

– O seu trabalho?

Pesando-se tudo o que acontecera naquela noite, eles bem que podiam passar o resto do trajeto até o centro de treinamento discutindo: ele estava agitado, e essa energia precisava de uma válvula de escape, e ela sabia muito bem como responder à altura.

– Claro – ele disse. – Trabalho com as fêmeas. A prática faz a perfeição e tal.

Quando Novo só voltou a cruzar os braços diante do peito e se recostou na parede de novo, ele franziu o cenho.

– Se estamos em movimento, não deveria estar sentada?

– Sim, mas não quero.

– Quem sou eu pra sugerir um comportamento sensato...

– Essa é primeira coisa inteligente que disse.

– Desde que recobrei a consciência?

– Desde que te conheço.

Peyton começou a gargalhar, mas sua cabeça doeu e ele resolveu parar.

– Me diz uma coisa... Onde você estava ontem à noite?

– Como?

– Tenho que falar mais devagar? Sou eu quem está com a cabeça rachada.

– De que diabos está falando?

Por um momento, Peyton pensou na possibilidade de ter tido um AVC ou de estar com afasia. Mas não, falava corretamente.

– Te liguei ontem à noite.

– Não ligou.

– Uhum. – Ele foi balançar a cabeça, mas uma ferroada o deteve. – Claro que liguei.

– Não do seu número.

Ah, verdade.

– É mesmo. Eu estava com o celular da Elise. Ela teve que deixá-lo comigo pra poder trepar com o Axe.

Bem, a explicação soou meio amarga. O que era ridículo, pois o cara provavelmente ajudara a salvar a vida dele.

Melhor excluir o *provavelmente*.

Novo franziu o cenho.

– Axe estava comigo.

Foi a vez de Peyton não entender.

– Como assim?

– Axe me levou pro Keys.

Peyton tentou se levantar, de verdade. E, quando arquejou, Novo pôs a mão no peito do macho e o forçou para baixo.

– Pode parar de se mexer? – ela ordenou.

– Por que diabos ele te levou ao Keys? Nenhuma fêmea deveria ir até lá.

Um solavanco no caminho fez tudo nele doer, como se o asfalto estivesse tomando o partido dela.

Ah, e quer falar de um olhar letal? Se ele já não estivesse deitado, a encarada de Novo o teria feito saltar pelos ares.

– Pra começo de conversa, pedi a Axe que me levasse lá. E fiz sexo com uma mulher, portanto, sim, há fêmeas naquele clube.

Peyton piscou umas duas vezes. Depois vestiu sua máscara lacônica.

– Não sabia que esse era o seu lance.

– Gosto de mulheres, fêmeas, homens e machos.

– E do Axe.

– Sim, do Axe também.

As pontas das presas de Peyton começaram a latejar.

– Bem, aposto como se divertiram a valer. Antes de ele voltar pra casa e ficar com a minha prima. – Peyton levantou a mão para esfregar o rosto, mas o acesso intravenoso o impediu de se mover com a liberdade que desejava. – Eu disse pra ele ficar longe dela. E antes que comece o sermão, não porque Axe é um cidadão comum e ela uma aristocrata. Elise não é como nós. Ela é… honesta. É melhor do que nós. Merece respeito; assim como a Paradise.

– Ah, certo, certo. O seu modelo vanguardista de fêmeas. E insisto em me esquecer em qual dos dois grupos você me colocou.

– Me dá um tempo, ok, Novo? Você sabe o que eu quis dizer. Paradise e Elise jamais seriam pegas num lugar como aquele, e nunca trepariam com qualquer pessoa ou colegas trainees só por diversão.

– Eu gostaria de te lembrar que a Paradise atualmente está trepando com um colega trainee.

– Sim, mas eles têm um relacionamento. Paradise era virgem. Elise também era. Maldição, como ela vai conseguir se vincular a alguém agora?

Novo o encarou demoradamente.

– Sabe o que considero fascinante?

– O quê? E se for a cor dos meus olhos, sinto o mesmo a respeito dos seus...

– Como você consegue ser um porco sexista e preconceituoso. Deve ter trepado com umas vinte, trinta fêmeas desde que te conheci, e nem tente negar, porque te vi nas boates e te vi saindo com elas. E mesmo assim você diz que uma fêmea não deveria, ou não poderia, fazer o mesmo. Me explica uma coisa, esse negócio de dois pesos e duas medidas não te incomoda nem um pouco? Nadinha mesmo?

– As fêmeas são diferentes. – Ele deu de ombros. – É assim que as coisas são.

Novo encarou um ponto acima da cabeça de Peyton, e ele teve a distinta impressão de que, na cabeça dela, estava terminando o serviço que o assassino começara.

– Não – ela murmurou. – Na verdade, babacas são simplesmente babacas, pouco importando o que têm entre as pernas.

Do outro lado da cidade, num código postal completamente diferente dos de Caldwell, Elise convidou Axe a entrar no quarto e fechou a porta silenciosamente.

– Conseguimos – ela disse, indo diretamente para o banheiro. – Sem que ninguém...

No instante em que viu seu reflexo no espelho, parou e levou as mãos ao rosto. Deus... quanto sangue.

Axe parou ao lado dela e balançou a cabeça.

– Nunca quis que você visse uma cena daquele tipo. Muito menos estivesse metida nisso.

– É assim a sua vida? Saindo... todas as noites... Quase sendo morto até que um *redutor* consiga dar conta do recado?

– Não pense nisso. Você não pode pensar assim.

– Como não? – Ela se virou para Axe e descobriu-se querendo tocar nele todo, como se houvesse buracos de bala além de outros ferimentos que passaram despercebidos. – Como posso me esquecer?

Como se Axe soubesse que Elise precisava dele, baixou a boca sobre a dela e a beijou profundamente. E, de uma vez só, ela se viu consumida pelo desejo de tê-lo, as mãos firmes ao despi-lo e tirar as próprias roupas, a pilha de peças sujas aumentando no piso onde foram largadas enquanto ambos se dirigiam para o chuveiro.

Enquanto o dele era bem simples, na verdade uma pequena banheira, o dela era um recinto fechado com seis saídas de água que podiam ser programadas a uma temperatura específica. E também quase não houve espera para que o calor chegasse.

Mas ela não precisava de luxo. Não para ficar com Axe, naquele momento ou para sempre.

Depois que se ensaboaram mutuamente e lavaram os souvenires desagradáveis da noite, eles saíram do chuveiro e ela apagou todas as luzes, exceto uma num canto mais afastado. Deitada na cama grande, debaixo dos lençóis macios, fizeram amor devagar, ele por cima, ambos com os olhos grudados um no outro e os corpos colados. Ela gozou primeiro, marcando-lhe as costas com as unhas, e ele logo a acompanhou, os quadris projetando-se e recuando, o orgasmo potente a preenchendo e a presenteando com mais um.

Porém, não ficaram abraçados juntinhos depois.

– Preciso ir – ele sussurrou. – Não posso ficar aqui.

– Claro que pode. O meu pai nunca entra no meu quarto.

– Não quero correr o menor risco de te colocar em apuros. Quase já consegui que te matassem hoje.

Quando ele saiu do ninho de calor formado pelo esforço físico, ela se levantou, vestiu o roupão cor-de-rosa… e achou uma pena ele ter que vestir as roupas sujas em decorrência da briga sobre o corpo limpo. Mas Axe não pareceu se importar.

Ele parou diante dela, esfregando-lhe os ombros.

– Não consigo acreditar em como você foi corajosa hoje.

– Corajosa? Está de brincadeira? Pra usar uma expressão do vernáculo: eu estava borrando as calças.

– Você caminhou firme na direção daquele *redutor*, atirando sem parar. Se eu não estivesse tão assustado por você, teria ficado completamente excitado.

Ela sorriu de leve, mas foi difícil sustentar a expressão.

– Quando posso te ver de novo?

– Amanhã à noite. E antes que me pergunte, sim, eu te aviso assim que souber alguma coisa do Peyton.

– Por favor. – Ela franziu o cenho, relembrando a cena do bar. – Sinto muito que ele tenha te desrespeitado. Peyton sabe ser bem... antiquado e difícil às vezes, mas não é uma má pessoa.

– Não quero que ele morra. E não quero encrenca. Ele só precisa ficar fora do meu caminho e eu fico fora do dele.

Elise concordou com um gesto de cabeça e ficou meio que paralisada. Não queria que ele fosse embora, mas entendia que não se sentia confortável em ficar... E não podia culpá-lo.

– Merda. – Axe suspirou. – Vem cá.

Segura nos braços do macho, ela relaxou e apertou-o mais perto, sentindo o calor e a força dele.

– Eu queria que existisse algo que pudesse fazer pra você se sentir melhor – ele sussurrou ao afagá-la nas costas. – Sinto como se eu fosse uma coisa ruim pra você.

– Não, você não é. – Depois de um tempo, ela disse: – Na verdade... – Afastando-se dele, Elise inspirou fundo. – Tem uma coisa que poderia fazer pra mim.

– Peça – ele afirmou – que eu faço.

Capítulo 46

Na noite seguinte, Rhage e Mary deixaram Bitty ir à Casa de Audiências de novo para que visse o tio.

E não foi mais fácil, Mary concluiu. Não era algo a que se acostumava, não depois de Rhage ter sido alvejado.

E quando o Mercedes desceu a colina uma vez mais, ela e Rhage entraram na casa e pararam no vestíbulo. Na mansão reinava o silêncio, sendo que a Primeira Refeição já havia sido retirada e os Irmãos se preparavam para a noite, assim como suas *shellans*.

— Me sinto meio que deixada pra trás — Mary comentou ao se aproximar da escada e se sentar no primeiro degrau. — Sabe, de certo modo nossa vida está chegando a um fim. Todos os outros continuam seguindo em frente. Quero dizer, sei que é a tristeza falando mais alto, mas é como me sinto.

Rhage andou até ela e se sentou também.

— Também sinto isso.

Mary olhou de relance para ele.

— Estou tão feliz por você ter usado colete ontem. Mas por que não me contou?

— É só um apetrecho do equipamento. Sabe, depois do último ferimento no peito, que me fez chegar bem perto da morte... E tendo Bitty com a gente... — Pigarreou. — Então pedi ao Fritz que conseguisse uns pra eu experimentar. Tentei alguns, e o que usei ontem foi o meu favorito. E funcionou muitíssimo bem.

— Vai encomendar outro?

Ele deu de ombros.

— Acho que sim.

Mary passou os braços ao redor do companheiro... Bem, não conseguiu dar toda a volta por causa do tamanho dele.

– Bitty ficou tão contente por você estar bem.

– Ela é um doce de menina.

Enquanto Rhage inspecionava as mãos, fingindo ver de que tamanho as unhas estavam, Mary sentiu uma dor muito conhecida que, sabia, a acompanharia pelo resto da vida. Haveria momentos em que ela não seria tão forte, disse a si mesma. E outros em que se sentiria pior. Mas aquela dor seria sua companheira constante, uma cicatriz interna sempre ali.

Ela não precisava perguntar a Rhage para saber que o mesmo ocorreria com ele.

– Você tem algum arrependimento? – perguntou com suavidade.

– Quanto a trazê-la pra cá?

– Isso.

Ele permaneceu calado por um bom tempo, e ela ficou avaliando seu lindo perfil. Os cabelos loiros precisavam ser aparados. A face parecia mais encovada do que o normal. E a sombria luminosidade nos belos olhos azuis o fazia parecer muito mais velho.

Enquanto acariciava as costas de Rhage, ela sentiu a besta acompanhando seu toque conforme alisava a camiseta, a representação tatuada mudando de lugar para ficar com ela.

– Não sei – ele disse. – É uma coisa bem difícil. Mas não, eu ainda assim iria querer ficar com ela aqui. Se só posso ter dois meses sendo pai dela antes que vá para seu lar definitivo? Então serei grato pelo que recebi. Prefiro sofrer pelos próximos mil anos por não ficar com Bitty a ter de deixá-la sozinha no mundo enquanto consertavam seus braços e suas pernas, imaginando aonde iria parar. Essa troca vale a pena pra mim.

Mary encostou a cabeça no bíceps dele.

– É assim que me sinto também.

– A propósito, te devo desculpas.

– Por quê?

– Deveria ter te contado o que fariam nos membros de Bitty. Mas não queria te preocupar e tinha esperanças de que tudo fosse ficar bem.

– Ah, puxa... Não se preocupe. São águas passadas.

– É.

Ficaram lá sentados por… ah, tanto tempo que os sons das conversas na cozinha, um aspirador de pó ao longe e Wrath falando no escritório chegaram até eles.

Em algum momento, Boo, o gato da casa, se aproximou, deitando-se enroscado bem diante deles.

– Tem algo a nos dizer, Boo? – Mary murmurou. – Seria bom recebermos boas notícias.

O gato emitiu alguns miados como resposta, mas de difícil tradução. Em seguida, Boo seguiu seu caminho, evidentemente para cuidar de importantes assuntos felinos.

– Conversou com Marissa sobre como vão ser as coisas? – Rhage perguntou. – Você sabe… quando?

Mary inspirou fundo.

– Uma assistente social foi até o chalé de Ruhn de novo hoje. Acontecerão visitas frequentes lá, mas V. fez uma excelente investigação. Ah, e parece que o patrão de Ruhn tem acesso à educação pra Bitty. Estão completamente dispostos a permitir que Ruhn tenha acesso ao programa. Seria fantástico.

– Ela não vai conhecer ninguém.

– Também não conhecia quando veio pra esta casa. Mas se adaptou.

– Não sabem o que ela gosta de comer. O sorvete dela… Está numa fase de menta com lascas de chocolate agora.

– Bitty irá contar pra eles. – Mary esfregou os olhos. – Vou ajudá-la a arrumar as malas. Acho melhor se não arrastarmos o processo mais do que precisamos. A transição já será bem difícil sem que ela tenha que ficar num limbo.

– Não vou ficar no terceiro andar. Logo que ela partir, vamos voltar pra nosso antigo quarto no segundo andar.

– Acho uma boa ideia. – Mary estalou o pescoço. – Pobre Trez. Vai ficar como ioiô, indo e voltando.

– Ele não parece ligar pra muita coisa no momento.

– Não mesmo.

Na verdade, Mary se esforçava para não se deixar levar pelo mesmo desalento.

– Vou trabalhar hoje – forçou-se a dizer. – Não estou com vontade, mas vou do mesmo jeito.

– Eu também. Tenho uma reunião à meia-noite para conversarmos com a turma sobre o que aconteceu ontem à noite.

– Peyton sobreviveu?

– Sim. Manny mandou uma mensagem a todos; o cara é um tremendo cirurgião. O edema cerebral diminuiu, os sinais vitais estão bons. O garoto não tem permissão pra lutar por mais algumas noites, mas logo vai ficar bem. Novo salvou a vida dele.

– Estou feliz que todos estejam bem.

– Dessa vez passou perto.

Mesmo sendo hora de ir embora, Mary não se mexeu. Só ficou sentada ao lado do seu macho e, quando ele estendeu a mão para segurar a dela, voltou a repousar a cabeça no ombro do companheiro.

Ser deixado para trás era uma perda toda especial.

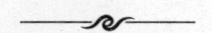

Depois que Elise vestiu o casaco e ajeitou o cachecol ao redor do pescoço, abriu a janela do toalete junto à banheira e se desmaterializou para onde Axe a esperava no centro da cidade, visto que o elo de sangue entre eles a ajudara a determinar a localização do macho num instante, apesar de já terem combinado o endereço.

Quando ela retomou sua forma, Axe olhava para o alto do prédio como se avaliasse sua integridade estrutural.

– Allishon ficava no décimo quarto andar – Elise explicou depois que se cumprimentaram com um beijo. – A porta está trancada, mas talvez a do terraço esteja aberta.

– Esse lugar tem centenas de apartamentos. Você sabe pra que lado fica o dela?

Ela pensou em onde o elevador se abria lá em cima e na direção que precisou tomar no corredor.

– De frente para o Hudson. Daquele lado.

– Vamos dar a volta.

Os dois andaram ao redor do arranha-céu, espremendo-se entre cercas vivas e a lateral do prédio até ficarem de frente para o rio.

Virando o pescoço para cima, Elise manteve os cabelos afastados do rosto quando rajadas sopraram em suas costas.

– Quase todas as janelas estão acesas. – Ela contou os andares. – Mas vê ali? Dois estão escuros no décimo quarto andar, se considerarmos a recepção como primeiro andar. É um deles.

– Não me importo se tivermos que verificar cinquenta. Se atrairmos a atenção dos humanos, apago as memórias deles.

Elise assentiu.

– Você primeiro?

– Não, você. Vou te proteger enquanto está aqui no chão.

Assentindo, ela fechou os olhos... e foi voando em sua forma molecular, amalgamando-se no terraço do apartamento escuro, contando três a partir do fim do prédio. Axe foi logo em seguida, materializando-se ao lado dela.

Havia uma porta de correr; Elise a examinou e segurou a maçaneta. Preparou-se para encontrá-la fechada...

Exatamente.

– Trancada.

Axe apoiou as mãos ao redor dos olhos no vidro e espiou o interior.

– Parecem coisas de humanos. Não seria um bom lugar pra um vampiro se esconder.

– Porta ao lado?

– Porta ao lado.

Foram até o apartamento seguinte, e a primeira coisa que Elise pensou quando se inclinou sobre a porta de correr era que de jeito nenhum aquele seria um apartamento de vampiro. Mesmo com a escuridão interior, ela teve a impressão de que as cortinas eram brancas e diáfanas, nada que impedisse a entrada da luz solar.

– Há uma mancha de sangue ali, no formato de uma mão – Axe observou, sério. – Do lado de fora do batente.

Quando Elise olhou para onde ele apontava, o coração dela disparou, e fechou os olhos. Depois de um momento, estendeu o braço, segurou a maçaneta...

E a porta se abriu sem problemas, como se o vidro estivesse quase aliviado por sair dali.

– Sinto cheiro de sangue – Elise disse, séria. – De leve... E é da Allishon.

Passando pela porta, sua primeira impressão foi a de que o branco dominava. Mesmo o carpete era da cor de uma folha de papel. E, logo que os olhos dela se ajustaram, concentrou-se na cama do lado oposto. Não havia travesseiros. Nada além de uma cabeceira e do colchão.

– Quer que eu acenda a luz? – Axe perguntou.

– Sim, por favor.

Ainda assim, ela se assustou quando a iluminação inundou o quarto.

Puxa… Santa Virgem Escriba. Havia manchas no colchão, boa parte na região superior, perto da cabeceira. E também pegadas marrons no carpete. Outra mancha no batente.

Como se a violência tivesse sido filtrada pela passagem do tempo, eliminando boa parte dela, porém não todas suas características.

Os restos eram mais do que suficientes.

O abraço se deu apesar de não estar frio, e Elise saiu do quarto rumo a um pequeno corredor. A sala de estar também era decorada em branco, com as mesmas cortinas finas e um conjunto branco de mobília. A cozinha não tinha nada de especial, a bancada limpa, os armários desocupados. A geladeira também vazia.

Nenhum sangue à vista. Mas isso não provocava alívio algum.

– Ela vinha aqui pra se drogar – Elise contou a Axe enquanto ele esperava no corredor. – Aqui era onde aparentemente minha prima se divertia. E, numa noite… ela voltou com alguém…

Não apenas alguém, lembrou a si mesma. Anslam. Um do seu grupo, e não apenas por ser vampiro, mas também porque era um membro da aristocracia.

Ou tinha sido.

E ambos estavam mortos.

Elise levou o tempo necessário para assimilar tudo, andando pela planta limitada, apesar de não saber muito bem o que tentava compreender. Imaginou que fosse mais um exemplo de que ter toda a educação do mundo no tocante a emoções não oferecia qualquer ajuda em particular quando você mesma se sentia exposta e ferida.

Voltando para o quarto, entrou no closet. Precisava fazê-lo. Significava quase fechar um círculo, entrar no espaço e olhar para… o vazio.

Nada havia ali a não ser umas duas jaquetas penduradas e um vestido de festa largado no chão.

Allishon devia ter vindo até ali depois de participar de um dos eventos da *glymera*. Despido sua máscara de civilização. E seguido em frente para…

– Que triste – Elise murmurou ao se aproximar para apanhar o cetim vermelho do chão.

Porém, não era um vestido de festa. Parecia uma espécie de manto, com um lindo bordado e botões de madrepérola...

Quando Elise foi pendurá-lo no cabide, algo bateu em sua perna.

– Ai. – Ela olhou em meio às dobras do tecido, imaginando o que estaria pendurado no manto... ou, talvez, escondido num bolso. – Puxa, isso doeu...

Elise franziu o cenho ao pegar um pedaço grande de metal guardado no forro. Tinha um formato estranho e era pesado... Uma espécie de chave, mas não exatamente.

– Encontrou alguma coisa? – Axe perguntou atrás dela.

– Não sei. – Mostrou-lhe o objeto. – O que acha que isto é?

Quando não respondeu, ela o fitou e depois rolou o objeto na palma da mão.

– É algum tipo de arma de autodefesa? Não parece haver uma lâmina aqui, mas... Talvez seja uma chave, só que para uma porta que nunca vi antes.

– Não sei. Mas acho que é melhor a gente ir embora.

– Tudo bem.

Elise ficou tentada a levar consigo o que quer que aquilo fosse. Mas não queria ter de explicar, se a encontrassem com o objeto, por que fora xeretar o apartamento de Allishon.

Portanto, voltou a colocar o peso no bolso do manto, saiu do closet e fechou-o.

Indo até a poltrona, sentou-se e encarou a cama.

– Obrigada por ter vindo comigo. – Ela estava bem ciente da presença de Axe parado na porta de correr por onde entraram, o corpanzil tomando quase todo o espaço. – Agradeço de verdade. – Meneou a cabeça ao imaginar o que acontecera ali. – Acho que... não sei, eu tinha que vir.

– Ok.

– Acho que agora posso deixá-la em paz. Levei este assunto até onde consegui, mas este é um beco sem saída pra mim. Só me resta lamentar a morte dela do meu jeito. Talvez até faça alguma versão da cerimônia do Fade pra Allishon. – Inspirou fundo. – Engraçado, me sinto mais próxima dela agora do que quando estava viva... E todo tipo de luto é particular, certo? Cada um de nós o faz a seu modo pelos seus mortos. E ela era minha. Próxima ou não, era minha parente e nada mudará isso.

Axe permaneceu calado, mas provavelmente por não saber a coisa certa a dizer, e ela entendia isso. Só que ele acabou lhe dando alguma coisa mais importante do que palavras.

Aproximou-se dela, ajoelhando-se e estendendo os braços.

E quando ela se jogou sobre ele, inspirou fundo, agradecida.

Às vezes, não se precisa das sílabas certas.

Precisa-se da pessoa certa.

Capítulo 47

— Então não se importa se eu for pra sua casa? — Elise perguntou pouco depois.

Ela e Axe tinham voltado à rua, depois de fecharem o apartamento de novo, mas a lembrança de ter passado por aqueles cômodos estaria para sempre gravada na mente de Elise... ao mesmo tempo que uma paz frágil se enraizava em seu coração.

— Axe? — ela o chamou no vento gélido e fustigante.

Seu macho sacudiu a cabeça como se na tentativa de esclarecer os próprios pensamentos a respeito da visita ao apartamento.

— Desculpe. O que disse?

— Tudo bem se eu voltar pra sua casa? Prometo que só vou me acomodar diante da lareira e provavelmente dormir.

— Quero você lá — ele respondeu, ajeitando uma mecha solta do cabelo dela atrás da orelha. — Gosto da ideia de você diante da minha lareira. E a minha reunião não deve demorar muito.

— Estou muito feliz por Peyton estar bem e se recuperando em casa.

— Eu também.

— Obrigada por vir comigo.

— Faço qualquer coisa por você. — Axe a beijou demoradamente. Depois recuou. — Deixa eu te levar em segurança até o chalé, e depois eu vou. Tenho que estar no ponto de encontro em cinco minutos.

Ela se apressou, assim como ele, e logo Axe a acompanhava até dentro da casa, insistindo em acender a lareira, apesar de isso implicar no seu atraso.

– A temperatura vai cair para abaixo de zero hoje – ele disse ao acomodar pedaços de madeira nas brasas. – Todo o ar do Canadá está vindo para o sul e nos transformando em gelinhos.

Ela cobriu com as mãos o rosto queimado pelo frio.

– Estava ventando tanto lá no centro. Ei, olha só, consigo fazer isso.

– Sei.

Em pouco tempo, as chamas estalavam na madeira e ele desapareceu nos fundos da casa.

– Vou trancar esta porta aqui – Axe gritou da cozinha. – E quero que tranque a da frente depois que eu sair.

Quando ele voltou para a sala de estar, Elise já estava sentada diante da lareira, mas se levantou de novo.

– Pode deixar.

– E me liga se vir alguma coisa.

– Combinado.

– Minha arma extra está debaixo daquela almofada do sofá, logo ali. Carregada e destravada.

– Não vou atirar em nada de novo. Ou pelo menos por muito tempo. E só se houver uma cobra no meu carro. Agora, sai, sai. Vai acabar perdendo o ônibus… E, sim – ela disse com sensualidade –, estarei nua te esperando quando voltar.

Axe emitiu um grunhido.

– Ok, isso sim é um incentivo.

Um beijo rápido, e ele saiu gritando:

– Tranque a porta! Ou eu não vou!

Ela riu e foi até lá, virando a trava.

– Trancada! Pode ir!

Elise voltou a se sentar diante do fogo, dobrando as pernas e prendendo-as com os braços. Na solidão tranquila, pensou em Troy e em quanto se sentia ansiosa para começarem o seminário depois do Ano--Novo. O professor fora muito compreensivo quando ela lhe dissera que gostava dele, mas que acabara de começar a sair com alguém, por isso não poderia haver nada romântico entre eles. Troy quase pareceu aliviado, explicando que seria melhor assim, devido ao relacionamento profissional que mantinham.

Então, estava tudo bem.

Axe a acompanharia na ida e na volta das aulas. Estava tão animada porque ele a veria como professora...

Uma rajada de vento atingiu o chalé, assobiando entre as venezianas e fazendo o beiral gemer. Quando outra brisa surgiu, Elise se virou e olhou para trás. Sentia que estava sendo observada, mas... não.

Não havia ninguém ali.

Tão logo uma terceira rajada atingiu a casa, ela pôde jurar que sentiu um calafrio. Mas talvez porque seu cérebro estivesse alternando entre a violência real da noite anterior no beco... e a representação da violência que vira no apartamento de Allishon.

Mesmo de casaco, sentia frio.

Axe, contudo, atiçara o fogo perfeitamente, assim, pelo menos a frente do corpo de Elise estava aquecida. Mas ela bem que poderia fazer uso de...

Levantando-se, foi até uma cadeira perto da porta de entrada. Havia uma manta pesada dobrada ali, e, quando a pegou, sentiu o cheiro do corpo de Axe. Perfeito.

Na metade do caminho até a lareira, alguma coisa caiu das dobras da coberta, e Elise se inclinou para...

A princípio, não conseguiu acreditar no que via.

Tanto que, em vez de apanhar o objeto, ajoelhou-se ao lado dele.

Um pedaço de metal. Pintado de preto. Num formato estranho que parecia o de uma chave, mas que não era.

Seu coração acelerou e ela olhou ao redor, o que soou ridículo. Como se a mobília ou o fogo fossem ajudá-la a entender o que estava acontecendo.

O fato era que nem quinze minutos antes ela olhara para Axe e perguntara que "chave" seria aquela... e ele respondera que não sabia.

Deixando o tecido cair no chão, estendeu-o e... não se surpreendeu em descobrir que era um manto. Como aquele de Allishon...

Havia um volume grande na lateral, e Elise passou as mãos por cima, ponderando se queria ir além. Com o coração batendo forte, enfiou a mão por dentro...

Com um palavrão, deixou cair uma máscara de caveira. O objeto tinha aparência maligna, realística a ponto de provocar pesadelos, o maxilar móvel de modo que desse para falar mesmo durante o uso.

As mãos dela tremiam ao guardar aquele horror. Depois inclinou-se para baixo, inspirou fundo. Sentiu o cheiro de Axe... e outros.

Sentiu vontade de vomitar.

Imagens e lembranças passaram pela sua mente: os dois juntos, conversando no porão ali; o primeiro sorriso de Axe para ela; ele a beijando do lado de fora da churrascaria, seus corpos diante daquela mesma lareira.

Talvez houvesse algum tipo de confusão ali... ou uma explicação para o fato de ele ter mentido.

Claro que devia haver.

Dobrando o manto de novo, Elise encarou o objeto metálico.

Sim, sem sombra de dúvida devia haver uma explicação... Mas sentiu um medo abrupto em relação a qual seria.

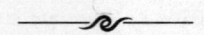

Somando-se tudo, Peyton se saiu até que bem.

Estava reclinado na sua cama, com todas as necessidades atendidas pelos criados da casa, a dor controlada por drogas que, para variar, eram lícitas. E quer saber mais? A cabeça dele estava funcionando, isto é, governava o corpo e gerava razoáveis processos cognitivos, por exemplo, ele queria que os coitados dos Cardinals de Louisville ganhassem do Kentucky no basquete masculino.

Empregara uma boa grana no time de Vegas com o agenciador de apostas.

Mas não podia dizer que estava feliz. Mesmo com todo aquele opiáceo de boa qualidade percorrendo seu organismo.

Aquela merda com Novo não queria deixá-lo.

A questão nem era ele se importar em ser um babaca. Inferno, caso isso fosse importante, teria se enforcado no closet anos atrás.

Era a ideia de que *Novo* o considerava um babaca que o incomodava.

Merda, talvez ele fosse mais antiquado do que imaginava. Por certo, tivera a mesma reação quando Paradise lhe contara que entraria no programa de treinamento... E veja qual foi o resultado. Ela acabou se tornando a *Primus*, a trainee número um na introdução brutal pela qual todos eles passaram. Portanto, sim, estivera errado sobre ela.

Estaria errado a respeito de Novo também? Sobre as fêmeas de um modo geral?

Talvez só precisasse fazer sexo com aquela fêmea durona.

Assim que o pensamento lhe ocorreu, começou a ficar duro, o que não era uma surpresa. Sentia-se atraído por ela desde o primeiro dia.

Paradise, contudo, era a dona do coração dele... mesmo a fêmea não sendo sequer uma possibilidade remota com Craeg por perto. Merda. Bem, eles tinham criado um vínculo real durante os ataques, durante todos aqueles telefonemas de suas casas seguras fora de Caldwell, isolados de todos a não ser de suas famílias diretas.

Confiava nela de uma maneira que não confiava em mais ninguém.

E se sentia atraído por ela como nunca se sentira por mais ninguém...

A batida à sua porta foi suave, suave demais para ser a do mordomo, ou a daquela enfermeira com braços de Popeye que parecia adorar maltratá-lo quando trocava o curativo da cabeça.

– Pode entrar. – Ele se sentou, endireitando-se, quando viu quem era. – Elise. Oi, menina. O que está fazendo aqui... O que aconteceu?

A fêmea não lhe respondeu. Diabos, parecia incapaz de falar. Apenas fechou a porta e ficou ali parada, trêmula e pálida.

O primeiro pensamento de Peyton foi o de que Axe lhe fizera algo.

E o segundo foi que "e se o cretino tivesse feito isso?". Com ou sem ferimento na cabeça, Peyton castraria o maldito.

– Vem cá – ele disse, dando um tapinha na cama ao seu lado. – O que posso fazer por você?

Mas Elise ficou andando pelo quarto, e levou um tempo até começar a falar:

– Você me disse... Lá no começo...

– O que foi que te disse? – ele incitou com suavidade. – Fala comigo.

– Sobre Axe... Que eu não o conhecia de fato.

Filho da puta.

– Sim, eu disse. O que está acontecendo?

Ela enfiou a mão no bolso do casaco e tirou um objeto. Assim que Peyton viu o que era, franziu o cenho.

– O que está fazendo com essa coisa?

– Sabe o que é?

– Sim, é um passe pra uma casa de *swing* no centro da cidade. O Keys. Não sou membro, mas já vi isso algumas vezes. Allishon tinha pelo menos uma… Uma vez perguntei a ela o que era.

– Isto não é dela. – Elise encarou o objeto. – Mas fui ao apartamento de Allishon hoje à noite. Eu tinha que ir… Axe estava comigo. Quando encontrei a dela, ele disse não saber do que se tratava.

– Então de quem é essa? – Peyton já havia deduzido, mas queria ouvi-la dizer.

– Do Axe.

– Então ele mentiu pra você.

– Sim. – Elise balançou a cabeça. – Encontrei a dele por acaso. Estava no bolso de um manto. Também encontrei uma máscara de caveira. As duas são dele. Senti o cheiro nos objetos… e é recente.

Quando ela parou de falar e o encarou de longe, Peyton se percebeu numa encruzilhada, e isso foi interessante. Depois de ser catalogado como babaca pelo carimbo de Novo, ele não apreciaria a honestidade, se era isso o que Elise queria dele…

– Seja franco comigo.

Merda.

– Ok.

– Você desaprovava Axe por ele ser um cidadão comum, por gostar de sexo *hardcore* ou… por outra razão?

Notando que a prima usara o tempo verbal passado, Peyton ficou calado, ainda que sua mente não estivesse nada silenciosa: só conseguia ouvir a voz de Novo acusando-o de ter dois pesos e duas medidas para machos e fêmeas. De julgar os dois sexos de maneira diferente.

E sabe de uma coisa? Uma luz se acendeu no cérebro dele: se considerava vadias as fêmeas que dormiam com quem queriam… isso significava que eram culpadas pela promiscuidade e meio que pela crueldade assumida com relação ao sexo oposto. Afinal, se trepar era uma coisa normal para os machos, mas não para as fêmeas, então pouco importava com quantas pessoas ele trepasse sem sentir nada, quantos corações espezinhasse, ninguém poderia condená-lo.

Porque era um macho.

A derradeira justificativa incontestável por ser um babaca.

Peyton fechou os olhos e recostou a cabeça nos travesseiros fofos. Considerando-se tudo, mais o fato de ter sido alvejado na cabeça, ele bem que poderia não ter vivido esse instante de percepção.

Principalmente por causa do OxyContin, uma droga excelente para diminuir as dores físicas, mas que não fazia nada para atenuar aquela queimação emocional no meio do peito.

Aquela que lhe informava que não era um cara legal. Apesar da aparência. Do dinheiro. Da educação.

Novo estava certa... Ele era um tremendo babaca.

– Maldição – sussurrou.

– Desculpe. Não deveria colocá-lo nessa posição...

– Não, tudo bem. Estou bem. Você está bem.

Até parece. Ela estava um farrapo emocional e começava a sentir que vivia uma crise de identidade.

– É melhor eu ir...

– Não – ele disse de repente, e abriu os olhos. – Olha só, não quero me meter entre vocês dois. Isso aconteceu ontem à noite e quase todos nós fomos mortos. E apesar de não haver nenhum *redutor* por perto agora e ninguém estar armado, só... vou tentar não ser um cretino preconceituoso.

E também teria que pedir desculpas a Axe.

– Novo... é o nome da fêmea que lutou com a gente ontem. Certo? – Elise perguntou.

Peyton assentiu.

– Sim. Por quê?

– Eu tinha esquecido o nome. Mas você me apresentou a ela naquela primeira noite quando conheci todos no clube de charutos.

– Isso.

Os olhos de Elise marejaram, e ela fungou com força e piscou enquanto olhava para o teto.

– O cheiro dela estava no manto. Não liguei os fatos até me materializar aqui... Mas senti o cheiro dela na ambulância quando estava com a gente. Lembro como ela... – Quando os olhos de Peyton se desviaram, a voz de Elise firmou. – Ele esteve com ela. E faz pouco tempo. Provavelmente no intervalo destas últimas duas noites.

Peyton permaneceu de boca calada. Engraçado que até a noite anterior não teria perdido a oportunidade de acabar com Axe.

E sentia ciúmes... Não de Elise. Estava puto da vida porque o maldito estivera com Novo.

— Olha só — ele disse —, o único conselho que posso te dar é seguir os seus instintos. Eles nunca erram.

— Bem, meus instintos estão me dizendo que, enquanto eu e Axe estávamos juntos, ele foi ao clube pra fazer sexo selvagem com outra pessoa.

Peyton balançou a cabeça.

— Eu sabia que isso iria terminar mal. Quero dizer, sei que vocês são adultos que sabem o que querem, mas esse é exatamente o motivo de eu ter dito pra ele ficar afastado de você.

Normalmente, ele adorava ter razão.

Mas não naquela noite.

Nem um pouco.

Capítulo 48

Sentada à sua mesa no Lugar Seguro, Mary não conseguiu concluir absolutamente nada.

Bem, isso não era exatamente verdade. Conseguiu, com admirável destreza, passar uma pilha de papéis da direita para a esquerda e, no processo, rever erros gramaticais, de digitação e manchas de café em cada página da dita pilha de anotações, de formulários, de cronogramas.

Coisas de fato muito importantes e complicadas.

Sim. Localizara diversos problemas do tipo "por que" em vez de "porque", ou "este" no lugar de "esse", e o melhor foi um "orientando" no lugar de "orientado".

Parabéns pra ela!

Recostando-se na cadeira barulhenta, ela mudou o *mousepad* de lugar e consultou as horas na tela do computador. Que droga. Três da manhã.

Sem receber notícias de Rhage, deduziu que a reunião rápida com os trainees sobre a noite anterior, no fim, não fora tão rápida assim.

Inspirando fundo, sentiu o aroma de cookies com gotas de chocolate sendo assados nos fornos do andar de baixo, e uma onda de tristeza a invadiu. Lembrou-se de tentar fazer Bitty participar de tal atividade logo após a morte da mãe. A menina preferira ficar sentada no quarto do sótão que dividira com sua *mahmen*, com aquelas duas malas surradas guardando todas as suas coisas, o tigre de pelúcia e a cabeça de boneca ao lado dela na cama.

Nem sequer sabiam a idade de Bitty naquela época.

Deus, parecia que isso tinha acontecido um milhão de anos atrás.

Seu telefone tocou, e, quando ela foi ler a mensagem, desejou que fosse de Rhage. Precisava de uma desculpa para ir embora...

Não era dele.

Enquanto as mãos começavam a tremer, levantou-se, enfiou a blusa dentro da calça e vestiu o casaco com cuidado. Depois pegou a bolsa e o celular.

Em vez de contar a todos embaixo para onde ia, ela mandou uma mensagem para o grupo, avisando que estava saindo.

Não era a hora de ficar diante de todos e falar alguma coisa, ainda mais para as fêmeas amorosas que trabalhavam ali e a conheciam como a palma da mão delas.

Do lado de fora, a noite estava terrivelmente fria, o que lhe pareceu apropriado. Depois de entrar no Volvo e dar a partida, dirigiu por vários quilômetros antes que o ar saísse bem aquecido das ventoinhas, mas tudo bem. Estava entorpecida demais para sentir qualquer frio ou calor.

A Casa de Audiências do Rei ficava meio distante, no entanto, o destino de Mary chegou rápido demais. Em retrospecto, pretendera usar o trajeto para se recompor, mas, na verdade, poderia ter ido até a Califórnia e voltado sem se sentir melhor.

Bem enquanto saía do carro na garagem, Rhage se materializou.

Quando o viu, sentiu a tentação de se jogar nos braços dele e chorar de novo, mas já havia superado isso. Não tinha mais forças, mesmo as emoções no peito dela permanecendo grandes e intensas demais para conseguir suportar.

– Venha – ele disse numa voz sem emoção. – Vamos acabar logo com isso.

Entraram pela porta dos fundos, usando uma senha, e depois atravessaram a cozinha, seguindo na direção da biblioteca.

Quando entraram no ambiente formal, Bitty estava sentada no sofá diante da lareira. Ao lado do tio.

Maldição. A semelhança familiar era muito evidente.

Não chore, Mary ordenou a si mesma e se forçou a sorrir. *Não faça Bitty se sentir culpada por conta disto.*

Você é adulta. Ela é a vítima de abuso doméstico, uma órfã, uma criança. Não *piore a situação.*

Claro, todo esse monólogo interior não mudou como ela se sentia. Mas pelo menos o sermão a distraiu e ela não se desfez em lágrimas.

Marissa estava sentada ao lado dos dois e se levantou com graciosidade invejável.

– Obrigada por virem.

Como se fossem a terceira parte integrante de uma reunião no escritório de um advogado. Por conta, sei lá, de uma contenda a respeito da localização exata de uma cerca divisória de propriedades.

Só que eles eram *mesmo* apenas a terceira parte envolvida, Mary lembrou a si mesma.

De algum modo, ela e Rhage conseguiram se sentar no sofá em frente ao de Bitty e Ruhn. Palavras foram ditas. Quem sabia o quê. E Rhage permaneceu tão calado quanto Mary.

Deus, não conseguia sustentar o olhar de Bitty por mais de um ou dois segundos por vez, e precisava melhorar isso...

– Então, Ruhn? Ou Bitty? – Marissa disse. – Algum de vocês gostaria de falar agora?

Houve um longo silêncio, e foi Mary quem o interrompeu. Olhando diretamente nos olhos de Bitty, anunciou com uma voz quase desprovida de emoção:

– Está tudo bem, Bitty. Tudo bem, tudo vai ficar bem...

– Então vão deixar que ele se mude pra cá? – perguntou a menina. – E more com a gente?

Mary piscou.

– Desculpe... Pode repetir? – Ela balançou a cabeça. – Não entendi.

Bitty olhou para o tio.

– Quero que meu tio venha morar com nós três. E ele disse que pode se mudar. Não precisa ser adotado, como vocês estão fazendo comigo. Mas ele não tem família. E nós temos uma grande, e não é o papai que sempre diz que quanto mais, melhor? Moramos numa casa grande. Ruhn pode ajudar, sabe? Esse é o trabalho dele.

Mary balançou a cabeça de novo. Abriu e fechou a boca.

– O q-quê?

Rhage se inclinou para a frente.

– Desculpe, mas... o que está querendo dizer?

Ruhn pigarreou.

– Não tenho nada que me prenda na Carolina do Sul. Bitty é a minha única família, e não me importaria em começar de novo. Não preciso morar com vocês...

– Sim, precisa – Bitty olhou para ele e disse com firmeza. – Temos uma casa grande. E também um gato e um cachorro. Você gosta de gatos e de cachorros. Vem morar com a gente e meus pais vão garantir que tenha um trabalho… Mãe? O que foi?

Mary não conseguia responder. Não com as lágrimas escorrendo pelo rosto, a respiração presa na garganta e o corpo inteiro parecendo prestes a explodir.

Apoiando a cabeça nas mãos, ela se sentiu tão tomada de emoções que só conseguia ficar ali, sentada, chorando.

A voz de Bitty soou mais próxima quando a menina voltou a falar:

– Você vai gostar dele, mãe. Prometo.

Mary só conseguiu estender o braço… e puxar a filha para um abraço forte. Não existiam palavras, nada, que pudessem expressar o que sentia.

Espere. Sim, existiam.

– Sei que vou simplesmente amá-lo.

O primeiro pensamento de Rhage foi o de que aquilo devia ser um sonho. Enfim estava num sonho, e seu subconsciente criava a fantasia de que tudo terminaria bem. Sim, a qualquer segundo o alarme tocaria e ele voltaria ao inferno.

Só que… não ouviu nenhum alarme eletrônico.

Rhage estendeu a mão, ciente de que Bitty e Mary se abraçavam e conversavam, e de que Mary chorava.

Seu lado guerreiro, que fora testado em inúmeros confrontos de guerra, não estava disposto a acreditar na situação, assim como não acreditava que Papai Noel desceria pela chaminé.

Rhage se levantou e assentiu para Ruhn.

– Quero conversar com você. Sozinho.

O tio não hesitou em se erguer em toda a sua altura.

– Onde o senhor desejar.

Naturalmente, ninguém permitiria que ele ficasse sozinho com o cara; Vishous, cuja presença Rhage nem notara, aproximou-se dos machos enquanto saíam pela parte do átrio e fechou a porta da biblioteca.

Mas Rhage não estava prestes a, bem, se enraivecer.

Manteve a voz baixa e os olhos fixos no cara ao dizer:

– Pensei que você tivesse vindo para levá-la.

O macho assentiu.

– Isso mesmo.

– Então o que mudou? E pense bem nisso. Porque a minha *shellan* está sangrando ali dentro. De novo. E estou ficando puto pra cacete com o que a tem feito chorar.

Ruhn deu um passo para o lado, mas não recuou. Em vez disso, ficou andando, o corpo evidentemente incapaz de conter as emoções.

– Sim, eu quis levá-la para a Carolina do Sul comigo. De verdade. E não vou me desculpar com você nem com ninguém por querer fazer o que é certo pra minha família. Mas, depois… Cheguei aqui… E só me disseram que alguém estava cuidando de Bitty provisoriamente. Apenas mais tarde fiquei sabendo que vocês tinham dado início ao processo de adoção. Gostei muito de ambos, e ficou evidente que Bitty estava sendo bem cuidada. Mas ontem à noite… quando o senhor passou por aquela porta, tendo sido alvejado? – Apontou para a porta da frente da mansão. – Estava ansioso pra chegar aqui, por causa delas. E quando Bitty o viu, ela ficou aterrorizada e aliviada. Depois vocês três se abraçaram. Bem ali.

O macho caminhou até onde eles estiveram antes.

– Fiquei olhando pra vocês e pensei… que eram uma família. Bem aqui. Foi isso… o que desejei pra minha irmã, mas sabia que ela não teria nada com aquele macho. Era o que eu tinha esperanças de levar à vida de Bitty… Mas ela já tem isso. Com vocês dois. Ela me contou como vocês a levaram pra casa. O que têm ensinado a ela sobre filmes e carros, sobre a vida. O quanto Mary é boa com ela. Contou como Mary cuidou da minha irmã no abrigo pra fêmeas que sofreram abusos. Como vocês dois ficaram com ela durante o processo de realinhamento dos ossos… e falou também da besta. A propósito… "uau" é só o que consigo dizer a respeito disso. – Ruhn balançou a cabeça. – Ela falou sem parar sobre vocês dois. Bitty os ama como se fossem sangue do sangue dela. E o meu relacionamento com a minha irmã? Não é o bastante para justificar o rompimento de uma família. Simplesmente não é.

Rhage só continuou parado onde estava, piscando como um idiota.

– Então…

– Assino o que quiserem. Pra legalizar a coisa, entende. – O macho ergueu as mãos. – E, sério, não preciso me mudar pra morar com vocês nem nada assim. Não quero impor a minha presença. Isso foi ideia dela, mas eu… Bem, eu gostaria de… Não sei, se vocês permitirem… gostaria de poder vê-la a cada dois anos…

Rhage nem percebeu que se movia, mas viu que abraçava o cara, esmagando-lhe os ossos, segurando o maldito tio com tanta força que os músculos dos ombros e dos braços do macho saltaram.

– Você virá morar na mansão. – Afastou o cara, mas teve que segurá-lo para Ruhn não cair para trás nas botas de trabalho. – E vamos encontrar um trabalho pra você. E ficará com a gente. E é assim que as coisas vão ser.

Ruhn pareceu confuso.

– Eu…

Vishous se pronunciou.

– Wrath terá que aprovar. A verificação de segurança foi feita, mas o Rei terá que pensar a respeito.

– Vai ficar tudo bem. – Rhage subiu as calças de couro. – Vai ser uma maravilha…

Ruhn esfregou a testa como se ela doesse.

– Espera. Sou muito grato, mas… por que está fazendo isso? Não sou nada pra vocês. Não sou ninguém.

– Até parece – Rhage disse. – Você é da família.

CAPÍTULO 49

ISSO FOI DIVERTIDO, AXE PENSOU ao finalmente entrar no ônibus com Novo, Boone, Paradise e Craeg. A reunião se estendera indefinidamente, com novos procedimentos sendo estabelecidos para que fossem a campo na noite seguinte, novas armas montadas e encomendadas, e fizeram exercícios de práticas defensivas até que seus cérebros estivessem prontos para gritar.

Mas pelo menos os Irmãos não estavam recuando da decisão de levar os trainees para enfrentarem o inimigo. Nada disso.

A boa notícia? Ele estava liberado para voltar correndo e encontrar Elise.

Depois de um rápido adeus lançado por cima do ombro, Axe virou fantasma e se materializou em seguida no gramado da frente do chalé. Sentindo o cheiro de fumaça e a presença dela, sorriu.

Incrível o quanto alguém poderia trazer à sua vida. Te preencher. Fazer você se sentir mais forte e mais em paz ao mesmo tempo.

Galgou os degraus, bateu à porta e estava pronto para que ela a abrisse...

Quando nada aconteceu, franziu o cenho. Bateu de novo. Depois pescou as chaves que não pensou que teria que usar. Abrindo a porta...

A primeira coisa que percebeu foi que Elise não estava sentada diante da lareira, nas cobertas em que fizeram amor.

Estava no sofá, quase longe do alcance do calor.

E a segunda coisa foi que... no colo dela estava a capa que ele usara no Keys.

Axe fechou a porta lentamente.

Os olhos de Elise se fixaram nele com um ar de calma. Mas o rosto dela estava impassível, nenhuma emoção, nenhuma expressão.

– O que aconteceu? – Axe perguntou num tom neutro.

Cruzando os braços, ele apoiou-se na porta. Em sua cabeça, começou a ladainha de *ela está te deixando, ela sabe, está te deixando, ela sabe… Você vai ficar como o seu pai…*, um coro dissonante, desafinado, fora de ritmo, e o tipo de coisa que o deixaria louco.

– Encontrei isto – ela respondeu, passando a mão pelo tecido preto. – E encontrei o que havia dentro dele. A máscara… e a chave.

Bum, bum, bum, bum…

Por uma fração de segundo, ele olhou por cima do ombro, pensando que havia alguém batendo à porta da cozinha para entrar no chalé.

Não. Era o seu coração.

– Eu… hum… fiquei aqui sentada, pensando por horas. – Elise coçou a base do nariz. – Pensando em tudo o que queria te dizer. Perguntas a fazer… Do tipo, como você conseguiu ficar na minha frente no apartamento da Allishon e fingir que não tinha a mínima ideia do que encontrei lá. Como pôde mentir pra mim… – Ela parou quando a voz ficou mais aguda, mais urgente, e pareceu se recompor. – Então eu fui até a casa de Peyton, logo depois de ter encontrado a chave… e descoberto que você havia mentido pra mim.

– Maravilha – ele murmurou. E já imaginava como o cara devia ter se divertido fodendo com ele de todo jeito…

– Meu primo não tocou no assunto comigo. Não disse nada. E o respeito por ficar de fora desse assunto. Pra início de conversa, eu não devia tê-lo envolvido nisso. Mas não sabia aonde ir, e às vezes, quando as pessoas estão emotivas, não tomam as melhores decisões.

Axe esperou, sabendo que sua sentença estava prestes a ser dada… E foi.

– E acho… que essa é a minha conclusão. – Elise movimentou as mãos. – Na noite em que te conheci, tinha resolvido sair com o Troy. Uma decisão aleatória. Mas percebo agora que a morte de Allishon e a tensão na minha casa corroíam partes de mim, e não percebi que estava enfraquecendo. Estava me desfazendo, procurando uma válvula de escape… e então te conheci. Me atirei nisso que há entre nós, o que quer que isso tivesse sido, de cabeça e sem controle algum.

E lá estava, ele pensou. O verbo no passado.

Tivesse sido. E não *seja*.

– No fim das contas – ela concluiu –, você não me deve nada. Não estamos num relacionamento. O fato de ter feito sexo com Novo naquele clube e depois voltar pra casa e ficar comigo…

– Espera aí, o quê? – ele ladrou. – Quando isso aconteceu? Se vai reescrever a história, pelo menos me dê uma cronologia pra eu poder acompanhar.

Elise lhe lançou um olhar entediado.

– Você a levou ao clube. Duas noites atrás. E não finja que não levou. Eu estava ao seu lado quando Novo ligou e você quis ter certeza de que ela tinha chegado bem em casa. No dia, não relacionei os pontos, porque não me lembrava do nome da fêmea que te acompanhava na noite em que nos conhecemos.

– Não fiz sexo com ela, nem naquela noite nem nunca.

– Talvez seja verdade. Mas não acredito. Não consigo acreditar em nada que me diga. Você nem sequer me corrigiu quando a chamei de "ele". Mentiu pra mim a respeito da chave no apartamento da Allishon. Como vou saber quando você fala a verdade?

Axe deu uma gargalhada.

– Eu te contei coisas minhas que não contei a mais ninguém.

– Contou? Ou foi só uma encenação pra ganhar a minha empatia, a minha confiança?

– Você só pode estar de brincadeira.

Elise deu de ombros.

– Esse é o problema com as mentiras, Axe. Você mente uma vez, e a outra pessoa não faz a mínima ideia sobre o que mais pode ter mentido. Venho de uma família de mentiras e de silêncios. Não posso entrar num mundo de sombras com alguém com quem tenho tanta intimidade. E mais, não vou fazer isso. Te disse logo de cara que a honestidade é a coisa mais importante…

– Honestidade? Quer falar de honestidade? Há quanto tempo vem saindo escondida da casa do seu pai? E só falou a verdade quando foi pega em flagrante. Trocou de celular com o seu amigão Peyton pra que ninguém soubesse que estava comigo. Invadiu a porra do apartamento da sua prima. – Ele apontou um dedo em riste no ar. – Quer que eu seja o babaca nesta história, tudo bem. Faça o que quiser. Mas não finja nem por um segundo que é uma santinha numa torre de marfim. Porque isso é asneira, meu bem. A única diferença aqui é que não julgo e não chego a conclusões precipitadas.

Elise olhou para o fogo que morria. Depois de um momento, assentiu.

– Tudo justo.

– Obrigado pelo seu selo de aprovação. Isso significa *tanto* pra mim.

Ela se levantou e deixou a capa de lado, largando a maldita chave entre as dobras.

– Mas não muda nada. Na verdade, não estou brava com você por ter se deitado com Novo ou por ter ido àquele clube ou por bancar o inocente...

– Tem certeza?

– Sim, tenho. – Virou-se de frente para ele. E pelo modo como o fitava, ele soube sem sombra de dúvida que aquela seria a última vez que ficariam juntos num espaço fechado. – Estou brava comigo. Estou brava por não ter reconhecido que estava tratando de um problema emocional em relação à minha família disfuncional recorrendo a um relacionamento físico impensado.

– Puxa, parece que você já resolveu tudo. Até já rotulou a situação com jargões da psicologia. Que bom pra você.

Sim, estava se portando como um FDP amargo, mas que diabos mais deveria fazer? Juiz, júri e veredicto final... estava tudo acabado, resolvido. E ele iria para a câmara da morte.

Porque assim seria sua vida sem ela.

Morte.

Elise balançou a cabeça devagar e vestiu o casaco.

– Eu não devia ter me precipitado em nada, com ninguém. E, como já disse, não te culpo. Você não me devia nada. Não é como se tivéssemos conversado seriamente sobre monogamia e depois fosse se encontrar com outras pessoas. Eu só te conhecia fazia uma semana, então... é isso. Lição aprendida.

Axe estreitou os olhos.

– E o que exatamente você aprendeu?

– Que a única pessoa em quem se pode verdadeiramente confiar é em si mesmo. E contanto que você se lembre disso, tudo ficará bem. Não importa o que aconteça.

Quando Elise por fim terminou de dizer o que pensava, olhou para Axe do outro lado... e sentiu que fitava um estranho.

O que, de fato, era mais preciso do que a ilusão de proximidade e de intimidade criada graças ao excelente sexo que compartilharam. Mas, convenhamos, a Virgem Escriba, quando criou a raça, estabelecera bem as regras. Do sexo poderia resultar uma gravidez durante o período do cio, e era perigoso dar à luz filhos, seria difícil criá-los, o macho e a fêmea tinham *muuuuito* que querer isso a fim de que a espécie sobrevivesse.

De outro modo, ninguém se arriscaria. Nunca.

Portanto, tensão e expressão sexuais eram coisas poderosas, e potencialmente destrutivas quando o que permitia a procriação da espécie também se aplicava a um relacionamento casual entre duas pessoas que, de outra forma, nem deviam estar juntas.

Elise era a prova viva disso.

E, sim, ela queria falar das suas emoções de mágoa, de rejeição e de traição com Axe. Queria gritar e berrar, quebrar alguma coisa. Chutá-lo, talvez. Mas sabia muito bem que isso seria uma questão de convencimento, de barganha, além de punição: revelando mais de si mesma em vez de menos, demonstraria seu desejo de que ele mudasse e se tornasse, de novo, quem ela acreditava que ele fosse.

Mas o que estava pensando? Quando as pessoas te mostram quem são, você precisa acreditar logo da primeira vez.

A essência de Axe viera à tona. Mas só porque ele dera uma escorregada e fora flagrado por fatos e circunstâncias fortuitos.

Elise deixara Allishon descansar em paz naquela noite. E também deixaria esta… coisa… entre ela e Axe para trás, junto com a prima.

– Então, é isso – ela lhe disse. – Vou embora agora. Desejo tudo de bom pra você, e não falarei nada disso com ninguém. Você pode fazer o que quiser. Já sou bem grandinha, e se houver alguma consequência, enfrento.

Porque, na verdade, a situação dela com Axe não foi o único assunto em que ficou pensando durante o tempo sentada sozinha, aguardando a chegada dele.

Chegara a outras conclusões também.

– Adeus, Axe.

Seu corpo tremeu um pouco ao se aproximar dele, não por temê-lo, por estar magoada ou por qualquer motivo desagradável: a proximidade era simplesmente difícil demais… Mesmo que a mente de Elise tivesse mudado de marcha com relação a Axe, sua forma corpórea ainda o desejava.

Mas isso jamais se repetiria.

– Acho que você está entrando no ramo certo – ele comentou ao lhe dar passagem.

– Como assim?

Os olhos do macho procuraram os da fêmea.

– Será uma excelente professora. É ótima em conversas unilaterais e tem todas as respostas. Acabou me dando um zero, me expulsou da sala e está pronta pro próximo aluno. E se sente muito bem em relação à situação como um todo.

– Não – ela retrucou com suavidade. – Não me sinto. Mas a maior falácia que as pessoas dizem a si mesmas é que devem ser felizes o tempo inteiro.

– Nunca acreditei nisso. E você só acabou de provar a minha teoria.

Ele se inclinou de lado e abriu a porta; depois se afastou sem olhar para trás.

E tudo bem.

Ela faria o mesmo.

Já do lado de fora, Elise se desmaterializou até sua casa, e depois de passar pela entrada da frente, foi direto ao escritório do pai. Batendo à porta, esperou… e depois entrou sem permissão.

Ele, como de hábito, estava sentado à escrivaninha. Vestido impecavelmente. Mexendo em papéis. Trabalhando em seus investimentos.

– Boa noite, minha filha. Como tem passado?

Elise deixou de lado os preâmbulos e se sentou sem ser convidada.

– Vou me mudar de casa assim que encontrar um lugar adequado para morar. Tenho algum dinheiro que *mahmen* me deixou, e também passarei a trabalhar mais horas na universidade a fim de me sustentar. Gostaria de ficar aqui enquanto procuro um apartamento, mas, se isso o deixar desconfortável, posso procurar algum lugar temporário.

O pai largou a caneta, o queixo caído, e Elise o observou.

– E, sim, estou decidida. Sinto muito se isso lhe causa sofrimento ou vergonha, mas gostaria muito de continuar a manter um relacionamento com o senhor. A escolha é sua, claro, porém, se precisar se distanciar de mim temporariamente ou até mesmo permanentemente, ainda que de coração partido, entenderei. – Ela levantou-se. – Preciso morar sozinha agora, nos meus próprios termos, e nem o senhor nem qualquer outra pessoa poderá me dar permissão ou negar. Depende de mim, só de mim. E, na verdade... estou em paz com isso.

Capítulo 50

Na noite seguinte, perto da meia-noite, Mary ficou de lado e observou enquanto Bitty passava pelo vestíbulo até o imenso átrio colorido da mansão da Irmandade da Adaga Negra.

O tio fora entrevistado por Wrath — na verdade, por todos os machos da casa — na noite anterior. Imagina um interrogatório? O pobre sujeito ficara uns sessenta centímetros mais baixo depois que as perguntas acabaram, e Mary e Bitty praticamente tiveram que despejá-lo numa das camas da parte de baixo da mansão de Darius.

E mais tarde houve a viagem ao sul depois de o sol se pôr, Ruhn, Rhage e V. seguiram para onde Ruhn vivera e falaram com o patrão do macho, que o dispensou do aviso prévio. Havia tão pouco em termos de posses pessoais que os três conseguiram encher algumas mochilas e bolsas de lona e desmaterializar as coisas até Caldwell com eles, viajando em trechos de oitenta a cento e sessenta quilômetros.

— Não é lindo? — Bitty exclamou ao soltar da mão do macho e começar a saltitar pelo espaço. — E não se preocupe, você vai acabar se acostumando. Prometo!

Parecia que a cabeça de Ruhn girava enquanto seus olhos passavam pelo folheado a ouro, pelos cristais e pelas colunas.

— É... Puxa, já trabalhei numa mansão. Mas nada como esta.

Bitty agarrou a mão do tio de novo e o arrastou para a sala de bilhar.

— Venha conhecer as mesas de bilhar!

Quando ambos se afastaram, Rhage passou o braço ao redor de Mary e sussurrou:

— A casa dele era imaculada de tão limpa, minha Mary, mas não havia nada ali. Apenas uma cama e uma mesa com uma única cadeira. É de partir a porra de qualquer coração. Mas ele estava preparado para fazer isso dar certo. O patrão me contou que Ruhn iria trabalhar mais horas para colocar Bitty na escola da propriedade. Estava disposto a dar o seu melhor.

Nesse momento, o som da campainha da porta do vestíbulo tocou e Mary olhou para a câmera de segurança.

– Ah, é Saxton.

Foi até a porta e deixou o advogado do Rei entrar.

– Veio se juntar às festividades?

O advogado loiro estava como sempre impecavelmente vestido, de gravata, terno escuro combinando com a camisa coral e lencinho no bolso da frente. E, puxa, seu odor era delicioso.

E também, santo Deus, como era maravilhoso estar com o coração leve para poder notar essas coisas.

Desde que Ruhn e Bitty haviam apresentado O Plano, como Mary pensava naquele arranjo, ela se sentia viva de novo. Incrível. Tudo estava de volta ao normal, quase como se a dor e o medo e a incerteza nunca tivessem acontecido.

E, engraçado… Ainda que Mary jamais tivesse vivido um trabalho de parto, ela concluiu que passara por uma situação bem semelhante, pelo menos do ponto de vista emocional: estivera fora de controle, sofrendo, arrastando-se pelas horas e pelos dias, aterrorizada e num pesadelo interminável. Depois a ruptura, uma separação vital… Só para, no fim, ter a filha nos braços, segura, o mundo acertado uma vez mais, a vida mais completa do que nunca porque a tortura acabara e tudo estava bem do outro lado daquela experiência.

Um milagre, e o sofrimento, em vez de ser debilitante para ela e para Bitty, apenas fortalecera ainda mais o laço entre ambas.

Quando o advogado pegou um maço de papéis dobrados do bolso de dentro, Mary ficou bem ciente de que ela e Rhage estavam completamente imóveis.

– Ruhn só precisa assinar isto – Saxton explicou com gentileza.

– Assinar o quê? – perguntou o macho, voltando ao átrio com Bitty. – Ah. Sim, por favor.

Quando ele falou, Saxton se virou… e olhou de novo para o macho.

– Vocês não se conheceram ainda, certo? – Mary disse. – Saxton, este é o tio de Bitty, Ruhn. Ruhn, este é Saxton, mantenedor de toda a documentação, estrategista, e absolutamente uma ótima pessoa.

Saxton encarou o outro macho que se curvava.

– Senhor.

Houve uma pausa. Depois Saxton estendeu a mão.

– Por favor, apenas Saxton.

Ruhn, confuso, fitou o que estava estendido.

– Minhas... Hum, minhas mãos são ásperas.

– Ah, sim, claro – Saxton murmurou ao abaixar o braço. – Você se importaria de revisar estes papéis e assiná-los?

Quando tudo ficou silencioso, Mary se adiantou:

– Tem certeza de que quer...

– Sim – Ruhn afirmou. – É necessário haver transparência para o caso de decisões precisarem ser tomadas ou se ela for incapaz de se comunicar numa crise médica.

Por algum motivo, Mary se emocionou uma vez mais. E depois se lembrou das limitações dele.

– Mas precisa saber o que está escrito aqui.

– Aí diz que vocês são os pais de Bitty, certo?

– Isso mesmo – ela sussurrou.

– Então eu assino.

– Muito prudente – Saxton interferiu. – Por isso, vamos até a biblioteca, e vocês dois também devem vir.

– Por aqui – disse Mary ao começar a andar sobre o desenho da macieira em flor. – Rhage?

– Estou indo. Bitty, dê aos adultos uns dois segundinhos, está bem? Vá procurar Lassiter e chute o traseiro dele por mim, ok?

– Pode deixar! – a menina disse ao disparar em busca do anjo.

Assim que entraram na biblioteca, Mary fechou as portas e viu que Ruhn encarava a árvore.

– Ah, é coisa de Natal. Sou humana, ou era. Bem, é uma longa história.

E as palavras a fizeram pensar em algo...

– Poderia ler os papéis pra mim? – Ruhn lhe pediu. – Por favor?

– Ah... sim. Claro. – Pegou o documento das mãos de Saxton e todos se sentaram diante da lareira. – Isto é... – Pigarreou antes de segurar as páginas diante de Ruhn. – Aqui você abre mão de todos... os direitos parentais sobre Bitty. – Ela apontou para a linha. – Veja, aqui está o seu nome. Este é o nome dela. Este documento declara que, daqui por diante, você não poderá reivindicar a custódia dela, física ou de outra forma, ou mesmo quaisquer benefícios que possam caber a Bitty, e nem tomar parte e ser consultado a respeito de quaisquer decisões que afetem a vida dela. Você sabe... Quero dizer, assim que assinar isto, estará feito. Não poderá voltar atrás.

Ruhn encarou o papel e depois apontou para o próprio nome.

– O meu nome está aqui.

– Sim.

– O dela... aqui.

– Sim, é isso mesmo.

Ele olhou para as palavras por um instante.

– Engraçado, esta é a única vez em que nossos nomes estarão juntos.

Mary engoliu o bolo que se formou em sua garganta.

– Ruhn, você não precisa...

– Alguém tem uma caneta?

Saxton, que parecia estar controlando algum tipo de emoção, ofereceu uma de ouro.

– Aqui, use a minha.

Ruhn segurou a ferramenta para escrever e pareceu maravilhado. Depois, preocupado.

– Eu não sei... Não tenho uma assinatura. Não sei escrever meu nome.

– Qualquer sinal – Saxton disse num tom suave – bastará. E testemunharei que você assinou logo abaixo. Faça uma marca aqui.

Ruhn assentiu quando o advogado apontou para uma linha a três quartos do final da segunda página. E então o tio de Bitty se curvou sobre o documento.

E ficou na mesma posição por um bom tempo. Muito mais do que os dois segundos necessários para a maioria das pessoas rabiscar um nome.

Quando voltou a se endireitar, Mary cobriu a boca com a mão.

– Esse sou eu – Ruhn disse, apontando para o desenhinho que fizera do próprio rosto. – É a minha marca.

Era uma representação absolutamente linda das suas feições. E todos ficaram em silêncio.

– É só o que eu sei fazer – Ruhn explicou.

Saxton comprimiu o alto do nariz entre os dedos.

– Não, não... É perfeitamente adorável. E mais que suficiente.

Saxton fez o seu trabalho reconhecendo o documento, e logo o advogado se levantou.

– Vou arquivar este documento na Casa de Audiências.

– Mas volte – Mary o convidou. – Por favor? Vamos ter uma festinha de boas-vindas no fim da noite; venha se puder.

O advogado olhou para Ruhn brevemente.

– Muito bem. Obrigado, voltarei.

No trajeto de ônibus até o centro de treinamento, Axe se sentou nos fundos, bem longe dos demais. Peyton, por sua vez, ficou na frente, num lugar logo atrás da divisória que os separava do mordomo-motorista.

O primo de Elise não olhara para trás quando Axe entrara no ônibus. Não olhou para trás enquanto seguiam para o norte.

Mas também não desceu ao pararem no estacionamento e todos os outros seguirem para a aula.

– Está me esperando? – Axe perguntou quando ficaram sozinhos. Dessa vez o macho se virou.

– Sim.

– Não preciso te atacar pelas costas, sabia? Posso fazer isso bem na sua cara.

– Eu sei. – Peyton virou as pernas para o lado e apoiou os cotovelos nos joelhos. E ficou olhando para a frente, num estado de espírito difícil de decifrar. – Estou imaginando que Elise tenha te contado que veio me ver ontem à noite.

– Ah, pode crer, contou sim.

– Eu não contei nada sobre você e a Novo.

– Que bom. Elise me disse que detesta mentirosos e, considerando-se que nunca transei com a Novo, pelo menos disso você se livrou.

– Isso é da sua conta, não da minha.

– Porra, pode crer. E também não fiquei com a Novo.

O silêncio prolongado foi uma surpresa, mas Axe não estava nem aí.

– Acabamos aqui? Pra sua informação, não vou te atacar nem nada assim. Não quero ter a mínima merda de ligação com você, e isso não mudou desde a orientação.

– O pai dela ligou pra mim. Elise está mudando da casa. Ele me pediu que ficasse de olho nela, e concordei.

Elise saindo de casa? Puta merda.

Só que, em seguida, Axe se lembrou de que isso já não era mais da sua conta.

– Então você conseguiu o que queria. – Axe se levantou. – Parabéns. Mas, pensando bem, as coisas sempre dão certo pra pessoas como você, não...

Novo apareceu nos degraus e se inclinou para dentro do ônibus.

– Vocês dois estão se matando ou algo assim?

Axe meneou a cabeça.

– Não. Estamos bem... Mas, ah... Ele pensa que a gente trepou umas três noites atrás... Ou sei lá quando foi que te levei ao clube.

– Como?

– Você me ouviu.

Novo encarou Peyton.

– Axe me apresentou pra ser sócia. Foi por isso que me levou lá. E porque pedi... E, ah, Axe me recusou quando lhe perguntei se queria ficar comigo. Me rejeitou na lata. Jesus, Peyton, será que você consegue ser mais cretino?

Axe foi avançando pelo corredor, balançando a cabeça.

– Não tem mais importância. Está tudo bem. Vamos em frente.

Passando por Novo, ele desceu, caminhou até a porta já aberta e entrou no centro de treinamento.

Enquanto seguia para o ginásio onde lutariam, teve ciência de um monte de constatações: sentia-se exausto, mas tinha a sensação de que precisaria se acostumar a isso. Estava sofrendo, mas, tudo bem, junte o sofrimento à exaustão.

E estava morrendo de medo.

Em sua mente, monitorava cada um dos pensamentos, verificando sinais de que desabaria como o pai. Era como se procurasse rachaduras em seu alicerce, à espera de que sua superestrutura desabasse, prevendo a paralisia que testemunhara por anos.

Estava aleijado por dentro. Por certo, o exterior também ficaria.

Porque, o mais patético? Vinculara-se a Elise.

Sim, conforme ela mesma observara, conheciam-se apenas havia poucas noites, mas – como ouvira com tanta frequência sem jamais acreditar de fato –, no que se refere aos machos e às suas almas gêmeas? Não era preciso tempo, apenas a fêmea certa.

E Elise era certa para ele, mesmo ele sendo errado para ela.

Portanto, sim, estava aleijado e assim permaneceria pelo resto da vida.

Mas que diabos importava?

Estivera aleijado antes. Acostumara-se à situação.

Alguns estavam destinados a ser felizes?

Outros simplesmente não ganhavam na loteria.

Capítulo 51

No FIM DA NOITE, quando todos da mansão da Irmandade se juntaram e se acomodaram em seus lugares na sala de jantar, Rhage esperou que Mary lhe desse o sinal.

E assim que ela o fez, bem quando o banquete da Última Refeição estava sendo servido, ele se virou para Bitty, que estava ao seu lado.

— Ei, pode vir comigo e com a sua mãe por um segundo? Não há nada de errado, só precisamos conversar a respeito de uma coisa.

— Claro! — A menina se levantou, pronta para ir. — Tio Ruhn, já volto. Pode ficar com os BATUS!

O macho piscou confuso.

— O quê?

Lassiter se inclinou para perto dele.

— Batelões. Ela tem um problema de fala. Uma tristeza, sabe...

Bitty unhou o braço do anjo.

— Brucutus Assumidos, Tios Únicos. E pode parar com isso.

— Nuuuuunnnnnquinhaaaaa! — O anjo riu antes de dar um puxão de brincadeira no cabelo da menina.

Enquanto Bitty saltitava adiante, Rhage puxou Mary para si e disse:

— Pra biblioteca, ok? Bit, nós vamos pra biblioteca.

— Entendido! — ela respondeu.

— Pronta? — Rhage sussurrou para sua *shellan*. Assim que ela assentiu, ele murmurou: — Vai ficar tudo bem.

Quando estavam todos lá juntos, Rhage fechou as portas. Cara, ele sentia como se tivesse voltado para a própria pele, para a própria vida, para o seu oceano, nadando livremente a favor da corrente e não contra ela. E Mary também estava assim. Santa Virgem Escriba, como era bom ver a luz de volta aos olhos de sua *shellan* e o sorriso estampado no rosto dela.

Quanto a Ruhn? O cara era uma pedra preciosa. Tranquilo, honrado, nada afetado. Insistira em levar a própria bagagem até o quarto de hóspedes que lhe deram no fim do corredor das estátuas. E já estava à procura de projetos de consertos, limpeza ou melhorias.

Fritz iria aprender a odiar o filho da mãe.

– O que foi? – Bitty perguntou, antes de se distrair com a árvore de Natal. – Puxa... Precisamos comemorar o seu feriado, mãe. Mas não ainda. Ruhn precisa de presentes. Precisamos... precisamos descobrir do que ele gosta e tenho a minha mesada. Posso comprar alguma coisa pra ele... Mas vocês também precisam comprar alguma coisa.

Mary riu e puxou a menina para o sofá.

– Claro que vamos fazer isso.

– Oba! Mas o que foi... Pai, precisamos assistir a *Deadpool* com ele. Ele ainda não viu nenhum filme. Nunquinha! Nem mesmo *Tubarão*. Rascunhei uma lista, e quero que dê uma olhada nela pra mim. Vamos fazer um cronograma pra assistir a tudo, assim como fizemos comigo.

Rhage assentiu.

– Com certeza. Esse tipo de déficit é muito mais importante do que o da alfabetização.

Mary levou a cabeça às mãos.

– Vocês são dois doidos.

Rhage e Bitty bateram as palmas das mãos.

– Na mosca – Rhage disse. – Agora, preste atenção. A sua mãe precisa contar algo pra você.

Bitty se concentrou na Mary deles.

– Pode falar, mãe.

Puxa, como era bom ter tal palavra de volta ao vocabulário deles.

No silêncio breve que se seguiu, Rhage franziu o cenho e olhou ao redor.

Por algum motivo, estava ciente de que não se encontravam sozinhos... No entanto, não parecia haver ninguém ali com eles.

Mary segurou a mão de Bitty e acariciou-lhe o dorso.

– Você se lembra do que te contei da minha doença?

– O câncer não voltou, né? – a menina perguntou com medo. – Você não...

– Não, não. De jeito nenhum. E é sobre isso que preciso te contar uma coisa...

– O quê? Não estou entendendo...

Numa sequência de palavras muito bem selecionadas, Mary contou a história do começo ao fim. Sobre o câncer. Sobre Rhage aparecendo em sua vida. Sobre a intervenção da Virgem Escriba... e o que isso significava.

– Quer dizer que... você é imortal? – Bit respirou aliviada. – Como uma deusa ou algo assim?

– Ah, não. Não, nada disso de deusa. Jamais. Esse é um trabalho que não quero nunca. Mas significa que... Bem, pense da seguinte maneira: posso escolher o momento de ir para o Fade. Sabe quando as pessoas envelhecem com o passar dos anos? Como ficam mais velhas? E, às vezes, coisas ruins acontecem e elas adoecem, ou se ferem ou algo assim?

– Sim. Como com papai quando foi alvejado. Antes dos coletes. Ou... o que aconteceu com minha *mahmen*.

Quando Mary ergueu a mão para acariciar o rostinho da menina, Rhage pensou: Ah, minhas duas fêmeas. Minhas duas fêmeas perfeitas sob a luz da lareira...

– Bem, não é assim comigo – Mary disse.

– Então você pode viver tanto quanto eu?

– Sim, posso.

Os olhos de Bitty marejaram. Em seguida, ela lançou os braços ao redor de Mary.

– Então nunca vai me deixar. Nunca vou perder a minha mãe.

Tuuuudo bem, hora de clarear a garganta.

– Nunca. Jamais. – Mary segurou a menina e sorriu através de lindas lágrimas. – Nunquinha. Eu não queria esconder a verdade de você. Mas também não queria que isso influenciasse a sua decisão de ficar com a gente, entende?

– Me sinto tão sortuda. Tão abençoada. – Bitty se afastou e olhou para Rhage. – Mas e quanto a você?

– Coletes à prova de balas, minha menina. – Ele fungava como se estivesse com alergia. Porque não estava chorando. Não mesmo. – Treinamentos e equipamentos. É como te disse antes: vou sair pra trabalhar, mas tenho a intenção de voltar para as minhas fêmeas todas as noites.

Bitty se calou por um instante. Mas depois assentiu.

– Tudo bem, mas vai tomar cuidado...

Rhage franziu o cenho quando algo lhe chamou a atenção.

Um ponto de luz. No carpete. Perto da árvore.

– Lassiter – ele chamou. – É mesmo você?

O anjo apareceu de uma vez só, os cabelos loiros e negros e braceletes, colares e brincos de ouro criando aquela aura que sempre tivera. Ou, inferno, todo o brilho provavelmente vinha dele mesmo.

– O que eu disse? – o anjo exigiu saber ao incorporar Vanna White para os três. Vestia *legging* com estampa de zebra saída evidentemente do guarda-roupa de Steve Tyler. – Tenham fé. Acreditem. E tudo ficará bem. O. Que. Eu. Disse.

Rhage teve que rir.

– Fantástico. Outro motivo pra você ficar todo convencido.

– A magnificência sendo magnificente. – O anjo deu um giro ao redor de si mesmo, depois imitou o *moonwalk* de Michael Jackson até parar na ponta dos pés. – Sou incríííível!

Mary e Bitty gargalharam, e Rhage se recostou, sorrindo.

Depois começou a pensar. Muito bem, se Ruhn não assistira ao filme *Tubarão*, por onde começariam?

Provavelmente não por esse. Nem com Jason. Nem Michael. Nem Freddy. O cara não era nada covarde, mas, pelo amor de Deus, ninguém queria fazê-lo cagar nas calças.

– Qual o problema? – Mary perguntou.

Rhage esfregou o rosto e olhou para Bitty.

– Sabe... o seu tio? Talvez seja bom começarmos devagar com os filmes. Não quero que ele se cag... se assuste.

– *Duro de matar*? – a filha sugeriu.

– Não, muito pesado.

– Mesmo?

– Mesmo.

Uma pausa. E depois os dois disseram ao mesmo tempo, no mesmo tom de voz:

– *Os Goonies*.

Rhage pensou: quer falar sobre orgulho paterno? E levantou a palma da mão para mais um "bate aqui", acertado em cheio por Bitty.

Era isso.

Capítulo 52

Alguma coisa no Ano-Novo faz com que se queira recomeçar.

Noites mais tarde, enquanto Peyton estava sentado ao pé da cama em roupas de balada, descobriu-se apenas passando os olhos nas mensagens recebidas. Tantos convites, dos seus amigos da *glymera*, de humanos que pensavam conhecê-lo da vida noturna de Caldie, de fêmeas, fêmeas... e de mais fêmeas.

E os alertas de mensagens continuavam chegando.

Paradise e Craeg ficariam em casa, e ela o convidara a se juntar ao casal, mas também acrescentara que sabia como ele estaria ocupado aprontando na cidade. Boone iria para lá. Ninguém sabia onde Novo estava.

Axe por certo não dera as caras dizendo o que faria.

Peyton deixou o celular de lado e encarou o quarto. Estava inquietantemente sóbrio, e tinha toda a intenção de dar um jeito naquela merda toda.

Isso mesmo.

A qualquer momento, pegaria uma garrafa ou um dos seus *bongs* e flanaria para longe, dentro de seu crânio... só... deixando para trás a confusão que vinha fervilhando na mente dele nos últimos tempos.

Relembrou-se de si mesmo, de Axe e dos outros nas ruas nas noites anteriores, passando o pente fino em quarteirões de prédios abandonados, com os instintos em alerta, as armas empunhadas, prontas para disparar, os Irmãos com eles.

Haviam entrado numa fase nova.

Não eram mais trainees. Estavam mais para soldados em treinamento. Se é que isso fazia algum sentido.

E Axe sempre se manteve distante, nunca deixando transparecer qualquer indício de emoção a respeito de qualquer coisa, teso como uma corda de piano ao redor do pescoço de alguém. Mas, cara, dava pra saber que ele estava sofrendo. Perdera peso. As olheiras eram sacolas debaixo dos olhos, tão grandes que daria para você levar uma trouxa de roupas dentro delas. E o humor sombrio parecia um peso tangível que ele carregava consigo em qualquer sala, em qualquer beco, em todo trajeto de ônibus indo para o centro de treinamento e voltando.

Não precisava ser um gênio pra perceber que Elise não estava em melhor forma. Peyton vira o estado da prima quando ela foi visitá-lo.

O tempo e o distanciamento por certo não melhorariam aquilo.

Merda, ele pensou ao esfregar o rosto. Só... *merda*.

Seu celular tocou. Pela quinquagésima vez. Outra ligação aleatória o incitando a sair de casa.

Quando por fim pegou o telefone, foi para a lista de contatos e digitou um número para o qual ligara apenas uma vez.

Um toque. Dois toques. Três...

– Alô?

Ele pigarreou.

– Novo? Olha só... não desliga, tá bem? – Uma pausa. – Alô?

– O que foi?

– Eu... preciso que me faça um favor.

– A menos que envolva atingi-lo em algum lugar com uma frigideira, não estou interessada.

– O que vai fazer hoje à noite?

– Nada com você.

Ele flexionou os sapatos LV.

– Preciso da sua ajuda.

– Se está procurando um transplante de personalidade, tente o eBay. Nem precisa ser muito exigente. Qualquer coisa que não seja assassino em série já indicaria uma melhora.

Peyton encarou a tela escura da TV.

– Oi? – ela o chamou.

– Preciso que me ajude a acertar algo que está errado. E não estou te zoando, eu... não posso mesmo agir sozinho.

Algo na voz dele ou... ele não sabia o quê... acabou a convencendo.

– Está bêbado?

– Não, e nem chapado. – Peyton passou uma mão pelos cabelos. – Caralho, talvez isso seja parte do problema. Mas primeiro preciso consertar tudo e depois... Bem, tanto faz.

– Onde você está?

– Em casa.

– Desça e abra a porta da frente. – Ela parecia entediada. – Estarei aí num minuto.

Peyton deixou o celular para trás. Francamente, estava enjoado com a perda das pessoas. E quando foi sair da suíte, passou diante do espelho. Deu uma olhada no reflexo e vislumbrou as mesmas feições, os mesmos cabelos, a mesma boa aparência de todas as noites da sua vida.

E, mesmo assim, não se reconhecia.

Talvez a bala tivesse lhe causado danos cerebrais, pensou ao abrir a porta e sair.

Porque não se sentia o mesmo desde que fora alvejado na cabeça.

Elise estava sentada diante de seu computador, lendo a seção de anúncios de "Apartamentos para alugar" do *Caldwell Courier Journal* on-line, quando o telefone da casa tocou ao lado do abajur Tiffany.

Pegando o interfone, ouviu o mordomo anunciar que ela tinha convidados que a aguardavam na sala.

– Obrigada. Já vou descer.

Ao desligar, percebeu que não perguntara quem eram. Mas não se importava de fato. Podiam ser primos. Ou, inferno, uma intervenção arranjada pelo pai para assustá-la.

Mas Elise não temia isso. Se conseguia suportar a perda de Axe, conseguiria enfrentar qualquer coisa.

Indo para a sala, seguiu pelo corredor e passou diante da suíte de Allishon. Nada mudara. O tio continuava flanando pela casa, tentando se achar, enquanto sua *shellan* se autodestruía no quarto. O pai ainda não entendia o motivo de ela ter que ir embora, o que pretendia com o seu doutorado, por que insistia em ser tão iconoclasta.

Tudo ficaria bem, ele insistia, se ao menos ela se aquietasse e simplesmente deixasse de mencionar questões que não precisavam ser discutidas.

Em seu favor, ele não dizia que nunca mais voltaria a vê-la.

Mas sentia-se triste por Elise estar se afastando.

E ela também. Sentiria saudades da família em que crescera, ainda que tão desestruturada que sua única chance de ter uma vida autêntica e consciente seria distante dela. Mas é impossível mudar os outros. Apenas a si mesmo.

Além do mais, não tivera notícias de Axe.

Nem esperava ter.

Estava, porém, surpresa por sentir tantas saudades dele. Na verdade, sentia-se frustrada por isso. A questão era que os pontos altos do... sei lá o que tiveram... foram tão altos que em momentos tranquilos de reflexão era impossível não se lembrar deles e sofrer pela perda.

Contudo, a coisa toda era um processo.

Ou pelo menos era o que a sua sofisticada educação lhe ensinara.

E parte do que iria ajudá-la a passar por essa dor era que o seminário dela e de Troy começaria dali a poucos dias.

Ela conseguiria.

Porque não aceitaria que fosse de qualquer outro modo.

Lá embaixo, Elise atravessou os quadrados de mármore do átrio e foi para a sala, mas, antes de entrar no belo cômodo, parou de pronto.

– Peyton? E...

Ok, era difícil dizer o nome daquela fêmea. Muito difícil olhar para o corpo firme do qual parecia emanar sensualidade.

– Dispõe de um minuto? – Peyton perguntou. – Precisamos falar com você.

Elise assentiu e se obrigou a ir em frente. Peyton estava lindo, como sempre, o terno casual, o tipo de roupa que obviamente fora feita sob medida para ele, o colarinho aberto e o corte preciso deixando-o pronto para um réveillon espetacular. Novo, toda de couro preto, parecia mais pronta para lutar.

Ou levar o ato sexual ao extremo.

Elise meneou a cabeça e trancou a porta da sala.

– O quê... Hum, o que posso fazer por vocês?

Deus, mesmo se ordenando a ficar calma, seu coração estava acelerado.

Novo olhou para Peyton. Peyton olhou de relance para a fêmea... Depois encarou Elise.

– Você precisa saber de algumas coisas. Sobre Axe – disse ele.

Elise ergueu as duas mãos como se estivesse se defendendo de um ataque.

– Não. Não preciso saber de nada sobre ele.

– Precisa, sim.

– Na verdade, não. E a menos que tenham vindo por qualquer outro motivo...

– Nunca fiz sexo com ele – disse Novo numa voz clara, tranquila, sem esforço algum. – Sim, ele me levou ao clube. Pra que eu me tornasse sócia. Pedi a Axe que me fizesse esse favor. Nunca, nem uma vez, estive com aquele macho, e até onde ele – apontou para Peyton – e eu sabemos, Axe não dormiu com ninguém desde que te viu pela primeira vez naquela noite.

Peyton falou rápido, como se estivesse preocupado que Elise saísse da sala e ele perdesse a chance de dizer o que queria:

– Sei que isso não é da minha conta, tecnicamente, mas você meio que me incluiu na história quando me procurou.

– E sei que você encontrou a chave dele. – Novo apontou com a cabeça para Peyton. – Ele me disse que Axe fez que não sabia o que era. Não quero falar pelo cara, mas, quando você entra para o clube, não pode falar sobre ele. Não pode revelar a ninguém o que é a chave, onde a usa, pra que ela serve. É um assunto apenas dos sócios do clube, e se você der com a língua nos dentes, será expulso. Não estou afirmando que é por isso que Axe não te contou a respeito da chave da Allishon. Mas é apenas uma informação em que deveria pensar. Antes de atirar no pé dele por, aparentemente, ter mentido.

A mente de Elise começou a digerir os fatos. Mesmo não querendo mais abrir aquela porta.

Afinal, fora difícil pra caramba fechá-la da primeira vez.

Peyton se aproximou, parando bem diante ela.

– É véspera de Ano-Novo. Quero começar este ano com o pé direito. É por isso que estou aqui. Veja bem, existem algumas pessoas que me consideram um cretino... – Nesse momento, Novo resmungou baixinho algo que soou como "dá pra imaginar?". – ... e acho... estou começando a acreditar que sou uma delas. – Peyton deu de ombros. – Pois então. Axe está na pior. Parece meio morto. E, olha só, não estou te dizendo o que fazer. Mas você deve saber a verdade. O que escolhe fazer com ela, ou não fazer... depende só de você. Ele não é perfeito... mas não é como eu, ok? Não é imprestável.

CAPÍTULO 53

AXE NUNCA SACOU O CHEQUE que o pai de Elise lhe enviara.

Não. Apenas o colocara sobre a cornija da lareira, sabendo que, em algum momento, o jogaria nas chamas. Mas não naquela noite. E tampouco na anterior. Ou na de antes.

O cheque meio que parecia o último vínculo com Elise, e, sim, isso era patético, mas era o lado bom de viver sozinho: ninguém mais conhecia a fraqueza dos seus pensamentos, do seu coração, dos seus pequenos rituais. Assemelhava-se a cantar desafinado no chuveiro, uma experiência que não se tem que compartilhar com ninguém.

Sentava-se nu e com as costas frias diante da lareira, mas não se importava. Não se importava com muita coisa desde que Elise o dispensara...

A batida à porta da frente desviou Axe da atenção às chamas.

— Está aberta — ele disse, não dando a mínima para quem fosse, ciente de que conseguiria pegar sua arma caso...

Axe, num pulo, ficou de pé. E lembrando-se de que estava nu, apanhou uma almofada do sofá.

— Elise? — disse para a porta fechada. — Que diabos está fazendo aqui?

A voz dela soou abafada.

— Você... Hum... Você se importa se eu entrar?

Ele deu de ombros. Basicamente porque seu cérebro estava congestionado, deixando-o burro demais para falar.

Depois lembrou que ela não conseguia vê-lo.

— Sim. Quero dizer, claro, pode entrar.

Em seguida, Elise entrou, fechando a porta e avançando lentamente como se achasse que ele mudaria de ideia a qualquer instante.

Deus... como ela estava linda. Mas, pensando bem, estava sempre linda. Mesmo quando o odiava.

– Olha só, eu não sei... – Ela pigarreou. – Não sei como dizer isso, então...

– Vá em frente. O que quer que seja, tudo bem por mim.

Ela já jogara uma bomba no meio do peito dele. Então, se lhe arrancasse os braços e as pernas? Sim, claro, poderia gritar com ela, acusando-a de ter cometido um erro. Mas, francamente, ele não tinha forças para isso.

– Desculpe.

Axe se retraiu.

– Como?

– Eu... olha só, sinto muito mesmo. Acho que posso ter te julgado mal...

– Espera. *O quê?*

Ela tinha começado a falar, mas ele não acompanhava. Alguma coisa a respeito de Peyton e Novo indo até a casa do pai dela. O negócio da chave. A associação ao clube. Não poder falar. Nada de sexo.

– O quê? – ele repetiu.

– Como eu disse, eles vieram me procurar porque Peyton não estava se sentindo bem a respeito desse assunto. Ele achou que você estava sendo mal interpretado por mim.

Axe piscou. Depois, só deu de ombros.

– E...?

– Bem, é... Hum... – Ela balançou a cabeça. – Você poderia... me explicar sobre a chave?

– E agora você vai acreditar em mim?

– Sim, acho que vou.

Axe passou a mão pelos cabelos e pensou em si mesmo parado de pé no closet daquela fêmea morta que nem sequer conhecia, Elise mostrando-lhe o pedaço de metal.

– Eu pensei... pensei que você não entenderia. Sabe, que você me afastaria ou algo assim. Não sei. Desisti das drogas, mas, de muitas maneiras, acabava me automedicando com sexo, sabe? Só pra tentar sair da minha cabeça.

– Você machucou alguém? Lá... no clube?

– Quer dizer como Anslam? Não. Nunca. E nunca estive com Allishon. Não a conheci, pra falar a verdade. Muitas pessoas vão lá. –

Ele ergueu as mãos. – Tanto faz. Só queria que acreditasse em mim, ok? Eu queria ser o macho que você considerava que eu era. Um viciado em sexo não faz parte dessa imagem.

– Você sente alguma necessidade… de voltar lá?

– Não desde que te conheci. Quando levei Novo ao Keys, nada daquilo me interessava mais. Não me excitei como antes. Quis ficar com você e só com você.

– Isso ainda é verdade? – ela sussurrou.

Axe cruzou os braços diante do peito.

– O que quer de mim, Elise? Por que veio aqui?

– Eu só… Desculpa. Me precipitei e descarreguei muita coisa em você. E sinto muito mesmo. Acho que as minhas emoções levaram a melhor.

– Tudo bem – ele murmurou. – Quero dizer, não tem problema.

– Tem, sim. – Ela parecia tão triste. – Acho que na verdade sou melhor professora que aluna. Decidi tudo, e, você tem razão, nem deixei que se defendesse.

Quando o silêncio se prolongou, Axe quis andar, mas, oiê. Bunda de fora.

– Vou te perguntar de novo – ele disse. – Por que está aqui?

– Porque… te amo. É por isso.

Demorou um tempo para ele assimilar as palavras. E, sabe, ficou sem fala quando entendeu. Nas suas fantasias mais patéticas, Axe desejou uma mudança da parte dela, na verdade, rezou por isso. Desejou, sem ter esperanças, um milagre que jamais receberia. Seria aquilo real?

Dominado pela emoção, só o que Axe conseguiu fazer foi… Bem, ele se inclinou para o lado e pegou algo das almofadas do sofá.

Elise se aproximou quando ele estendeu a mão.

– O que é…

Ao lhe dar um objeto de madeira, Axe murmurou:

– Era para ser um pássaro. Mas não sei bem qual foi o resultado. De todo modo, também te amo.

A cabeça dela se ergueu de pronto, os olhos arregalados.

Axe só deu de ombros. E começou a sorrir.

– O que foi? Quer que eu te encha por ter agido errado comigo? Você evidentemente já está fazendo isso sozinha… E como alguém que consegue se castigar bastante, sei que somos mais duros conosco do que com qualquer outra pessoa. Então, você pode me atropelar com um carro, e ainda assim vou te receber de volta. Não que eu recomende essa abordagem de reconciliação...

Elise se lançou no pescoço de Axe com tanta força que ele não conseguia respirar. Mas tudo bem. Só de tê-la contra o corpo e sentir o perfume dos cabelos e da pele dela... senti-la perto assim, não apenas fisicamente, mas dentro do coração?

Quem é que precisava de oxigênio?

– Te amo – ele repetiu ao começar a tremer. – Deus, como te amo.

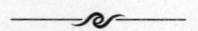

Nada aconteceu como Elise pensou que aconteceria. Nem perto disso.

Preparara-se para todos os tipos de recriminação. Tinha bastante certeza de que seria expulsa do chalé com um pé na bunda, e como poderia culpá-lo? Precipitara-se em muitas conclusões porque estivera sofrendo e sentindo-se paranoica e traída. Inferno, ela o atingira feio, o reduzindo a uma estratégia de pesar.

E, sim, pode até ser que tivesse sido daquela maneira que a coisa toda começara para ela, mas por certo evoluíra muito: se Axe fosse apenas uma muleta psicológica, não teria sentido tantas saudades dele. Em cada segundo, a cada batida de coração, e em todas as respirações.

– Te amo – ela disse. – Te amo tanto e quase estraguei tudo, e...

– Psiu... Não precisamos pensar assim.

– Mas tenho que me desculpar, preciso reconquistar a sua confiança, preciso...

Ele a abaixou para que se apoiasse nos pés e... Hum, ok, uau. Estava nu e reagindo bastante à presença dela. E, puxa... ela também reagia à dele.

– Elise. – Ele afastou os cabelos do rosto da fêmea numa carícia. – Escute bem, não estou te condenando por se proteger. A verdade é que não nos conhecemos assim tão bem, e a confiança... bem, ela vem com o tempo. Você estava emotiva. Eu também estava. E... merdas acontecem. Não sei quanto a você, mas prefiro me concentrar no futuro a encarar alguns desentendimentos que na verdade são parte do processo.

– E se o Peyton não tivesse dito nada?

– Mas ele disse.

— E se você não tivesse me deixado entrar?

— Mas deixei.

— E se não acreditasse em mim...

Axe apoiou o indicador com leveza nos lábios dela, contendo o falatório.

— Estou me lembrando de algo que Rhage me contou pouco tempo atrás.

— Sobre professores sendo idiotas em relação às matérias que ensinam?

— Você não é idiota. E, não. Sobre... lembra a noite em que o salvei no beco? Depois daquilo? Pirei assim como você está pirando agora. Fiquei meio que "e se eu não tivesse chegado a tempo", se isso ou aquilo e... Mas ele me disse que não existe por que ficar se castigando por conta de algo que estava fadado a acontecer. Seguindo essa teoria? Mesmo que Peyton não tivesse dito nada, teríamos acabado juntos porque é o que deveria acontecer.

— Mas... mas...

— Elise. Você não entende? A minha porta sempre esteve aberta pra você. *Sempre* estará.

E logo ele a beijou e a deitou diante da lareira.

Elise flanava com ele antes mesmo de ficar nua, o coração livre, a confusão desfeita, o caminho desviado de volta ao seu rumo.

Pouco antes de se unirem, ela recuou um centímetro.

— Quer dizer que a sua porta está sempre aberta, é?

— Sempre.

— Mesmo...? — Elise sorriu, pensando que, se estivesse mais feliz, seu coração explodiria. — Porque, por acaso, estou saindo de casa.

As sobrancelhas dele se ergueram.

— Está? Hum, interessante...

— Fico triste, mas aquele não é o meu lugar.

— Sabe... Uma colega pra dividir as contas até que viria a calhar pra mim. Na verdade, estava pensando em procurar uma fêmea inteligente e linda com bom poder de argumentação e uma arma.

Elise começou a balançar a cabeça.

— E eu estou procurando um lugar pra ficar que seja seguro, protegido, reservado... aquecido com lareira... e que tenha fogos de artifício todas as noites graças a um cara meio tatuado que não se importa com fêmeas precipitadas.

– Eu diria, então, que somos uma combinação perfeita.

Em seguida, Axe arqueou as costas e a preencheu por completo. E quando ela arquejou, ele lançou o sorriso de um macho que conhecia muito bem o efeito que causava em sua fêmea.

– Somos uma combinação perfeita – ela gemeu. – Mas tem uma coisa.

– O que é?

– Eu não... – Ela lançou um olhar para o pedaço de madeira que ele lhe dera. – Não acho que você tenha um dom muito artístico.

Axe começou a gargalhar.

– Verdade, né? Que diabos foi aquilo? Tentei dar uma chance pro lance do meu pai e fui um merda...

– Tem certeza de que é um pássaro...?

– Não sei...

Enquanto falavam um por cima do outro, a meia-noite chegou e passou, um começo novo acontecendo para ambos.

Um recomeço... que duraria por duas vidas inteiras.

Capítulo 54

— Espere, este aqui é para l.w.!

Enquanto se recostava na biblioteca com uma xícara de chocolate quente na mão e um doce de bengala, Mary sorriu ao ver Bitty correr até a Primeira Família com uma caixa embrulhada para presente. A menina usava um vestido de tafetá vermelho com uma fita verde e parecia uma pintura. A não ser por um detalhe: também usava, tragicamente, o boné de beisebol de Lassiter com chifres de rena. O que até poderia ser aceitável.

O problema, porém, era que estava escrito: O Grinch pode te errar. Pelo menos, Mary concluiu, não havia a palavra iniciada com F.

Todos os moradores da casa se amontoaram ao redor da árvore de Natal. Bem, todos exceto o anjo, pois só Deus sabia onde Lassiter estava. Na última hora, trocaram presentes, apesar de a data comemorativa humana estar sendo celebrada no Ano-Novo em vez de no dia certo porque, oras... muita coisa havia acontecido.

Rhage pendeu para o lado de Mary.

— Ei... será que a gente pode brincar de "onde está o meu visco" hoje depois que ela for dormir?

Mary sentiu o corpo aquecendo.

— Definitivamente.

Seu *hellren* emitiu um ronronado.

— E sei exatamente onde colocá-lo.

Ela lhe deu uma cotovelada.

— Psiu, pare de pensar nisso. Ainda temos uma festa em andamento.

— Sempre teremos o banheiro. A despensa. A enorme parte externa...

— Está congelando lá fora!

– Eu te esquento, minha fêmea.

Mary lançou a cabeça para trás e gargalhou justo no momento em que Wrath disse:

– O que é?

– Um caminhão basculante da Tonka! – Beth sorriu quando Bitty depositou o brinquedo no colo do filho dela. – Comprou com a sua mesada?

– Comprei. – A menina estava muito orgulhosa. – Você disse que achava que ele iria gostar.

George, o cão-guia de Wrath, farejou o objeto e deu uma lambida nele.

– L.W. vai adorar... – Beth riu. – Isso aí, direto na boca...

Enquanto o primogênito do Rei começava a massagear as gengivas com os pneus, Bitty dançou de volta até a árvore para caçar mais presentes.

– O último presente é pra você, tio.

Ruhn estava a duas poltronas de distância, sentado numa postura contida que Mary passara a associar com o jeito de ele ser. O macho não parecia indiferente, muito pelo contrário. Era sempre franco e cordial, e apenas aparentava estar um tanto maravilhado por todas aquelas pessoas ao seu redor e as infindáveis rodadas de piadas entre os Irmãos.

– Obrigado – ele disse, baixo.

Todos se calaram enquanto uma caixa menor era colocada no colo dele.

– É de todos nós! – Bitty exclamou. – Eu também contribuí com um pouco de dinheiro.

– Todos já foram muito generosos. – O macho olhou para a pilha de roupas ao lado de sua poltrona. – Não sei como agradecer...

V. o interrompeu:

– Tá, tá, tá... Abre logo.

– Vishous! – Jane sibilou num canto. – Fala sério...

– O que foi? Fala sério você! Passei, literalmente, horas ajudando Rhage a encontrar o modelo certo...

Butch se meteu.

– Verdade. Quero dizer, foi intenso... Esses dois...

Rhage deu de ombros.

– Ah, você sabe, este é um presente importante... Tinha que ser da cor certa.

– É outro suéter? – Ruhn perguntou. – Já ganhei dois.

– Melhor você abrir a caixa – disse Rhage. – Vamos, filho.

Foi engraçado, Ruhn acabou indo para baixo das asas de Rhage na noite seguinte à sua chegada, e era lindo ver os dois juntos. Ruhn pegava suas dicas de Rhage, aprendia com ele, passava bastante tempo com ele.

Descobriram que Ruhn fizera sua transição apenas quinze anos antes.

E Rhage provavelmente não admitiria, pelo menos não tão cedo, mas Ruhn bem rápido se tornava um filho para ele.

Isso mesmo, era o garoto de Rhage: toda vez que Ruhn aprendia alguma coisa, quer se exercitar na academia com os Irmãos, quer se inscrever para aulas de alfabetização, quer assistir a mais um dos terríveis filmes adorados por Rhage e Bitty, havia orgulho no rosto de Rhage.

O universo lhe dera "dois pelo preço de um", resumidamente...

Ruhn levantou a tampa da caixa e remexeu no papel de seda. Depois franziu o cenho.

– Esperem. O que é isto?

Ele levantou uma chave de carro com controle.

Rhage se ergueu num salto.

– Venha, filho, você tem que conhecê-la!

Bitty deu um gritinho e começou a puxar o tio pelo braço.

– Ela está lá fora... bem ali!

– Pega aqui, aperta este botão...

– Espera... Mas o quê...

Quando Rhage escancarou um par de portas francesas, a casa inteira explodiu dos seus assentos e lotou a saída...

Para ver a mais linda caminhonete da Ford com um blá-blá-blá e outro blá-blá de motor e cabine dupla blá com oito trilhões de cavalos debaixo do capô e lero-lero-lero de suspensão, câmbio e sei lá o quê...

Todas essas coisas.

Mary ficou para trás e deixou que todos se divertissem, as luzes de segurança se acendendo e permitindo-lhe uma ampla visão do completo choque de Ruhn e depois o começo de uma animação.

Em seguida, o macho se virou para Rhage sem encará-lo. Este, porém, sentindo o que estava acontecendo, o envolveu num grande abraço de urso... enquanto Bitty dançava ao redor deles como um vaga-lume.

Sim, Mary pensou, era o melhor Natal de todos...

– Mary.

Virando-se ao ouvir seu nome, ela olhou ao redor. Depois franziu o cenho.

– Lassiter?

– Estou aqui.

– Onde? – Olhou ao redor de novo. – Por que a sua voz está ecoando?

– Chaminé.

– Como?

– Estou preso na maldita chaminé.

Ela se apressou para junto da lareira e se pôs de quatro. Olhando pelo duto escuro, balançou a cabeça.

– Lass? Que diabos está fazendo aí?

A voz dele emanou de algum ponto acima.

– Não conte pra ninguém, tá bom?

– O que você...

Um braço se abaixou. Um braço bem sujo de fuligem coberto por uma manga vermelha com punho branco. Ou que fora branco e que naquele instante estava manchado com cinzas.

– Você está preso! – ela exclamou. – Ainda bem que ninguém acendeu a lareira!

– Vai dizer isso pra mim? – ele murmurou naquela voz sem corpo. – Tive que assoprar o fósforo do Fritz umas cem vezes antes de o cara desistir. Merda, isso soou meio sacana. Deixa pra lá, apenas me lembre de nunca mais tentar bancar o Papai Noel pra sua filha, tá bom? Nunca mais faço isso, nem mesmo por ela.

Mary se esticou um pouco mais para dentro, mas as toras na lareira a impediam.

– Lassiter, por que não consegue se soltar e se desmaterializar?

– Estou espetado num gancho de ferro. Não consigo virar fantasma. Mas pode pegar logo isto?

– O quê?

– Isto.

Ele virou a mão na direção dela e havia... uma caixinha? Uma caixinha azul-marinho.

– Abra. E, antes que me pergunte, já pedi permissão a seu *hellren* cabeça de alfinete. Ele não vai ficar com ciúme nem nada assim.

Mary se sentou e balançou a cabeça.

– Estou mais preocupada com você...

– *Apenasabraamalditacaixadeumavez.*

Levantando a tampa, ela encontrou uma caixa ainda menor dentro. De veludo.

– O que é?

Mary ergueu a outra tampa e... arquejou.

Um par de brincos de diamantes. Um par de diamantes perfeitamente iguais e brilhantes...

– Lágrimas de mãe – Lassiter disse com suavidade em sua voz de eco. – Tão duras, tão belas. Eu te disse que tudo terminaria bem. E esses brincos são pra te lembrar que você é muito forte, e é muito forte o amor pela sua filha... Lembre-se: mesmo nos piores momentos, tem um jeito de as coisas serem resolvidas como deveriam.

Piscando para afastar as lágrimas, Mary se lembrou do seu choro no átrio diante do anjo, lamentando-se porque tudo estava perdido.

– São simplesmente lindos – ela disse, rouca.

Tirando um de dentro da caixa, a fêmea substituiu o seu brinco de pérola pelo de diamante. Depois fez o mesmo com o outro.

– Mary! – Rhage disse através da porta aberta. – Você tem que vir ver...

Mas então parou e sorriu.

– Ah, ele já te deu.

– Sim. – Ela deixou a caixa de lado. – Mas, Rhage, temos um problema...

– Não era pra você contar pra ele! – Lassiter ladrou.

Rhage fez cara de confuso.

– Lassiter?

– Vai se foder! – foi a resposta abafada.

Mary apontou para a lareira.

– Lassiter está vestido de Papai Noel, entalado na chaminé, espetado por alguma coisa, o que significa que não consegue se desmaterializar. Por isso temos um problema.

Rhage piscou uma vez. Depois lançou a cabeça para trás e gargalhou tão forte que os vidros da janela sacudiram.

— Esta é a melhor porra de um presente de Natal de *todos*!

— Vá se foder, Hollywood! – Lassiter berrou de dentro da chaminé. – Mas tanto que...

Os Irmãos começavam a voltar para a casa, e Rhage logo foi relatando a novidade... quase molhando as calças de tanto rir.

Depois se aproximou, apoiou as mãos nos joelhos e gritou:

— Qual a sensação de ser um proctologista, anjo? Gosta desse espacinho apertado? Eu chamaria isso de outra coisa, mas minha filha poderia ouvir. Começa com "c" e termina com "u"!

— Vou te matar assim que sair daqui!

— Quer uma bonequinha da Pequena Sereia pra te fazer companhia? Ou não, espera, vou te mandar aquele tarpão de pelúcia aí pra cima...

— Vem me pegar!

Enquanto os dois trocavam frases alegres e festivas, os outros da casa se aproximaram e riram até ficarem roucos, e V. então sugeriu que talvez pudessem mandar uma corrente para puxar com a caminhonete nova de Ruhn; Mary se afastou e só observou sua família.

— Mãe?

Concentrando-se em Bitty, ela sorriu e acariciou os cabelos compridos e escuros da filha.

— O que foi, meu amor?

— Feliz Natal, mãe. – A menina a abraçou forte. – Este foi o melhor Natal de todos, não acha? Quero dizer, sei que é o meu primeiro, mas não acho que possa ser melhor do que isto.

Mary aninhou a filha perto de si e olhou para o caminhão de presentes, para a montanha de papel de embrulho e para o mais absoluto caos... E se descobriu tomada por tamanha alegria que seu corpo e sua alma se transformaram num balão de felicidade, saltitando no ar ainda que os pés dela permanecessem grudados no chão.

— Não, Bitty, o Natal *não* tem como ser melhor do que isso.

Bitty franziu o cenho.

— Vão tirá-lo de lá?

— Sim, mas eles nunca, nunquinha, deixarão que ele se esqueça disso. Jamais. De verdade, este é um Natal que todos vão lembrar!

AGRADECIMENTOS

Minha imensa gratidão aos leitores da IAN.

Muito obrigada por todo o seu apoio e sua orientação: Steven Axelrod e Kara Welsh. Com amor ao Team Waud – vocês sabem quem são. Isto simplesmente não aconteceria sem vocês.

Nada disto seria possível sem o meu amado marido, que é meu conselheiro, cuidador e visionário; minha maravilhosa mãe, que me deu tanto amor que jamais conseguirei retribuir; minha família (tanto a de sangue quanto a adotiva) e meus amigos mais queridos.

Ah, e minha assistente, Naamah!

TIPOGRAFIA	ADOBE ASLON PRO E PARMAPETIT
PAPEL DE MIOLO	HOLMEN BOOK 55g/m^2
PAPEL DE CAPA	CARTÃO 250g/m^2
IMPRESSÃO	IMPRENSA DA FÉ